KB145883

다매체 시대의 서사담론과 글로컬 문화 스토리텔링

박상민 Park Sang-min

- 연세대학교 국어국문학과 졸업, 동 대학원 박사, 현 가톨릭대학교 학부대학 교수. 예술작품 자체를 완결된 텍스트로 여기지 않고 장르를 변용하거나, 문화콘텐츠로 재생 산하는 작업에 관심이 많다. 원주시, 하동군, 통영시 등의 지방자치단체와 협의하여 기 념관 건립, 학술대회 개최, 대중강연 등을 기획하며 박경리 『토지』를 지역의 서사적 문 화 자원으로 개발하는 데에 일조하였다. 가톨릭대학교에서 학생들을 가르치면서 부천시 의 박물관, 스포츠, 공연 등의 문화 텍스트를 분석하여 가톨릭대학교와 부천시의 상생적 발전방향을 모색하는 교과 및 비교과 활동을 지속해 왔다. 대중서사학회 부회장으로 있으면서 인천문화재단, 부천문화재단 등과 협무협약을 맺고 재단의 대중강연 프로그램 을 협의하고, 다양한 내중강연을 개최하였다.

- 대표 강의: 독서 지도 및 글쓰기, 발표와 토론, 학술적 글쓰기, 고전 읽기, 작가론, 문예사조사, 미디어 문예 비평, TV 극본 및 시나리오 창작법, 교과 교재 연구, 논술 지도
- 학회 활동: 한국근대문학회 편집위원장, 대중서사학회 부회장, 토지학회 총무이사, 한국 문학연구학회 정보이사, 한국사고와표현학회 정보이사, 대학작문학회 정보이사
- 대표 논문: 「박경리 〈토지〉에 나타난 악의 상징 연구」, 「〈토지〉의 데이터베이스 구축과 문화 예술산업」, 「한국적 스포츠스토리텔링의 구성요인과 전망」(공저), 「협동학습에 기반한 통 합적 발표 토론 수업 연구」
- 저서: 『토지의 문화지형학』(공저), 『읽는 저자, 쓰는 독자』(공저), 『과학 기술의 상상력과 소 통의 글쓰기』(공저), 『영화로 읽기, 영화로 쓰기』(공저), 『문학 연구와 종교적 상징』(공저)

다매체 시대의 서사담론과 글로컬 문화 스토리텔링

초판 인쇄 2016년 9월 26일
초판 발행 2016년 9월 30일

지은이 박상민 ▮ **펴낸이** 박찬익 ▮ **편집장** 권이준 ▮ **책임편집** 강지영
펴낸곳 ㈜ **박이정** ▮ **주소** 서울시 동대문구 천호대로 16가길 4
전화 02) 922-1192~3 ▮ **팩스** 02) 928-4683 ▮ **홈페이지** www.pjbook.com
이메일 pijbook@naver.com ▮ **등록** 2014년 8월 22일 제305-2014-000028호

ISBN 979-11-5848-252-7 (93810)

* 책값은 뒤표지에 있습니다.

다매체 시대의

서사담론과 글로컬 문화 스토리텔링

NARRATIVE DISCOURSE
AND GLOCAL STORYTELLING

박상민 지음

(주)박이정

　나의 학문 활동은 크게 세 가지였다. 박경리 〈토지〉를 중심으로 근대 소설의 문예 미학을 연구하기, 대학 교양교육의 현황을 점검하고 발전방향을 모색하기, 그리고 스토리텔링에 기반한 문화콘텐츠를 개발하면서 이를 다시 문화예술산업적 측면에서 반성적으로 고찰하기 등이 그 동안 내가 연구했던 학문적 테마이다.

　첫 번째 연구는 나의 박사학위 논문 주제였으므로 가장 많은 시간을 들였던 분야이며, 두 번째 연구는 최근 몇 년 동안 대학에서 교양교육을 주로 강의하면서 부수적으로 진행된 당연한 학문 활동이었다. 세 번째 연구는 십여 년 전부터 관심을 갖고 꾸준히 진행하였으나, 직접적인 이해관계가 부족해 연구가 다소 단속적이었다. 하지만 스토리텔링과 문화예술산업은 내가 학자의 길을 선택한 뒤 학회에서 처음으로 발표했던 연구 주제였으며, 그 이후로 지금까지 나의 관심에서 멀어진 적이 없다.

　바쁜 와중이었지만 혼자서 꾸준히 진행했던 스토리텔링과 문화예술산업에 대한 나의 연구는 다시 세 가지로 나눌 수 있다. 첫째로 나는 박경리 문학과 〈토지〉를 원주시, 하동군, 통영시 등에서 서사적 지역문화자원으로 활용하는 방안에 대해 연구해 왔다. 〈토지〉로 박사학위 논문을 썼고 이후에 토지학회를 창립하고 운영하는 일에도 정성을 쏟았기에 이제는 관련 연구를 선도할 수 있는 여건을 다졌다고 생각한다.

　문화 연구의 또 다른 축은 대중서사학회를 중심으로 이루어졌다. 대중서사학회에서 출판이사, 총무이사, 부회장을 거치면서 나는 우리 시대의 대중문화 텍스트를 서사담론의 차원에서 분석하였고, 이러한 연구 주제를 우리 학회의 주요 사업으로 이끌어갔다. 그 동안 대중서사학회는 인천문화재단, 부천문화재단 등과 문화연구 및 대중화 사업에 관한 협무협약(MOU)을 체결하였고, 관련 주제로 학술대회를 개최하고 연속적 대중강연을 기획, 운영 중이다.

문화 연구의 마지막 축은 최근 몇 년 동안 수업을 준비하면서 진행되었다. 교육부의 지원을 받은 학부교육선진화사업(ACE)의 일환으로 나는 '도전과 열정반'이라는 소수 분반 수업을 할 수 있었다. 이 수업은 '부천과 가톨릭대학교의 상생 발전'을 주제로 개설되었는데, 나는 이 과정에서 부천의 지역적 특성과 문화산업의 현황 및 발전 방안을 연구할 수 있었다.

지금까지 간략하게 지난 10년 동안 내가 무엇을 연구했는지 정리해 보았다. 나로서는 소중한 자기고백이지만 다른 사람들에게는 어떤 의미일지 잘 모르겠다. 이 책은 지난 10년 간 내가 관심을 갖고 연구했던 여러 주제 중에서 문화 연구에 대한 부분만 선별하여 편집한 것이다. 게으른 탓에 학술대회에서 발표만 하고 학술지에 싣지 못했던 원고들도 있고, 연구 소모임에서 야심차게 발표했다가 그냥 처박아 둔 것들도 있었다. 이번 기회에 문화 연구라는 단일한 테마로 묶여 함께 빛을 볼 수 있게 되어 몹시 기쁘다.

흔쾌히 출판을 수락한 박이정 출판사의 권이준 편집장, 김려생 총무부장, 그리고 무질서한 원고를 받아 꼼꼼하게 정렬하고 편집해준 강지영 선생님께 이 자리를 빌려 진심으로 감사드린다.

| 차 례 |

3부 변화의 시대, 문학의 모험

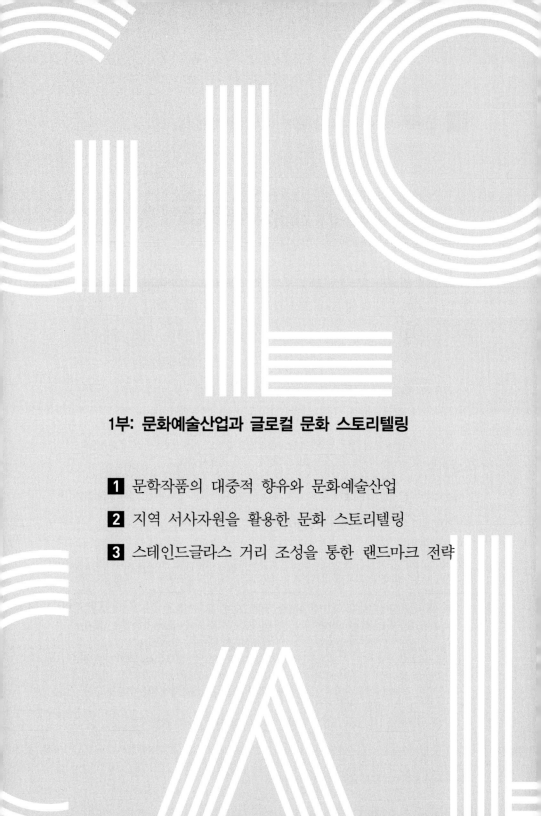

1부: 문화예술산업과 글로컬 문화 스토리텔링

1. 문학작품의 예술성과 고부가가치

이 글은 박경리 원작의 소설 〈토지〉와 이로부터 파생된 청소년 〈토지〉,
드라마, 지역 문화 축제 등에 대한 보다 용이한 접근과 풍부한 자료 제공을
목적으로 하는 〈토지〉[3]의 데이터베이스 구축을 제안하는 기초 연구이다.
〈토지〉의 데이터베이스 구축은 인문학 콘텐츠의 대중화를 지향하는 정부
의 인문학 육성사업 방향[4]과 부합하지만, 이를 위해서는 문학, 예술경제학,

---

1) 이 장은 『현대문학의 연구』 21권(2003. 8.)에 발표하였고, 이후 『〈토지〉의 문화지형학』
   (공저, 소명출판, 2004.)에 수록했던 논문을 수정 보완하였음.

2) 일반적으로 '문화산업'이라는 용어가 널리 쓰이나, '문화산업'이라는 용어는 '고부가가치
   산업'이라는 뉘앙스를 많이 갖고 있다. 따라서 이 글에서는 문화예술상품의 직접적인
   고부가가치 실현보다는 다양한 외부편익을 염두에 두고 사회 전체의 '문화수준 고양'이
   라는 측면을 강조하기 위해 '문화예술산업' 또는 이를 줄여 '예술산업'이라는 용어를 쓰도
   록 하겠다.

3) '〈토지〉 데이터베이스'에서 '〈토지〉'는 '소설 〈토지〉', '청소년용 〈토지〉', '드라마 〈토
   지〉', '영화 〈토지〉', '〈토지〉 문학제' 등 〈토지〉와 〈토지〉의 변용물 및 〈토지〉로 인해
   직접적으로 파생되는 여타의 모든 상품을 총칭한다. 하지만 '소설 〈토지〉'가 가장 중요
   하므로, 논문에서 '〈토지〉'라고 할 때에는 '소설 〈토지〉'를 지칭하는 것을 원칙으로 하며,
   그 밖의 경우에는 문맥을 통해서 그 뜻이 명백할 경우를 제외하고는 '청소년용 〈토지〉',
   '드라마 〈토지〉' 등으로 세분화시켜 구체적으로 명기하기로 하겠다.

4) 학술진흥재단의 '2002년 기초학문육성 지원 사업계획 공고' 안내문의 2번 '기본 방향'에는
   다음의 다섯 가지 항목이 열거되어 있다. (http://www.krf.or.kr '공지사항' 참조)
   - 학문의 기초, 인간과 사회의 기초, 경제산업의 기초, 국가경쟁력의 기초가 되는 조사·
     분석 및 기초이론 연구 지원
   - 체계적인 연구와 공동연구를 통해 학문의 생산성과 경쟁력 강화

경영학, 예술행정, 컴퓨터 공학 전반에 걸쳐 전문성을 지닌 학제간 공동 연구가 필요하다. 따라서 이 글은 개별 학문영역 간의 불필요한 중복을 막고 효율성을 극대화하기 위해, 데이터베이스의 소스(source)를 제공하는 학문영역인 문학연구자의 입장에서 전체적인 개발의 지형도를 작성하려고 한다. 문학 부문에서의 학제적 연구는 그 사례가 드물기 때문에 본 연구는 문학 콘텐츠 개발과 관련된 학제적 연구의 기초를 쌓고 틀을 다지려는 의도를 함께 갖고 있다.

무엇보다 이 글에서는 〈토지〉의 데이터베이스 구축에 관한 논의를 문화예술산업과 연결지어 살피려고 한다. 이때 문화예술산업은 문화산업의 예술적 성격을 강조한 용어이다. 최근 10여 년 동안 정부는 문화를 고부가가치 산업으로 인식하는 경향이 두드러졌다. 한 편의 할리우드 영화가 우리나라의 연간 자동차 150만대의 매출 이익을 상회했다는 몇 해 전의 언론 보도는 문화산업을 고부가가치 산업으로 육성시켜야 한다는 우리 사회의 논리를 잘 보여 주는 사례이다.5) 이렇게 문화상품을 고부가가치물로 보는 관점은 문화를 바라보는 매우 중요한 시각이기는 하지만, 문화상품의 예술적 특징을 간과할 수 있는 위험을 안고 있다. 예술작품은 다양한 외부편익의 원천으로서 생산주체의 수익 차원을 넘어서는 특징을

- 연구결과의 대중적 확산
- 학문후속세대의 발굴 육성
- 한국문화의 창조적 계승 발전 및 세계적 보편성 추구
  이 글은 위의 다섯 가지 항목 중에서 특히 셋째, 다섯째 항목에 잘 부합한다고 볼 수 있다.
5) 조선일보 1996년 10월 30일자, 27면 참조. 위 기사는 거의 모든 언론 매체에서 비중 있게 다루었다.

갖고 있기 때문이다. 예술작품의 외부편익에 대해서는 본론에서 상론하기로 하고, 이 글에서는 문화산업에 대한 관점을 '고부가가치산업'과 '사회구성원들의 문화적 수준을 고양시키는 다양한 외부편익의 원천'으로 구분하고자 한다. 이는 문화산업을 바라보는 관점의 차이일 뿐 실제로 많은 문화상품들은 두 가지 요소를 함께 갖고 있으며, 또 연구자들 또한 두 가지 특징을 동시에 인정하고 있다. 하지만 후자의 관점은 전자의 관점보다 더 포괄적이다. 왜냐하면 문화상품을 고부가가치 상품으로만 바라볼 경우에는 이익실현 가능성이 높은 몇몇 상품에만 기업들의 투자가 집중되는 자본의 논리에 문화산업이 종속될 위험이 있으며, 이 때 기업들은 직접적인 이윤에만 집착할 뿐 다양한 외부편익에 대해서는 관심을 갖지 않을 것이기 때문이다. ─후자의 관점이 문화예술산업의 고부가가치적 성격을 무시하거나 폄하하려는 것이 결코 아님을 미리 분명하게 밝혀 둔다. 문화상품은 다양한 차원에서 직접적인 이익실현과 외부편익을 창조하는 원천이 되는데, 이 때 외부편익은 생산자에게 직접 실현되는 이익이 아니기 때문에 시장경제의 논리에만 맡겨서는 안 된다는 '정부의 정책적 지원과 조율'의 필요성이 강조하려는 의도에서 후자의 관점을 강조하는 것일 뿐이다.

덧붙여 이 글에서는 문화상품의 외부편익성을 강조하기 위하여 기존의 일반적인 문화산업이라는 용어 대신에 문화예술산업, 또는 이를 줄여 예술산업이라는 용어로 쓰려고 한다.

본 연구는 〈토지〉의 데이터베이스 구축을 위한 구체적 작업과 함께 새로운 방법론을 개발해야 한다는 이중의 부담을 안고 있다. 그래서 이 글은 '예술경제학' 또는 '문화경제학'[6]에서 이루어진 기왕의 성과들을 유비추론적으로 적용하려고 한다.

1960년대 중반 이후 미국을 중심으로 학문적 논의가 본격화된 예술경제학은 그동안 예술 작품의 공공재적 성격을 규명하고, '생산성 격차'라는 개념을 이용하여 정부 지원의 경제학적 근거를 마련하는 등의 큰 성과를 거두었다. 하지만 예술경제학에서 다루는 예술 작품들이 주로 공연물과 전시물에 한정되어 있어, 문학 부문에 적용하기에는 약간의 변용이 불가피하다. 이에 대해서는 본론에서 상술하도록 하겠다.

이 글은 또 문화산업을 자본주의 경제의 체제적 성격과 관련하여 분석한 프랑크푸르트학파의 비판적 성찰[7]을 중요한 지적으로 받아들였다. 이는 자본주의하의 여타 경제부문과 마찬가지로 예술산업 분야에서도 시장경제 아래에서는 자원의 불공정한 배분이 발생한다는 사실을 환기시켜, 데이터베이스 구축의 전제조건을 상정하는 데에 기본틀을 제시해 주었다.

---

6) 예술경제학과 문화경제학은 특별한 구분 없이 혼용되기도 하나, '예술 경제학'은 주로 공연물이나 전시물을 대상으로 논의가 이루어지고 있으며, '문화 경제학'은 애니메이션, 영화, 음반 등을 아우르는 문화 전반을 대상으로 논의되는 경향이 있다. 문학은 후자보다 전자에 가깝기 때문에 이 글에서는 주로 '예술 경제학'이라는 용어로 통일하고자 한다. 또 '문화'라는 용어는 사회과학자들이 즐겨 사용하므로 연구자의 인문학적 정체성을 드러내기에도 '예술경제학'이라는 용어가 보다 적합하다고 생각한다.

7) 이와 관련해서는 아래 두 책을 참조하였다.
- 호르크하이머, 아도르노, 김유동 외 옮김, 『계몽의 변증법』, 문예출판사, 1995.
- 볼프강 F.하우크, 김문환 옮김, 『상품미학비판』, 이론과 실천, 1991.

2. 예술경제학의 성과와 문학 부문의 적용

2.1. 예술 경제학의 성립

예술경제학의 주창자로 알려져 있는 영국의 러스킨(John Ruskin, 1819-1900)은 미술평론가로 출발하여 점차 예술 작품의 생산과 축적, 배분의 문제에 관심을 갖게 되었다. 러스킨은 1857년에 '예술경제학'이라는 제목으로 이틀간의 강연회를 가진 후 내용을 보충하여 동명의 제목으로 출판했고, 이후에도 계속하여 보다 정교한 예술경제이론을 발표했다. 그는 금전의 가치를 최고로 취급하던 당대의 자본주의적 주류 경제학에 맞서 인간의 생명과 삶을 최고로 생각하는 경제학으로 전환할 것을 주장했다. 그는 책값을 너무 싸게 책정해서는 안 되고, 가난한 사람들에게는 무상으로 일정한 권수의 책을 나누어 주어야 하며, 유럽의 고급 미술품들이 방치되어 훼손되고 있으므로 영국 정부는 값의 고하에 상관없이 미술품들을 사들여 공공박물관에 보존시켜야 한다는 등의 논의를 펴 사람들로부터 이상주의자로 매도되기도 했다. 하지만 그의 논의들은 당대 사회에 대한 깊은 통찰력을 바탕으로 매우 진지하고 거시적인 안목과 논리를 보여주고 있어, 오늘날의 예술경제학에까지 큰 영향을 끼치고 있다. 특히 예술작품에 대한 사회구성원들의 향유능력을 높일 수 있는 사회 체제를 만들면, 예술품에 대한 소비가 촉진되고, 예술가에게 더 높은 수준의 창작을 하도록 영향을 주어 '진정한 부(富)[8]를 누릴 수 있다는 주장은 영원히 퇴색하지 않을 예술경제학

---

8) 러스킨은 화폐를 많이 보유하는 것을 '부'로 보는 일반적인 관점을 거부하고, 높은 삶의

의 중요한 원리라 할 수 있다.

150년 전부터 주창된 예술경제학은 그러나 러스킨 이후 한동안 주목받지 못하다가, 1960년대 중반 이후 미국에서 보몰과 보웬이 '생산성 격차'에 대해 실증적으로 분석하면서부터 경제학의 한 부문으로 자리잡게 되었다. '생산성 격차'란 일정한 기간 동안 동일한 경제 단위 내에서 산업 부문간 1인당 산출물의 증가 속도가 다를 때에 발생한다.9) 보몰과 보웬은 영국과 미국의 몇몇 극단, 교향악단 등의 시기별 공연비용을 비교 분석하여, 예술부문이 일반적인 다른 산업부문의 평균적 생산성 향상에 크게 못 미치고 있음을 밝혀냈다.10)

보몰과 보웬은 미국 필하모니 교향악단의 1843년과 1964년 사이에 연주회당 비용이 2.5%씩 증가한 반면, 미국의 도매물가는 매년 1%씩 상승했음을 밝혀냈는데 이를 복리로 계산하면, 일반물가 수준이 121년 동안 4배 증가할 때 교향악단의 연주회당 비용은 20배 증가했다는 결론이

질을 누리는 것이 '진정한 부'라고 보았다.

9) 생산성의 향상은 주로 기술의 발전에 따른 기계화와 1인당 자본투자의 증가에 의해 발생하는데, 특정한 산업 부문에서는 기술 개발과 자본투자가 생산성 향상에 별 영향을 미치지 못하는 경우가 있다. 토목공사와 미용 산업 부문을 예로 들자면, 토목공사의 경우 기중기를 도입하면서부터 1인당 생산성이 크게 늘어났지만, 미용업의 경우 기술 개발에 따른 생산성 증가가 없지는 않겠지만 미용사가 가위로 고객의 머리카락을 자르고 다듬는 시간에는 큰 차이가 없어 결국 두 산업 간에 생산성 격차가 발생하게 된다. 이를 해결하기 위해서는 가격을 올려야 하는데, 격차가 너무 심해지면 결국 그 산업 부문은 도태되고 만다.

10) 한 사회에서 근로시간당 물리적인 산출물의 증가를 가져오는 요인을 일반화시키면 1인당 자본의 증가, 기술의 발전, 노동숙련도의 증가, 경영의 개선, 규모의 경제 등을 들 수 있다. 보몰과 보웬에 의하면 공연예술의 경우에는 단지 규모의 경제만이 산출물 증가에 유효하므로, 공연예술의 산출단위당 비용은 경제 전체 비용에 비해 계속 상승할 것이라고 했다.

나온다.[11] 이러한 생산성 격차는 공연예술의 입장료를 꾸준히 상승시키고, 중·저소득층의 사람들을 관객으로 끌어 모으기가 점점 어려워진다. 따라서 시장경제의 논리에 맡겨둘 경우 공연예술은 점점 위축될 수밖에 없다.

2.2. 예술작품의 외부편익

하지만 예술작품은 다양한 외부편익의 원천이 된다는 점을 간과해서는 안 된다. 예술작품의 외부편익에 대해서 제임스 헤일브런과 찰스 M. 그레이 교수는 다음과 같은 정리하였다.[12]

---

① 후세에 대한 유산 : 경제학자들은 후세를 위한 문화유산으로서 예술이나 문화를 보전하는 것이 집단적인 편익 조건을 충족시킨다고 본다. 그러한 주장은 예술을 향유하거나 향유하지 않는 사람 모두가 현재 선호를 나타낼 수 없는 후세의 편익을 위해 문화와 예술을 보전하고자 오늘날 기꺼이 얼마를 지불하려고 한다는 것이다.

② 민족적 자긍심[13]과 국위 선양 : 많은 사람들은 그 나라의 예술가들이 전 세계적으로 인정받는 것을 자랑스러워한다.

③ 지역경제에 대한 편익 : 예술은 그 지역 이외의 소비자들을 모으는

---

11) William J. Baumol and William G. Bowen, *Performing Arts : the Economic Dilemma,* New York : Twentieth Century Fund, 1966. 187쪽 참조

12) 제임스 헤일브런, 찰스 M. 그레이 공저, 이홍재 역, 『문화예술경제학』, 살림, 2000. 160-167쪽

데에 일조한다. 이들은 관광객으로 지역의 문화행사 공연 입장권을 산다거나 박물관을 방문하는 것 외에 그 지역의 상점에서 기념품이나 물건을 구입하고 식사와 숙박을 위해 지출하게 되며, 이는 일반 상품의 수출과 마찬가지로 지역경제를 자극하게 된다.

④ 교육에 대한 기여 : 일반적으로 예술 작품을 더 잘 향유하려는 과정에서 자연스럽게 학습 욕구가 생기며, 이러한 수요에 의해 교육이 이루어진다. 교육소비는 사회적 편익을 발생시키는 대표적인 예이다.

⑤ 예술 참여자들의 사회적인 증진 : 사람들은 예술 소비에 참여함으로써 감수성이 증대하거나, 동료들의 예술적 성취물들을 보면서 인류를 더 나은 존재로 인식하게 된다. 이는 개인의 만족 차원을 넘어서는 외부편익이라 할 수 있다.

⑥ 예술의 혁신성 : 창조적인 예술가가 예술양식의 혁신적 변화 실험을 하고 나면 이후 다른 예술가들의 모방이 잇따르며 새로운 예술 분야나 기법으로 자리를 잡게 된다. 일반적인 산업현장에서 기술적 혁신은 특허에 따라 보호받게 되지만, 새로운 예술양식에 대해서는 특허제도를 통해 보호받을 수 없다. 따라서 예술가들은 아무런 대가를 지불하지 않고 혁신적 예술 작품의 양식을 모방할 수 있는데, 이는 사회적 외부편익이다.

이상의 정리를 통해 알 수 있듯이 예술작품은 다양한 외부편익을 발생시키며, 나아가 공공재로서의 비경합적이고 비배제적인 소비특성[14]까지

<hr />

13) 위의 책에는 '국가적 자긍심'이라고 되어 있지만, 한국적 상황을 염두에 둘 때 '민족적 자긍심'으로 번역하는 것이 더 낫다고 판단했다.

보인다. 한편 공공재의 소비특성 때문에 사회구성원들은 자신들에게 필요한 재화임에도 불구하고 정당한 대가의 지불을 꺼리게 되어, 공공재는 시장경제의 모순을 심화시키게 되며, 여기에서 문화예술산업에 대한 정부의 시장개입 필요성이 경제학적 차원에서 요구된다.

2.3. 문학경제학[15] 시론

지금까지 논의한 예술산업의 '생산성 격차'와 '공공재적 성격'은 주로 공연예술을 중심으로 구명된 것들이다. 즉 공연예술은 생산성 격차 때문에 현대사회에서 점차 경쟁력을 잃어가고 있지만, 공공재적 성격을 지니므로

---

14) 모든 분야의 예술작품이 공공재적 성격을 갖는다는 것은 성급한 결론이겠으나, 일반적으로 예술경제학자들은 예술작품이 공공재적인 성격을 갖고 있다는 것에 동의하고 있다. 이에 대해서는 『문화예술경제학』(제임스 헤일브런 · 찰스 M. 그레이 공저, 이흥재 역, 살림, 2000.) 167-170쪽을 참조할 것.

　　일반적으로 공공재의 소비특성으로는 아래의 두 가지가 거론된다.
　① 비경합적 특성 : 한 개인이 소비에 참여하여 얻는 한계 효용은 기존에 소비하고 있는 다른 모든 개인들이 얻는 편익을 감소시키지 않는다. (대부분의 공연예술이 이런 특성을 지닌다.)
　② 비배제적 특성 : 사회의 다른 구성원들이 아무런 대가를 지불하지 않고 특정의 재화를 소비하면서 얻는 편익을 막지 못한다는 의미이다. (길거리에 조형되어 있는 문화유산이나 거리 공연물 등이 이에 해당한다.)
　　대부분의 재화는 위의 두 가지 성질을 부분적으로 보유하고 있는 경우가 보통이다. '도로'는 대표적인 공공재이며 비배제성을 갖고 있지만, 같은 도로에 많은 차량이 있을 경우에는 정체가 발생하므로 경합적 특성을 갖는다. 영화나 다른 공연물의 경우 대부분이 매표를 해야 하므로 비배제적인 소비특성을 갖지는 못하지만, 옆 좌석에 다른 사람이 앉아 있다고 해서 관람하면서 얻는 편익이 감소되지는 않으므로 비경합적 특성을 지닌다.
15) '문학경제학'이란 '예술경제학'의 하부 단위로 편의상 본인이 붙인 이름이다.

외부의 도움을 받아서라도 계속 유지, 활성화시켜야 한다는 것이다. 하지만 문학작품과 공연예술작품의 양식적 차이가 엄연하므로, 문학 부문에 대해서도 똑같은 논리를 적용할 수는 없을 것 같다.

우선 문학작품의 생산과 배분과정은 공연예술과 달리 사회 전체의 생산성 향상과 궤를 같이 해왔다. 워드프로세서의 대중적 보급과 컴퓨터 조판, 고속 윤전기의 개발 등은 제본의 속도와 비용을 획기적으로 절감시켰기 때문이다. 대체적으로 책값의 인상률이 소비자물가 인상률을 따라잡지 못한다는 사실이 이를 뒷받침해 준다.[16]

하지만 예술작품의 다양한 외부편익은 문학작품의 경우에도 그대로 적용이 가능하다. 훌륭한 문학작품은 명백하게 후세에 대한 유산이 되며, 작가가 세계적인 명성을 얻을 경우에 이는 곧장 국민들에게 민족적 자긍심을 느끼게 할 것이기 때문이다. 지방자치제 실시 이후 경쟁적으로[17] 이루어지는 지역 출신의 문인에 대한 생가 복원이나 기념관 건립, 그리고 각종 문학제의 개최는 문학예술산업이 지역경제에 대한 편익을 가져다 줄 것이라는 사람들의 믿음을 분명하게 보여준다. 문학작품의 경우 교육 현장에서의 활용이 이미 왕성한 것 역시 교육에 대한 기여를 통해 외부편익을 낳을 것이며, 인간과 사회에 대한 애정과 이해를 깊고 넓게 하는 효과 역시 문학작품은 여타의 다른 어떤 예술양식보다 더 효율적이라 할 수 있다.

---

16) 1975년 물가를 '100'으로 할 때 16년 뒤의 소비자물가는 '174'인데 책값은 '121'에 불과해 책값이 물가상승을 따라가지 못했다는 기사는 그 단적인 예이다. (조선일보 1992년 12월 3일자, 16면 참조)

17) 거제시와 통영시의 지방자치단체가 서로 유치환 시인의 출생지가 자신들의 행정구역이라고 주장하여 법적 분쟁으로까지 나아간 것은 단적인 예라 할 수 있다. (문화일보, 2003년 4월5일자, 22면 참조)

또 이광수가 최초의 근대적 장편소설 〈무정〉을 발표하면서 내세운 문체의 혁신이 이후 다른 작가들의 문체에 지대한 영향을 끼쳤으며, 나아가 우리 사회 전체의 근대적 산문체 성립에도 큰 공헌을 한 것은 예술의 혁신적 성격을 잘 보여주는 예라고 하겠다.

이광수의 〈무정〉을 예술의 혁신성이라는 차원에서 좀더 상론해 보자. 〈무정〉이 최초의 근대소설로 평가받는 이유는 다양한 관점에서 찾아볼 수 있겠지만, 그 중에서 근대적 소설 문체를 확립한 점은 누구도 부정할 수 없는 문학사적 의의이다. 1917년에 신문 연재된 〈무정〉이 보여준 근대적 소설 문체는 7,8년이 지나 1920년대 중반이 되면서 소설의 일반적 문체로 확고하게 자리를 잡았으며, 이후 일상적인 그 밖의 모든 산문에서도 전범(典範)이 된다.[18] 〈무정〉에서 나타난 이러한 혁신적 문체를 만약 오늘날의 기업체에서 만들었다고 가정해 보자. 이광수는 자신의 문체가 당대의 일반적인 소설 문체로 자리 잡을 때까지 기다린 후, 이후 모든 소설가들이 자신의 문체를 이용해 소설 작품을 생산할 때마다 일정액의 로열티를 지불하라는 소송을 걸 수 있다. 소설뿐 아니라 출간되는 모든 산문에도 적용이 가능하다. -물론 이런 일은 발생하지 않았고, 절대 발생해서도 안 된다. 예술의 혁신성은 기업체의 신기술 개발과는 근본적으로 다르다. 이광수가 만일 자신의 문체에 대해 지적재산권을 행사하려고 했다면 사람들은 다른 문체를 만들어 냈을 것이다. 하지만 사회적인 차원에서 보자면 〈무정〉 이후 사람들은 로열티의 지불 없이 이광수가 개발한

---

18) 『무정』의 언문일치 문체가 이광수의 독보적 창작물로 볼 수는 없으나, 산업체에서의 신기술 역시 기존의 발명품을 보완해 '특허'를 따낸 것에 불과한 경우가 많으므로, 『무정』의 혁신적 문체는 발표자인 이광수의 지적소유물이라 할 수 있다.

문체를 사용했으며, 이 때의 외부편익을 경제학적으로 환산하면 그 가치는 엄청난 것이 될 것이다. 세종대왕과 집현전 학자들이 만든 '한글'에 대해서도 비슷한 논의가 가능하다. 이런 점에서 보면 '한글'은 우리 역사상 창작자가 분명한 문화예술상품 중에서 가장 높은 외부편익을 지녔다고 할 수 있겠다. 이상에서 예로 든 〈무정〉이나 '한글'뿐이 아니라 뛰어난 문화예술상품은 모두 일정한 정도의 혁신성을 지니고 있다.

이 밖에도 문학작품은 승자독식에 의한 빈익빈 부익부 현상을 보인다는 점에서 일반적인 재화들과 구별되는 여러 가지 특성을 지니고 있다. 주지하 다시피 대개의 문학작품은 출판비용에도 못 미치는 수입을 내는데 반해, 몇몇 베스트셀러들은 큰 수익을 낳는다. 이는 영화나 음반 등을 비롯한 문화예술상품들의 일반적 특징이다. 그리고 일단 대중적인 성공을 하고 나면, 수용층에 일종의 네트워크가 형성되어 작품의 가치와 무관하게 추가적인 소비가 이루어지는 이른바 '네트워크 외부성'[19)]이 발생하여 승자 독식 현상을 더욱 심화시킨다. 게다가 문학작품, 특히 소설은 다른 장르로의 변용에 의한 '창구화(windowing) 효과[20)]'를 강하게 갖고 있다. 소설 〈토

---

19) 네트워크 외부성(network externality) : 소비자 혹은 생산자 등 경제주체의 수가 증가하 여 네트워크를 형성하면, 이에 따른 추가적인 경제적 이익이 발생하는 것을 의미한다. 워드 프로세서나 OS 프로그램의 경우 다수의 소비자가 사용하는 프로그램은 다수가 네트워크를 형성하고 있다는 이유만으로도 소비자가 경제적 이익을 얻을 수 있다. 우리 나라의 대표적 워드 프로세서 프로그램을 '아래 한글'과 'MS 워드'로 양분한다면 'MS 워드' 사용자가 증가할수록 '아래 한글' 사용자의 프로그램 효용 가치가 떨어지는 이치 이다. 이는 필연적으로 독과점의 문제와 연결되는데, 예술 작품의 경우 이를 독과점과 곧장 연결시키는 것은 무리이겠으나, 예술경제학적으로 중요한 현상임에는 분명하다.
20) 문화관광부, 『문화산업백서 2001』, 12-14쪽 참조.

지)가 드라마, 영화, 음악극, 청소년용, 만화[21] 등 다양한 장르로 재생산 되는 것은 〈토지〉의 창구화 효과를 보여주는 좋은 예이다.[22] 이러한 창구화 효과 역시 승자독식이라는 예술 시장의 특징을 더 강화시켜 주고 있다. '전체 예술시장 소득의 95%를 스타급 예술가 5%가 차지하고, 부스러 기 소득의 5%를 이름을 크게 얻지 못한 대다수 예술가들이 나눠 갖는 격'[23]이라는 지적은 주로 영화배우나 가수를 염두에 두고 한 말이지만, 소설가 시장도 전혀 예외라 할 수는 없을 것이다.

하지만 승자독식에 의한 빈익빈 부익부 현상은 문화예술 분야 이외의 일반적인 재화 시장에서 나타나는 규모의 경제, 또는 특허에 의한 독과점과 는 조금 다른 차원에서 이해해야 한다. 일반적으로 독과점은 자유로운 경쟁체제를 파괴하고 시장질서를 교란하기 때문에 정부의 개입을 당연시하 지만, 문화예술 분야에서 발생하는 승자독식 현상은 대중이나 비평가 집단에 '공인'되었음을 보여줄 뿐, 그 자체가 시장질서를 교란한다고 보기 어렵다. 대작의 출현으로 예술 시장의 자유경쟁 체제가 무너진 예는 없으며 오히려 더욱 창조적인 예술작품이 생산될 수 있는 계기를 제공하는 측면이 강하기 때문이다. 특히 영화나 음반 산업같이 이른바 대중예술 분야에서의 승자독식 현상과 문학 산업에서의 승자독식 현상을 동일선상에서 비교하는

---

21) 최근 '정보문화사'와 계약을 체결한 것으로 알려져 있다.

22) 최근 '창구화'는 다른 장르로 변용된 생산물을 시장에 내놓을 때의 마케팅 전략과 효율 적 타이밍에 대해서도 활발한 논의가 이루어지고 있는데, 이는 주로 영화 산업체들이 비디오 및 공중파 텔레비전에 대한 영화 배급 시기 및 효과를 모색하는 과정에서 이루 어졌다. 이에 관해서는 「영상상품의 '창구화' 배급이 갖는 경제적 효율성에 관한 연구」 (조성규, 연세대 신방과 석사 논문, 1996)를 참조하였다.

23) 조계완, 「나훈아와 너훈아의 먼 거리」, 『한겨레 21』 2003년 3월 20일자, 108쪽에서 인용. 하지만 위의 인용이 엄밀한 측정에 근거한 것이라고 보기는 어렵다.

것은 더욱 불가능하다. 스타 배우와 무명 배우의 극단적 수입 양극화 현상은 분명히 문제적이며, 차이를 해소할 수 있는 방안을 마련할 필요가 있다. 하지만 문학 산업의 경우 아무리 베스트셀러라고 해도, 일반 기업에서 히트 상품을 제조했을 때와 비교하여 작가의 인세 수입이나 출판사의 도서 판매 수익은 그리 높다고 볼 수 없기 때문이다. 문학 산업에서의 승자독식 문제는 오히려 가치 있는 작품을 선별하여 정당한 보상을 주는 차원에 가깝다.

예술 시장에서의 승자독식 문제는 예술의 자율성과 함께 개별 분야의 특수성을 충분히 고려하는 신중하고도 깊이 있는 접근이 필요하다. 이에 대한 상세한 논의는 이 글의 목적을 벗어나므로 더 이상 언급하지 않기로 한다. 중요한 것은 이상에서 언급한 내용들을 종합하면, 문학산업 분야에 외부의 개입이 필요하다는 결론이 도출된다는 점이다. 문학작품은 다양한 외부편익의 원천임에도 불구하고 창작자에게 돌아가는 이익이 다른 산업 분야에 비해 상대적으로 적다. 또 그럼에도 일정한 규모의 경제를 실현한 이후에는 한계생산비용이 '영(zero)'에 가까워지고, 네트워크 외부성 및 승자독식에 의한 빈익빈 부익부 현상과, 다른 장르로의 변용에 의한 창구화 (windowing) 효과 등의 이유로, 일단 대중적 관심을 받은 후에는 기업의 이윤 추구를 위한 자본의 논리만이 더욱 강조되는 경향이 있다. 이러한 예술 재화의 특이한 성격은 예술작품의 생산과 유통 및 향유 과정에는 정부의 적절한 개입이 필요하다는 점을 알려주고 있다. 또 문학작품이 공공도서관의 장서로 선택될 경우에는 불특정 사회의 구성원들이 아무런 대가를 지불하지 않고도 작품을 소비하면서 편익을 가질 수 있게 되는 비배제적 소비특성도 갖게 되는데 이는 공공재적인 특성이라 할 수 있어 정부 개입의 정당성을 강화시켜 준다.

문학작품을 시장기구에 전적으로 맡길 수 없는 또 다른 근거로써 예술작품에 대한 향유능력의 개발 문제를 들 수 있다. 사회의 어느 구성원이 특정한 예술작품을 향유하는 것은 궁극적으로 취향의 문제이지만, 이때 구성원의 향유능력이 충분히 개발되지 않은 상태라면, 그의 취향은 신뢰할 수 없게 된다. 음악의 경우를 예로 들자면, 우리 시대의 누군가가 가수 김건모의 노래들보다 신승훈의 노래들을 대체로 더 좋아한다고 했을 때, 이는 그 사람의 개인적 취향의 문제이므로 외부적 개입이 필요하지 않으며, 설사 외부적으로 개입한다고 해도 이미 갖고 있는 그의 미적 취향이 변할 가능성은 높지 않다. 하지만 그 사람이 베토벤과 모짜르트, 바하 등의 클래식 음악을 전혀 좋아하지 않는다거나, 또 전통적인 국악마저 좋아하지 않는 것은 여전히 '취향의 문제이지만, 앞서 예로 든 대중가요와는 다른 경우로 봐야 한다. 왜냐하면 클래식과 전통음악에 대한 체계적이고도 수준 높은 학습을 받은 후에 그 사람의 취향은 바뀔 가능성이 높기 때문이다. 따라서 이 경우에 그가 클래식과 전통음악을 좋아하지 않는다는 것은 단지 아직 향유능력을 제대로 개발하지 못했다는 것을 보여줄 뿐이다. 향유능력이 개발된 후에 그가 클래식보다 전통음악을 선호한다거나, 또는 베토벤보다 모짜르트를 선호하게 된다면 이때의 '취향'은 대중음악의 경우와 유사하게 신뢰할 수 있고, 쉽게 변하지 않을 것이다.

많은 경우에 예술은 '후천적으로 얻어지는 취향'일 가능성이 높으므로,

예술에 대한 소비를 증진시키려면 사람들로 하여금 그와 같은 선호를 획득하도록 하기 위해 예술에 더 쉽게 접근할 수 있도록 만들고 직접적인 노출을 증진시키도록 해야 한다. 예술에 관한 무지로 인해 더 많은 즐거움을 누릴 수 있는 국민의 기회를 막는 것은 다양한 외부편익의 원천인 예술자원의 효율적 배분을 방해하는 것이다. 반대 의견이 있을 수 있겠지만, 후천적으로 얻어지는 취향이라는 관점에서 볼 때에 각 예술영역별 전문가들이 인정하는 이른바 예술적 가치가 높은 작품들의 경우 대부분의 수용자들은 일정 수준까지 자신의 향유능력을 개발해야만 그 가치를 제대로 음미할 수 있게 된다.

다른 일반적인 예술작품들과 유사하게 문학작품의 경우에도 예술적 가치가 높은 이른바 '고급 예술작품'들은 일반적인 사회구성원들의 향유능력이 어느 정도 개발된 이후에 보다 능동적인 소비가 이루어진다. 따라서 출판 기술의 발전에 힘입어 양적으로 팽창하고 있는 문학 출판물들의 질적 수준을 향상시키기 위해서는, 수준 높은 작품들이 능동적으로 수용될 수 있도록 독자들의 향유능력을 개발할 필요가 있다. 하지만 독자들의 향유능력 개발을 위해 특정한 출판사가 비용을 지불할 가능성은 거의 없으므로 정부는 출판업계 전체에서 거두어들인 세금의 일정액을 이 부분에 투자하는 것이 옳다. 지금까지 연구된 예술경제학의 성과에 따르면, 예술작품의 수요는 가격에 대해서는 비교적 비탄력적이며, 오히려 '교육수준'이 예술 참여에서 가장 강력한 결정요인이 된다. 이는 향유능력의 개발이 매우 효과적인 예술정책이 될 수 있음을 시사한다.

문학작품의 향유능력 개발은 공교육기관의 공식적 커리큘럼 안에서 이루어지는 부분과 밖에서 이루어지는 부분으로 나누어 살펴볼 수 있다. 공교육기관에서 이루어지는 활동에 대해서는 이미 문학교육학의 주된 연구대상이므로 더 이상 언급하지 않겠다. 이 글에서는 학교 밖에서 이루어지는 문학작품의 향유능력 개발에 관심을 두고 있다. 문학작품의 향유능력은 독자의 개인적 체험과 지식, 독서량 등과 밀접한 관련을 지니며, 대중매체의 영향력이 크게 작용할 것이다. 이러한 요소를 염두에 두면서 이 글에서는 〈토지〉의 데이터베이스 구축 방안에 대해 논하려고 한다. 이는 〈토지〉의 데이터베이스가 〈토지〉를 더 잘 향유할 수 있게 도와 줄 수 있으며, 이것이 문학예술 자원의 효율적 배분에 기여하고, 결과적으로 문학부문에 대한 정부의 효과적 지원 사례가 될 수 있다는 전제에서 출발한다.

3. 〈토지〉의 데이터베이스 구축

3.1. 데이터베이스 구축의 효과

〈토지〉의 데이터베이스 구축은 〈토지〉에 대한 각종의 자료들을 개발하고 집적시키는 것을 의미한다. 이는 시디롬이나 온라인, 또는 유무선 방송망을 통해 제공되는 디지털데이터일 수도 있고, 〈토지〉의 인물, 공간, 서사구조 등에 대해 해설해 놓은 출판물의 형태일 수도 있다. 하지만 인터넷이 정보 검색의 주요한 수단으로 자리를 잡아가고 있는 오늘날의 매체환경을 고려할 때에, 궁극적으로는 각종의 시각 자료를 포함하는 온라인 하이퍼텍스트의 구축을 지향하는 것이 바람직하며, 또 유무선 디지털 방송기술의 발전과 보급에 대비하여 양방향 디지털 방송 콘텐츠로의 변환 가능성도 염두에 두어야 한다. 이때 〈토지〉는 박경리 원작의 소설 〈토지〉를 주된 텍스트로 삼겠지만, 필요한 경우에 드라마나 청소년 〈토지〉, 또는 〈토지〉와 관련된 각종 문화축제 등을 아우를 수도 있다.

우선 〈토지〉의 데이터베이스 구축이 갖는 의미들을 정리해 보면 다음과 같다.

첫째, 데이터베이스는 〈토지〉를 충분히 향유할 수 있는 기반을 만들어 준다. 박경리의 소설 〈토지〉는 25년이라는 유례없이 긴 연재기간과 휴지기, 단행본 발간의 단속(斷續) 등을 거듭하면서 작가의 사상과 주제의식, 독자와 평자들의 수용양상 등이 끊임없이 변화해 왔다.[24] 〈토지〉는 여러 인물들이 개별적으로 중요한 서사 라인을 구성하는 구조를 갖고 있는데 분량의 방대함 때문에, 독자들이 오랜 시간을 투입해 독서를 하고 난 후에도 여전히 개별 인물들의 서사 라인을 재구성하기가 쉽지 않다. 여러 출판사를 옮기는 과정에서 단어나 문장이 수정, 삭제된 경우도 셀 수 없이 많으며, 심지어 후반부에 가서 전반부에 나왔던 인물의 이름이 바뀌는 경우도 있다. 또 평사리를 중심으로 진주, 지리산, 서울, 부산, 간도, 하얼빈, 연추, 블라디보스톡, 동경 등으로 서사공간이 확장되는데, 이러한 공간들에 대한 분석작업과 그 밖에 일제시대에 대한 역사적 실증 자료 등도 보다

---

24) 이에 대해서는 이상진의 「〈토지〉는 어디에 있는가 - 수용환경의 변화로 본 〈토지〉 해석」(한국문학연구학회 2003년 여름 학술대회)에 상술되어 있다.

충분한 작품 감상을 위해 유용한 정보들이다. 이상의 간략한 서술을 통해서도 알 수 있듯이, 〈토지〉는 그 명성에 비해 온전한 향유가 쉽지 않아 다른 어떤 문학작품보다 우선적으로 효율적인 데이터베이스의 구축이 필요하다.

둘째, 〈토지〉의 데이터베이스는 예술자원배분의 지역적 격차를 해소하기에 상대적으로 유용한 재화이다. 지금까지의 예술경제학 이론은 주로 공연예술을 중심으로 이루어졌는데, 정부 지원의 정당성을 밝히는 데에는 큰 성과를 거두었으나, 정부 지원의 효과가 대도시 거주자에게 집중된다는 문제에 대해서는 별반 대책을 제시하지 못했다. 지방 공연의 경우 관람을 위해 관객들이 지불해야 하는 교통비와 시간소요가 많아 접근의 용이성이 크게 떨어지기 때문이다. 이에 비해 〈토지〉의 데이터베이스는 지역에 상관없이 접근이 용이하다. 물론 지방과 대도시 간에는 기본적으로 정보화 수준이 다르므로 지역적 편차를 완전히 없앨 수는 없다. 다만 공연을 보기 위해 원거리를 이동하면서 지불해야 하는 교통비와 시간의 낭비요소를 제거함으로써 상대적으로 지역적 격차를 줄일 수 있다는 의미이다.

예술자원배분의 지역적 격차는 단순히 공연예술 분야에만 국한되지 않는다. 학교, 학원, 각종 문화센터 등 예술작품의 향유능력을 고양시킬 수 있는 대부분의 교육기관들이 대도시에 집중되어 있는 것 역시 지역격차를 부추기는 심대한 요인이다. 지방자치제 실시 이후에 경쟁적으로 유치, 건립된 예술가들의 생가나 기념관, 또는 문화 축제들 역시 도시 거주민들의 접근을 방해하므로 일종의 역(逆)지역 격차를 발생시킨다고 할 수 있다.

이렇게 볼 때에 대부분의 예술자원들이 배분의 지역적 격차 문제에서 자유롭지 못하다. 데이터베이스 자체를 예술자원으로 볼 수 있는가에 대해서는 좀더 상세한 토구가 필요하겠지만, 예술작품의 향유능력을 넓은 의미의 예술자원으로 본다면 교육기관이나 작품의 데이터베이스 역시 예술자원으로 묶어서 생각하는 데에 별 무리가 없을 것이다. 이렇게 볼 때에 〈토지〉의 데이터베이스는 예술자원배분의 지역적 격차 해소를 위한 모범적 개발모델이 될 것이다.

셋째, 〈토지〉의 데이터베이스는 예술자원배분의 계층적 격차[25] 를 해소하는 데에도 유용한 결과를 낳을 것이다. 이는 데이터베이스 구축이 예술품의 생산과정에 대한 지원이 아니라는 측면과 문학예술의 대중성이라는 두 가지 차원에서 생각해 볼 수 있다. 이미 지적했듯이 예술작품의 소비는 가격보다 향유능력에 더 탄력적으로 비례하기 때문에 작품 생산의 직접적 과정에 지원하여 생산단가를 낮추는 것보다는 교육을 통해 잠재 수용자의 향유능력을 높이는 것이 더 효과적이다. 공연예술에 대한 지원은 생산성 격차로 인한 비용증가 때문에 공연비용에 대한 직접 지원이 대부분이므로 그 혜택이 관람객으로 한정된다. 하지만 〈토지〉 데이터베이스는 〈토지〉를 읽지 않은 사람들도 쉽게 접근할 수가 있으며, 이들이 교육을 통해 〈토지〉를 읽게 될 가능성이 있고, 이는 결국 공연예술보다 상대적으로 더 많은

---

25) 공연 예술에 대한 정부의 지원이 고소득계층과 저소득층 중에서 어느 계층에 더 큰 수혜를 주는지에 대해서는 상반된 연구결과들이 있어, 이 글에서는 언급하지 않기로 한다. 이에 대해서는 『문화예술경제학』(제임스 헤일브런·찰스 M, 그레이 공저, 이흥재 역, 살림) 180-185쪽을 참조할 것.

사람들에게 예술자원을 배분하는 효과를 낳을 것이다. 또 문학작품은 전통적으로 공연물보다 더 대중적으로 향유되었으므로, 〈토지〉 데이터베이스는 공연예술보다 좀더 다양한 계층의 사람들에게 개방될 것이다. -물론 〈토지〉 데이터베이스에 접근하는 사람들은 비교적 안정된 경제적 수준과 평균 이상의 교육수준을 갖고 있을 것으로 추정된다. 하지만 이런 경우에도 일반적인 다른 '공연물'에 비해 〈토지〉 데이터베이스가 더 다양한 계층에게 이용될 것이라는 점은 변하지 않는다. 따라서 〈토지〉의 데이터베이스는 예술자원배분의 계층적 격차 해소에 일정한 기여를 할 수 있을 것이다.

넷째, 디지털 콘텐츠로 구축될 〈토지〉 데이터베이스는 디지털 자료의 특성상 다른 매체로의 코드 변환작업이 용이하여 다양한 문화산업적 활용가치가 풍부하며, 또 적은 비용으로 오랜 기간동안 원본을 훼손 없이 보존할 수 있다. 최근 10년 동안 우리 사회의 매체 환경은 놀랄 만치 변화했으며, 그 변화의 가속도에 눌려 아무도 선뜻 미래의 매체 환경을 예측하기가 쉽지 않다. 전화선을 통한 소용량 데이터의 근거리 전송에서 출발한 PC통신은 각종의 동영상을 전 세계로 실시간 전송할 수 있는 초고속 인터넷 환경으로 발전했고, 이제는 PC끼리의 데이터 이동이라는 패러다임을 깨고 휴대폰에 직접 문자 메시지나 이메일, 스트리밍(streaming)[26] 기술을 이용

---

26) 스트리밍(streaming) : 이전의 컴퓨터 프로그램은 특정한 데이터 파일의 전체를 읽은 후에만 실행할 수 있었는데, 스트리밍 기술은 실행하고자 하는 파일의 일부만을 읽은 후에도 읽어 들인 파일만을 우선 실행할 수 있다. 이를 통해 인터넷 상에서 대용량의 멀티미디어 파일을 다운받으면서 동시에 감상할 수 있게 되어, 스트리밍 기술은 오늘날 멀티미디어 기반의 인터넷 매체 환경을 구축하는 데에 중요한 역할을 하고 있다.

한 동영상, 자바(Java)[27] 기반의 게임 파일 등을 보낼 수 있게 되었다. 지금까지는 책, TV, 음반 등 기록 매체가 변하면 해당 매체의 특성에 맞추어 콘텐츠를 완전히 새로 제작해야 했으나, 디지털 콘텐츠는 다른 매체에 사용할 수 있도록 코드 변환작업이 용이하다. 물론 매체 간의 특성이 상이하여 코드 변환이 불가능하거나 또는 새로운 매체가 기존의 콘텐츠보다 더 고급한 사양을 요구하여 콘텐츠로서의 활용가치가 떨어지는 경우[28]도 있지만, 디지털 콘텐츠는 기존의 다른 자료에 비해서 훨씬 손쉽게 다양한 매체에서 활용이 가능한 특징을 갖고 있다. 또 디지털 콘텐츠로 구축된 데이터베이스는 실제 부피를 갖고 있지 않고 복제가 쉽고 보존이 용이하다. 이는 대부분의 예술 재화들이 시간의 풍화작용을 거치면서 변질되고 훼손되는 것과 비교하면 매력적인 요소가 아닐 수 없다.

다섯째, 〈토지〉 데이터베이스의 구축은 다른 대형 서사물들의 데이터베이스 개발을 위한 전범(典範)으로 활용가치가 높다. 이때 〈토지〉 데이터베이스가 전범으로서 활용된다는 것은 문학작품에 대한 데이터베이스 구축의 예술 산업적 효과를 공감하게 되는 것과 실제 데이터베이스 구축 시의 시행착오와 설계비용을 절감할 수 있다는 두 가지 차원에서 생각해 볼

---

27) 자바(Java) : 웹상에서 플랫폼에 상관없이 실행 가능한 컴퓨터 언어. 이러한 자바를 이용하여 만든 프로그램이나 문서는 MS 윈도우, 리눅스 등 운영체제의 종류와 IBM, Mac 등 PC기종에 관계없이 웹 브라우저만 뜬다면 어디서나 작동할 수 있어, 시계나 휴대폰, TV 등 다른 매체에서도 작동하는 각종 프로그램 개발에 용이하다.
28) 새로운 매체는 대개 기존의 콘텐츠보다 더 고급한 사양을 요구한다. 예를 들어 DVD롬의 화상 정보는 기존의 비디오시디나 비디오카세트보다 훨씬 고밀도로 이루어져 있고 오디오 부분에서도 5.1채널을 지원하기 때문에, 기존의 동영상을 DVD타이틀로 다시 변환시키면 DVD롬으로서의 가치는 상당 부분 손상될 수밖에 없다.

수 있다. 〈토지〉 데이터베이스가 독자들의 관심을 끌면서 효과적인 〈토지〉 향유에 기여하는 것이 객관적으로 구명된다면 이는 다른 작품들에 대해서도 데이터베이스 구축의 필요성을 자각시킬 것이다. 그리고 이때 〈토지〉 데이터베이스의 설계와 구축, 구축 이후의 운영에 대한 모든 노하우는 다른 작품들의 데이터베이스 구축 및 유지비용을 크게 절감시킬 것이며, 나아가 이는 정부의 지원 없이 출판사나 그 밖에 다른 사기업의 후원만으로 도 데이터베이스의 자생적 구축이 가능할 수 있는 토양을 마련하게 될 것이다.

3.2. 왜 〈토지〉인가?

지금까지 〈토지〉 데이터베이스 구축의 효과들을 살펴보았다. 이 글은 정부의 문학 지원책 중에서 개별 작품에 대한 데이터베이스의 구축이라는 새로운 분야가 갖는 효용성을 입증하려는 목적을 갖고 있기 때문에 위에서 기술한 데이터베이스 구축의 효과들은 다른 작품들에 대해서도 그대로 적용할 수 있는 데이터베이스 구축의 일반적 효용론이라 할 수 있다. 이제부터 〈토지〉라는 개별 작품의 효용이라는 측면에서 데이터베이스 구축의 의미를 살펴보기로 하겠다.

〈토지〉의 데이터베이스 구축은 〈토지〉가 이미 우리 사회에서 대표적인 문학적 자산으로 공인받고 있다는 점에서 그 의의를 찾을 수 있다. 〈토지〉는 1995년 『문예중앙』이 문학 평론가 55명을 대상으로 실시한 설문 조사 '해방 50년 대표 소설 50편'에서 총 52표를 얻어 49표를 얻은 최인훈의

〈광장〉, 45표를 얻은 조정래의 〈태백산맥〉을 넘어서는 압도적 지지를 받았다.[29] 또 〈토지〉는 이미 오래 전부터 한국에서의 노벨문학상 후보로 1순위에 꼽혀 왔다.[30] 이 밖에도 〈토지〉는 드라마로 두 차례나 방영되었고, 현재에도 다시 방송국에서 드라마 제작을 기획 중에 있다. 한국 드라마 역사상 동일 작품을 세 번이나 거듭해 제작한 경우는 그 유례를 찾기 힘들 정도로 〈토지〉는 상업적 성공이 보증된 작품이다. 〈토지〉는 음악극으로도 공연되었고, 청소년 〈토지〉가 발매 중에 있으며, 만화 〈토지〉 역시 판권 계약을 마친 것으로 알려져 있다. 이러한 일련의 사실들은 〈토지〉가 우리 사회에서 대체할 수 없는 문학적 자산으로 확고부동의 자리를 굳혔다는 점을 알려준다. 따라서 시장체제에서 이미 문학성과 상품성을 검증받은 〈토지〉는 이제 더 이상 개인이나 기업의 상품으로만 내버려 두어서는 안 될 공공재적 성격을 지니고 있다고 할 수 있다. 이러한 작품을 보다 많은 사회 구성원들이 향유할 수 있도록 기회를 제공하고, 보다 충분히 향유할 수 있도록 정부가 배려하는 것은 중요한 일이며, 〈토지〉 데이터베이스의 구축은 이러한 목적을 효과적으로 수행하는 좋은 사례가 될 것이다.

〈토지〉의 데이터베이스 구축은 〈토지〉가 일반인들이 혼자 읽어내기에

---

29) 「해방 50년 한국문학」, 〈문예중앙〉, 1995년 여름호. (국문학자들과 평론가들의 선호 도가 조금 다른데, 이에 대해서는 이상진의 「〈토지〉는 어디에 있는가 - 수용환경의 변화로 본 〈토지〉 해석」(2003년 한국문학연구학회 여름 세미나)을 참고할 것.

30) 인터넷 교보문고가 200년 12월 31일부터 네티즌을 대상으로 3일간 '노벨문학상 수상 가능성이 높은 한국 작가'에 대해 설문 조사한 결과 〈토지〉의 박경리(32.5%)가 가장 유력한 것으로 나타났다. 이어 조정래(16.5%)와 이문열(14.7%)이 각각 2, 3위로 꼽혔 다. (〈동아일보〉 2003년 1월 9일자 19면에서 발췌)

결코 만만하지 않은 작품이라는 점에서 그 필요성을 찾아볼 수 있다.

박경리의 〈토지〉는 우리 문학사상 가장 길이가 긴 서사문학 작품이다. 〈토지〉는 연재가 시작된 지 26년만인 1994년, 원고지 분량만 대략 30,000장, 모두 5부 16권 25편 361장으로 완성되었으며, 2002년에는 총 21권으로 재간행되었다. 한편 이 작품의 시간적 배경은 1897년에서 1945년까지 약 50년간이며, 공간적으로는 경남 하동 평사리에서 시작하여 북으로는 만주일대와 남으로는 일본 동경 등에 이르기까지 확대되어 근대화의 진행과정에서 한·중·일의 관계를 적극적으로 서사 내에 끌어들이고 있다. 또한 등장인물은 거의 700여 명에 달하며 이들은 평사리를 중심으로 5세대에 걸쳐 확대된 관계를 통해 그려진다.

작가와 작품에 대한 연구서와 사전 등속이 얼마나 풍부하고 충실한가 여부는 그 나라 문학의 잠재력을 가늠하는 척도가 된다. 외국의 경우에는 벌써 오래 전부터『셰익스피어 사전』,『율리시즈 사전』,『카프카 사전』과 같은 작업이 다양하게 이루어져 있는 형편이다. 반면 우리나라에는 지금까지 제대로 된 작가 및 작품 사전이 거의 없다. 〈토지〉가 우리 문학사상 중요한 작품임이 충분히 인정되었음에도 본격적인 연구가 여전히 이루어지지 않고 있는 이유는 〈토지〉가 작품의 시간적·공간적 배경과, 인물의 규모, 이에 당연히 수반되는 중층적인 구조로 인해 전문연구자들에게조차 연구대상으로 선정되기 어렵다는 취약성을 지니고 있기 때문이다.[31]

---

31) 대표적인 작품 사전으로 임우기, 정호웅 공저로『〈토지〉 사전』(솔출판사, 1997.)을 꼽을 수 있다. 이 사전에는 방언을 포함해 2500여 어휘가 예문과 함께 망라되어 있고, 438개의 속담, 179개의 풍속 및 제도, 104명의 주요 등장인물, 130개의 국내외 역사적 사건들, 1850에서 1945년에 이르는 한국사 및 세계사가 정리되어 있으며, 여기에다가 작품 무대의 지도와 약도, 주요 인물의 가계도가 덧붙여져 있다.『〈토지〉 사전』

또한 〈토지〉는 박명규, 강만길 등의 한국근대사학자들로부터 근대사회사의 중요한 사료적 가치를 지니는 작품으로 인정받은 바 있다.[32] 정치사와 사건사 중심의 거대담론에 의해 묻혀진 개인의 일상을 문학적 상상력으로 복원해내었다는 지적이다. 작가는 거대담론보다는 개인의 일상을 중심으로 한 미묘한 변화를 포착하여 생명의 평형성이라는 의미를 서사화의 원리로 삼고 있으며, 허구와 역사의 경계를 넘나들면서 20세기 전반 우리 민족의 숨겨진 문화의 풍경들을 그려내고 있다. 사실상, 〈토지〉에 등장하는 수백 명의 인물들은 바로 20세기 전반의 여러 가지 문화적, 사회적 상황을 드러내는 의미소로서 기능하고 있다.

따라서 작품의 위와 같은 특징을 고려하여, 〈토지〉의 시간을 정확하게 읽어낸 연대표를 작성하고 미시사적 입장에서 작품의 내용과 관련되는 사건을 중심으로 해설을 해낼 필요가 있다. 또한 작품의 공간 이동과 주요 인물들의 삶의 공간을 표시하여 작품의 이해를 도울 뿐 아니라, 근대화 과정에서 각 지역이 지니는 의미를 아울러 살펴 볼 필요가 있다. 이런 기본자료의 축적은 〈토지〉 데이터베이스의 골격을 이루어 독자들의 이해의 차원을 한결 높일 수 있으며 청소년을 위한 학습자료로도 유용하게 이용될 것이다.

〈토지〉의 독자층이 이미 인터넷을 기반으로 네트워크를 형성하고 있다는

은 소설 〈토지〉가 설명이 필요한 작품임을 웅변적으로 보여주고 있으나, 어휘 사전으로서의 의미가 강할 뿐, 작품에 대한 종합적 데이터베이스라고 하기 어렵다.

32) 박명규, 『〈토지〉와 한국 근대사 : 사회적 이해』, 『한·생명·대자대비』, 솔출판사, 1995.
　- 강만길, 「소설 〈土地〉와 韓國近代史」, 『문학과 역사』, 민음사, 1982.

점은 〈토지〉가 문학작품의 데이터베이스 구축의 모범적 사례가 될 수 있다는 가능성을 보여준다.

인터넷 전용선이 각 가정에 보급되면서 우리 사회에 일어난 큰 변화 중의 하나는 바로 다양한 온라인 클럽의 활성화라고 할 것이다. 몇 해 전 이른바 '코스닥 붐'을 이끌었던 '다음(Daum) 커뮤니케이션즈'의 가장 큰 성공 요인으로 개인에게 클럽 개설권을 무상으로, 무제한 허용했던 점을 꼽을 수 있으며, 최근 유료화를 통해 인터넷 기업의 주된 수익구조를 광고비에서 회비로 돌리는 작업을 진행 중인 '프리챌(www.freechal.com)' 의 가장 큰 특징 역시 클럽 활동의 고객 편의성을 극대화 시켰다는 데에 있다.

이러한 매체 환경의 변화에 힘입어 최근에는 유명 작가나 작품에 대한 온라인 동호회의 활동이 두드러지는데, 이들은 작품에 대한 다양한 문제 제기와 아마추어적 해석[33]을 통해 자족적이면서도 적극적인 작품 향유를 하고 있다. 이들은 대부분 몇 십 명에서 몇 백 명 정도의 소규모 동호인들의 모임이지만, '다음(Daum)'의 '토지문학관'은 2003년 5월 현재 1900여명이, '태백산맥 - 조정래 사랑'은 1450여명이 회원으로 가입되어 있다.[34] 개별 문학작품에 대한 동호회원이 1000명이 넘는 것은 무협지 동호회를 제외하고는 현재까지 이 두 사이트 밖에 없으며, 그 중에서도 '토지문학관'은

---

33) 이에 대해서는 이상진의 「〈토지〉는 어디에 있는가 - 수용환경의 변화로 본 〈토지〉 해석」(2003년 한국문학연구학회 여름 세미나)을 참고할 것.

34) 이들 사이트의 인터넷 주소는 아래와 같다.
  - 토지문학관 : http://cafe.daum.net/ttang
  - 태백산맥 - 조정래 사랑 : http://cafe.daum.net/taebaeksanmaek

작중 인물들에 대한 단상에서부터 작품의 서사적 특징에 대한 수준 높은 분석, 오,탈자 지적, 도서 리콜 등 다양하고 적극적인 활동으로, 단순한 수치상의 우위를 넘어 명실공히 국내 최대 문학작품 동호회로서의 면모를 갖추고 있다. 이러한 〈토지〉의 인터넷 동호회는 데이터베이스 구축을 위한 사전 조사 및 켄셉트 결정, 구축 과정에서의 일반인 참여, 홍보마케팅 등을 위한 포석으로 다양하게 활용할 수 있다.

3.3. 원문검색 기능과 예술 자원의 효율적 배분

데이터베이스 구축과 관련된 이상의 논의들은 모두 예술자원의 효율적 배분이라는 큰 틀 안에서 구상되었다. 이는 예술작품이 시장경제의 논리에만 방치될 경우 효율적 자원배분이 이뤄지기 어렵다는 전제에서 출발한다.

데이터베이스 구축에 앞서 또 한 가지 짚고 넘어갈 점은 작품의 원문을 데이터베이스에 포함시키는 문제이다. 온라인 데이터베이스의 이상적 모습은 작품의 원문이 모두 실린 상태에서 인물이나 낱말, 개별 장면 단위로 각종의 자료를 하이퍼 링크시킨 것이 기본적으로 들어 있는 형태라 할 것이다. 그리고 이는 작가와 출판사의 저작권과 관계된 것이어서 현실적으로 실현 가능성이 희박하다. 따라서 초기 데이터베이스에서 원문을 제공할 수는 없을 것이다. 하지만 장기적으로 〈토지〉의 데이터베이스는 원문을 싣는 것을 목표로 해야 할 것이다.

이 부분은 매우 민감한 문제이고 또 그만큼 신중하게 접근해야 하겠지만, 과연 온라인 데이터베이스에 원문을 싣는 것이 작가의 인세나 출판사의 수입을 감소시킬 것인지에 대해서는 좀더 체계적이고 실증적인 연구가 필요하다. 텔레비전이 개발, 보급될 때에 영화계에서는 영화산업의 존립이 위태롭다며 우려의 목소리를 냈고, VTR이 각 가정에 보급될 때에는 더욱 큰 우려가 있었다. 하지만 오늘날 영화산업은 '극장 → 비디오 테입 → 텔레비전 영화'의 순서를 밟으며 오히려 각 단계에서 새로운 부가가치가 창출되는 이른바 '창구화(windowing) 효과'를 톡톡히 보고 있다. 새로운 매체가 개발될 때에 기존의 산업이 위축되지 않을까 하는 우려는 언제나 있어 왔지만, 일정한 시간이 흐른 뒤에 이러한 염려는 모두 기우임이 밝혀졌다.

최근에 문제가 되고 있는 음반시장과 'MP3 파일'의 무단 복제는 지금까지와는 조금 다른 양상이다. 'MP3 파일'은 기존의 음반 시디와 식별이 불가능할 정도로 거의 동일한 음질을 내며, 용량이 작아 웹상에서 편하게 주고 받을 수 있고, 가정에서 '시디 라이터(cd-wrighter)'를 통해 저렴한 비용으로 간편하게 다시 음반으로 변환할 수가 있다. 즉 'MP3 파일'은 기존의 음악 시디가 갖고 있는 모든 기능과 편의성을 고스란히 갖고 있으면서 새로운 기능을 추가한 일종의 '음악 시디의 업그레이드 버전'이라고 할 수 있다. 따라서 기술적 측면에서 볼 때 'MP3 파일'에 의한 음반 시장의 위축은 'LP'에서 'CD'로 음반 시장이 업그레이드 된 것과 유사한 경우로 파악해야 한다. 현재는 저작료 징수 시스템을 만들지 못해 음반 산업체가 어려움을 겪고 있지만, 'MP3 파일'은 결국 음악시디를 부분적으로 대체할 것이고 여기에 보다 고음질의 'DVD'가 시장을 주도할 것으로 전망된다.

웹상에 소설의 원문이 실리는 것은 'MP3 파일'이 음반시장을 위축시키는 것과 전혀 다른 차원에서 이해해야 한다. 웹상에 실린 원문은 종이에 인쇄된 '책'이 갖고 있는 편의성의 상당 부분을 포기해야 한다. 휴대가 불편하고, 밑줄을 긋거나 단상(斷想)을 기록하는 것도 쉽지 않다. 다른 모든 불편을 참는다 하더라도, 〈토지〉처럼 긴 작품을 모니터를 통해 본다는 것은 시각적 피로 때문에라도 거의 불가능하다. 한때 전자출판의 가능성이 많이 논의됐고, 또 이미 많은 부분에서 전자출판이 자리를 잡았지만, 전자출판과 오프라인 출판은 서로 넘나들기 곤란한 엄연한 경계가 있다. 책의 종류와 성격에 따라 전자출판이 효과를 거두는 경우가 있고, 그 반대의 경우도 있다는 뜻이다. 백과사전류는 전자출판의 효과가 탁월하다. 콘텐츠를 제공하는 사이트에 접속해 검색어를 치는 것이 집에 수십 권을 쌓아 놓고 직접 찾는 것보다 효과적이기 때문이다. 하지만 소설 작품이 전자출판 되는 경우는 짧은 분량의 통속적인[35] 작품을 제외하고는 성공한 사례가 없다. 따라서 웹상에 실린 〈토지〉 원문은 오프라인에서 출판된 도서 〈토지〉와는 다른 새로운 텍스트이다. 일반인들이 몇 달 후에 비디오 대여점에서 저렴한 비용으로 볼 수 있는 영화를 굳이 더 많은 비용과 시간을 할애하여 극장에 가서 보는 것과 같은 차원에서 이해하여야 한다. 이 경우 한 편의 영화가 극장 상영 후 비디오 대여를 통해 다시 새로운 수익을 내는 '창구화 효과'는 〈토지〉 원문을 웹상에 올릴 경우에도 발생할 것이다. 이는 웹상의 원문 읽기를 유료화하여 얻을 수도 있지만, 그보다는

---

35) 여기에서 '통속적'이라는 표현은 특정한 시기에 대중적인 인기를 누리다가 유행이 지난 후에는 거의 읽히지 않는다는 의미로 사용하였을 뿐, 작품 자체의 우열을 가르는 용어는 아니다. 이는 문학예술작품에 우열이 존재하지 않는다는 의미는 더더욱 아니며 단지 이러한 논의가 이 글의 생산적 전개를 방해할 수 있다는 판단에 따라 더 이상 언급하지 않을 뿐이다.

웹상의 원문을 읽다가 결국 출판된 도서를 구입하여 발생하는 수익을 염두에 두어야 할 것이다.

출판되어 팔리고 있는 작품의 원문을 웹상에 올리자는 주장은 일견 매우 비현실적으로 보일 수 있으나, 그 이해득실은 보다 꼼꼼히 따져보아야 할 일이다. 〈토지〉처럼 방대한 분량의 원문을 모니터로 볼 독자는 현실적으로 거의 없을 것이며, 또 대한민국의 치안체계상 해적판이 출간될 가능성도 없기 때문이다. 〈토지〉처럼 이미 비평가와 대중들에게 검증되어 우리 사회의 중요한 문학적 자산이 된 작품의 경우 예술자원에 대한 배분의 공정성 차원에서도 웹상에 원문을 개방하는 일은 긍정적으로 검토되어야 할 일이다.

4. 〈토지〉의 데이터베이스 구축을 위한 전략적 마케팅

4.1. 현대적 마케팅 개념과 문화예술산업

미국에서의 마케팅 사상은 크게 '제품 중심 시대'에서 '판매 중심 시대'로, 다시 오늘날의 '마케팅 컨셉트 시대'로 전환했다고 볼 수 있다.[36] '제품 중심 시대'는 산업혁명 이후부터 1929년 미국의 대공황이 일어날 때까지 기업들의 일반적 마케팅 형태인데, 좋은 제품을 저가에 많이 만들기만 하면 된다는 식의 생각이라 할 수 있다. 기업의 모든 노력이 보다 싸게

---

36) 최병용, 『마케팅론의 이해』, 박영사, 2002. 15-29쪽 참고.

보다 많은 제품을 생산하는 데에만 집중된 것은 과소생산과 과잉수요라는 당시의 시장경제 특성상 당연한 귀결이었다. 하지만 산업혁명 이후부터 줄기차게 추진된 '대량생산체제'는 마침내 공급이 수요를 초과하게 되어 1930년대부터 기업들은 '제품 판매'에 주력하게 되었다. 하지만 1930년부터 1950년에 이르는 20여 년 간의 이른바 '판매 중심 시대'는 오늘날 일컫는 현대적 의미의 마케팅 개념과는 상당한 차이가 있다.

오늘날의 마케팅 컨셉트와 비교하여 예전의 '판매 중심 시대'의 전략을 '셀링 컨셉트(selling concept)'라 하는데, 셀링 컨셉트 하에서는 광고예산의 증대, 판매원의 증강, 유통채널의 보강, 촉진활동의 강화 등으로 판매량 증대에만 주력하였다. 그 결과 단기적으로 판매량이 증가했지만 장기적으로 소비자들의 기업에 대한 불만과 불평을 고조시켜 점차 판매량 감소, 재고누적, 이익률 저하라는 부정적 효과를 초래하게 되었다. 그리하여 기업은 소비자들의 기호에 보다 민감하게 대처하게 되었고, '만든 제품을 판다.'가 아니라 '소비자가 원하는 제품을 만들어 판다.'로, 고압적 마케팅에서 저압적 마케팅으로, 판매자 시장(seller's market)에서 구매자 시장(buyer's market)으로 판매방식과 소비자에 대한 자세가 바뀌게 되었다.[37]

1950년대부터 변화한 현대적 마케팅 개념은 광범위한 공감대 확산에도 불구하고, 마케팅 비용의 부담 문제 때문에 우리나라의 경우 최근에야 실제 기업 환경에서 전면적으로 적용된 것으로 알려져 있다. 하지만 영세한 중소기업의 경우에는 여전히 인력과 자금 등의 부족으로 효율적 마케팅 전략이 이루어지지 않고 있다. 특히 'IT(Information Technology) 업체'의

---

37) 위의 책, 17쪽에서 인용

경우에는 대부분이 신규 수요를 창출해야 하기 때문에 더욱 더 효율적인 마케팅 전략이 요구되지만 규모의 영세성으로 인해 제대로 이루어지지 않고 있으며, 이는 최근 몇 년 동안 벌어진 코스닥 상장 기업들의 기업가치 폭락 현상과 무관하지 않은 것으로 보인다.

우리나라 문화예술산업 분야에서 마케팅 전략의 수준에 대해서는 아직 공식적으로 연구된 사례가 없어 구체적 현황을 알 길이 없다. 하지만 여러 가지 정황을 미루어 짐작해 보면 제대로 이루어지고 있지 않은 것 같다. 문화예술산업을 다시 외부 편익을 위해 지원해야 할 분야와 고부가가치 상품으로 육성해야 할 분야로 나눌 경우, 전자의 경우에는 특히 마케팅 전략이 부재하거나 전근대적 수준인 경우가 많은 것 같다.

지방자치단체가 기획한 원주시 단구동의 '토지문학공원' 조성 사업은 원칙과 전략이 부재한 문화예술진흥사업의 예산낭비 현황을 잘 보여준다. 〈토지〉 4부와 5부를 집필했던 작업실과 주변 텃밭 600여평을 박경리 씨가 원주시에 기증하면서 시작된 '토지문학공원' 조성 사업은 이후 한국토지공사가 주변 일대를 매입하여 3천218평에 총 30억원을 들여 공사를 마친 후, 99년 5월말 도시근린공원으로 준공해 기부채납 형식으로 원주시로 이관됐다. 이후 '토지문학공원'은 1년 이상 버려졌다가 '문학테마공원'으로 새롭게 조성됐으나, 일반인들의 관심을 전혀 받지 못한 채 현재까지 관리비만 축내며 방치되고 있다.[38] 작가나 전문가와의 협의 없이 조성된 '평사리

---

38) 이에 대해서는 '원주 투데이(http://www.wonjutoday.co.kr)' 2000년 9월 18일, 2001년 2월 5일, 2001년 3월 2일, 2001년 5월 17일, 2003년 1월 2일 등의 기사를 참조할 것.

마당', '홍이동산', '용두레벌' 등의 테마 공간은 당초의 취지를 전혀 살리지 못해 일반인들로부터 외면받고 있으며, 용도를 결정하지 못한 채 〈토지〉와 상관없이 외적인 미관만을 중시하여 만든 건물이 나중에야 전시관으로 결정되면서 방음공사를 다시 하는 등 중복 투자가 잇따랐다. 게다가 가시적 실적을 요구하는 자치단체 의원들을 설득하지 못해 최근에는 추가적인 투자도 이루어지지 않는 상태이다.

'토지문학공원' 사업의 실패 요인은 다양한 차원에서 살펴 볼 수 있겠지만, 마케팅 경영의 입장에서 볼 때에는 '이용객들의 욕구를 실증적으로 분석하여 이를 적용시키려 노력하지 않은 점이 가장 큰 실패의 요인이라 생각된다. 이는 '토지문학공원' 조성 사업의 마케팅 수준이 '만들어 놓을 테니 관심 있는 사람들은 와서 보라.'는 식의 '제품 중심'적 수준에 머물러 있음을 보여준다. '토지문학공원' 사업의 실패는 앞으로의 문화예술사업에서 수용자 중심의 마케팅 전략을 세우지 않으면 아무리 많은 예산을 투입하더라도 상품으로서의 가치를 보장받지 못할 것이라는 의미 있는 교훈을 던져주고 있다.

이상에서 살펴본 대로 〈토지〉의 데이터베이스 역시 효과적인 마케팅 전략을 세우지 않는다면 아무리 광범위한 콘텐츠의 개발과 집적이 이루어진다고 해도, 그 성공을 보장할 수 없다. 〈토지〉 데이터베이스의 마케팅 전략은 한 마디로 사용자 중심의 환경 구축이다. 이를 위해서는 〈토지〉를 이미 읽었거나 또는 읽을 계획이 있는 독자층에 대해 신뢰할 수 있는 실증적 분석이 선행되어야 한다.

4.2. 〈토지〉 데이터베이스의 마케팅 전략

오늘날 기업체에서의 마케팅 개념은 '고객의 충족되지 않은 욕구를 파악하여 선정된 표적시장 내 고객에게 경쟁사보다 우수한 가치를 창출하고 이를 효과적으로 커뮤니케이션하려는 고객지향적 사고'[39]로 정의할 수 있다. '경쟁사' 대신 '과거의 데이터베이스'로 대체한다면 대체로 위의 정의는 〈토지〉 데이터베이스 구축의 경우에도 그대로 적용할 수 있을 것이다. 이 밖에 구체적인 전략의 수립 과정에서도 일반 기업체의 마케팅 이론은 대부분 그대로 적용이 가능하다.

마케팅 전략은 일반적으로 시장세분화, 표적시장 선정, 제품 포지셔닝의 3단계로 구성된다. 시장세분화는 세분화 변수를 이용하여 시장을 여러 개의 동질적 고객집단으로 나누는 과정이며, 표적시장 선정은 각 세분시장의 매력도를 비교 분석하여 자사에 가장 적절하다고 판단되는 세분시장을 표적시장으로 결정하는 과정이다. 제품 포지셔닝은 선정된 표적세분시장의 소비자들 마음 속에 가장 바람직한 위치를 정립하기 위하여 제품효익을 개발하고 커뮤니케이션하는 활동을 말한다.[40]

각각의 단계를 〈토지〉 데이터베이스 구축 사업에 적용시켜 보면 다음과 같다.

〈토지〉의 데이터베이스 구축을 위한 '시장세분화' 전략에서 우선적으로

---

39) 김동훈 외, 『마케팅 커뮤니케이션 관리』, 학현사, 2001. 57쪽
40) 위의 책, 63쪽 참조

염두에 두어야 할 유의미한 요건은 '측정가능성(measurability)'과 '접근가능성(accessibility)'이다. 〈토지〉 데이터베이스의 경우 예상되는 사용자 집단의 연령, 성별, 사회계층, 교육 정도, 라이프스타일 등 용이하게 자료를 수집할 수 있는 변수들을 최대한 구체적으로 정의해야 신뢰할 수 있는 측정이 가능하기 때문이다. 또 의도하는 표적시장에 얼마나 용이하게 도달할 수 있는지 여부 역시 시장세분화 과정에서 분명하게 정의되어야 효율적인 표적시장 선정이 가능하다.

세분된 시장 중에서 표적시장을 선정하는 것은 세부시장의 잠재력과 함께 자사의 목표와 능력 등을 종합적으로 평가하여 이루어진다. 일반 기업에서의 표적시장은 경쟁 회사와의 관계를 고려하여 매우 복잡하게 결정되지만[41], 문학작품의 데이터베이스 구축 사업은 동종업체간의 경쟁이 거의 성립하지 않으므로, 접근가능성과 데이터베이스 구축팀의 콘텐츠 개발 능력과 조달되는 재원의 규모 등이 가장 중요한 결정 요인이 될 것이다. 즉 접근이 가능한 집단들을 후보군에 놓고, 각 집단에 대해 효과적인 시장 조사를 해서, 〈토지〉를 읽고 난 후 가장 궁금했던 것들과 데이터베이스가 구축된다면 어떤 콘텐츠를 원하는지에 대해 알아 본 후, 재원과 능력을 고려하여 최종적으로 표적시장을 선정해야 할 것이다.

표적시장이 선정된 후에는 제품 포지셔닝 작업이 필요하다. 일반 기업의 포지셔닝 작업에서는 광고가 주요한 수단이 되는데, 〈토지〉 데이터베이스의 경우에 현실적으로 대중매체를 통한 대규모의 직접 광고를 할 수 없으므

---

41) 중소기업의 경우 고성장 가능성을 지닌 세부시장은 미래의 치열한 경쟁 속에서 도태될 가능성이 있으므로 피하는 것이 좋다. 이에 대해서는 문준연의 『마케팅』(청목출판사, 2000.) 220-228쪽을 참조할 것.

로 개별 콘텐츠의 개발 과정에서 일관된 포지셔닝이 이루어지도록 해야 한다. 이는 표적시장에 대한 정확한 정보를 바탕으로 수요자의 욕구를 충족시키면서도, 콘텐츠 제공자가 인문학적 전문성을 지닌 전문가 집단이라는 이미지를 지속적으로 심어주는 것이 향후 시장을 넓힐 때에 도움이 될 것이다. - 이 부분에 대해서는 표적시장이 확정되고 충분한 정보가 모아진 이후에 심도 깊은 논의를 통해 세부적인 결정이 이루어져야 하므로, 이 글에서 더 이상 논의를 진행하는 것은 불필요하다고 판단된다.

지금까지 〈토지〉의 데이터베이스 구축을 위한 마케팅 전략에 대해 간략하게 살펴 보았다. 마케팅 전략은 콘텐츠 개발팀의 역량과 재원, 그리고 표적시장의 욕구 등을 종합적으로 검토하여 이루어져야 하므로, 위에서 언급한 것들은 마케팅 전략의 필요성을 강조하기 위해 간단히 시론적으로 서술한 것에 불과하다. 하지만 문학 작품의 데이터베이스 구축이 전문가 집단의 일방적 판단에 의해서만 이루어진다면 자칫 쓸모없는 국가 재원의 낭비만을 초래할 뿐이라는 점에서, 전략적 마케팅의 중요성은 지대하다고 하겠다. 〈토지〉의 데이터베이스는 비록 한 작품에 대한 것이지만, 욕심을 내자면 끝없이 많은 콘텐츠들을 동원해야 할 것이다. 이는 현실적으로 비용과 노력이 너무나 많이 들어가고, 또 그렇게 해서 구축해 놓아 봤자 일반인들에게 정말 도움이 되리라는 보장이 없다. 따라서 〈토지〉의 데이터베이스 구축은 실증적인 자료의 수집과 분석을 바탕으로 세분된 표적시장을 선정하여, 우선 선정된 잠재 수요자의 욕구를 충족시키는 데에 노력해야 한다. 그렇게 해서 소기의 목표를 달성한 이후에 점차 표적시장을 확대하는 전략을 세울 때에만이 〈토지〉의 데이터베이스 구축은 문화예술산업적으로 성공할 수 있을 것이다.

한 가지 덧붙이자면 〈토지〉의 데이터베이스를 구축하는 것이 책의 판매 부수를 늘리자는 것인지, 아니면 토지에 대한 보다 높은 수준의 향유 기회를 제공하자는 것인지를 분명히 결정해야 한다. 물론 이 둘은 강한 상관 관계를 갖고 상호 보완적이다. 하지만 애초의 목표에 따라 데이터베이스 구축을 위한 연구와 작업의 방향은 상당히 달라져야 한다. 전자의 경우에는 〈토지〉를 아직 읽지 않은 예비 독자를 대상으로 하지만, 후자의 경우에는 〈토지〉를 읽고 난 후 피드백을 원하는 적극적인 독자를 대상으로 하기 때문이다. 두 가지 모두 예술산업적으로 유의미하지만, 표적시장에 대한 접근가능성을 고려한다면 이미 읽은 독자를 대상으로 하는 것이 효율적일 것이다. 표적시장을 이미 읽은 독자 그룹 중에서 선정하면 데이터베이스 구축의 목표는 출판사나 방송국의 〈토지〉 서사물의 보급 활성화보다는, 수준 높은 향유 기회를 제공함으로써 구매자들의 취향을 더 높은 수준으로 계발하는 데에 있어야 한다.

5. 〈토지〉와 문화예술산업

소설은 그 서사적 특성으로 인해 가장 다양하게 각종의 다른 장르로 변용이 가능하다. 소설 〈토지〉는 드라마, 영화, 음악극 등으로 변용되었고, 최근 청소년용 〈토지〉가 시리즈로 출간 중에 있으며, 내년부터 다시 TV

드라마로 방영될 예정이고, 만화 〈토지〉 역시 판권 계약을 끝마친 상태이다. 소설 〈토지〉와 여기에서 파생된 여타의 문화예술상품들은 우리 문학사의 다른 작품들과 비교할 때에 수위에 꼽히는 높은 부가가치를 이미 창출했으며, 앞으로도 오랫동안 그 자리를 지킬 전망이다. 하지만 〈토지〉를 중심으로 본 문화예술산업의 진행 과정은 직접적인 수익성 모델에만 국한되어 있어, 다양한 '외부편익'을 염두에 둔 장기적 안목에서의 접근이 필요하다. 이 글에서 모든 것을 다룰 수는 없지만, '판본 정리작업'과 '번역사업'을 중심으로 〈토지〉의 개발 방안과 방향에 대해 간략하게 언급하고자 한다.

먼저 〈토지〉가 문화예술산업적으로 좀더 유용하게 개발되려면 '판본 정리작업'이 선행되어야 한다. 〈토지〉는 25년 동안 연재, 휴재를 연속하며 수없이 게재지를 바꿨으며, 단행본 역시 다섯 출판사 이상에서 출판되어, 무수한 오식과 탈락 및 수정이 있었다.[42] 이는 가뜩이나 전체적 이해가 쉽지 않은 〈토지〉 같은 대형 작품으로서는 치명적인 결함이 아닐 수 없다. 경제학적 관점에서 봤을 때, 〈토지〉의 판본 정리작업은 상품의 결점을 최소화해야 한다는 점에서 그 의의를 찾을 수 있다. 상품에 대한 좋은 기억은 최대 7명에게 전하지만, 나쁜 기억은 20에게까지 전한다는 통계가 있다. 대중의 취향이 고급화 되면서 점차 대중들은 상품의 가치를 스스로 판단하고 또 하자를 발견하면 익명의 다른 사람들에게까지 그 사실을 알리는 등 소비자 주권을 적극적으로 행사하는 경향을 보인다. 이러한 사정으로 기업체에서는 '입소문 마케팅'이라는 용어까지 등장해

---

42) 이에 대해서는 최유찬의 「〈토지〉 판본 비교 연구」(한국문학연구학회 2003년 여름 정기 학술대회)를 참조할 것.

중요한 판촉전략으로 활용하고 있는 실정이다. 따라서 이미 많은 독자층과 우호적인 비평가와 연구자들을 확보한 〈토지〉라는 상품이 지속적으로 소비자 시장을 유지, 확대하기 위해서는 텍스트의 결점을 최소화 시켜 상품의 가치를 높이는 작업이 필수적이라 할 수 있다. 〈토지〉는 이미 상품성과 작품성을 검증받은 문화예술상품이므로 〈토지〉의 유통은 다양한 외부편익을 발생시킨다. 따라서 〈토지〉의 판본 정리작업이 출판사만의 몫으로 방치되어서는 안 될 것이다.

두 번째로 '번역'의 문제를 생각해 볼 수 있다. 〈토지〉의 번역 사업은 분명히 그 자체로 민족적 자긍심을 높이는 효과가 있을 것이다.[43] 하지만 이 때에도 좀더 분명한 마케팅 전략이 필요하다고 본다. 예를 들자면, 〈토지〉의 번역 사업은 노벨 문학상을 겨냥한다든지 하는 성급한 목표를 버리고, 오히려 교포 2세대를 표적시장으로 선정하는 것이 훨씬 효과적일 것이다. 현재 우리 민족의 재외동포는 560만명 이상인 것으로 알려져 있다.[44] 이들 중 상당수는 한국어를 잘 모르는 교포 2세대, 또는 3세대인 것으로 추정할 수 있다. 이들을 표적시장으로 삼는다면, 민족적 정체성 고양이라는 추상적 차원의 목표 실현은 물론이거니와, 이들이 모여 있는 곳을 중심으로 집중적인 홍보전략을 세울 수도 있을 것이다. 〈토지〉를 영어로 번역한다고 해서 영어권 국가 전체를 상대로 광고를 한다는 것이 현실적으로 불가능하다는 점을 염두에 둔다면, 교포 2세대를 표적시장으로

---

43) 지난 해 말 문화관광부 산하 한국번역문학원은 박경리의 '토지 제2권'을 다른 33건의 작품과 함께 2003년 한국문학 번역지원 대상 작품으로 선정했다. (문화일보 2002년 10월 3일자, 20면 참조)

44) 한국일보 2001년 11월 13일자, 6면에서 인용.

선정하는 것은 접근가능성과 구매 잠재력이라는 측면에서 매우 유용할 것이다. 전체 재외동포 중에서 0.1%만이 구매를 한다고 해도 5천부가 넘어 최소한의 출판 경비를 충당할 수 있을 것이며, 더 많이 팔릴 경우에는 그야말로 '입소문 마케팅'을 통해 재외동포들의 필독서로 자리 잡을 수도 있고, 그렇게 된다면 작품의 국제적 인지도는 자연스럽게 향상될 수 있을 것이다.

문화예술상품은 공공재적 성격을 지니므로 정부는 배분의 정의 차원에서 예술 텍스트의 효율적 배분을 정책적으로 추진하는 것이 마땅하며, 실제 대부분의 국가에서 차이는 있을 망정 이 개념을 거부하지는 않는다. 하지만 문화예술산업은 점차 국가의 힘보다 다국적 기업의 힘이 더 크게 작용하는 경향을 보이고 있다. 어떻게 해야 고부가가치를 창출하면서도 개성적 예술을 시장논리의 획일적 지배로부터 지켜낼 수 있는지, 서로 다른 듯이 보이는 두 마리의 토끼를 함께 좇는 일은 예술경제학의 가장 중요한 과제이다.

최근까지 정부는 문화산업의 고부가가치성을 인식하고 정보통신, 바이오, 환경, 나노산업 등과 함께 문화산업을 차세대 성장주도 산업으로서 집중 육성한다는 정책 방향을 견지해 왔다.[45] 문화의 중요성을 정부 차원에서 인식하고 육성한다는 기본 취지에는 문제가 없지만, 문화예술산업의 고부가가치성에 대한 강조는 자칫 예술작품의 다양한 외부편익을 무시한 채 경박한 자본의 논리에만 치우칠 위험도 있다. 정부는 문화예술산업을 고부가가치화 하려는 노력과 함께 '문화 수용능력의 배양이 정책의 근본이

---

45) 문화관광부, 『문화산업백서 2001』, 발간사 참조.

되어야 함을 잊어서는 안 된다. 수용자들의 향유능력이 높아질 때에 수준 이하의 예술품들은 아예 시장에서 발을 붙이지 못할 것이고, 이는 자동적으로 문화예술산업의 발전으로 이어질 수 있기 때문이다.

이미 언급하였듯이 예술재화는 일반재화들과 다른 소비특성을 지니고 있어 시장 기능에만 맡겨두기 보다는 정부의 적절한 간섭을 필요로 한다. 이때 간섭의 전제조건은 예술가의 창조적 능력을 훼손시키지 않아야 한다는 것과 예술자원이 사회 구성원들에게 효율적으로 배분되어야 한다는 것이다. 과학과 기술의 성과가 대중화되고, 재화나 서비스가 점차 고기능화 되고 있다. 응용산업 현장은 고도로 기계화 되고 자동화 된 데 반해, 예술산업 현장은 여전히 수작업 의존하고 있으며, 전략적 마케팅의 개념 없이 상품을 생산하고 있다. 패러다임의 전환과 함께 문화예술산업의 창작에서부터 응용과정을 사회 전체의 차원에서 기획하고 지원하는 시스템의 마련이 필요하다.

※ 참고문헌

〈자료〉
박경리,『토지』1-16권, 솔출판사, 1994.
_____,『토지』1-21권, 나남출판사, 2002.

〈단행본〉
존 러스킨, 김가형 역,『예술경제론』, 을유문화사, 1963.
제임스 헤일브런, 찰스 M. 그레이 공저, 이흥재 역,『문화예술경제학』, 살림,
    2000. 160-167쪽
호르크하이머, 아도르노, 김유동 외 옮김,『계몽의 변증법』, 문예출판사,
    1995.
볼프강 F.하우크, 김문환 옮김,『상품미학비판』, 이론과 실천, 1991.
한국문학경제학회,『문화경제학 만나기』, 김영사, 2001.
김문환,『문화경제론』, 서울대학교출판부, 1997.
임우기, 정호웅 공저,『〈토지〉 사전』, 솔출판사, 1997.
박명규,『〈토지〉와 한국 근대사 : 사회사적 이해』,『한생명·대자대비』, 솔출판
    사, 1995.
최병용,『마케팅론의 이해』, 박영사, 2002.
김동훈 외,『마케팅 커뮤니케이션 관리』, 학현사, 2001.
문화관광부,『문화산업백서 2001』, 계문사, 2001.
이케가미 준, 강응선 옮김, 문화경제학 입문, 매일경제신문사, 1996.
이케마미 준 외, 황현탁 역, 문화경제학, 나남출판, 1999.
William J. Baumol and William G. Bowen, *Performing Arts : the Economic
    Dilemma,* New York : Twentieth Century Fund, 1966.

〈논문〉

조성규, 「영상상품의 '창구화' 배급이 갖는 경제적 효율성에 관한 연구」,
　　연세대 신방과 석사 논문, 1996

강만길, 「소설 〈土地〉와 韓國近代史」, 『문학과 역사』, 민음사, 1982.

이상진, 「〈토지〉는 어디에 있는가 - 수용환경의 변화로 본 〈토지〉 해석」,
　　한국문학연구학회 2003년 여름 학술대회

최유찬, 「〈토지〉 판본 비교 연구」, 한국문학연구학회 2003년 여름 학술내회

〈인터넷 사이트 및 신문 기사〉

토지문학관 : http://cafe.daum.net/ttang

태백산맥 - 조정래 사랑 : http://cafe.daum.net/taebaeksanmaek

원주 투데이 : http://www.wonjutoday.co.kr

학술진흥재단 : http://www.krf.or.kr

조계완, 「나훈아와 너훈아의 먼 거리」, 『한겨레 21』 2003년 3월 20일자

문화일보 2002년10월 3일자, 20면 / 2003년 4월 5일자, 22면

한국일보 2001년 11월 13일자, 6면

조선일보 1992년 12월3일자, 16면 / 1996년 10월30일자, 27면

2 지역 서사자원을 활용한 문화 스토리텔링[46)

1. 들어가며

박경리 〈토지〉로 박사학위 논문을 쓰면서 통영, 하동, 원주 등의 지방자치 단체와도 인연을 맺게 되었다. 통영은 고 박경리 선생의 고향이면서 박경리 문학 전반에서 중요한 심상(心象)으로 기능하며, 하동은 〈토지〉의 주요 무대이고, 원주는 박경리 선생이 〈토지〉 3, 4, 5부를 집필하고 돌아가실 때까지 머물렀던 곳이다. 각 지자체는 이러한 인연을 내세워 〈토지〉와 박경리 문학을 지역의 중요한 서사문화자원으로 활용하려 노력하고 있다.

〈토지〉와 박경리 문학을 서사문화자원으로 활용하는 데에 가장 먼저 뛰어든 곳은 하동이다. 하동군은 일찌감치 악양면에 '토지마을'을 건설하 였다. 작품을 고증하여 최참판가를 복원하였고, 마을 전체를 〈토지〉의 주요 서사에 맞추어 리모델링한 것이다. 이에 대한 자세한 서술은 본론에 서 다시 다루겠다.

원주 역시 〈토지〉와 박경리 문학을 지역의 중요한 서사문화자원으로 활용하고 있다. 〈토지〉의 집필이 완료된 후, 작가로부터 원주시 단구동의 집을 기증받아 '박경리 문학공원'을 건립하였다. 이후에 작가는 원주시 흥업동에 '토지 문화관'을 세웠는데, 원주시는 토지 문화관에도 직간접적인

---

46) 이 장은 2015년 5월, 토지학회 학술대회에서 발표했던 것을 수정 보완하였음.

후원을 지속하였다. 박경리 문학공원과 토지 문화관은 지금도 매년 여름과 가을에 각종 문화제를 개최하고 있다.

통영 역시 박경리 문학을 지역문화자산으로 편입하려는 노력을 계속하고 있다. 특히 박경리 선생의 묘소를 통영에 안치함으로써 작가의 고향이라는 점을 부각시키는 데에 더욱 힘을 얻었다. 묘소 근처에 박경리 문학관을 건립하였고, 매년 5월 5일 작가의 기일에 맞춰 추모 문화제를 시행하고 있다.

이처럼 〈토지〉는 우리 문학사에서 유례를 찾기 어려울 만큼 여러 지역에서 중요한 서사 자원으로 취급받고 있다. 이 장에서는 경상남도 하동군을 중심으로 〈토지〉와 박경리 문학이라는 서사적 문화자원이 어떻게 활용되고 있는지, 그리고 어떻게 활용할 수 있는지에 대해 논의하려고 한다.

2. 〈토지〉와 토지마을, 그리고 최참판가

경상남도 하동권 악양면 평사리에 위치한 토지마을에는 최참판가와 평사리 문학관, SBS 드라마 〈토지〉 촬영장 등이 있다. 평사리 언덕 위에 지은 최참판가는 하동평야와 섬진강이 한 눈에 들어와, 시원한 조망만으로도 지역 관광지가 되기에 충분하다. 인근에 화개장터, 고소성[47], 쌍계사

---

47) 고소성은 하동군 악양면에 있는 신라시대의 산성이다. 신라, 또는 백제가 군사적 목적으로 세운 것으로 추정되지만 정확한 기록은 없다. 지리산과 섬진강을 끼고 있는 고소성은 남해 지역에서 호남으로 들어가는 중요한 길목이다. 성벽이 허물어지고 성 안의 건축물은 유실되었지만, 웅장한 규모와 견고한 축성법으로 미루어 삼국시대에는 군사

등이 있어, 토지마을은 자연스럽게 하동 일대를 대표하는 관광명소가 되었다.

하동군청 홈페이지에 들어가서 '여행' 메뉴를 클릭하면 하동일대의 명소가 소개되는데 이 중에서도 '최참판댁'[48]이 쉽게 눈에 띈다. 계속해서 클릭해 들어가면 별당채를 찍은 사진이 아담하게 보이고, 이어서 이용 시간 및 관련 정보를 알 수 있다.

별당채는 별당아씨가 거주한 공간이다. 별당이라는 이름에서도 알 수 있듯이 작은 인공 연못을 갖고 있는 별도의 공간으로 별당아씨의 아련하고 신비한 이미지와 잘 맞는다.

군청 홈페이지에서 우선 아쉬운 것은 하동군의 주요 명소를 소개하는 데에 너무 몰입한 나머지, 주요 명소들 간의 이동 경로에 대한 배려가 부족하였다는 점이다. 하동군에서는 '당일 추천 코스'로 '최참판댁 → 차문화센터 및 녹차 체험관 → 쌍계사 → 진교 백련리 도요지 → 청학동 → 삼성궁'을 추천하였다. 하지만 실제로 이동을 해보면 위의 6곳을 하루 동안에 다니는 것이 불가능하다는 사실을 알 수 있다. 특히 백련리 도요지는 다른 곳들과 상당히 동떨어진 곳에 위치하였기 때문에 잘못했다가는 도요지 관광만으로도 하루를 모두 소요할 수 있다.[49]

적으로 상당한 요충지였음을 알 수 있다. 〈토지〉에서는 별당아씨를 사모하던 구천이 밤마다 지리산 일대를 뛰어다니다가 고소성에서 최참판가를 바라보며 울부짖는 장면이 나온다.

48) '최참판댁'은 '최참판가'를 높여 부르는 말이다. 작품에서 마을 사람들이 '최참판댁'이라고 부르던 것을 독자들도 따라 부르면서 '최참판댁'으로 굳어졌다. 하지만 엄밀하게 말해서 제 3자라면 '최참판가'라고 불러야 한다.

49) 2015년의 학술발표 때문인지, 현재 하동군청 홈페이지에서는 '백련리 도요지'를 추천 코스에서 제외하였다.

○ 최참판댁 소개

○ 최참판가 구조도

① 초당	③ 협문	⑤ 안채	⑦ 문간채	⑨ 행랑채	⑪ 사랑채
② 사당	④ 뒷채	⑥ 별당채	⑧ 우물	⑩ 중문채	⑫ 뒷밭

○ 행랑채와 초당

○ 서희, 길상 캐릭터와 별당 연못

3. 〈토지〉의 수준 높은 향유 — 하동 평야, 섬진강

　조금 전에도 밝혔듯이 〈토지〉와 박경리 문학을 지역의 문화자원으로 활용하기 위해서는 해당 지역의 특성을 이용하여 작품에 대한 새로운 해석이나 감상을 유도할 수 있어야 한다. 토지마을의 최참판가는 작품에 의거하여 고증되었기에, 최참판가를 방문하는 것만으로도 〈토지〉를 새롭게 향유할 수 있도록 돕는다. 물론 부분적으로 작품과 다른 측면도 있고, 여기저기에 붙여 놓은 해설판에 잘못된 설명도 조금씩 있다. 이런 부분들은 지차체가 중심이 되어 관심을 갖고 지속적으로 수정 보완해 나가야 할 것이다.

　무엇보다 하동군청에서 기억해야 할 것이 있다. 그것은 〈토지〉의 서사가 토지마을에 국한되지 않는다는 점이다. 하동에서 박경리의 〈토지〉는 드넓게 펼쳐진 하동평야, 유구하게 흐르는 섬진강을 통해 훨씬 더 수준 높은 향유가 가능하다. 작가는 여러 채널을 통해 황금물결 출렁이는 넓은 평야에 대해 이야기했다. 작가는 어린 시절 할머니로부터, 그 어느 해보다 풍년이 들어 들판에 곡식이 차고 넘치는, 그러나 호열자 때문에 마을 사람들이 모두 쓰러져 곡식 거둘 사람이 없는 들판에 대한 이야기를 들었다고 한다. 그 기이하고도 강렬한 인상이 작가의 뇌리를 떠나지 않았고, 결국 〈토지〉를 창작하는 힘이었다고 한다.

　작가의 이러한 설명을 따르지 않더라도, 벼가 한창 익은 넓은 평야는 〈토지〉의 주요 심상임에 틀림없다. 사람들은 최참판가에서 하동평야를 바라보며, 다른 어떤 것으로도 대체할 수 없는 방식으로 〈토지〉를 수준 높게 향유할 수 있는 것이다.

○ 하동 평야와 섬진강

○ 〈토지〉 속 하동 평야

"이 넓은 들판은 다 누구 거더라?"

평산이 히죽히죽 웃으며 물었다.

"최 참판네 땅 아니요."

칠성이도 히죽히죽 웃으며 대꾸했다.

"이 중에서 절반만 가졌음 쓰겠나?"

"야?"

"왜 안 갖고 싶은가?"

"마음대로 된다믄야 갖고 싶지 않을 사람이 어디 있겠소."

"흠 … 사람의 욕심이란 한량이 없지."

평산은 꺽쉰 목청으로 헛웃음을 웃는다. 칠성이는 손가락이 잘려진 쪽의 손바닥으로 얼굴을 문지르는데 침 넘어가는 소리가 들렸다.

○ 섬진강과 〈토지〉

○ 〈토지〉 속 섬진강

다 같은 강물이요 다 같은 뗏목인데 혜관은 섬진강과 해란강이 왜 다를까 하고 생각한다. 아름답기론 섬진강편이다. 조촐한 여자같이, 청아한 소복의 과부같이. 백사(白沙)는 또 얼마나 청결하였는가. 산간의 강물과 대륙의 강물, 모두 숱한 사연을 흘려보낸 강물. 혜관은 섬진강에 몸을 던진 기화를 생각한다.

물결이 세차게 밀려오는 곳엔 얼음이 녹고 없었다. 축축이 젖은 모래는 여인네 살갗처럼 부드러웠다. 윤국은 마른 모래 한 줌을 집어올린다. 왠지 따뜻한 것 같은 생각이 든다. 진주의 남강 모래와 섬진강의 모래는 다르다. 섬진강의 모래는 순백색이며 가루같이 부드러웠고, 남강의 모래는 느낄까 말까, 그런 분홍빛 , 아주아주 연한 밀빛, 그리고 좀 거칠었다.

4. 〈토지〉와 하동의 사찰 — 쌍계사, 천은사, 연곡사

하동은 섬진강과 함께 지리산이라고 하는 천혜의 자연 자원을 갖고 있다. 그리고 섬진강과 함께 지리산은 〈토지〉에서 매우 중요한 공간이다. 〈토지〉는 1894년 동학혁명이 실패로 끝난 후, 삼남지방을 중심으로 모였던 그 많던 동학군이 모두 어디로 갔는지에 대해 물음을 제기한다. 공식적으로 그들은 일본군에 의해 엄청난 규모로 살해당하고, 일부 수뇌부는 처형당하고, 나머지는 모두 썰물처럼 빠져나가 역사의 무대에서 사라졌다. 하지만 〈토지〉는 이러한 역사 인식에 반대한다. 〈토지〉는 동학군의 선봉에 섰던 남접의 지도자 김개남의 못다 이룬 사랑 이야기에서 출발한다. 그리고 그의 사생아 김환마저 사랑에 실패하고, 운명적 힘에 의해 동학잔당을 모아 일제에 저항하는 길고 지루한 이야기를 서사화하였다. 바로 그 동학잔당의 주요 무대가 지리산이다. 그들은 특히 쌍계사, 천은사, 연곡사 등 지리산의 주요 사찰과 긴밀하게 연계되어 있다. 따라서 이 사찰들은 단순한 불교 사원이 아니라 〈토지〉를 심도 있게 이해하기 위한 중요한 서사공간이다.

쌍계사는 매우 큰 절이고, 동시에 하동에서 비교적 가까운 사찰이다. 작품 속 주요인물들은 모두 한 번 이상 쌍계사와 인연을 맺고 있다. 우관의 조카 김환으로 인해 혜관이 독립운동에 가담하면서 쌍계사는 지리산 모임의 주요 본거지가 된다. 쌍계사의 성보 박물관에는 수준 높은 탱화들이 많이 전시되어 있다. 사실 작품에서 길상이가 탱화를 완성한 곳은 연곡사이다. 이처럼 조금씩 서로 다른, 그러나 〈토지〉의 주요 모티프와 직간접적으로 여러 관련을 맺고 있는 곳이 바로 쌍계사이다.

○ 쌍계사와 〈토지〉

삼신산 쌍계사 (三神山 雙磎寺)

쌍계사는 삼신산의 하나로 방장산(方丈山)이라 불리는 지리산(智異山)의 남록(南麓)에 위치한 대한불교 조계종 제13교구 본사이다.

쌍계사는 서기 723년(신라 성덕왕 22년)에 삼법(三法), 대비(大悲) 두 스님이 당나라 6조 혜능(慧能) 대사의 정상(頂相)을 모시고 와서 꿈의 계시(啓示) 대로 눈 속에 칡꽃이 핀 곳(雪裏葛花處)을 찾아 정상을 봉안하고 절을 지은 것이 처음이다.

서기830년 진감혜소(眞鑑慧昭 774~850) 국사께서 당나라 유학을 마치고 귀국하여 삼법, 대비스님의 옛 절터에다 육조 영당을 짓고 절을 크게 확장하여 옥천사라 하시고 이곳에서 선(禪)과 불교 음악인 범패(梵唄)를 가르치다 77세로 입적(入寂)하셨다.

그 후 정강왕(定康王)은 이웃 고을에 옥천사가 있고 산문 밖에는 두 시내가 만난다 하여 쌍계사라는 사명(寺名)을 내리셨다.

서산대사의 중창기를 보면 중섬(中暹), 혜수(慧修)스님의 대대적인 중창이 있었으나, 임진왜란으로 폐허가 되었다.

임진왜란 후 벽암(碧巖), 소요(逍遙), 인계(印戒), 백암(栢庵), 법훈(法訓), 용담(龍潭), 스님등이 중창을 하였고,1975년부터 고산(杲山) 스님에 의해 복원(復元), 중수 중창(重修 重創)을 거쳐 현재와 같은 대가람의 사적을 갖추고 있다.

산내 암자로는 국사암과 불일암이 있고 문화재로는 국보1점, 보물6종(20점), 지방문화재 12점, 문화재 자료 5점, 전 현기념물 2곳 등을 보유하고있다.

○ 〈토지〉 속 쌍계사

- 작품 속 주요 인물이 모두 한 번 이상 인연을 맺음

- 최참판가에서 거리가 가깝고 규모가 큰 사찰

- 우관의 조카 김환으로 인해 혜관은 독립운동 가담

- 실제로도 역사가 오래되고 규모가 큰 사찰

- 여러 탱화와 각종 불교 유산이 있음(성보 박물관)

천은사 역시 주목할 만한 절이다. 윤씨부인과 김개주가 운명적으로 만난 공간이며, 사생아 김환을 잉태한 곳이다. 최참판가에서 충분히 떨어져 외진 공간에 위치한 천은사는 불교와 동학의 교섭을 보여주는 상상적 공간이기도 하다. 조용하면서도 건물이 많은 천은사는 지금도 템플스테이 공간으로 사용된다. 윤씨부인이 백일기도를 드리기 위해 일부러 찾아갔을 법한 곳이다. 천은사에 가면 최근에 만들어진 듯한 인공 저수지가 있다. 어떤 용도로 만들었는지는 모르겠으나 그 규모가 제법 크다. 이 저수지는 '샘을 숨긴 절'이라는 뜻을 가진 '천은사(泉隱寺)'에 잘 어울린다.

사실 천은사의 '천(泉)'은 천은사 경내에 있는 커다란 약수 우물을 일컫는 말이다. 하지만 '샘'의 상징성은 이보다 더 복합적이다. 숨은 샘은 임신한 여성의 양수를 은유할 수도 있다. 이렇게 되면 천은사는 처음부터 윤씨부인 과 김개주의 운명적 만남을 상징하는 에로틱한 공간이 된다.

천은사의 '은(隱)'자에 주목할 수도 있다. 역사적으로 동학의 최대 세력이 었던 남접의 지도자 김개주가 관군의 추적을 피해 몸을 숨긴 곳이 바로 이곳이다. 당시에 천은사의 주지승으로 있던 우관 스님이 김개주의 친형이기 때문이다. 서로 다를 것 같은 불교와 동학은 우관과 김개주의 혈연적 관계로 인해 천은사에서 함께 만난 것이다. 그리고 이러한 문학적 상상력은 실제로 동학 교도들이 불교 사찰에 피신했던 여러 역사적 기록들과 일치한다.

우리는 누구나 비밀이 있다. 〈토지〉의 이야기 역시 윤씨부인과 김개주 의 만남이라는 거대한 비밀에서 시작한다. 그리고 그 비밀의 발원지가 바로 천은사이다. 작품에서 윤씨 부인의 비밀을 아는 사람은 우관 선사 와 김 서방 부부, 문의원, 그리고 월선네뿐이다. 특히 무당이었던 월선네

는 거짓 굿판으로 윤씨 부인의 비밀 출산을 돕는 데에 결정적인 역할을
한다.

무당 월선네는 칼을 들고 미친 듯이 춤을 추었다. 꽃갓과 무복이
펄럭거렸다. 징소리 북소리가 요란했다. 월선네 얼굴에서는 땀방울이
뚝뚝 떨어졌다. 며칠 몇 밤이었나. 별안간 월신네는 갈을 집어던지고
할머니에게 달려가 무릎을 꿇었다.
"마님!"
할머니는 당혹했다. 눈을 깜박거리며 월선네를 내려다보았다.
"아씬 절로 가시야겠습니다. 영신의 심이 부족하와 원귀들이 떠날라
카지 않십니다."
"절로?"
"예. 절로 피신하여 이 해를 넘기야겠십니다. 종적도 없이 절에 가시어
이 해를 넘기야겠십니다."
머리를 조아리는데 월선네 이마빡에서는 여전히 굵은 땀방울이 명석
위에 뚝뚝 떨어졌다.(2:70)

개인적으로 시민들을 대상으로 토지 관련 특강을 진행한 후 그들과
함께 하동 일대를 답사한 적이 있었다. 토지마을, 섬진강, 화개장터 등
수 많은 관광 명소가 있었지만, 의외로 사람들은 천은사에서 윤씨부인과
김개주의 숨겨진 로맨스를 상상하면서 가장 즐거워하였다. '어떻게 이야기
하느냐'에 따라 사람들은 사소한 부분에서 깊은 영감을 받으며 작품의
내밀한 주제를 향유하기도 한다.

○ 천은사와 〈토지〉

천　은　사

　전라남도 구례군 광의면에 위치한 천은사는 828년(신라 흥덕왕3년) 덕운조사가 감로사
라는 이름으로 창건한 절로 예로부터 화엄사와 함께 화천양사라하여 지리산의 대표적인
사찰로 알려져 왔다. 875년(헌강왕 1년)에 도선국사가 중건하였으며 고려 충렬왕때에는
남방제일선찰로 승격되기도 하였다. 정유재란때 소실되었으나 1610년(광해군 2년)에
혜정선사가 중창하였고 1679년(숙종 4년) 조유선사가 중건하여 절 이름도 천은사로
고쳐 부르게 되었다고 하며 1774년 혜암선사가 중건하였다.
　경내에 이슬처럼 맑고 차가운 샘물이 있어 감로사라 하였는데 이 물을 마시면 흐리던 정신
도 맑아진다고 하여 많은 스님들이 몰려들어 한때 1,000명이 넘은 스님이 지내기도 했다고한다.
　경내에는 보물 1점(극락전아미타후불탱화)과 지방문화재 2점(나용화상원불,극락보전)이 있다.

○ 〈토지〉 속 천은사

- 윤씨부인과 김개주의 운명적 만남
- 불교와 동학의 교섭을 보여주는 상상적 공간
- 최참판가에서 실제로 충분히 떨어진 낭만적 공간
- 실제 템플스테이 공간

연곡사는 길상이 어린 시절 자란 곳이다. 윤씨부인과 우관스님이 처음 인연을 맺은 것도 이 곳이다. 당시에 우관스님은 연곡사의 주지로 있었다. "저놈 상호를 보아하니 중 될 놈은 아닌 듯싶소이다. 돌보아주시는 것도 공덕이 될 것이오."(1:132)[50]라며 우관은 윤씨부인에게 길상을 맡겼다. 길상은 어린 시절 연곡사에서 지낸 경험을 평생 동안 그리워한다. 그리고 마침내 연곡사에서 관음탱화를 완성한다.

연곡사는 별당아씨와 야반도주한 김환을 사살하려던 최치수가 잠시 들어 하룻밤 머문 곳이기도 하다. 냉철하고 영민했던 최치수는 어머지 윤씨부인과 김개주와의 관계를 눈치채고, 그 배후에 우관이 있다고 판단하여 그를 압박한다.

> "사전(寺田)이 얼마나 되지요?"
> "글쎄올시다."
> "한 백 석 보시할까 하오."
> " ...... "
> "비명에 가게 될 사내를 위해서 말이오. 불문에 계신 분으로서 객귀를 천도할 의무도 있거니와 핏줄을 거역 못하시는 심정에서도 우관 선사말고 달리 그 불행한 사내의 혼백을 달랠 사람은 없을 듯싶소."
> "사양하겠소. 소승이 천도(薦度)해야 할, 그런 비명에 갈 사내는 없을 것이외다."(2:152)

별당아씨와 사별하고 정처없이 방황하던 김환이 윤씨부인의 유산에

---

50) 괄호 안의 숫자는 인용문이 게재된 〈토지〉의 권수와 쪽수를 의미함. 〈토지〉는 마로니에북스 판본을 따름.

대해 알게 되는 곳도 역시 연곡사이다. 윤씨부인이 우관에게 맡겼던 오백 석지기의 땅을 관리인이 성실하게 관리하여 더욱 많은 재산으로 불어났던 것이다. 이 사실을 알게 된 김환은 부모의 유산을 이어받아야 한다는 자각을 한다. 즉 윤씨부인이 물려준 물질적 유산을 통해, 자신에게 부여된 동학장수의 후예라는 멍에 역시 아버지 김개주의 유산임을 자각하는 것이다. 이후 김환은 동학잔당을 규합하고 윤씨부인의 유산을 활용하여 조직적인 항일운동의 길에 나선다.

구한말 의병장이었던 고광순(高光洵, 1848~1907) 선생이 전사한 곳이 바로 연곡사이다. 을미사변과 단발령에 분개하여 의병을 일으켰다가 해산한 적이 있는 고광순은 1906년 최익현의 거병 소식을 듣고 다시 의병을 일으켜 남원성을 공략하였다. 이후 지리산 피아골을 거점으로 장기항전에 돌입하지만 계속된 일본군의 추격을 이기지 못하고 마침내 연곡사에서 최후를 맞는다. 그는 임진왜란 때에 거병하여 왜군과 싸우다 청도 금산(錦山)에서 순국한 고경명(高敬命), 고종후(高從厚), 고인후(高因厚) 장군의 후손이기도 하다.[51]

고광순과 그 수하들을 전멸시킨 일본군은 의병활동을 도왔다는 이유로 연곡사를 완전히 불태워 버렸다. 현재의 연곡사는 해방 후에 중건된 것이다. 작가가 이러한 역사적 상황을 알고 있었는지는 분명하지 않다. 하지만 연곡사를 중심으로 진행된 김환 일당의 소설 속 항일운동이 어느덧 역사적 사실과 실제로 맞닿아 있음에 놀라지 않을 수 없다.

---

51) 고종후, 고인후 장군은 고경명 장군의 두 아들이며, 고광순 선생은 고인후 장군의 직계 후손이다.

○ 연곡사와 〈토지〉

연 곡 사

　구례군 토지면 내동리에 위치한 연곡사는 543년에 화엄사 종주 연기조사가 창건하였으나 임진왜란때 소실되었으며 그 후 다시 중건되었으나 구한말 의병들의 근거지라는 이유로 일본군에 의해 다시 불태워졌고, 그 후 1981년 당시 주지스님이 정부지원과 시주로 정면 5칸, 측면 3칸의 새 법당을 신축한이후 복원불사가 계속되고 있다. 경내에는 국보 2점(동부도, 북부도)과 보물4점(동부도비, 서부도, 현각선사탑비, 삼층석탑)이 보존되어 있으며, 구한말 수백명의 의병을 이끌고 일본군에 맞서 싸우다 순절한 고광순 의병장의 순절비가 동백나무 아래에 있다.

○ 〈토지〉 속 연곡사

- 길상이 어린 시절 자란 곳
- 작품 속 동학잔당이 의병을 모의하는 공간
- 길상이 관음탱화를 완성하는 공간
  (실제 관음탱화는 쌍계사에 많음. 작품의 내적 논리)
- 1907년에 실제 의병활동이 있었던 공간
  (실제로는 일제시대에 불타 없어졌다가 해방 후 중건)

5. 하동의 서사적 문화자원과 스토리텔링

지금까지 〈토지〉와 박경리 문학을 중심으로 하동 지역의 서사적 문화자원에 대해 살펴보았다. 작품의 주요 배경인 하동은 박경리 〈토지〉의 지역 문화자원으로 개발할 수 있는 천혜의 조건을 갖추었다. 하동군 역시 이러한 사실을 알고 하동의 〈토지〉의 무대임을 알리기 위해 여러 노력을 아끼지 않는 듯하다. 하지만 하동군 전체가 〈토지〉의 무대라는 사실을 기억하는 것이 중요하다. 토지마을이나 최참판가를 통해서만 〈토지〉를 향유할 수 있는 것이 아니다. 오히려 하동평야, 섬진강, 지리산 과 같은 하동의 자연, 그리고 그러한 공간에서 진행된 하동의 역사 전체가 〈토지〉의 스토리텔링을 위한 중요한 문화 자원이다.

작품의 공간을 면밀하게 분석하고, 적절한 스토리텔링 장소를 선정하는 것은 무엇보다 중요한 필수 조건이다. 이러한 노력을 통해 작품의 안과 밖을 허물고, 이야기의 장소성을 강화시키는 노력을 통해 하동군은 〈토지〉를 새롭게 향유할 수 있는 매력적인 공간으로 재탄생할 것이다.

문화 스토리텔링에 대한 이상의 지적은 비판 하동군에만 적용되는 것이 아니다. 우리나라를 공간적 배경으로 하는 모든 서사체에 두루 적용할 수 있다. 이를 위해서는 지방자치단체의 노력과 함께 지역주민들 및 전문가들의 협력이 요구된다. 토지마을이 성장하면서 원래 그 안에 살고 있던 진짜 농민들을 터전을 잃었을 수도 있다. 지자체는 이들의 희생에 정당한 대가를 지불해야 하며, 나아가 아무도 자신의 터전을 잃지 않으면서도 새로운 스토리텔링이 가능한 공간을 확보해 나가야 한다.

○ 하동과 서사적 문화 자원

○ 효과적 장소 스토리텔링

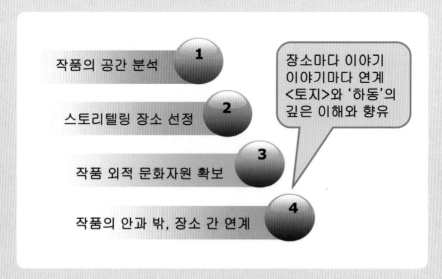

하동 문화자원의 시너지 효과

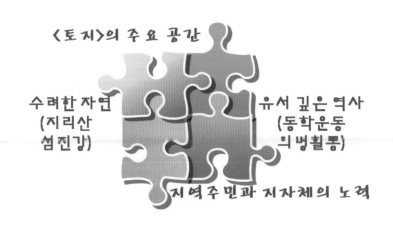

서사적 문화자원 스토리텔링

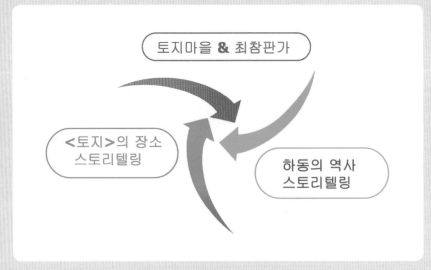

3 스테인드글라스 거리 조성을 통한 랜드마크 전략[52]

1. 들어가며

내가 소속된 대학(가톨릭대학교)은 8년째 학부교육 선진화 사업(ACE; 이하 '에이스 사업')을 진행 중이다. 이 사업의 일환으로 학교에서는 '도전과 열정반'이라는 밀착형 소수 분반을 개설하였다. '도전과 열정반'은 19명의 소수 정원이며, 한 학기 동안 100만원의 교육활동비가 지원되기 때문에 기존의 수업에서 하지 못했던 다양한 시도가 가능하였다.

본인 역시 '도전과 열정반'을 맡아 이러저러한 여러 가지 새로운 시도를 하였다. 그러던 중 3년 전부터 학생들에게 '가톨릭대학교와 부천의 상생 발전을 위한 글로컬 창의 과제'라는 수업 과제를 부여하였다. 학기 초에 글로컬라이제이션에 관한 논문들을 함께 읽고, 부천의 지역학적 특징을 학습한 후, 3-5명씩 팀을 짜서 가톨릭대학교와 부천이 함께 발전할 수 있는 새로운 아이디어를 만들고, 그 가능성을 탐색하여, 학기말에 결과를 발표하는 과제였다.

학생들은 부천시의 범죄율을 낮추기 위한 범죄예방 도시설계안

---

52) 이 장은 2015년 가톨릭대학교 학부생들과 '가톨릭대학교와 부천의 상생적 발전을 위한 글로컬 창의 과제'라는 제목의 비교과 프로젝트를 수행하면서 수집한 자료를 바탕으로 만들었다. 자료 수집을 함께 한 김정헌(국제학부), 이소연(소비자주거학과), 이정미(생활과학부), 정다운(사회과학부), 황효진(미디어콘텐츠학과) 등에게 이 자리를 빌려 감사드린다.

(CPTED), 한국만화박물관의 효과적 운영 및 가톨릭대 학생들의 참여 방안, 부천시 소속의 2부 리그 프로야구팀을 활성화시키는 방안, 가톨릭 대학교 내 공연 동아리의 발표 무대를 학내에서 부천시의 여러 문화공연 장으로 확대하는 방안, 자전거 도로 활성화 방안 등을 제시하며, 매 학기 다양한 아이디어를 만들고 이를 구체화 시켰다. 학교 수업만으로도 바쁜 학생들이 지역 사회의 현안을 조사하고, 개선안을 마련하는 일은 결코 쉬운 일이 아니었을 것이다. 하지만 대부분의 학생들은 과제 종료 후 상당한 성취감을 보였다. 이는 자기 자신을 지역 사회의 일원으로서 바라 볼 수 있게 된 데에서 오는 자긍심이라고 생각한다.

그러던 어느 날, 교수와 학생이 함께 하는 비교과 프로젝트를 진행하자 는 제안이 들어왔다. 수업 시간이 아닌, 방학이나 그 밖의 시간을 활용하 기 때문에 직접 답사를 다닐 수 있는 프로젝트였다. 나는 오래 전부터 가톨릭대학교가 위치한 부천시 원미 역곡동 일대에 스테인드글라스 거리 를 조성하고 싶었다. 문화도시를 표방하는 부천시에서 '역곡동'은 가톨릭 대학교와 함께 인근에 성공회대학교, 유한대학교 등의 대학이 위치한, 부천시의 대표적인 '대학로'이다. 하지만 대학로라는 이름만 있을 뿐 그 위상에 어울릴만한 문화시설은 아직 찾아보기 어려운 실정이다.

사실 수업 시간에 진행했던 '가톨릭대학교와 부천의 상생 발전을 위한 글로컬 창의 과제'에서도 많은 학생들이 역곡동 대학로의 발전 방안을 내놓았다. 재래시장 활성화, 버스킹 공연 활성화, 범죄예방 거리 디자인 등 다양한 아이디어들이 있었다. 이러한 아이디어들은 물론 참신하지만, 여러 기관이나 단체에서 이미 시행하고 있는 것들을 보완하는 정도였기에, 이것만으로는 역곡동 대학로가 대한민국의 명물 거리가 되기에는 부족하였다. 그래서 나온 아이디어가 '스테인드글라스 조형'을 역곡동의 랜드마크로 조성하자는 것이었다. 스테인드글라스는 중세 가톨릭 성전의 유리창 조형에서 비롯된 양식이다. 많은 사람들이 정확하게는 몰라도 스테인드글라스가 가톨릭 예술 양식과 관련이 있다는 것 정도는 알고 있다. 따라서 역곡역에서 가톨릭대학교에 이르는 공간을 스테인드글라스 조형으로 꾸미는 것은 충분히 납득할 만하다고 생각하였다.

부천시와 가톨릭대학교가 협력하여 지속적인 노력과 투자를 한다면 역곡동 일대는 대한민국에서 유일한 스테인드글라스 거리가 될 것이다. 가로등과 거리의 네온사인, 주요 건물의 유리창 등이 스테인글라스 조형으로 꾸며지고, 스테인드글라스를 컨셉트로 하는 카페 및 작은 박물관 등도 만들 수 있다. 이러한 노력이 이어지면 역곡동은 서울 동숭동의 대학로와는 전혀 다른, 그러나 그 이상의 문화적 의미를 지닌 부천시 대학로가 될 수 있으리라 생각하였다.

이상과 같은 원대한 포부를 갖고 '스테인드글라스 거리 조성을 통한 랜드마크 전략'은 추진되었다. 다섯 명의 학부 학생들이 나의 뜻에 동참해 주어, 이들과 함께 약 4달 동안 스테인드글라스의 역사와 기법, 주요 조형 사례 등을 학습하고 자료를 수집하였다. 바쁜 와중에 서로의 일정을 조율하며 진행하였기 때문에 진행상 어려움이 많았지만, 그럼에도 불구하고 의미 있는 글로컬 문화 스토리텔링 과제를 생산하였다고 자부한다. 아래 내용은 당시에 수집한 자료를 중심으로 가톨릭대학교와 역곡역 인근에 어떻게 스테인드글라스 조형을 설치하면 좋을 지에 대한 간단한 제안이다. 제안의 완성도보다는 제안 자체가 지니는 글로컬한 문화 스토리텔링 전략의 가능성에 주목하여 읽어주면 좋겠다.

2. 가톨릭대학교 스테인드글라스 조형 전략

2.1. 교내 시설에 스테인드글라스 시트지를 이용한 인테리어

가장 간단한 스테인드글라스는 시트지를 활용하여 제작할 수 있다. 엄격한 의미에서 시트지는 스테인드글라스 조형이 아니다. 하지만 우리나라의 많은 성당에서 시트지를 활용한 간이 스테인드글라스 조형을 활용하고 있다. 시트지를 활용하는 것이 엄밀한 의미에서 스테인드글라스 예술은 아니지만, 일정한 컨셉트에 맞춰 적합한 문양을 개발하기만 한다면, 매우 저렴한 비용으로 훌륭하게 스테인드글라스 조형 효과를 기대할 수 있다.

시트지를 활용한 스테인드글라스 조형은 가톨릭대학교 내에서 유동인구가 많은 곳의 유리창에 활용할 수 있다. 니콜스관과 마리아관을 잇는

〈그림 1〉 스테인드글라스를 활용하기에 적합한 교내 장소 예시(규모가 크지 않아 설치가 쉽고, 유동인구가 많아 여러 사람이 감상할 수 있다.)

통로의 유리창, 국제관 외벽(통유리), 커피동물원에서 마리아관으로 향하는 길목에 위치한 창문 등에 붙여서 인테리어로 활용할 수 있다. 이 장소들은 가톨릭대학교 안에서 눈에 띄는 위치로서, 시각적으로 스테인드글라스를 쉽게 접할 수 있는 기회가 될 것이며, 가톨릭대학교를 나타내는 상징과 정체성을 보여주는 역할까지 할 수 있을 것이다.

2.2. 교내 스테인드글라스 박물관 건립

가톨릭대학교 내에 스테인드글라스 박물관을 건립할 수 있다. 스테인드글라스 박물관은 스테인드글라스에 대한 역사적, 예술적 해설과 함께 관련 성화나 조명 등의 작품을 전시할 것이다. 박물관은 건물 구조물로서의 스테인드글라스 작품을 전시하는 방법과, 개별 작품을 전시하는 방법을 모두 사용할 수 있다.

〈그림 2〉 건물 구조물로서의 스테인드글라스 조형 사례(부산 남천 성당)

〈그림 3〉 스테인드글라스 개별 작품 전시 사례

3. 역곡 거리(건물, 도로, 기타) 스테인드글라스 조형 전략

3.1. 가톨릭대학교 주변 대학로의 현재

　가톨릭대학교 주변 골목 중에 역곡 북부역으로 가는 길이 학생들의
움직임이 가장 많은 곳이다. 그래서 여러 색으로 변하는 가로등과 친환경
보도블록, 양 쪽 가장자리에 화분 등이 설치되어 다른 골목에 비해 비교적
쾌적한 모습을 하고 있다. 또한 최근 몇 개월 간 음식점들이 많이 개업하기도
했다. 하지만 여전히 가톨릭대학교 주변은 대학로보다는 주택가라는 말이
더 잘 어울린다.

　학교 정문을 기준으로 왼쪽은 그나마 상점과 사람들의 모습을 볼 수
있다. 그러나 오른쪽은 마을버스 정류장 외에는 인적이 뜸하다. 10년

이상 된 건물들이 많고, 심지어 골목 바닥에 교통 안전 문구가 지워진 곳도 있다. 결론적으로 가톨릭대학교의 주변을 전체적으로 보았을 때 대학로는 물론 주택가로서도 허름한 곳이 많다. 또한 가톨릭대학교 만의 특색 있는 거리 모습은 찾아볼 수 없다.

가톨릭대학교 주변이 번화가가 아니기 때문에 외부인들의 방문이 적고 인지도도 낮을 뿐만 아니라, 일반인들에게는 학교에 대한 종교적 편견이나 오해도 많은 것이 사실이다. 이 때문에 명실상부한 종합 대학으로 성장하기 위해서는 종교적 요소를 최대한 배제하여 학교를 홍보해야 한다고 주장하는 사람들도 있다. 그러나 오히려 종교적 정서를 학교의 특징적 이미지로 부각시키면 장점으로 활용할 수도 있다. 거리를 가톨릭 예술 정서로 꾸며 등교의 목적이 아닌 예술 거리를 감상하기 위해 사람들이 찾을 만한 곳으로 변화시키는 것이다. 이러한 내용을 담고 있는 것이 스테인드글라스 거리 조성안이다.

〈그림 4〉 가톨릭대학교 주변의 한산한 거리 풍경 (대학로를 연상시킬 만한 특색이 부족함.)

3.2. 낮의 거리 조성 전략

스테인드글라스는 그 특성 상 어두운 곳에서 밝은 빛이 들어올 때 더 아름답게 빛나기 때문에 낮과 밤에 따른 거리 조성 전략이 서로 달라야 한다. 낮에는 거리의 빛을 차단할 수가 없기 때문에 유리를 통해 들어오는 빛을 감상하기 힘들다. 그래서 밝은 곳에서도 선명하게 볼 수 있는 새로운 기법을 이용한 스테인드글라스를 설치하는 것이다. 빛을 통해서가 아닌 원래 뚜렷한 색상을 나타내는 색유리를 이용하여 벽에 부착을 하거나 조형물을 만들어서 거리를 조성한다.

또한 세라믹 인쇄 유리나 아크릴판을 이용하면 빛의 통과 없이도 선명한 문양을 감상할 수 있다. 이 재료들을 이용할 경우 스테인드글라스를 제작하는 것보다 시간과 비용이 단축된다는 장점도 있다. 이러한 기법과 재료를 이용한 조형물을 만들어 가톨릭대 인근에 위치한 '빼꼼공원'이나, 학교 주변 버스 정류장 등에 설치하면, 이동 인구가 많아 조성 효과도

〈그림 5〉 가톨릭대 주변 낮의 거리 조성 전략(스테인드글라스는 빛의 예술이다. 낮에는 건물 안에서만 스테인드글라스 효과를 누릴 수 있다. 따라서 낮 동안의 거리에는 스테인드글라스 기법이 아닌 일반적 기법의 만화나 그림 조형을 활용하는 전략이 필요하다.)

높아진다. 다만, 낮에는 스테인드글라스 예술성을 표현하는데 한계가 있으므로 허름한 담벼락이나 전봇대에 종교적 만화 벽화 등을 그려서 보완할 필요가 있다. 특히 부천시는 만화 산업으로 잘 알려진 곳이기 때문에 시와 협력을 통해 조성을 한다면 시너지 효과 또한 낼 수 있을 것이다.

3.3. 밤의 거리 조성 전략

건물 바깥에서 볼 때에 스테인드글라스는 낮보다 밤에 그 효과가 더욱 분명하다. 밤에 건물 내부에서 인위적으로 빛을 비추면, 낮 시간에 성당 안에서 스테인드글라스를 보는 것과 같은 효과를 낼 수 있다. 가톨릭대학교 주변은 특히 스테인드글라스를 설치할 만한 공간이 많다. 역 주변에는 상가가 어느 정도 있지만, 골목은 주택이 밀집해 있어서, 상가에 비해 조명이 밝지 않다. 그래서 스테인드글라스를 감상하기에 더 최적화되어있다. 특히 낮에도 인적이 뜸한 이곳은 가로등이 많지 않아, 해가 지면 더욱 어두워진다. 따라서 이런 곳에 스테인드글라스 조형물을 설치하면 거리를 밝게 되어, 치안 강화라는 부수적 효과까지 기대할 수 있다.

학교 정문에서 성심교가 아래로 이어지는 길은 밤이 되면 문을 닫는 상가가 많고 사람들의 발들이 뜸해 더욱 어둡게 느껴진다. 이 점을 이용해 가톨릭대학교 만의 특색 있는 거리를 만드는 것이다.

현재 학교에서 역곡 북부역으로 가는 골목 중 한 곳에 색이 바뀌는 가로등이 설치되어 있는데, 이러한 식으로 다른 가로등을 스테인드글라스를 이용해 조성할 수 있다.

또한 학교 주변 상가들의 협조가 있다면 건물에도 스테인드글라스를 이용할 수 있다. 이러한 스테인드글라스는 밝은 곳에서는 문양이 드러나지 않기 때문에, 밤에 건물 안에 있는 사람에게는 신경이 쓰일 염려가 없다.

그리고 스테인드글라스의 종류가 많기 때문에 지나치게 화려하거나 종교적인 문양을 쓰지 않으면, 일반 사람들이나 주민들에게 불필요하게 종교적 편견이나 오해를 불러일으키지 않을 수 있다.

주택가이다 보니 너무 밝으면 생활에 피해를 주게 되지만, 스테인드글라스가 적은 빛을 받더라도 충분히 아름다움을 감상할 수가 있기 때문에 어느 정도의 밝기에서만 설치하면 된다. 이 때, led나 태양광 전지를 이용하면 유지비용의 부담을 줄일 수 있다. 이처럼 적은 비용으로 스테인드글라스 거리를 조성하여 운영한다면, 가톨릭대학교의 인지도 향상과 함께 주변 상인 및 주민들의 경제적, 정신적 이익도 신장시킬 수 있다. 거리 조성을 효과적으로 한다면 유흥 문화로 발달된 다른 대학로보다 더욱 건전하고 개성 있는 대학로로 발돋움하게 될 것이다.

〈그림 6〉 부산 남천 성당의 안과 밖 (낮에는 바깥에서 그림이 보이지 않는다. 밤에는 반대의 효과를 낼 수 있다.)

※ 참고문헌

〈단행본〉

이남규 기념사업회 편(2013), 『이남규 - 한국의 서정 추상 화가』, 수류산방.

조후종 편(1996), 『이남규 유리화』, 분도출판사.

정수경(2010), 『한국의 스테인드글라스』, 예담.

최영심(1998), 『최영심 유리화』, 분도출판사

부천시(2014), 『2030 부천시 도시기본계획』, 부천시.

〈논문〉

김성수(2013), 「두 개의 글로컬라이제이션, 두 얼굴의 글로컬」, 『글로벌문화콘 텐츠』 10호, 글로벌문화콘텐츠학회.

정해조(2007), 「지역학의 정체성과 패러다임 모색1」, 『지중해지역연구』 9권1 호, 부산외국어대학교 지중해연구소.

하병주(2007), 「지역학의 정체성과 패러다임 모색2」, 『지중해지역연구』 9권1 호, 부산외국어대학교 지중해연구소.

한학규(2009), 「부천시 도시공간구조의 변화와 특성에 관한 연구」, 한양대 도시대학원 석사논문.

〈기타 자료〉

부산 중앙성당, 〈은총의 중앙〉 (중앙성당 유리화 자료집, 발간연도 미상)

부산 남천성당(1996), 〈남천성당〉 (남천성당 유리화 자료집)

한국의 스테인드글라스—도입기

명동성당

한국의 스테인드글라스-도입기

일제 강점기

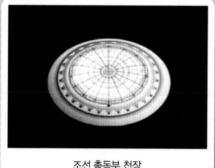

조선 총독부 천장

구 서울역사 천장

한국의 스테인드글라스-전환기

1. 서구 스테인드글라스 도입

대구 가르멜 수녀원 성당 〈피에타〉

2. 스테인드글라스 전문 공방

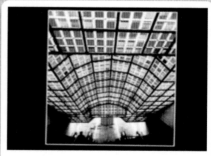

H.K.스테인드글라스. 서울 명동 지하철 역사.
1985(현재 철거)

현대의 국내 스테인드글라스

1. 이남규

이남규 〈빛이 있으라〉 서울 시흥동 성당

이남규 〈예수성심〉 역곡 성심
수녀회 기도실

현대의 국내 스테인드글라스

2. 남용우

의왕 성 라자로 마을 성당

〈성탄〉 의왕 성 나자로 마을

현대의 국내 스테인드글라스

3. 김경순

〈장님을 눈뜨게 한 기적〉 인천 가톨릭대학교

〈이사악의 희생〉 서울 돈암동 성당

현대의 국내 스테인드글라스

4. 최영심

〈부활〉 부산 중앙 성당

부산 중앙 성당

5. 조광호

부산 남천 주교좌 성당

스테인드글라스의 응용과 발전

1. 일반 건축의 스테인드글라스

UN studio. 서울 청담동 갤러리아 백화점 〈생명의 빛〉 강남 LIG 생명 빌딩 로비

스테인드글라스의 응용과 발전

2. 독립된 스테인드글라스 예술

〈꽃과 별과 바람과 시〉
숙명여자대학교 박물관 로비

오순미 〈하늘 물내〉

스테인드글라스의 응용과 발전

3. 공연 예술로서 스테인드글라스

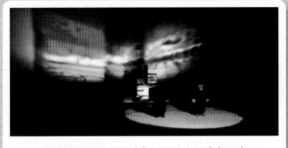

박동욱, 최종희, 조규석 〈봄. 그 빛과 소리〉 (2006)

1

가톨릭대학교

가대에 스테인드 글라스 꾸미기

1

가톨릭대학교

가대에 스테인드 글라스 꾸미기

*일본 도치기현 나스시오바라시에 위치한 스테인드 글라스 박물관

교내 스테인드 글라스 박물관 건립

- 스테인드 조명, 유리창으로 인테리어를 한 스테인드 글라스 박물관을 마련한다.
- 스테인드 글라스 박물관은 스테인드 글라스에 대한 역사적, 예술적 설명과 더불어 관련 성화나 조명 등의 작품을 전시하는 방향으로 구성한다.

1

가톨릭대학교

가대에 스테인드 글라스 꾸미기

성화, 조명, 작품 뿐만 아니라
학교 마크, 캐릭터 상품 마련

1

가톨릭대학교

가대에 스테인드 글라스 꾸미기

가톨릭대학교의 상징으로 확립

2

역곡거리

가톨릭대 대학로 활성화 방안

*가톨릭대학교 주변 모습

2 역곡거리
가톨릭대 대학로 활성화 방안

*가톨릭대학교 주변 모습

2 역곡거리
가톨릭대 대학로 활성화 방안

*가톨릭대학교 주변 모습

- 주택가라는 느낌이 강함
- 오래된 건물이 많고, 시설이 낡음.
- 가톨릭대학교 만의 특색이 없음.
- 외부인들의 방문이 적음.

가톨릭적 요소로 장식을 하여 시설 개선 및 홍보 효과!
→ 스테인드글라스를 거리 조성에 이용!

2 역곡거리
가톨릭대 대학로 활성화 방안

24시간,
발길이 끊이지 않는
대학로 만들기 프로젝트!

낮. 색(色)의 거리

밤. 빛의 거리

낮 색의 거리
가톨릭대 대학로 활성화 방안

*신치현 〈빛의 흐름〉 2005

- **밝은 곳에서도 선명하게 볼 수 있는 새로운 기법을 이용**한 스테인드글라스를 설치.

- 빛을 통해서가 아닌 원래 뚜렷한 색상을 나타내는 색유리를 이용하여 거리를 조성.

낮 색의 거리
가톨릭대 대학로 활성화 방안

세라믹 인쇄 유리나 아크릴판을
이용하면 빛의 통과 없이도 선명한
문양을 감상할 수 있다.
& 시간과 비용이 단축된다는 장점!

*(주)세라아트 업체 가공 이미지

낮 색의 거리
가톨릭대 대학로 활성화 방안

가톨릭대 인근에 위치한 '빼꼼공원'이나, 학교 주변 버스 정류장과 같이 **공공장소**이면서
사람들이 자주 접하기 쉬우며 조성 효과가 크게 나타나는 곳에 설치!

낮 색의 거리

가톨릭대 대학로 활성화 방안

But, 낮에 스테인드글라스를 이용하는데 한계가 있음.

→ 담벼락이나 전봇대에 **성경 만화 벽화**를 추가적으로 접목시키는 것도 좋은 방법.

만화 산업으로 활성화 된 부천시와의 협력!

*제제네 작업실

밤 빛의 거리

가톨릭대 대학로 활성화 방안

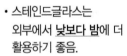

- 스테인드글라스는 외부에서 **낮보다 밤**에 더 활용하기 좋음.

- 인위적으로 빛을 비추게 되면 성당 안에서 바라보는 것과 같은 효과를 낼 수 있음.

*부산 남천 성당

밤 빛의 거리
가톨릭대 대학로 활성화 방안

가톨릭대학교 주변은
주택이 밀집해있어서
주변이 밝지 않은 환경.
그래서 스테인드글라스를
감상하기에 **최적화**!

밤 빛의 거리
가톨릭대 대학로 활성화 방안

학교에서부터 성심교가고
아래까지 이어지는 길은
밤에 상가가 문 닫는 곳이
많고 사람들의 발길이
뜸해 더 어두움.
이 점을 이용해
가톨릭대학교 만의 특색
있는 거리를 만들자!

현재 학교에서 역곡 북부역으로 가는 골목 중 한 곳에 색이 바뀌는 가로등들이 설치되어 있는데, 유사한 방식으로 다른 가로등을 스테인드글라스를 이용해 조성할 수 있음.

또한 학교 주변 상가 건물에도 스테인드글라스를 이용할 수 있음.
이러한 스테인드글라스는 밝은 곳에서는 문양이 드러나지 않기 때문에,
밤에 건물 안에 있는 사람에게는 신경이 쓰일 염려가 없음.

*부산 초장 성당

밤 빛의 거리
가톨릭대 대학로 활성화 방안

*부산 초장 성당

지나치게 화려하거나 종교적인 문양을 쓰지 않으면 종교적으로 관련이 없는 일반 사람들이나 주민들도 부담을 느끼지 않을 수 있음. 그리고 어느 정도의 밝기 내에서만 설치하면 주택가에 피해를 주지 않음.
이 때, led나 태양광 전지를 이용하면 유지 비용에 대해서도 크게 들지 않음.

2 역곡거리

가톨릭대 대학로 활성화 방안

*기대 효과

관광, 방문객 증가

거리 활성화

가톨릭대학교 인지도 향상

모두가 행복한 가톨릭대학교 대학로

거리 환경 개선

건전한 대학로 문화 형성

상인, 주민들에게 경제적 이익

문화 활성화

가톨릭대 대학로 활성화 방안

1 플리마켓

역곡 및 가톨릭대학교 주변에서 플리마켓 개최

- 스테인드글라스를 이용한 다양한 액세서리와 인테리어 소품 판매
  - 스테인드글라스에 대한 관심도, 접근성 증가
- 역곡 주민들 또한 셀러, 손님 등 다양한 참여 가능
  - 지역 경제 활성화

2 행사

주민들, 학생들도
함께 참여할 수 있는 행사 개최

스테인드글라스 유리잔 꾸미기

스테인드글라스 액자 만들기

- 주민들도 함께 참여할 수 있는 문화 활성화
  - 학생들과 역곡 주민들의 교류 활성화
  - 주민들, 학생들의 문화접근성 증가
  - 가톨릭에 대한 긍정적 인식 생성

버려지는 유리를 이용한 업사이클링 스테인드글라스 제작

3 전시회

역곡 및 가톨릭대학교 내에서
작품 전시회 개최

- 스테인드글라스 작품 전시회 개최
  - 스테인드글라스의 미를 널리 알릴 수 있음.
  - 참여하는 문화 뿐 아닌 관람하는 문화 또한 활성화
  - 가톨릭의 특색을 살릴 수 있음.
  - 가톨릭대학교에 대한 관심도 또한 증가

2부: 다매체 시대 서사의 확장과 변용

스포츠 경기의 영화화를 위한 담화 전략[1]

1. 들어가며

이 글의 목적은 스포츠 경기를 소재로 제작된 영화의 담화전략[2]을 분석하는 것이다. 이를 통해 '영화'와 '스포츠'라는 서로 다른 두 가지 대중적 문화 양식의 공통점과 차이점을 탐구하고, 나아가 이 둘의 결합이 갖는 의미와 가능성을 탐색하는 것이 이 연구의 최종 목표이다. 이 글에서 주로 분석할 대상은 '2002년 아테네 올림픽 여자 핸드볼 결승전 경기'(이하 '아테네 경기'로 통일)와 임순례 감독의 〈우리 생애 최고의 순간〉(2007, 이하 〈우생순〉으로 통일)이며, 그 밖에 스포츠 소재 영화들과 실제 스포츠 경기들을 참고 텍스트로 한다. '아테네 경기'와 함께 〈우생순〉을 분석하는 것은 스포츠 경기의 영화화에 따른 담화전략을 살피는 데에 유용한 지표를 제공할 것이다. '아테네 경기'는 소위 말하는 '비주류 스포츠'였지만 '불굴의

---

1) 이 장은 연세대 정수현 교수와 공동으로 『대중서사연구』 23호(2010. 6.)에 발표한 논문을 공동 저자의 동의 아래 수정 및 보완하였음.

2) 이 글에서 '담화전략'이란 '사건에 대한 진술'을 뜻하는 시모어 채트먼의 '담화(discourse)'와 같은 의미이다. '전략'이라는 단어를 추가한 것은 'discourse'의 또 다른 번역어인 '담론'의 미셸 푸코식 의미, 즉 '권력을 생산하는 사회적 힘'과 구분하기 위해서이다. 채트먼이 사용한 'discourse'의 번역어 역시 '담화'와 '담론'이 함께 사용되며, 크게 보면 채트먼과 푸코의 'discourse'는 '담론 주체에 의해 만들어졌다'는 점에서 모두 동일한 의미이지만, 최근의 연구자들은 '이야기를 전달하는 전략'을 의미하는 채트먼의 'discourse'를 '담화'로 번역하여 푸코가 말하는 '담론'과 구분하려는 경향이 있다. (시모어 채트먼, 김경수 옮김, 『영화와 소설의 서사 구조』, 민음사, 1989. 22-23쪽 참조)

스포츠 정신'을 보여준 모범적 사례로 많은 대중들에게 각인되었으며, 〈우생순〉은 이를 영화화하여 대중적 성공을 거두었고 이후의 스포츠 영화 제작에도 큰 영향을 미쳤기 때문이다.3)

1980년대 이후 한국 여자 핸드볼 대표팀은 올림픽 경기 때마다 세계 최고의 전적을 보여주었지만, 대중적 관심이 미약했다.4) 1996년 아틀란타 올림픽에서 2위로 밀려났던 대표팀은 2000년 시드니 올림픽에서 메달권 진입에 실패하면서 실업팀 일부가 해체되는 등 종목의 존립 자체에 위기를 맞는다. 하지만 2004년 아테네 올림픽에서 인상적인 경기를 펼치고, 이후 이를 소재로 한 영화가 제작되면서 핸드볼 경기에 대한 대중들의 관심은 크게 높아졌다. 그 결과 2008년 베이징 올림픽에서 한국 핸드볼 대표팀은 같은 시간대에 방영된 축구 경기나 그 밖의 TV 프로그램보다 훨씬 높은 시청률을 기록했다.5) 이는 "2004년 아테네 올림픽에서 남녀 핸드볼 선수들이 보여준 기량과 열정에 대한 관람자나 시청자의 감정적 반응이 〈우리 생애 최고의 순간〉이라는 영화에 공감과 감정이입으로 나타나 400만 명이라는 관람자를 형성시켰고, 형성된 팬십6)은 2008년 베이징 올림픽

---

3) 〈우생순〉 이후에 제작된 〈킹콩을 들다〉(2009), 〈국가대표〉(2009) 등이 〈우생순〉과 유사한 담화전략을 통해 흥행에 성공함으로써, 이제 감동적인 비주류 스포츠 경기의 영화화는 우리 영화계의 중요한 흥행코드가 되었다.

4) 한국 여자 핸드볼 대표팀의 올림픽 수상 실적은 아래와 같다.
1984년 LA 올림픽 2위, 1988년 서울 올림픽 1위, 1992년 바르셀로나 올림픽 우승, 1996년 아틀란타 올림픽 2위, 2004년 아테네 올림픽 2위.

5) 베이징 올림픽에서 2008년 1월 29일에 여자 핸드볼 아시아 지역 예선 재경기는 14.9%의 시청률로 동시간대 1위였고, 그 다음날 치러진 남자 핸드볼 경기 역시 동일 시간대에 열렸던 남자 축구 대표팀의 칠레와의 평가전보다 평균 2% 높은 시청률을 기록했다. (유재충, 「2008 베이징올림픽 핸드볼 시청자의 동기, 태도 및 시청의도의 구조방정식 모형분석」, 『한국체육과학회지』 18권 1호, 2009. 104쪽 참조)

핸드볼 중계를 시청하고자 하는 동기와 태도 및 재시청 의도에 파급적으로 영향을 미치게 된 것"[7]으로 풀이된다.

점증하는 대중매체의 영향력에 비추어보면, 인상적인 스포츠 경기가 새로운 시대적 코드를 생산하는 것은 조금도 이상한 일이 아니다. 하지만 〈우생순〉의 흥행은 단순히 대중매체의 영향력과 스포츠의 산업의 상업성을 넘어, 사회 구조의 변화에 따른 대중들의 정서와 감수성 변화를 함께 의미한다. 즉, 〈우생순〉의 흥행은 아테네 올림픽 결승전에서 한국팀 핸드볼 선수들이 인상적인 경기를 펼쳤기 때문만도 아니고, 그러한 경기를 실시간으로 전 국민들이 시청할 수 있도록 공중파 TV에서 중계를 했기 때문만도 아니며, 이러한 두 요인을 합친 때문만도 아니다. 90년대 말 구제금융의 국가적 위기를 겪으며 가일층 강화된 경쟁 지향적 사회 구조, 인터넷과 통신의 발달에 힘입은 쌍방향적 의사소통 문화, 파편적 정보들이 범람하는 다매체 시대의 정보 과잉 등에 대한 대중들의 열패감과 염증이야말로 결코 간과해서는 안 될 〈우생순〉의 흥행 요소였던 것이다.[8]

---

6) 스포츠에서 '팬십(fanship)'이란 '특정한 스포츠에 감정적, 행동적으로 참여하려는 의지'를 의미한다.

7) 유재충, 「2008 베이징올림픽 핸드볼 시청자의 동기, 태도 및 시청의도의 구조방정식 모형분석」, 『한국체육과학회지』 18권 1호, 2009. 103쪽

8) 엘리스 캐시모어는 오늘날 대중들이 스포츠에 열광하는 이유를 현대사회의 예측가능한 일상 때문이라고 분석했다. 현대사회는 과거에 비해 예측가능한 일이 많아졌으며, 그에 따라 현대인들의 삶은 과거에 비해 훨씬 안전해졌는데, 이 때문에 예측가능한 일상에서 벗어나려는 대중들의 욕구가 더 강해졌다는 것이다. 즉 삶의 일상성에서 벗어나기 위해 상대적으로 예측 불가능한 영역에 몰입하려는 경향이 강해졌다는 것이다. 캐시모어의 이러한 주장은 쉽게 그 진위를 논하기 어렵지만, 스포츠에 대한 대중들의 관심을 사회적 변화에 맞추어 분석했다는 점에 본 논문의 연구방법과 유사하다고 하겠다. (엘리스 캐시모어, 정준영 옮김, 『스포츠, 그 열광의 사회학』, 한울, 2001.)

2. 새로운 흥행 코드

우리나라에서 스포츠 소재 영화가 대중적으로 크게 흥행한 첫 작품은 1986년에 이장호가 감독한 〈이장호의 외인구단〉9)일 것이다. 이 작품은 당시에 상당한 인기를 누렸으나, 그 이후에 스포츠 소재 영화의 지속적인 생산이나 대중적 인기를 견인하지는 못했다. 이 영화의 단발성 흥행은 원작 만화의 폭발적 인기에 기댄 장르변용 영화의 당연한 귀결이었던 것으로 보인다. 원작 만화의 캐릭터와 스토리를 최대한 그대로 되살렸던 〈이장호의 외인구단〉이 흥행했던 것과 대조적으로, 원작 내용과 무관한 스토리의 〈이장호의 외인구단 2〉(1988)가 흥행에 참패했다는 사실은 1편의 흥행 역시 '스포츠 영화'로서의 성공이라기보다는 인기 만화의 장르변용 영화로서의 성공에 불과했다는 사실을 증명한다.10)

우리나라에서 스포츠 소재의 영화 제작이 붐을 이룬 첫 시기는 곽경택 감독의 〈챔피언〉과 김현석 감독의 〈YMCA 야구단〉이 개봉되었던 2002년 이다. 두 작품은 모두 흥행에서 좋은 기록을 세우지는 못했지만, 대중과

---

9) 〈공포의 외인구단〉으로 기억하는 사람들이 많고, 논문이나 평론에서도 〈공포의 외인구단〉으로 표기된 경우가 많으나, 실제로 개봉한 영화의 원제는 〈이장호의 외인구단〉이었다. 〈이장호의 외인구단〉은 1983년부터 이듬해까지 출간된 이현세의 만화 〈공포의 외인구단〉을 충실하게 재현한 작품이다. 원작 만화의 인기에 힘입어 원작 만화의 캐릭터와 스토리를 최대한 그대로 되살렸던 영화에서 원작의 제목을 바꾼 이유는 확실하지가 않다. 다만 '공포'라는 단어가 당시의 군부독재를 상기시킨다고 해서 제목을 변경했다는 추측이 있다.

10) 물론 속편의 흥행 참패는 원작의 흥행에 기댄 저예산 졸속 제작이라는 당시의 영화 제작 관행에서 더 큰 문제를 찾을 수도 있을 것이다. 실제로 〈이장호의 외인구단 2〉는 1편에 출연했던 안성기, 이보희 등의 인기배우들이 출연하지 않았다.

평단으로부터 일정하게 주목받으면서 스포츠 소재 영화의 가능성을 일깨웠다. 이후 김종현 감독의 〈슈퍼스타 감사용〉(2004), 송해성 감독의 〈역도산〉(2004), 류승완 감독의 〈주먹이 운다〉(2005), 정윤철 감독의 〈말아톤〉(2005), 권수경 감독의 〈맨발의 기봉이〉(2006) 등이 제작되면서 스포츠 소재 영화는 계속 그 가능성을 모색해 갔다. 하지만 〈말아톤〉을 제외하고 대부분의 작품들은 흥행면에서 제작비에도 못미치는 초라한 기록을 거두었다. 그럼에도 불구하고 위 작품들은 우리의 스포츠 영화사에서 몇 가지 중요한 특징들을 보여주고 있다.

가장 먼저 지적할 점은 대부분의 작품들이 직간접적으로 '실화'를 소재로 삼았다는 것이다. 〈YMCA 야구단〉과 〈주먹이 운다〉의 실화 관련성이 미흡하기는 하지만 나머지 작품들은 모두 구체적인 실존인물을 주인공으로 삼았다.[11] '상업적으로 성공하기 어렵다고 인식되어 왔던 스포츠 영화의 약점을 보완하는 전략[12]이었다는 어느 평론가의 지적처럼, 실화에서 소재를 취하는 것은 2000년 이후에 제작된 스포츠 영화의 뚜렷한 특징이다. 가공(架空)된 스토리가 범람하는 매체 환경에서 '실화'는 다른 허구들과 변별되는 믿음과 감동의 재료가 된 것이다.

두 번째로 지적할 점은 대부분의 작품이 인기 스포츠 종목에 치우쳐

---

11) 〈YMCA 야구단〉은 일제시대 때 대중적으로 인기를 끌었던 '황성 YMCA 야구단'의 창설 과정을 코믹하게 각색했다는 점에서 사실을 소재로 했다고 할 수 있으며, 〈주먹이 운다〉 역시 류승완 감독이 일본의 동경 시내에서 돈을 받고 '인간 샌드백'이 되어주는 전직 권투선수의 이야기를 듣고 만들었다는 점에서 사실에서 소재를 취했다고 볼 수 있다. 하지만 두 작품은 주인공의 이름과 성격 등이 모두 실제가 아닌 '허구'라는 점에서 위에서 열거한 다른 영화들과 차별된다.

12) 황혜진, 「대중서사로서 '스포츠 영화'의 가능성과 한계」, 『공연과 리뷰』 66호, 2009. 9. 172쪽

있다는 점이다. 〈챔피언〉, 〈YMCA 야구단〉, 〈슈퍼스타 감사용〉, 〈역도 산〉, 심지어 〈말아톤〉까지 모두 인기 스포츠 종목을 다루었다. 야구나 권투는 물론이거니와, 수많은 동호회를 중심으로 매년 수만 명의 일반인들 이 풀코스를 완주하는 마라톤 역시 인기 있는 스포츠이기 때문이다. 〈역도 산〉의 경우는 조금 다르다고 할 수도 있겠지만, 패전 직후 일본에서 스모나 프로레슬링의 대중적 인기가 높았다는 사실을 감안한다면, 역시 인기 스포츠를 소재로 취한 것이다. 흥행을 목적으로 하는 상업 영화에서 인기 스포츠를 소재로 삼는 것은 자연스러운 경향이겠지만, 위에서 언급한 대부분의 작품들이 흥행에 성공하지 못했다는 사실은 스포츠의 인기가 곧장 영화로 이어지지 않음을 잘 보여준다.

위 영화들의 또 다른 공통점은 구체적인 실존인물의 일대기 또는 성장기 가 주요 모티프[13]라는 것이다. 일대기 서사는 대개 비범한 능력과 의지를 지닌 인물이 온갖 시련을 이겨내면서 영웅으로 성장할 때의 장엄함이나, 또는 안타깝게 그 꿈이 좌절되면서 자아내는 비장함을 감동의 원천으로 삼는다. 여기에 가족애와 우정, 그리고 국가주의 등의 코드가 적당히 혼합되면 스포츠 영화의 일반적 도식이 된다. 이처럼 초라했던 인물의 힘겨운 성장기는 동서고금을 막론하고 독자나 관객을 몰입시키는 좋은 모티프였지만, 〈역도산〉이나 〈챔피언〉은 예상 밖의 저조한 성적을 거두었

---

13) '모티프'는 '작품 전체에 깊이 스며 있으면서도 보다 심층적인 의미'를 보여준다는 점에 서 '소재'와 구분된다. 예를 들어 '브루투스의 케사르 암살에 대한 영화'가 있다고 할 때에 브루투스나 케사르는 작품의 소재이며, 작품의 주요 모티프는 '폭군 살해'가 된다. 이처럼 모티프는 동일한 계열체에서 반복되는 원형적 심상과 관련된 주제론적 개념이 다. 보다 자세한 내용은 『문학주제학이란 무엇인가』(이재선 엮음, 민음사, 1996)의 엘리자베스 프렌첼(Elisabeth Frenzel) 부분을 참조할 것.

다. 이는 성장형 드라마에 대한 대중들의 관심이 제작사들의 기대에 미치지 못했음을 의미한다.

2007년 이전에 제작된 영화들이 갖고 있는 위의 특징들을 이해하면 〈우생순〉이 보여준 담화전략의 의미가 좀더 분명해진다. 우생순은 실화에 바탕을 둔 스포츠 소재 영화라는 점에서는 이전의 작품들과 같은 선상에 위치하지만, 핸드볼이라는 비인기 종목을 다루었으며, 나아가 인물들의 성장기가 아니라 스포츠 정신 자체를 핵심 모티프로 삼았다는 점에서 이전 작품들과 변별된다. 〈우생순〉은 인기 종목의 팬십(fanship)에 기대어 흥행의 외부효과[14]를 기대할 수도 없었고, 비범한 주인공의 드라마틱한 성장기라는 일반적인 흥행 요소 또한 갖고 있지 않았다. 〈우생순〉의 주인공들은 애초부터 세계적 수준의 기량을 갖춘 국가대표 선수들이었기 때문이다. 사실 〈우생순〉은 2002년 아테네 올림픽 여자 핸드볼 결승전이라는 한 편의 경기 자체에 초점을 맞춘 영화이다. 극적인 한순간에 작품의 초점을 모으는 것은 대부분의 서사물에서 흔히 발견할 수 있는 특징이다. 하지만 〈우생순〉이 독특했던 점은 그 마지막 '경기'를 통해서 얻을 수 있는 보상이 크지 않다는 데에 있다. 올림픽 2연패의 주역이었던 한미숙은 상금을 얻기 위해 대표팀에 합류한 듯이 보이지만, 친구 김혜경이 마련해 준 돈으로 이미 악성 부채를 해결한 상태이다. 우승을 해서 혜경에게 받은 돈을 갚겠다는 의지가 있었겠지만, 경제적으로 넉넉했던 혜경은

---

14) '외부효과'는 특정한 경제활동 중에 다른 경제 주체에게 의도하지 않은 혜택이나 손해를 가져다 주면서도 이에 대한 대가를 받지도 않고 비용을 지불하지도 않는 것을 의미하는 경제학 용어이다. 팬십(fanship)에 기대어 흥행의 외부효과를 얻는다는 것은 인기 스포츠 종목을 소재로 영화를 제작했을 때에, 그 영화의 작품성과 무관하게 해당 스포츠 종목을 좋아하는 대중들 때문에 흥행하게 된다는 것을 의미한다.

애초부터 돈을 돌려받는 것에 관심이 없었고, 작품이 진행되면서 미숙이 역시 '돈'에 대한 더 이상의 집착을 보이지 않는다. 2차례나 이어지는 연장전에서 체력 저하에도 불구하고 '죽는 한이 있어도 뛰겠다'는 송정란이나, 발목 부상이 악화되면 두 번 다시 선수 생활을 할 수 없을 것이라는 감독의 만류에도 불구하고 출전을 고집하는 장보람 역시 '우승'을 통해 대단한 영화를 누리거나 특별한 한(恨)을 해소하려는 것으로 보이지 않는다.

물론 올림픽 경기에서 우승을 한다는 것은 선수로서의 대단한 영예이다. 하지만 〈우생순〉은 '우승의 영예'나 또는 '아깝게 우승하지 못한 비장미'를 목적으로 제작되었다고 보기 어렵다. 이미 두 차례나 금메달을 땄던 한미숙의 고달프고 비참한 생활은 '우승의 영예'를 돋보이게 하는 것과는 거리가 멀고, 경기에 지고 나서도 '우리 생애 최고의 순간이었다.', '아쉽지만 후회는 없다.', '잘 하셨어요.'라고 서로를 격려하며 다함께 '화이팅!'을 외치는 감독과 선수들의 강한 유대감 역시 영화의 주제가 다른 곳에 있음을 보여준다. 영화의 진정한 주제는 작품 마지막에 등장하는 2004년 아테네 올림픽 여자 핸드볼 팀을 실제로 이끌었던 임영철 감독의 인터뷰에서 잘 드러난다.

우리 선수들이 너무 자랑스럽습니다. 비록 은메달이지만 금메달 못지않은 투혼을 발휘했다고 생각합니다. 어떻게 올림픽에 나오는 대표팀 선수가 마음 놓고 뛸 팀이 없다는 현실을, 어떻게 얘기해야 할까요. 마지막 연장을 들어가다가 … ('생애 최고의 순간이었다.'라고 선수들에게 말했음을 차마 말하지 못하고 울먹이며 임 감독은 고개를 돌린다.)

〈우생순〉이 영화화 된 직접적 계기가 바로 임영철 감독의 위 인터뷰였음은 이미 여러 매체를 통해 알려진 바와 같다. 인용문에서 알 수 있듯이 핸드볼 대표팀 선수들은 세계 최고 수준의 기량을 갖춘 국가대표였지만 '마음 놓고 뛸 팀이 없'는 상황이었다. 국내 시즌 경기에서 우승했음에도 불구하고 대형 할인점에서 야채 판매원이 되어야 했던 한미숙의 코믹한 에피소드가 영화의 첫머리를 차지한 것 역시 이러한 영화의 주제의식을 보여주는 것이다. 선수들은 한 판의 승부로 인생 역전을 꿈꾼 것이 아니라, 그저 주어진 상황에서 최선을 다하는 소박한 아름다움의 한 순간을 보여준 것이다.[15] 그리고 이것이야말로 〈우생순〉이 우리 시대의 소외된 대중들의 마음을 사로잡아 흥행에 성공한 진짜 이유인 것이다. 이처럼 〈우생순〉은 우리 영화 사상 최초로 비주류 스포츠를 소재로 삼았고, 이것이 역설적으로 주요한 흥행 코드로 작용하였다.[16]

세계 최고의 기량을 갖추었던 비주류 스포츠인들이 주어진 상황에 절망하지 않고 최선을 다했던 2004년 아테네 올림픽 경기가 성공적으로 영화화

---

15) 곽경택 감독의 〈챔피언〉에서 주인공은 가난한 집이 싫어 어린 나이에 가출을 하여 매혈까지 하는 등 온갖 고초를 겪는다. 그가 권투를 시작한 것은 몸뚱이 하나로 부와 명예를 얻을 수 있는 희망 때문이었다. 이렇게 볼 때 〈챔피언〉에서의 권투 경기는 주인공의 '인생역전'을 위한 고통스러운 도구일 뿐, 그 자체로 즐길 수 있는 승부의 대상이 아니다. 이에 반해 〈우생순〉의 주인공들은 경기에서의 승리가 '인생역전'을 안겨주지 못한다는 사실을 뻔히 알면서도 승리를 위해 최선을 다한다는 점에서 좀더 스포츠 본연의 정신을 보여주었다고 할 수 있다. 물론 〈우생순〉에서도 경제적으로 궁핍한 인물들의 애환이 중요한 모티프를 이루는 것은 사실이지만, 〈챔피언〉의 김득구와 비교했을 때, 〈우생순〉의 인물들이 상대적으로 경기 자체에 몰입했던 것은 분명하다.

16) '비인기 종목'을 다룬 영화 〈우생순〉이 '스포츠 정신 자체'를 모티프로 삼은 것은 어찌 보면 당연한 귀결인지도 모른다. 이를 거꾸로 보자면 인기 종목을 다루고, 인물들의 성장기를 모티프로 삼는다는 것은 영화가 '스포츠' 외부 요소를 흥행 코드로 삼은 것이라고 해석할 수 있다.

된 데에는, 위에서 설명한 주제 의식 이외에도 이를 뒷받침하는 성공적인 스토리텔링 전략이 있었다. 스토리텔링은 '이야기'를 통해 대상에 대한 수용자의 감성을 자극하기 때문에 일반적으로 여성 소비자들에게 더 효과적이며, 영화 관람 시에 영화의 선택권은 대체로 여성들에게 있다. 그 동안의 스포츠 영화가 남성 주인공 위주였으며, 남성이 잘하는 종목을 주로 대상으로 삼았던 것에 비해 〈우생순〉은 여성 주인공들이 펼치는 여성 스포츠였다. 복수의 여성 주인공들이 펼치는 다양한 이야기들은 〈우생순〉의 스토리텔링 효과를 극대화시켜 작품의 흥행으로 이어진 것이다.

또 〈우생순〉의 흥행은 온라인 관객들이 적극적으로 참여하는 매체환경의 변화와 밀접한 관계가 있으며, 다양성을 화두로 하는 최근의 사회적 변화를 반영하는 것이기도 하다. 케이블 방송과 인터넷의 발달로 팬들은 원하는 스포츠에 쉽게 접근할 수 있게 됐다. 인터넷을 통해 중계를 보며 실시간으로 댓글을 달고, 경기 동영상을 편집해 돌려보는 모습도 익숙하다. 팬들은 단순히 '보는 스포츠'를 넘어 경기를 분석하고, 선수들의 화려한 플레이와 재미난 표정들을 공유하며 즐긴다. 스포츠를 적극적으로 즐기는 팬들의 욕구가 달라지고 있는 것이다. 스포츠를 보도하는 언론도 결과만큼 감동과 이야기에 주목해 이러한 변화에 발맞추고 재생산한다.[17) 또한 스토리텔링은 스포츠산업의 활성화라는 산업적 측면 이외에도 세계의 제 현상에 대한 파편적 인식을 극복할 수 있는 중요한 방법론을 제공해 준다.

---

17) 이승준, 「'승패' 넘어 '감동과 이야기'로」, 한겨레신문 2010. 2.7.

스토리텔링에 대한 사회 각 분야의 광범위한 요구는 삶의 전체적 파악이 불가능해지는 이런 인식론적 위기와 관련되어 있다. 정보의 홍수 앞에 절망한 사람들은 논리적·연역적 사유의 한계를 절감하고 단순한 정보보다 사건을 겪은 사람의 경험을 통해 한 번 걸러진 담화, 즉 스토리를 원하게 된다. 말하자면 서사적·상징적 세계를 통해 삶을 전체적으로 파악할 수 있는 스토리텔링의 감성적·직관적 사유를 요청하고 있는 것이다.[18]

사회적 관계와 절연한 채 오로지 승패에만 집중하던 스포츠의 세계는 이제 스토리텔링을 만나서 사회적 관계망을 획득하고 세계에 대한 총체적 인식의 매개체로 거듭날 수 있게 된 것이다.

3. 재현의 장애 및 강화 요소

'한국에서 제작되는 스포츠 관련 영화가 실화에 기반한다는 관습이 형성되고 있다'[19]는 어느 평론가의 지적처럼 〈우생순〉은 실제 사실에 그 바탕을 두고 있다. 〈우생순〉은 2004년 아테네올림픽 결승전이 배경인 영화로 세계최강인 덴마크에 맞서 9번의 동점과 2번의 연장전, 마지막

---

18) 허만욱, 「문화콘텐츠에서의 디지털스토리텔링 양상과 방향 연구」, 『우리문학연구 23집』, 우리문학회, 2008. 2.

19) 황혜진, 「대중서사로서 '스포츠 영화'의 가능성과 한계」, 『공연과 리뷰』 66호, 2009. 9. 172쪽

승부 던지기까지 128분 동안 벌어진 접전 속에서 결국은 패배로 막을 내린 경기가 작품의 주요 소재이다. 하지만 이처럼 실화를 바탕으로 영화를 제작하는 것은 영화적 재현에 있어서 장애 요소로 작용할 수밖에 없다. '뻔히 알고 있는 이야기를 과연 어떻게 재미있게 풀었을까' 라는 관객들의 기대심리를 충족시켜야만 하기 때문이다. 〈우생순〉의 흥행에 대한 분석은 감동적인 휴먼 스토리, 스타 배우들의 확실한 변신, 실화가 지닌 강력한 위력, 비인기 종목을 다룬 모험적 시도에 대한 인정, 아줌마 정서의 승리, 비수기 틈새시장 공략 성공 등 다양하지만 스포츠를 제대로 보여줬다는 평가는 찾아보기 힘들다. 그보다는 경기 장면의 리얼리티와 박진감이 떨어져 영화에 몰입하는 것을 방해하였다고 지적하는 인터넷 블로거들의 평가는 간혹 볼 수 있다. 사실 이러한 지적은 영화적 성공과 실패를 떠나 스포츠 영화가 나올 때마다 반복된다. 제대로 재현된 스포츠 장면 하나 없는 스포츠 드라마는 감동의 진폭이 약할 수밖에 없다. 게다가 불과 4년이라는 짧은 시간적 격차로 올림픽 때의 감동적인 핸드볼 경기장면을 생생하게 기억하는 사람들이 아직도 많기 때문에, 영화의 경기 장면 재연은 리얼리티를 반감시키는 요소로 작용할 위험이 항존한다.

그렇다면 〈우생순〉이 영화적 재현에 있어서 이러한 장애 요소를 극복하고 대중적 관심을 끄는 데 성공할 수 있었던 담화전략은 무엇이었을까? 〈우생순〉이 영화의 서두에서 "이 영화는 2004 아테네 올림픽 여자 핸드볼 결승전을 소재로 제작되었지만, 등장인물과 세부 내용은 사실과 다릅니다." 라는 자막으로 분명히 밝히고 있듯이, 〈우생순〉은 실화를 바탕으로 했으나 실화 그 자체에 근거한 다큐멘터리 영화가 아니라는 점을 우선 생각해 볼 수 있다. 임순례 감독은 처음부터 스포츠를 소재로 한 휴먼 드라마를 만들 생각이었다고 한다. 그래서 아테네에서의 투혼과 스코어 등은 실제 사실을 그대로 차용했고, 많은 자료를 모으고 실제 출전했던 선수들의 인터뷰를 참고했지만, 영화에 등장하는 인물과 이야기들은 새롭게 창조했다.[20] 이처럼 〈우생순〉은 경기의 리얼리티나 디테일은 살리지 못했지만, 역동적인 경기 장면 대신에 각 캐릭터들의 구구절절한 사연을 배치해 놓음으로써 결과를 이미 알고 있는 경기가 줄 수 있는 실망감을 보완하는 담화 전략을 구사하였다. 그래서 온 국민이 결말을 아는 영화였지만, 그럼에도 불구하고 관객들은 감동을 받고 영화관을 나설 수 있었던 것이다. 결국 〈우생순〉은 실제와 허구를 효과적으로 배합함으로써 스포츠영화의 장점과 드라마로서의 감동을 잘 살려낸 것이다

한편 〈우생순〉은 결말을 이미 알고 있는 영화라는 장애요소를 극복하고 관객동원에 성공할 수 있는 강화요소 또한 지니고 있었다. 그것은 무엇보다도 〈우생순〉의 개봉이 핸드볼에 대한 사회적 관심이 고조하던 때였다는 점이다. 여자 핸드볼은 2008년 북경 아시안 게임 지역 예선에서 중동의 편파 판정 때문에 제대로 경기를 갖지 못했고, 그 결과 쿠웨이트에 밀려서 올림픽 진출 티켓을 얻지 못했다. 따라서 편파 판정에 격분한 국민들의 핸드볼에 대한 관심은 과거 그 어느 때보다 높았다. ─개봉 시기가 절묘했던 또 한 가지는 경쟁 영화의 부재였다. 〈우생순〉의 배급사 싸이더스FNH 관계자는 "〈우리 생애 최고의 순간〉이 개봉된 10일을 전후해서 CJ엔터테인

---

20) 이동진, 『이동진의 부메랑 인터뷰 그 영화의 비밀』, 예담, 2009, 617-662쪽, 임순례 감독과의 인터뷰 부분 참고

먼트, 쇼박스, 롯데시네마 등 대형 복합 상영관을 갖고 있는 배급사 투자 영화의 개봉이 없었다. 그 만큼 많은 스크린을 확보할 수 있었다."21)고 밝힌 바 있다.

〈우생순〉이 지닌 두 번째 강화요소는 영화의 스토리를 스포츠 선수에 국한시키지 않고 비주류 인생 전체에 대한 이야기로 확장했다는 것이다 임순례 감독은 단순히 핸드볼 선수에 대한 이야기에 머물지 않고 사회 전체적인 맥락에서 작품을 비주류 인생에 대한 이야기로 확장시킴으로써 영화적 성공을 이루어내었다. 그녀는 대중영화로서 가치를 갖기 위해서는 사회 전체적인 맥락에서 소수자에 대한 이야기로 확장을 시켜야겠다고 생각을 하게 되었는데, 이를 실천함으로써 결과적으로 영화적으로 할 수 있는 이야기도 많아졌고 관객들이 공감할 수 있는 여지 또한 커졌다. 사업에 실패한 남편을 대신해 돈을 벌어야 하는 미숙, 이혼한 혜경, 불임인 정란이 싸우고 있는 대상은 덴마크만이 아닌 그들을 억압하는 사회이기도 하다. 이처럼 일반적인 스포츠 영화와 달리 인물 각각의 사연이 올림픽 결승전과 국위선양이라는 최종목표에 압도당하지 않고 그 생생함을 유지하는 것은 〈우생순〉이 지닌 미덕 중 하나이다.

그동안의 스포츠는 민족주의, 국가주의 이데올로기를 강화시키는 면이 있었다. '스포츠는 각기 다른 개성과 이해를 지닌 이질적인 현대인들을 공동체로 융화하여 화합시키는 기능을 지니고 있다. 스포츠 활동에는 참가자 개인을 그 팀이나 클럽으로 융화시키기에 충분하여, 인간관계의 상호결속을 촉매한다. 공동체 의식은 팀이나 클럽 같은 소규모 형태의

---

21) 이경호, 「'우생순'이 흥행에 성공한 아주 특별한 이유」 마이데일리, 2008, 1.18.

집단뿐만 아니라 학교, 시, 도, 나아가서는 국가와 같은 대규모 집단에서도 나타난다. 이렇게 이루어지는 동일화는 더 큰 규모의 공동체를 포함하는 융화와 확산을 가져옴으로써 애교심, 애향심, 그리고 애국심을 고취시킨다.[22] 그러나 〈우생순〉은 국가 명예를 높이는 애국심 이전에 이들의 절박한 실존적 이유, 즉 자신의 삶에 최선을 다하는 것이 인생 최고의 순간을 만들어낸다는 것을 증명하고자 하였다. 이처럼 〈우생순〉은 근대 국가의 총원적 이네올로기를 무화시키고, 그 대신에 스포츠 정신의 본질이라 할 수 있는 '올림픽 대회의 의의는 승리하는 데 있는 것이 아니라 참가하는 데 있으며, 인간에게 중요한 것은 성공보다 노력하는 것이다[23]'는 다소 진부해 보이는 슬로건의 가치를 되새기게 해준다. 스포츠 영화는 오랫동안 한 국가의 영광을 위한 선수들의 희생과 성취 또는 가족을 위해 뛴다는 가족주의에 초점이 맞춰져 왔다. 하지만 점차 스포츠 영화는 애국주의나 민족주의, 가족주의 등의 이데올로기 대신 스포츠 본연의 속성과 즐거움을 자아내는 방향으로 만들어지고 있다. 오늘날 스포츠는 단지 보고 즐기는 운동을 넘어 스포츠를 통해 관통하는 다양한 문화담론의 생성장이기도 하다. 때로는 정치, 경제, 사회, 문화를 통합하는 융합의 장이 되어 변화의 주역이 되기도 하며, 때로는 대중을 이끄는 집단 권력이 되기도 하는 스포츠는 현대사회를 뒤흔드는 강력한 문화 생산/소비의 역할을 담당하고 있다.

이러한 새로운 흐름은 스포츠에 대한 사회적 관심이 성적 중심, 투기·단

---

22) 정영남, 『미디어스포츠』, 대한미디어, 2008, 335쪽
23) 쥬디스 스와들링, 『올림픽 2780년 역사』, 김병화 옮김, 효형출판사, 2005, 186쪽

체종목서 비인기종목, 감동으로 확대되고 있다는 것과 밀접한 관련성을 지니며, 다양성을 존중하는 사회 흐름을 반영하는 것이라 볼 수도 있다. 이러한 변화 속에서 우리 사회는 이제 결과 이상으로 과정도 중요한 것으로 인식할 수 있는 문화적 역량을 갖추어 나가고 있다. 여기에는 스포츠를 둘러싼 매체환경의 변화도 중요한 역할을 하고 있다. 이제 관람객들은 인터넷 매체를 통해 적극적으로 의견을 개진할 수 있다는 점에서 단순한 수용자가 아니라 창조자에 가깝다. '네티즌과 동일한 관람객들은 경기를 보고 바로 감상평을 올리고 토론을 한다. 관심 있는 선수의 미니홈피를 찾아가 직접 자신의 소감을 전달하기도 한다. 최근 우리나라에서 일어난 개인 미디어 열풍이 스포츠와 그것을 접하는 개인의 관계도 바꿔 놓았다. 관람객은 적극적으로 선수들의 드라마를 써내려간다.[24] 이는 '보는 스포츠' 에서 '참여 스포츠'로 바뀌는 최근의 트랜드를 잘 보여준다.

〈우생순〉을 비롯하여 비주류 종목을 소재로 삼은 최근의 스포츠 영화들은 이기는 결말이 아닌 모르는 결말, 혹은 지는 결말을 보여준다. 최근 몇 년 사이 대중들은 경기의 승패와 기록 이상으로 경기 외적인 '감동과 이야기, 재미'에 대한 관심을 보여주었다. 이창섭[25]은 '사회적 관심의 대상이 되기 위해서는 결과 못지않게 이야깃거리(story telling)가 있어야 되는 전반적인 변화 때문'이라고 분석했다. '스포츠도 이야깃거리가 관전 포인트'[26]가 된 것이다. 그래서 실제 스포츠보다 스포츠 영화에 사람들은

---

24) 강유정, 「각본없는 인생드라마」, 올림픽 서울경제 2008. 8.23.

25) 충남대학교 체육학과 교수

26) 이승준, 「'승패' 넘어 '감동과 이야기'로」, 한겨레신문 2010. 2.7.

더 쉽게 감동한다. 영화는 스포츠와 인생을 하나로 연결하기 때문이다. 결국 〈우생순〉은 휴먼 드라마이며 여기에 스포츠가 가미되었고 실화가 주는 감동이 어우러져 대중들의 공감을 살 수 있었던 것이라 말할 수 있다. 〈우생순〉은 스포츠와 스토리의 만남을 통해 실패한 경기에도 성공적(?)인 의미를 부여한 것이다.

〈우생순〉은 '금메달을 딸 뻔했기 때문'에 만들어진 영화이다. 이 영화는 승리 또는 신기록보다 도전하는 의지와 스포츠를 통한 삶의 변화 그 자체가 오히려 의미 있음을 말하고 있다. 최선을 다한다면 얻을 수도 있고 얻지 못할 수도 있다는 것이다. 하지만 도전은 반드시 자신의 세계를 넓히게 마련이고, 그것이 보다 더 중요하다는 새로운 메시지를 전달하고 있는 것이다.

4. 비주류 스포츠의 사회학

〈우생순〉에는 비주류 스포츠를 하는 주변부 인생들이 등장한다. 영화 〈세 친구〉와 〈와이키키 브라더스〉 등을 통해 주변부 삶의 고단한 일상을 담아냈던 임순례 감독은 "역설적이지만 당시 금메달을 땄다면, 이 영화는 만들어지지 않았을 겁니다."[27]라고 말한다. 그렇다면 왜 임순례 감독은 서울과 바르셀로나에서 2연패의 위업을 달성했던 여자 핸드볼 팀의 승전보를 화면에 담지 않았을까? 그리고 만약 그랬더라면 오늘날 〈우생순〉의

---

27) 나영준, 「우리 생애 최고의 눈물, 기쁘게 흘리세요」 오마이뉴스 2008. 1.24.

감동을 되살릴 수 있었을까? 〈국가대표〉(2009)를 제작해 천만 관객 동원에 성공한 김용화 감독은 "관객들은 우리사회의 소시민이며 스스로 사회적 약자라고 생각한다. 그래서 비인기종목 선수들을 통해 대리만족을 느낍니다."[28]라고 말했다. 경제위기와 실업난, 가족해체의 위기 속에 살고 있는 현대인들에게 이들 작품이 일종의 '희망 지침서' 역할을 했다는 뜻이다.

최근 들어 스포츠 영화가 비인기 종목에서 뛰는 못난 사람들을 소재로 하는 데는 이유가 있다. 보통 사람들의 정서와 감동을 끌어내기 위해서는 화려한 스포트라이트를 받는 인기 종목 스타선수들의 이야기보다, 실패자들의 역경 극복 스토리가 갖는 힘이 더 크기 때문이다. 스포츠 영화에는 인생을 집약한 드라마틱한 시간과 승부의 세계가 있다. 그 세계는 비인기종목이고, 선수들이 보잘것 없고, 무시당하고, 상처가 많은 존재일수록 더욱 감동적이다. 강유정은 "과거처럼 1인 영웅담이 아니라 마이너리티 주인공들이 꿈을 이뤄 가는 스포츠 영화들이 최근 인기를 끌고 있다."며 '힘겨운 삶에 지쳐 있는 우리 관객들이 동질감을 느끼면서 마음의 위안을 삼고자 하기 때문'[29]이라고 말했다. 〈우생순〉은 누구보다 뛰어난 실력을 갖췄음에도 생계를 걱정하느라 운동을 포기해야 하는 한미숙, 1인자의 그늘에 가려져 인정받지 못했던 김혜경, 경기를 위해 생리조절 호르몬제를 과다 투여했다가 불임판정을 받은 송정란 등 선수 개개인의 사연 많은 인생 자체에 초점을 맞췄다. 영화 전반부 주인공들이 인간적으로 처해진 상황과 좌절, 이를 극복하는 과정에서 관객들은 감정이입을 할 수 있었고, 이것이

---

28) 이수영, 「스크린 흠뻑 적신 진한 땀방울」, 일요서울 2009. 10.13.
29) 강유정, 「승자만 있는 스포츠는 없다」, 조선일보 2009. 4.30.

후반부 덴마크와의 결승전 장면에서 더욱 짜릿한 감동으로 다가왔던 것이다. 〈우생순〉은 1등이 아니어도 최선을 다한 자들이 승리자라고 이야기한다. 때문에 스포츠 경기 자체에 초점을 맞춘 본격 스포츠 영화이면서도 동시에 휴먼 드라마인 것이다.

〈우생순〉의 주요 등장인물들은 올림픽을 통해 은메달을 획득했지만 삶의 무게는 하나도 가벼워지지 않았다. 극 초반에 비해 종반의 상황은 더욱 악화되었다. 경기에도 졌다. 그런데도 이 영화는 결코 슬픔에 젖는 것으로 어둡게 끝나지 않는다. 극적인 승리도, 인생역전도 없다. 오히려 성공이라는 단어와 거리가 먼 쓸쓸함이 가득하다. 그러나 그들은 미래를 아무것도 보장받지 못하는 상황임에도 불구하고 자신의 삶에 최선을 다한다. 이는 "마지막 한 방울의 땀과 호흡까지 쏟아내며 최선을 다한 자에게 진정한 승리가 찾아온다는 평범한 진실을 말하고 싶다"[30]는 임순례의 의도가 투영된 결과이다. 그래서 이 영화는 단순한 스포츠 영화가 아니다. 국가의 명예를 높이는 애국심 이전에 이들의 절박한 실존적 이유, 그러니까 세상에 제3의 성이라고 무시하는 아줌마 자신의 삶이 인생 최고의 순간을 만들어낸다는 것을 증명한다. 그리하여 이들이 공을 주고받는 코트는 어느 순간 인생의 시합장이 되어 버린다.[31]

결국 〈우생순〉은 스포츠와 인생을 하나로 연결시키는 담화전략을 구사함으로써 관객들의 공감을 얻어내는 데 성공한 영화라 할 수 있다. 그동안

---

30) 이동진, 『이동진의 부메랑 인터뷰 그 영화의 비밀』, 예담, 2009, 617-662쪽 임순례 감독과의 인터뷰 참고

31) 유지나, 「틀에 박힌 영화에 날린 거침없는 하이킥」, 전찬일 엮음, 『2009 작가가 선정한 오늘의 영화』, 작가, 2009, 97쪽

우리가 생각해왔던 스포츠의 존재 가치는 승리하거나 기록을 경신하는 데 있었다. 그래서 지금까지의 스포츠 영화들 대부분은 극적인 승리로 끝난다. 그렇지 않은 경우에는 아름다운 패배로 감동을 극대화한다. 스포츠를 소재로 한 영화의 99%는 온갖 시련과 역경을 이겨낸 주인공의 인생 드라마가 담겨져 있다. 임순례 감독은 인터뷰에서 "지는 경기를 하는, 인기 없는 경기에 목숨을 거는 여자들을 통해 최선을 다했을 때의 감동을 만들어내고 싶었다. 1등이 주는 감동이 아니라 최선을 다한 기쁨 말이다. 자본주의 사회에서 무시되는 것들, 그 무시되는 소중한 가치를 살려보고 싶었다."[32]고 한다. 감독의 이러한 의도처럼 〈우생순〉을 관람한 관객들은 비록 비주류 인생이지만 최선을 다해 부딪쳐보는 주인공들에게서 아름다움과 감동을 느낀 것이다. 〈우생순〉의 숨막히는 마지막 결승전 승부 던지기는 결과가 어떻게 되든 간에 '생애 최고의 순간'이라는 적극적 가치를 실현시키기 위한 숭고미를 획득한 것이다. '결의에 찬 표정으로 슛을 성공하지 못했을 때의 좌절감이 꼭 슛을 성공시키고 싶다는 인간의 의지와 함께 비장의 미'[33]로 표현된 것이다. 이러한 비장미는 〈우생순〉을 감동적으로 볼 수 있게 만드는 가장 큰 동력이다.

임순례의 전작들이 비주류의 아픔과 고뇌를 다소 무겁게 그려냄으로써 작품성을 인정받았음에도 대중들에게 다가서는 데는 실패했다. 그러나 '우생순'은 '공감'에 초점을 둠으로써 대중성을 획득했다. 물론 억지로 감동을 짜내기 위해 주인공의 인생을 애써 아프게 포장하지 않았다. 화려한

---

32) 오동진, 「이동진의 부메랑 인터뷰 그 영화의 비밀」, 예담, 2009, 617쪽
33) 육정학, 「영화 〈우리생애 최고의 순간〉의 현상학적 접근을 통한 표현적 의미고찰」, 『영화연구』 38호, 한국영화학회, 2008, 12, 357쪽

영웅담과 극적인 감동에 치중하기보다 주인공 하나하나의 아픔과 상처를 조명해 공감을 얻어냈다. 세상은 일등만 기억한다는 천박한 경쟁논리로 반인간적 인생철학을 유포하는 세태 속에서 위대한 패배 속에 담긴 값진 인생드라마가 삶에 더 의미가 있다는 점을 이 영화는 깨우쳐 준 것이다.[34] 결승전이 무승부로 끝난 후 감독 안승필이 승부 던지기를 앞둔 선수들에게 '결과가 어떻게 되든 오늘 여러분은 여러분들 생애 최고의 순간을 보여주었 습니다. 저에게도 지금이 생애 최고의 순간입니다' 라고 하는 것처럼 최악의 조건 속에서 최선을 다한 한국선수들의 아름다운 실패는 비장한 아름다움을 발산하게 되었고 이 비장미가 관객들을 감동시키는 가장 강력한 힘이 되었던 것이다.

5. 스포츠와 영화의 대중서사적 지평 확장을 희망하며

스포츠 영화는 오랫동안 충무로의 비인기 장르였다. 하지만 〈우생순〉은 '망하는 지름길'로 통했던 스포츠 영화에 대한 편견을 불식시키고, 스포츠 영화에 대한 계속적 투자를 이끌어냈다.

오늘날 스포츠는 점증하는 대중매체의 지배적 영향력에 놓여 있다. 공중파 방송국의 가족 프로그램 시간대를 피하기 위해, 야구 경기 연장전에 서 감독이 투수에서 속전속결을 주문하는 것은 조금도 이상한 일이 아닌

---

34) 유지나, 「틀에 박힌 영화에 날린 거침없는 하이킥」, 전찬일 엮음, 『2009 작가가 선정한 오늘의 영화』, 작가, 2009, 92쪽

시대가 되어 버렸다. 감동적인 올림픽 경기가 TV를 통해 중계되어 대중들에게 각인되지 않았다면 〈우생순〉은 나올 수 없었을 것이다. 〈우생순〉의 흥행에 힘입어 한 국가의 비인기종목 스포츠가 갑자기 대중적 사랑을 받게 된 것 또한 사실이다.

덧붙여 〈우생순〉의 성공은 작품 내적인 미덕 이상으로 작품 외적인 요인이 컸다. 가장 큰 외적 요인은 매체의 발달에 따른 대중들의 정서와 감수성의 변화이다. 이 부분에 대해서는 보다 상세한 논증이 필요하겠지만, 이제 대중들은 승리하지 않은 경기를 보면서도 쿨하게 즐길 수 있게 되었고, 스포츠를 통해 인생의 의미를 깨달을 줄 아는 지혜도 갖게 되었다. 대중매체의 성장과 함께 스포츠는 대중문화의 중요한 부분을 차지했으며, 또 다른 대중문화의 총아인 영화와 접목을 시도하고 있다. 이런 점에 비추어 볼 때 〈우생순〉은 '스포츠 문화'와 '영상 문화'가 만나 서로를 상생시킨 매우 성공적인 사례이다.

※ 참고문헌

〈영상 자료〉

임순례, 〈우리 생애 최고의 순간〉, 2007

김용화, 〈국가대표〉, 2009

박건용, 〈킹콩을 들다〉, 2009

김현석, 〈YMCA 야구단〉, 2002

정윤철, 〈말아톤〉, 2005

류승완, 〈주먹이 운다〉, 2005

김종현, 〈슈퍼스타 감사용〉, 2004

송해성, 〈역도산〉, 2004

곽경택, 〈챔피언〉, 2002

이장호, 〈공포의 외인구단〉, 1986

〈2002년 아테네 올림픽 여자 핸드볼 결승전〉, KBS

〈단행본〉

이동진, 『이동진의 부메랑 인터뷰 그 영화의 비밀』, 예담, 2009,

이재선 엮음, 『문학주제학이란 무엇인가』, 민음사, 1996.

정영남, 『미디어스포츠』, 대한미디어, 2008.

엘리스 캐시모어, 정준영 옮김, 『스포츠, 그 열광의 사회학』, 한울, 2001.

쥬디스 스와들링, 『올림픽 2780년 역사』, 김병화 옮김, 효형출판사, 2005.

시모어 채트먼, 김경수 옮김, 『영화와 소설의 서사 구조』, 민음사, 1989.

〈논문〉

유재충, 「2008 베이징올림픽 핸드볼 시청자의 동기, 태도 및 시청의도의
　　구조방정식 모형분석」, 『한국체육과학회지』 18권 1호, 2009.

유지나, 「틀에 박힌 영화에 날린 거침없는 하이킥」, 전찬일 엮음, 『2009 작가가 선정한 오늘의 영화』, 작가, 2009,

육정학, 「영화 〈우리생애 최고의 순간〉의 현상학적 접근을 통한 표현적 의미고찰」, 『영화연구』 38호, 한국영화학회, 2008. 12.

허만욱, 「문화콘텐츠에서의 디지털스토리텔링 양상과 방향 연구」, 『우리문학연구 23집』, 우리문학회, 2008. 2.

황혜진, 「대중서사로서 '스포츠 영화'의 가능성과 한계」, 공연과 리뷰 66호, 2009. 9.

〈신문 기사〉

강유정, 「각본없는 인생드라마」, 올림픽 서울경제 2008. 8.23.

강유정, 「승자만 있는 스포츠는 없다」, 조선일보 2009. 4.30.

나영준, 「우리 생애 최고의 눈물, 기쁘게 흘리세요」 오마이뉴스 2008. 1.24.

이경호, 「'우생순'이 흥행에 성공한 아주 특별한 이유」 마이데일리, 2008, 1,18.

이수영, 「스크린 흠뻑 적신 진한 땀방울」, 일요서울 2009. 10.13.

이승준, 「'승패' 넘어 '감동과 이야기'로」, 한겨레신문 2010. 2.7.

2 한국적 스포츠 스토리텔링의 구성 요소와 전망[35]

1. 들어가며

이 글은 한국을 대표하는 스포츠 셀레브리티[36] 박세리와 김연아가 출연한 광고에 나타난 스토리텔링 분석을 통해 한국적 스포츠 스토리텔링의 구성요인을 살피려고 한다. 박세리와 김연아의 출연 광고에 주목한 것은 이들의 활동 및 사회적 위상이 서로 비슷하기 때문이다. 1998년 5월 한국인 최초의 LPGA 우승으로 주목받았던 박세리는 그해 7월 'U.S. 여자 오픈'을 비롯하여 3개의 대회에서 연속으로 우승하면서 국민적 영웅으로 떠올랐다.[37] 특히 1998년은 기업체의 잇따른 부도와 구조조정, IMF 구제금융 등의 여파로 국민 경제가 크게 위축되었던 시기였기에 언론은 앞다투어

---

35) 이 장은 연세대 정수현 교수와 공동으로 『국제어문』 50호(2010. 12.)에 발표한 논문을 공동 저자의 동의 아래 수정 및 보완하였음.

36) 셀레브리티란 대중들에게 잘 알려진 인물을 의미한다. 따라서 '스포츠 셀레브리티'는 대중들에게 잘 알려진 '스포츠 스타'와 다르지 않다. 다만 '스포츠 셀레브리티'는 '스포츠 스타'에 내재해 있는 '비범한 영웅'의 이미지를 탈각시키고, '스타'의 '허위적 친밀성'을 강조하려는 사회학적 용어이다. 이에 대해서는 아래 논문을 참조할 것.
- 고은하·이우영, 「박세리에 대한 기업민족주의를 통해 본 한국형 스포츠 셀레브리티의 조건」, 『한국스포츠사회학회지』 17권 1호, 한국스포츠사회학회, 2004, 121-122쪽.

37) 1998년 박세리의 LPGA 우승 기록은 아래와 같다. (http://www.seripak.id.ro 참조)
- 5월 17일, '맥도널드 챔피언십' 우승.
- 7월 6일, 'U.S. 여자 오픈' 우승(사상 최연소).
- 7월 12일, '제이미파 크로거 클래식' 우승.
- 7월 26일, '자이언트 이글 클래식' 우승.

박세리의 우승행보를 국가적 경사로 보도하였다.[38] 한편, 2006년 한국인 최초로 피겨 그랑프리대회에서 우승하면서 언론의 조명을 받기 시작한 김연아는 2009년 피겨 그랑프리, 대륙 선수권, 세계 선수권에 이어 2010년 동계올림픽에서도 우승을 기록하며 최고의 기량을 보여주었다. 빙상기록에서 촉발된 김연아의 인기는 자연스럽게 광고로 이어져 자동차, 에어컨, 휴대폰 및 각종 기업 PR광고에 출연하면서 현재 최고의 인기를 구가하고 있다. 이처럼 두 사람은 비인기 스포츠 분야에서 각자 독보적인 자기 위상을 개척하여 대단한 인기를 받게 되었다는 공통점을 갖고 있다. 따라서 이 두 사람의 출연 광고를 분석하는 것은 스포츠와 스포츠 스타, 나아가 광고와 대중 서사물에 대한 오늘날 우리 사회의 변화된 인식과 그 의미를 밝히는 데에도 일조할 것이다.

2. 스토리텔링과 스포츠 스토리텔링

스토리텔링이 갖고 있는 강력한 메시지 전달력으로 인해 오늘날 스토리텔링은 설득을 위한 수사학적 장치로 취급받는 경향이 있다. 문학의 구연 및 영화의 비주얼 효과를 내기 위한 내러티브의 한 장치로 논의되던 스토리

---

38) LPGA 골프 투어를 마치고 귀국한 지 1주일 만에 대통령으로부터 '체육훈장'을 수여받은 것은 그녀에 대한 국가적 인기를 단적으로 보여주는 예이다. 불과 2개월 만에 이루어진 박세리에 대한 국가적 열광에 대해 권순용은 'IMF 체제하에서의 부자연스러운 접 합'이라고 평가했다. 이에 대해서는 아래 논문을 참조할 것.
　- 권순용, 「박세리, 골프, 그리고 민족주의」, 『한국스포츠사회학회지』 19권 1호, 한국스포츠사회학회, 2006, 101-116쪽.

텔링이 정치, 경제, 경영, 미디어 등 문화 전반에 걸쳐 목적지향적, 대중지향적, 소비지향적인 커뮤니케이션 기법으로 변화한 것이다.[39] 하지만 어떤 콘텐츠라도 이야기를 덧씌우기만 하면 고부가가치를 창출할 수 있다는 식의 선정적 담론은 스토리텔링에 대한 올바른 이해가 아니다. 설득장치로서의 유용성이 스토리텔링의 주요한 특징임은 분명하지만, 서사물에서 스토리텔링적 요소를 분석하는 것은 텍스트의 생성과 수용 과정을 해명함으로써 현 시간 속의 이 세계에 대해 새로운 인식 지평을 열고자 하는 것이다. 이는 기존의 서사 연구가 텍스트의 플롯 분석에 초점을 둔 데에 비해, 스토리텔링 연구는 화자의 존재를 중요시하고, 화자의 담론화 방식을 분석하는 데에 집중하기 때문이다.[40] 이처럼 텍스트를 이루는 이야기의 생성과정과 이야기가 말해지는 방식 자체를 의미하는 스토리텔링이 최근 들어 중요해진 것은 포스트모던한 삶의 양식과 관련이 있다.

문자성에 국한되었던 근대의 매체적 상황과는 달리 오늘날 디지털 기술의 발달과 함께 새롭게 개발된 다양한 매체들은 근대 이전의 구술적 상황을 재현하고 있다. (중략) 논리적이고 관념적인 형이상학적 언어로 전달하는 메시지가 보편주의의 탈을 씀으로써, 실제적인 국지적 삶의 상황에서

---

39) 크리스티앙 살몽, 『스토리텔링』, 류은영 옮김, 현실문화, 2010. 제4장 「스토리텔링, 신진 구루들의 바이블」(119-135쪽) 참조.

40) 기존의 서사학은 서사를 연대기적이고 통시적인 차원에서 시간의 흐름을 중심으로 형성된 이야기 구조로 가정하는 경향이 있다. 스토리텔링 이론은 이러한 기존 서사학에 대한 반성이라고 할 수 있다. 이러한 관점은 A. J. 그레마스의 서사 기호학 이론에 대한 폴 리쾨르의 해석학적 비판에서 촉발된 것으로 알려져 있다. 이와 관련해서는 아래 논문을 참고할 것.
- 백승국 외, 「스토리텔링 기호학의 이론과 방법론 연구」, 『현대문학이론연구 40호』, 현대문학이론학회, 2010. 2. 29-31쪽.

설득력을 발휘하지 못하는 것과는 달리, 스토리를 등에 업은 메시지들은 수용자로 하여금 그들의 필요와 욕구를 가장 강력하게 채워준다.[41]

인용문에서 알 수 있듯이, 파편화된 생활양식 속에서 논리적 담론들은 더 이상 보편성을 획득하기 어려워졌고, 이러한 인식적 제약을 극복하기 위해 스토리텔링이 부상한 것이다. "정보의 홍수 앞에 절망한 사람들은 논리적·연역적 사유의 한계를 절감하고 단순한 정보보다 사건을 겪은 사람의 경험을 통해 한 번 걸러진 담화, 즉 스토리를 원하게 된"[42] 것이다. 이렇게 볼 때 스토리텔링은 감성적·직관적 사유를 통해 시간과 공간의 제약을 극복하고 세계에 대한 총체적 인식의 매개체가 될 수 있는 것이다.

스토리텔링에 대한 위와 같은 이해를 바탕으로 이 글은 스포츠 스토리텔링의 특징과 가능성에 주목하였다. 스포츠 스토리텔링이란 스포츠를 매개로 이루어지는 스토리텔링을 말한다. 스포츠 스토리텔링에 주목해야 하는 가장 큰 이유는 스포츠가 갖고 있는 감성적 요소 때문이다. 스포츠에는 승리에 대한 열망과 승리를 만끽하면서 느끼는 감동이 있기 때문에 절정과 결말을 필요로 하는 스토리의 소재로 적절하다. 타고난 재능과 함께 오랜 시간의 훈련이 뒷받침되어야만 가능한 선수들의 기막힌 기술은 시간성을 바탕으로 하는 스토리의 필수적 구성 요소이다. 우리 편과 남의 편을 가를 수 있다는 점 역시 감점이입을 용이하게 하는 데에 크게 기여했을 것이다. 위와 같은 스포츠의 일반적 특징에 덧붙여 이 글에서는 오늘날의

---

41) 송효섭, 「스토리텔링의 서사학」, 『시학과 언어학』 18호, 시학과언어학회, 2010. 2. 165쪽.
42) 허만욱, 「문화콘텐츠에서의 디지털스토리텔링 양상과 방향 연구」, 『우리문학연구 23집』, 우리문학회, 2008. 2. 308쪽.

스포츠가 갖고 있는 대중성과 정직성을 강조하고자 한다.

먼저 스포츠의 대중성에 대해 생각해 보자. 월드컵을 유치하고 4강까지 오르는 데에 기여했던 인물이 유력한 대통령 후보가 되었던 10년 전의 우리 역사를 떠올리지 않더라도, 오늘날 스포츠의 대중적 인기는 새삼스러운 것이 아니다. 야구, 축구, 배구, 농구 등 대부분의 구기 종목들에는 프로팀들이 구성되어 정기적으로 전국적인 순회 경기를 펼치고, 올림픽과 월드컵 등 세계적인 스포츠 행사들 역시 쉴 새 없이 대중들에게 노출되고 있다. 전문적인 스포츠 선수뿐 아니라 아마추어 동호인들 역시 계속 그 수를 더하고 있다.[43] 전통적으로 '스포츠'라고 했을 때에는 몸을 움직이며 활동하는 '하는 스포츠'[44]만을 떠올리지만, 이제는 관전을 하는 '보는 스포츠' 역시 스포츠의 중요한 한 축을 이루고 있다. 이는 관객을 뺀 스포츠 경기를 상상하기 어렵다는 점에서도 명백하다. 대부분의 스포츠 경기에서 관객이 차지하는 역할은 경제적인 측면에서나, 문화적인 측면에서나 경기에 임하고 있는 선수들을 압도한다. 또 이들은 경기를 보는 데에만 머물지 않고, 직접 인터넷 블로그에 관전평을 남기는 '쓰는 스포츠'의 주체이며, 동시에 다른 사람들이 쓴 스포츠와 관련된 글들을 소비하는 '읽는 스포츠'의 주체이기도 하다.[45] 「읽는 스포츠의 매혹」을 쓴 최의창은 '하는 스포츠'만을

---

43) 이미 전국 어디에나 각종 '조기 축구회'가 설립되었으며, 최근에는 '야구 동호회' 역시 빠르게 확산되고 있다.

44) '하는 스포츠'라는 표현은 최의창이 「읽는 스포츠의 매혹」(『체육과학연구』 12권 3호, 국민체육진흥공단 체육과학연구원, 2001. 12. 1-15쪽)에서 '읽는 스포츠'와 구분하기 위해 사용했는데, 이 글에서는 좀더 나아가 '보는 스포츠'와 '쓰는 스포츠' 등으로 세분하였다. '보는 스포츠'는 일반적인 다른 글에서도 발견할 수 있는 표현이다.

45) '쓰는 스포츠'에는 관정평뿐 아니라, 스포츠 선수나 지도자의 훈련 일지, 자서전, 회고록 등도 포함된다. 그리고 '읽는 스포츠'의 주체 역시 관객뿐 아니라 다른 스포츠 선수들을

스포츠의 본령으로 생각하는 편견을 비판하면서, '읽는 스포츠'를 통한 정보 습득과 자기 성찰이 스포츠의 본질적 부분을 이루고 있다고 강변했다.[46] 특히 그는 스포츠의 본질을 구현하기 위해 뮈토스에 기반한 서사적 스포츠의 중요성을 지적했는데[47], 이는 본 논문에서 주목하고 있는 스포츠 스토리텔링에 대한 지적과 다르지 않다.[48] 이처럼 '스포츠'는 '하는 스포츠'에서 '보는 스포츠'로, 그리고 '쓰는 스포츠'와 '읽는 스포츠'로 영토를 확장해 나가면서 자연스럽게 스토리텔링을 주요한 담화 수단으로 채용하였다. 대중들은 이제 특정 경기의 승패에 연연하기보다, 최선을 다하는 선수들의 경기 모습과, 그날의 경기가 있기까지 선수들이 감내해야 했던 간난신고의 스토리 자체에 더 큰 관심을 보이는 경우가 많아진 것이다.

또한 스포츠 스토리텔링의 부상은 스포츠 경기가 갖고 있는 정직성에 기인한다. 스포츠 경기는 승패가 분명하기 때문에 승자가 되고자 하는 욕구 역시 그 어느 분야보다 강하다. 그럼에도 불구하고 스포츠 경기는 열린 공간에서 불특정다수가 지켜보는 가운데 모두에게 공개된 규칙에 의거하여 엄격하게 진행된다. 예를 들어, 국가 대표급 선수들이 출전하는 국제 대회에서 1등과 2등의 실력 차이는 미미할 것이므로, 서로 엇비슷한

포함한다. 따라서 '하는 스포츠, 보는 스포츠, 쓰는 스포츠, 읽는 스포츠'은 각 스포츠의 주체에 따른 구분이 아니라, 스포츠 자체의 특징에 따른 구분이다.

46) 최의창, 위의 논문, 4-5쪽.

47) 감성적 지식 형태인 '뮈토스'가 논증을 필요로 하는 '로고스'보다 강한 담론이기 때문에 스토리는 뮈토스와 직결된다는 송효섭의 지적과 상통한다. (송효섭, 「스토리텔링의 서사학」, 『시학과 언어학』 18호, 시학과언어학회, 2010. 2. 163-164쪽 참조.)

48) 최의창이 말하는 '읽는 스포츠'의 주체는 일반 대중보다는 전문 스포츠인에 가깝다는 점에서 본 논문의 관점과 다소 차이가 있다.

실력을 갖고 대결한다고 가정할 수 있다. 큰 대회일수록 승패에 따른 보상의 차이는 매우 크다는 점에서 이들은 누구보다 이기고 싶은 열망이 간절하겠지만, 동시에 규칙을 위반하면 결코 이길 수 없다는 스포츠의 특징 때문에 이들은 정직한 경기를 펼칠 수밖에 없는 것이다. 이처럼 뛰어난 기량을 지닌 두 선수의 미묘한 승부는 다양한 편법이 넘쳐나는 일상 사회에서는 경험하기 어려운 감흥을 전달한다. 물론 관점에 따라 스포츠 경기의 정직성은 얼마든지 의심받을 수 있다. 타고난 신체적 조건이 뒷받침되지 않고는 세계 정상에 오를 수 없다거나, 국가나 그 밖에 다른 스폰서의 체계적 지원 없이는 국제무대에 서는 것조차 쉽지 않다는 점에서 그러하다. 그러나 '정직성'의 진실 여부를 떠나 대중들은 스포츠 경기가 사회의 다른 분야에서 이루어지는 경쟁에 비해 좀더 공정하다고 인식한다. 그리고 이러한 인식이 스포츠 스토리텔링의 가능성을 견인한다. 효과적 스토리텔링을 위해서는 수신자들이 스토리를 통해 이 세계에 대한 '진실'을 더 잘 알게 되었다고 믿을 수 있어야 한다. 논리적 사유를 넘어서는 감각적 진실이 스토리 속에 있다는 믿음이 없으면 스토리는 더 이상 뮈토스적인 힘을 발휘할 수 없기 때문이다. 모든 스포츠 경기에는 그날의 순간을 위해 오랜 시간 땀흘려 온 선수들의 수고와 노력이 있기에, 멋진 스포츠 경기는 잘 짜여진 드라마보다 더 드라마틱한 감흥을 준다. "살아 있는 영웅들이 연출하는 짜릿한 드라마, 예상을 뒤엎는 통쾌한 반전, 인간의 한계를 돌파하는 신들린 몸짓"[49]은 그 '정직성'으로 인해 가장 효과적인 스토리텔링 요소로 주목받는 것이다.

---

49) 김찬호, 〈생활 속의 문화사회학〉, 한겨레신문, 2005. 9. 2. 7면.

스토리텔링과 스포츠 스토리텔링에 대한 이상과 같은 이해를 토대로 이 논문은 박세리와 김연아, 두 스포츠 스타의 광고 동영상을 분석하려고 한다. 최근 들어 스토리텔링이 주목받는 가장 중요한 이유가 설득의 효과라고 할 때에, 그러한 설득의 효과를 가장 극명하게 보여주는 것이 광고이기 때문에 광고 분석을 통한 스포츠 스토리텔링의 이해는 충분히 유의미하다고 생각한다. 주요 텍스트는 박세리와 김연아의 '휴대폰' 광고와 '자동차' 광고이며, 이 밖에 10여 편의 다른 광고 동영상을 보조 텍스트로 삼았다.[50] 이러한 논의는 스토리텔링의 의미를 심화시키는 동시에 최근의 스포츠 산업이 생산해 내는 사회적 의미를 새롭게 해명하는 유의미한 작업이 될 것이다.

3. 고난 이미지의 부각과 탈각

1998년 8월, 두 달 만에 연이어 달성한 LPGA 4연승의 기록에 힘입어 박세리는 소속사였던 삼성사와 CF 전속계약[51]을 맺고, 삼성전자의 휴대폰인 '애니콜' 광고에 출연했다. 박세리가 출연했던 첫 CF를 장면별로 나눠보면 아래와 같다.

---

50) 참고한 동영상을 나열하면 박세리의 경우에는 삼성전자 애니콜 광고 2편, 삼성 완전평면 TV, 삼성 자동차 SM5, 국제전화 00700, 공익광고 각 1편 등 총 6편이며, 김연아의 경우에는 삼성 하우젠 에어컨 광고 3편, 나이키 광고 2편, 현대자동차, 매일 저지방우유, 홈플러스 창립 11주년 기념 특판 광고 각 1편 등 총 8편이다.

51) 특정 회사와의 전속 계약 때문에 박세리의 출연 광고 수는 김연아에 비해 훨씬 적다.

〈표 1〉 박세리의 '애니콜 휴대폰' 광고

장면	장면 설명	소리	자막	비고
①	후우 (세리의 한숨소리)			
②	세리 골프스윙 시작			
③	삼성로고 새겨진 모자 쓴 땀으로 얼룩진 세리의 얼굴(우울한 표정)클로즈업			'삼성'로고 새겨진 모자 부각시킴
④	밍끼에서 잇을 시도하는 세니			
⑤	계속되는 샷 미스 세리의 긴 한숨소리		축제1 애니콜 cd패키지 증정	
⑥	땀 흘리는 우울한 표정의 세리 얼굴	(박세리)고독이 내게 큰 고통으로 다가올 때마다		
⑦	골프공들이 홀컵주변에서 마구 흩어진다	(박세리)나를 일으켜 주는 소리가 있다	축제2 박세리 패키지 증정	
⑧	모래먼지가 화면가득 퍼진다	(박세리)나에게 힘을 주는 소리가 있다	축제3 애니콜 폴더(디지털) 예약판매	
⑨	골프공들 위에 있는 세리의 뒷모습			
⑩	절망스럽게 고개를 흔드는 세리			
⑪	세리의 바지 뒷주머니에 꽂힌 박세리 이름이 저장된 애니콜 휴대폰 화면 클로즈업	삐리리		전화벨 소리
⑫	환하게 웃으며 휴대폰을 받는 세리의 얼굴 클로즈업	(박세리 아버지) 세리야 흔들리면 안돼		
⑬	힘차게 스윙하는 세리의 뒷모습 옆에는 애니콜 휴대폰 2대 보여줌	(박세리)나에게 힘을 주는 소리가 있다 (남자 성우)애니콜		
⑭		벨소리(삐리리)	언제 어디서나 한국인은 애니콜	상단에 삼성로고 및 올림픽 로고

박세리의 첫 번째 TV CF로 추정되는 위 광고의 내용은 간단하다. 쉬지 않고 골프 연습을 하고 있지만 뜻대로 되지 않을 때가 있어 고통스러운데, 애니콜 휴대폰을 통해 들려오는 아버지의 응원으로 큰 힘을 얻었다는 것이다. 〈장면 3〉까지의 내용이 일반적인 이야기의 '발단' 단계라면, 계속되는 벙커샷 실수는 '전개' 단계이다. 화면을 가득 메운 모래 먼지와 긴 한숨 소리는 박세리가 느끼는 고통을 은유하며, 〈장면 6〉에서 보여주는 박세리의 땀과 〈장면 7〉의 수없이 널브러진 골프공들은 그녀의 도전 정신과 훈련의 강도를 보여준다. 절망스럽게 고개를 흔드는 〈장면 10〉이 '위기' 또는 '절정' 단계라면, 그 이후의 환한 웃음은 갈등이 해결된 이후의 '결말' 단계라 할 수 있다. 대개의 CF 광고가 그렇듯이 본격적인 제품 홍보가 '결말' 이후에 이루어지므로, 30초밖에 안 되는 짧은 시간 중에서 10초나 차지하는 '결말' 단계의 시간 비중이 상대적으로 크다.

이후에 나온 두 번째 애니콜 광고 역시 비슷한 구조를 보여준다.[52] 이 광고의 서두에서 박세리는 필드에 쪼그리고 앉아 공과 홀의 퍼팅 각도를 계산하며 곤란한 표정을 짓는다. 한참 만에 결심한듯 힘차게 퍼팅을 하지만 공은 원하는 대로 움직이지 않는다. 아쉬워하면서 박세리는 다시 퍼팅 각도를 계산하고, 과거에 승리했을 때의 포즈들이 흑백 스톱모션으로

---

52) 두 번째 애니콜 광고의 장면별 자막을 살펴보면 아래와 같다.
   ① 우리가 어려울 때 그녀는 우리의 힘이 되었습니다.
   ② 우리가 지쳐있을 때 그녀는 우리의 미소가 되었습니다.
   ③ 다시, 그녀의 미소를 보고 싶습니다.
   ④ 지금 애니콜을 하세요!
   ⑤ 응원의 목소리를 전해드립니다. 080-777-3232(수신자부담 서비스)
   ⑥ 언제 어디서나 한국인은 애니콜

이어지면서 "지금 애니콜을 하세요! 당신의 한 마디가 힘이 됩니다."라는 멘트와 자막이 흘러나온다. "끊임없는 연습 → 뜻대로 되지 않을 때의 고통 → 아버지의 목소리 → 한국인의 저력"이라는 내러티브를 갖고 있는 첫 번째 CF와 비교했을 때, 달라진 점은 '아버지의 목소리'가 '온 국민의 목소리'로 바뀐 것이다. 이는 박세리에 대한 '허위적 친밀성'[53]이 극대화되어 그녀가 '온 국민의 여동생'으로 상상되고 있음을 보여준다. 특히 이 광고는 박세리의 개인적 슬럼프 상황을 이용하고 있다. 1998년에 경이적인 기록을 세운 박세리가 1999년 전반부에 계속하여 부진을 면치 못하던 중에 제작되었기 때문이다. 따라서 이 CF는 박세리의 슬럼프에 온 국민이 함께 가슴 졸여야 하고, 온 국민의 응원 속에서 그녀가 다시 약진할 것이라는 메시지를 보여준다.

이러한 국가주의적 메시지는 두 CF의 마지막 장면에 "언제 어디서나 한국인은 애니콜"이라는 자막이 공통적으로 등장한다는 점에서도 잘 알 수 있다. 오늘날 '삼성'이라는 대기업이 갖고 있는 글로벌 전략과 전혀 어울릴 것 같지 않은 위 문구는 "한국 지형에 강한 애니콜"과 함께 삼성전자 초기 휴대폰의 핵심 슬로건이었다. 이러한 삼성전자의 전략은 나름대로 성공한 것으로 보인다. 당시에 휴대폰 사업은 전반적인 경기 침체와 반도체 경기의 수요 하락으로 고전하던 삼성전자를 불황기에서 건져냈을 뿐 아니라, 이후 반도체 생산을 능가하는 주력상품이 되었기 때문이다. 삼성전자의 애니콜 휴대폰은 1998년 국내시장에서만 5백30만 대를 팔아 업계 부동의

---

53) 마샬 맥루한이 말한 'faux intimacy'의 번역어이다. 이에 대해서는 고은하·이우영의 앞 논문 122쪽을 참조할 것.

1위를 지켰고 수출물량도 2백70만대를 기록했다.[54]

　대기업의 광고 모델들이 대개 그렇지만, 애니콜 휴대폰의 광고 모델은 특히 당대 최고의 톱스타들이 차지했다. 박세리 이전의 애니콜 모델이었던 배우 안성기가 그러했고, 박세리 이후의 모델이었던 전지현, 권상우, 이효리 등이 그러했다. 박세리 이후에 한동안 연예인들이 차지했던 애니콜 광고 모델은 2009년 김연아의 등장으로 다시 스포츠 스타에게로 넘어왔다. 하지만 10년의 시차를 두고 등장한 김연아의 광고 콘셉트는 박세리의 경우와 사뭇 다르다. 박세리의 '애니콜' CF가 고통을 이겨내고 승리를 얻어내려는 의지의 숭고함을 보여주는 것에 비해, 김연아의 '연아의 햅틱' CF는 젊은 여성의 자유분방한 매력을 보여주기 때문이다. 2009년 5월에 방영된 '연아의 햅틱' CF를 장면별로 나눠보면 아래와 같다.[55]

〈표 2〉 김연아의 '햅틱 휴대폰' 광고

장면	장면 설명	소리	자막	비고
①	붉은 드레스를 입고 성장한 연아가 사다리 위에 서서 패션화보를 찍기 위해 포즈를 취하고 있는 장면		패션지 표지모델 되기	경쾌한 팝송이 광고 내내 배경음악을 이룬다.
②	노란 옷을 입은 연아가 부엌식탁 위 가득 차려진 음식 앞에서 한손으로는 커다란 빵을 들고 다른 한손으로는 과일 한 조각을 들어 베어 먹으면서 아주 맛있다는 표정을 짓는 장면		실컷 먹고 살 안찌기	배경음악에서는 'Baby love some'이라는 상징적인 가사가 반복된다.

---

54) 동아일보, 1998. 12. 19. 39면 기사 참조

55) '연아의 햅틱' 광고로 유명한 김연아는 '옴니아2' 광고에도 출연했다. 하지만 '옴니아2' 광고는 극장용으로 제작하여 상영시간이 길고, 메시지 전달 방식에도 차이가 있어 다른 광고들과 비교가 곤란하다. 이 논문에서는 참고 텍스트로만 사용하였다.

장면	장면 설명	소리	자막	비고
③	종이가 구겨져 어지럽게 흐트러져 있는 방안 탁자위에서 검은 뿔테 안경을 쓰고 볼펜으로 머리를 올린 진지한 표정의 연아가 타자기로 한자 한자 정성스럽게 글을 쓰고 있고, 귀여운 강아지 한 마리가 이런 연아의 모습을 보고 있는 장면		나만의 베스트셀러 쓰기	
④	하얀 시트커버와 붉은 이불이 깔린 침대위에서 편안한 옷차림의 연아가 뒹굴거리며 누워있는 장면		아무것도 안하고 잠만 자기	
⑤	털이 북슬북슬한 하얀 강아지를 양철통 속에 집어넣고 거품 목욕을 시키며 즐거워하는 연아		우리 애기 거품 목욕시키기	
⑥	제멋대로 흐트러진 머리와 집시스타일의 못을 입고 전자 기타를 멘 연아가 마이크 앞에서 제멋대로 몸을 흔들며 노래를 부르면서 즐거워 하는 장면		내멋대로 노래 부르기	
⑦	햅틱 휴대폰에 저장된 연아의 사진들을 넘기는 손가락	찰칵찰칵		
⑧	휴대폰에서 사진들을 넘겨보며 즐거워하는 연아	(김연아) 스무살 하고 싶은 게		
⑨	휴대폰을 소중한 듯 가슴에 품는 연아	너무 많은 나이		
⑩	스무살의 다이어리 글자와 김연아의 얼굴이 저장된 햅틱 휴대폰 화면 클로즈업	스무살의 다이어리, 연아의 햅틱	마이 다이어리	
⑪	휴대폰 앞면과 뒷면을 화면 왼쪽에 배치하였고 오른쪽 하단에는 Anycall글자가 배치되어있다 배경으로는 연아가 소파에 앉아 V자를 만들며 휴대폰으로 사진을 찍는 모습		연아♡의 햅틱	

앞의 광고의 분석에 앞서, 김연아의 TV광고에 나타난 국가주의 이데올로기와 성 정체성을 비판한 이정우의 주장을 검토해 보겠다. 그의 주장을 비판적으로 검토하는 것은 위 광고뿐 아니라 스포츠 스토리텔링의 의미까지도 새롭게 이해할 수 있는 계기가 될 것이기 때문이다.

이 광고에서 주목할 만한 부분은 피겨스케이트 선수로서의 김연아는 전혀 등장하지 않고 있으며 단지 20대 여성 김연아의 이미지로만 그 내용이 구성되어 있다는 점이다. 이는 2009년 봄 김연아가 고등학교를 졸업하고 대학생이 되었다는 사실과 무관하지 않은 것으로 김 선수가 고등학생 신분이었을 때는 그녀의 여성성보다는 운동선수의 정체성이 강조된 반면, 김연아가 성인 신분을 취득한 이후부터는 김 선수의 여성적인 매력이 점차 광고를 통해 부각되고 있음을 시사한다. 특히 삼성의 핸드폰 광고는 전통적인 여성성을 상징하는 모델들, 즉 소위 S라인 몸매를 갖춘 이효리, 손담비, 전지현 등과 같은 여성스타들이 주로 출연해 왔음을 고려해 볼 때 김연아 선수의 동일제품 광고출연은 김 선수 역시 헤게모니적 성 관계를 강화하는 문화적 아이콘으로 그 명사성이 변모하고 있음을 암시한다.[56]

인용문에서 알 수 있듯이 이정우는 김연아의 위 광고에서 여성적 성 정체성이 재현되고 있음을 비판하였다. 하지만 이러한 지적은 일면 타당하지만, 전체적으로 볼 때에는 온당한 지적이 아니다. 위 광고에서 여성적

---

56) 이정우, 「TV 광고 속 김연아와 그 명사성 : 국가주의 이데올로기와 성 정체성의 재현」, 『한국스포츠사회학회지』 22권 3호, 한국스포츠사회학회, 2009. 12-13쪽

성 정체성을 발견할 수는 있지만, 다른 일반적 광고들과 비교했을 때에 비판할 만한 특징이 아니기 때문이다. 특히 위 광고에서 '남성중심적이고 가부장제적인 성 서열을 유지하기 위해 다양한 문화적 창구를 통해 유포되고 강화되는'[57] 헤게모니적 성 관계를 읽어내는 것은 김연아가 출연한 광고 전체를 일반적인 다른 광고들과 제대로 비교하지 못한 데에서 기인한 논지의 비약이다. 위 논문에서 이정우는 '근육질의 강하고 거친 남성 이미지와, 나약하고 의존적이며 육체적 매력이 부각된 강조된 여성성이 이상적인 남성과 여성의 이미지'[58]로 나타나면서 헤게모니적 성 관계가 강화된다고 했다. 하지만 거의 스무 편에 달하는 김연아의 TV광고들이 모두 '육체적 매력'을 강조하고는 있지만 '나약하고 의존적'이라고 볼 수 없다. 그리고 이 때의 '육체적 매력' 역시 여성적 섹시함에만 머물지 않는다. 김연아 광고의 '육체적 매력'은 신체의 일반적 제약을 넘어서는 자유롭고 유연한 몸동작에서 나온다. 이러한 몸동작이 성적 매력을 줄 수는 있지만, 이는 남녀의 성차를 넘어서 스포츠가 보여주는 '건강한 신체'의 아름다움으로 보는 것이 좀더 타당하다. 결국 위 광고에 대한 이정우의 시각은 스포츠와 스포츠 스토리텔링에 대한 이해 없이 광고의 부정적 기능에 관한 일반론을 개별 광고 분석에 그대로 적용했기 때문에 발생한 오해이다.[59]

---

57) 위 논문, 13쪽

58) 위 논문, 13족

59) 일반론은 전체 텍스트의 특징을 설명할 때에는 유용하지만, 개별 텍스트의 특징을 분석할 때에는 오히려 방해가 되기도 한다. "대부분의 광고가 헤게모니적 성 관계를 보여준다."는 분석은 그 자체로 의미가 있지만, "특정한 광고가 헤게모니적 성 관계를 보여준다."는 분석은 그 광고가 '헤게모니적 성 관계'를 보여주는 대표성이 있을 때에만 유용하다.

위 광고는 기승전결의 이야기 구조를 갖고 있지는 않지만, 실제 '김연아의 일상'을 환기시키는 '연아의 일상[60]'을 통해 개연성을 극대화했다는 점에서 스토리텔링의 중요한 사례라 할 수 있다. 광고는 '연아의 일상'을 옴니버스 형식으로 보여주고 있다. '연아의 일상'은 김연아의 실제 모습과 다른 '허구'이지만, 인터넷과 매스컴에 소개된 김연아의 일상들과 유사한 점이 많아 시청자에게 '김연아의 실제 일상'을 보는 듯한 착각을 불러일으킨다. 실제로 김연아는 패션지의 표지모델이었고, 자서전을 출간했으며, 애완견을 기르고 있고, 상당한 노래 실력을 갖춘 것으로 알려져 있다. 이처럼 위 광고는 김연아의 실제 일상을 연상시키는 다양한 에피소드들을 통해 "실컷 먹고도 살이 안찌고, 아무 것도 안 하고 잠만 잔다."[61]는 식의 명백하게 비논리적인 허구까지도 개연성 있어 보이게 구성되었다.

'연아의 일상'을 보여준다는 위 광고의 전략은 스토리의 '개연성'을 높여주는 효과 이외에 '스포츠의 확장된 외연'을 보여주는 문화 현상으로서의 의미도 갖고 있다. 관중들은 이제 경기를 보는 것만으로는 만족하지 않는다. '경기'는 여전히 스포츠의 가장 중요한 요소이지만, 관중들은 이제 '경기' 외적인 부분까지 알고 싶어한다. 눈앞에서 경기가 진행될 때까지 선수들이 겪었던 육체적 훈련과 심적 고민은 물론이거니와, 선수들의 과거와 현재의 사생활까지도 모두 관심을 갖게 된 것이다. 즉, '연아의 일상'이 시청자들의 감성을 자극할 수 있었던 것은 광고 속 '연아'가 보여주는 화려한 모습이

---

60) 광고 속 '연아'의 일상은 실제 김연아의 일상일 수가 없다. 따라서 이 글에서는 '연아의 일상'과 '김연아의 일상'을 구분하여 전자는 광고 속 인물의 일상을, 후자는 실제 김연아의 일상을 지칭하기로 한다.

61) 다이어트와 휴식은 현대인들의 가장 일반적인 욕망이다.

주요한 이유이겠지만, 그 너머에는 스포츠 셀레브리티의 사생활을 확인하려는 시청자들의 관음증적 호기심도 결코 빼놓을 수 없는 것이다. 대중들의 이러한 경향을 천박하다고 야유하거나, 심지어 부도덕한 악취미로 매도할 수도 있겠지만 유명인의 사생활에 대한 관심은 파편화된 세계를 통합적으로 파악하려는 인식적 열망과도 관계가 있다.62) 매스미디어를 통해 전달되는 유명인의 이미지는 대부분 왜곡되어 있다. 이는 그들에 대한 정보가 분절적이기 때문에 어쩔 수 없이 발생하는 현상이다. 누군가 유명한 국제대회에서 우승을 했다는 뉴스 보도를 통해 대중들은 그에 대해 파편적 정보만을 접하게 된다. 하지만 대중들은 자신이 관심을 갖고 있는 인물에 대해 더 많은 정보를 얻고 싶어한다. 오로지 경기를 통해서만 그를 보는 데에 만족하지 않고, 경기장 바깥에서 이루어지는 그의 일상까지 모두 포함하는 종합적 정보를 알고 싶어 하는 것이다. 이처럼 '연아의 일상'을 보여주는 위 광고의 전략은 스포츠 셀레브리티 김연아에 대한 대중들의 관음증적 호기심을 충족시켜준다는 점에서 광고의 효과를 배증시켰는데, 이러한 특징은 스포츠 스토리텔링의 다양한 가능성과 함께 스포츠의 확장된 외연을 보여주는 문화 현상으로 이해해야 한다.

위 광고의 특징은 앞에서 살펴본 박세리의 '애니콜 폴더' 광고와 비교해 보면 더욱 분명해진다. 두 광고는 모두 오랜 기간의 개인적 노력 끝에 비인기 스포츠였던 골프와 빙상경기 부문에서 각각 독보적인 지위에 오른

---

62) 스포츠 선수뿐 아니라 연예인이나 정치인 등의 사생활에 대한 대중들의 관심도 동일한 이유에서 해석할 수 있다. 그리고 상대가 스포츠 선수인가 연예인인가, 정치인인가에 따라 호기심의 양상은 조금씩 다를 것이다. 하지만 이에 대한 상술은 본 논문의 연구 범위를 벗어나므로 더 이상 다루지 않겠다.

스포츠 선수를 주인공으로 삼고 있다. 그리고 이들은 모두 같은 회사의 동종 모델을 광고하고 있다. 하지만 10년의 시차를 두고 제작된 두 광고는 유사점 못지않게 많은 차이점을 갖고 있다. 가장 먼저 지적할 수 있는 것은 두 인물이 전혀 다른 분위기를 보여준다는 점이다. 광고 속에서 박세리는 항상 무겁고 긴장된 표정을 짓는다. 뜨거운 태양 아래에서 비지땀을 흘리면서 연습에 매진하지만, 샷은 원하는 대로 이루어지지 않는다. 마지막 순간에 단 한 번 환하게 웃기 위해 광고 속 박세리는 끊임없이 스스로를 규율하고 각성시키면서 훈련에 임한다. 하지만 광고 속의 김연아는 그렇지 않다. 그녀는 매순간 깔깔거리면서 자신의 끼를 발산하는 데에 주저함이 없다. 기분 좋은 일로 가득한 그녀의 일상은 항상 즐겁고 유쾌하다.

동일 회사, 동일 제품의 광고 콘셉트가 이처럼 판이한 가장 큰 이유는 소비자층의 변화일 것이다. 애니콜 브랜드 휴대폰의 초기 소비자는 경제적 여유가 있거나 빠른 업무 처리가 필수적이었던 사업가, 전문가, 직장인이었다. 이 때까지만 해도 휴대폰은 고가의 통신장비였기 때문이다. 하지만 2000년 이후 애니콜 브랜드는 'Digital Exciting Anycall'이라는 슬로건을 내세우며 대학생, 중고등학생, 가정주부 등으로 빠르게 소비계층을 확대시켰다. 이에 따라 애니콜 브랜드의 광고 콘셉트 역시 진지하고 무거운 분위기에서 유쾌하고 가벼운 분위기로 바뀌었을 것이다.

하지만 소비자층의 변화만으로는 '애니콜 폴더'와 대비되는 '연아의 햅틱' 광고를 모두 설명할 수 없다. 두 광고의 차이를 설명하기 위해서는 박세리와 김연아가 갖고 있는 일반적인 이미지 차이를 고려해야 하기 때문이다. 만약 10년 전에 휴대폰의 주요 고객이 청소년이었다고 가정했을 때에,

박세리가 '연아의 햅틱'과 유사한 콘셉트의 광고를 찍었을까를 생각해 본다면 이 사실은 더욱 분명해진다. 박세리와 김연아라는 두 스포츠 셀레브리티는 모두 자수성가한 비주류 스포츠인이라는 점에서 동일하지만, 10년의 격차를 두고 국민적 사랑을 받은 두 인물의 이미지는 완연히 다르다. 박세리를 상징하는 것은 굵은 땀방울과 태양 아래 검게 그을린 피부, 그리고 반드시 이겨야만 한다는 굳은 의지일 것이다. 하지만 김연아에게는 그런 이미지가 별로 없다. 합리적으로 생각해 본다면 김연아 역시 수많은 땀을 흘렸을 것이고, 결연한 의지 속에서 각고의 세월을 보냈을 것이다. 그럼에도 불구하고 김연아에게서 그러한 이미지를 찾기 어렵다는 것이야말로 김연아를 새로운 시대의 스포츠 셀레브리티로 자리매김하게 하는 가장 중요한 요소이다. 지금까지 스포츠는, 내가 살기 위해 상대를 죽여야만 하는 로마 시대 검투사의 경기가 아님에도 불구하고, 사실상 검투사 경기의 연장선상에 놓였던 측면이 있다. 많은 선수들이 오랜 시간 육체적, 정신적 제약을 참고 견디면서, 지긋지긋한 멸시와 천대의 상황을 타개하기 위한 수단으로 스포츠를 선택했던 것이다. 이른바 '헝그리 정신'이라 불리던 이러한 분위기는 오랜 세월 스포츠 선수들을 규정해 온 일관된 이미지였다. 또 이러한 이미지는 그러한 선수들에게 정서적 공감과 감동을 받는 대중들에 의해 유지되고 강화되어 왔다. 하지만 이제 대중들은 스포츠 선수에게 굵은 땀방울과 초인적 투지를 넘어서, 경기 자체를 즐길 줄 아는 여유와 평범한 인간미를 원한다. 그리고 김연아는 대중들의 이처럼 변화된 감수성을 충족시켜준 것이다.

결국 박세리와 김연아 중 누가 더 고된 훈련을 감내했는가는 중요한 것이 아니다. 박세리 출연 광고에서 그녀가 고된 훈련을 견디어 낸 초인 이미지를 보여준 것은 대중성 획득을 위한 전략이라는 측면에서 의미가 있을 뿐이다. 똑같은 이유로 김연아가 자신의 일상을 유쾌한 이미지로 가득 채운 것 역시 대중성 획득을 위한 전략이었던 것이다.[63] 즉, 박세리와 김연아가 출연했던 위 두 광고의 차이는 10년의 시차를 두고 당대의 대중들이 스포츠 셀레브리티에게 요구했던 이미지의 변화를 보여주는 것이다.

4. 자기초극의 영웅신화

1998년 8월, 삼성사와 CF 전속계약을 맺은 박세리는 삼성전자의 '휴대폰'과 'TV' 광고에 출연하고, 곧이어 삼성자동차의 첫 모델 'SM5' 광고에도 출연한다. 박세리가 출연했던 삼성자동차의 CF를 장면별로 나눠보면 다음과 같다.

〈표 3〉 박세리의 '삼성자동차' 광고

장면	장면설명	음성	자막	비고
①	SM5 자동차가 미끄러지듯 달려온다.			

---

63) 김연아의 일상이 원래 유쾌한 것이었다고 해도 '대중들의 감수성 변화'와 맞아떨어졌다는 점에서 위의 지적은 동일한 의미를 갖는다.

장면	장면설명	음성	자막	비고
②	삼성로고 모자를 쓰고 운전하는 세리의 얼굴 클로즈업	삼성자동차 SM5 (남자성우)	삼성자동차는 독자경 영으로 반드시 세계최 고수준의 자동차를 만 들겠습니다	
③	검은 바탕에 자막만 보 인다.	11개 일간지 선정 히트상품 (남자성우)	11개 일간지선정 '98 히트상품	화면 하단에 작은 글자로 11개 일간지를 모두 연거함.
④	검은 바탕에 자막만 보 인다.	고객만족 경영혁신 최우수상 (남자성우)	삼성자동차영업부문 '98고객만족 경영 혁신 전국대회 최우수상(한 국능률협회 선정)	
⑤	검은 바탕에 자막만 보 인다.	4개월 연속판매 1위 (남자성우)	4개월 연속('98.6월-9 월) 중형차 판매1위	
⑥	검은 바탕에 자막만 보 인다.	국내 중형차 중 상품성 최고평가(남자성우)	제이디 파워 98국내중 형차 상품성조사결과 상품성 최고평가	화면 하단에 작 은 글자로 평가 근거를 상세하 게 밝힘.
⑦	앞과 뒤의 자동차 외관 을 훑어가며 보여준다	출시 첫해 이렇게 놀라 운 기록을 보셨습니 까? (남자성우)		
⑧	야자수가 있는 이국적 인 집 앞 잔디 위에 세 워져 있는 자동차의 옆 모습을 풀샷으로 보여 준다	삼성자동차 SM5 (남자성우)	탈수록 가치를 느끼는 차 SM5	좌측 상단 삼 성자동차 로고
⑨	삼성 모자를 쓰고 활짝 웃는 세리 얼굴 클로즈업	삼성이 만들면 다릅니 다. (박세리)		

당시에 박세리가 출연한 CF는 일정한 패턴이 있다. 박세리는 출연한 모든 광고에서 '삼성'로고가 부착된 모자를 썼고, 대부분 잔디밭에서 골프

시합이나 골프 연습하는 장면을 배경으로 하고 있다.[64] 위 광고는 박세리의 연속된 출연 광고 중 처음으로 골프채를 버리고 운전하는 모습을 찍었지만, 삼성 로고가 부착된 모자는 여전히 강조된다. 잔디밭이 화면을 가득 메우고, 자동차 한 대가 그 사잇길로 천천히 지나가는 장면이 광고 내내 이어진다. 골프장을 연상시키는 듯한 잔디밭 화면은 박세리가 골프 선수임을 환기하려는 의도적 영상으로 보이지만, 이 때문에 자동차 광고의 일반적인 콘셉트인 날렵함, 고속주행 등의 이미지는 보여주지 못했다. 광고의 스토리 역시 매우 단순하다. 하루 일과를 마친 박세리가 SM5 자동차를 타고 귀가한다는 것이 스토리의 전부이다. 그 대신 제품의 성능을 직접적으로 강조하는 자막과 멘트가 스크린을 가득 메운다. 〈장면 3〉부터 〈장면 6〉까지는 모두 검은 바탕에 제품을 홍보하는 자막과 성우의 멘트만이 나온다. 자막의 내용 역시 너무 많고 복잡하여 시청자의 가독성을 떨어뜨렸다.

이처럼 박세리의 삼성자동차 광고는 다소 어색하고 지나치게 많은 정보를 직설적으로 전달하려 했다는 점에서 잘 만들었다고 보기 어렵다. 하지만 IMF 구제금융체제에서 진행된 전 사회적 구조조정의 한파 속에서, 금융위기의 주범으로 몰리며 부도의 위기를 맞은 신생 자동차회사의 절박함을 염두에 둔다면 위 광고의 구성과 특징들은 이해할 만하다. 비인기 종목이었던 골프 분야에서 단기간에 세계적 명성을 얻은 박세리는 사회 전체의 경제 위기를 극복할 수 신화적 아이콘이었다. 따라서 삼성자동차 광고는 박세리를 통해 기승전결의 이야기를 전달하지 않고, 위기의 주범이라는

---

64) 심지어 정부에서 제작한 공익광고에서도 박세리는 삼성 로고가 찍힌 모자를 쓴 채로 출연했다. 맨발로 저수지에 들어가 기슭에 떨어진 공을 쳐내는 장면이 실제 LPGA경기 장면의 일부였기 때문이다.

세간의 시선에 대해 무수한 항변들을 쏟아내면서, 단지 그 위에 그녀의 존재감만을 오버랩시킨 것이다. 비록 '독자경영으로 반드시 세계최고 수준의 자동차를 만들겠다는 광고카피는 실현되지 못했지만, 삼성자동차 SM5는 조업이 중단되었던 1998년 12월 이전까지 국내 중형차 부문에서 줄곧 판매 1위를 유지했다.[65] 따라서 현재적 관점에서 위의 광고는 부정적인 면들이 많이 보이지만, 상품 판매라는 광고 당시의 관점에서는 나름대로 성공한 광고라고 평가할 수 있다.

박세리가 삼성자동차 광고에 출연한지 정확히 10년 뒤에 김연아는 현대자동차와 2년의 후원 계약을 맺고 현대자동차 광고에 출연한다. 김연아가 출연했던 현대자동차의 CF를 장면별로 나눠보면 아래와 같다.

〈표 4〉 김연아의 '현대자동차' 광고 1

장면	장면설명	음성	자막	비고
①	어슴푸레 밝은 새벽, 검은 색 연습복을 입은 연아가 빙판에서 입김을 내뿜으며 팔을 둥글게 펼치면서 연습을 시작하는 장면	(노래) 난 꿈이 있었죠	누구도 믿어주지 않았습니다	김연아가 직접 부른 노래임.
②	빙판에서 서서히 원을 도는 연아	(노래) 그래요		
③	우울한 표정의 연아 얼굴 클로즈업	(노래) 난		
④	상체를 뒤로 제치며 서서히 원을 도는 연아		최고가 되겠다는 꿈을 모두 비웃었습니다	

---

65) 삼성자동차의 98년 판매실적에 대해서는 부정적인 시각도 있다. SM5가 98년 국내자동차 시장에서 판매 1위를 기록한 것은, 구제금융의 여파로 전체적인 차량 판매가 극도로 위축된 상태에서 삼성 그룹 차원에서 임직원들에게 삼성자동차 구매를 강권했기 때문이라는 것이다. 실제로 당시 삼성자동차는 임직원에게 차량구매를 강요한 혐의로 공정거래위원회로부터 과징금을 부과받았다.

장면	장면설명	음성	자막	비고
⑤	하얀 스웨터를 입고 엠피3를 들으며 난 꿈이 있어요를 흥얼거리는 연아	(노래) 난 꿈이 있어요		
⑥	서서히 빙판을 미끌어져 들어오는 연아의 앞모습		믿을 건 나 자신밖에 없었습니다	
⑦	자세를 낮추었다가 서서히 일어나는 연아		자신감이 두려움을 밀어냈습니다	
⑧	점프를 시도하는 연아	(노래) 나를 수 있어요	세계는 더 이상	
⑨	트리플 점프를 멋지게 해내는 연아	(노래) 그 꿈을 믿어요	높은 벽이 아니었습니다	
⑩	만족스러운 연아의 얼굴 클로즈업	(여자 성우) 최고는 우리 안에 있습니다	최고는 우리 안에 있습니다	좌측 상단에 'Let's move together' 라는 장식체의 문구
⑪	멋지게 모래를 가르며 질주하는 현대자동차의 모습	(여자 성우) 현대자동차	HYUNDAI	중앙 하단에 '현대' 로고

'거위의 꿈'이라는 노래를 직접 불러 더욱 화제를 모았던 위 광고에서 김연아는 반복되는 연습과 긴장 끝에 목표했던 트리플 점프에 성공한다.[66] 최고가 되겠다는 꿈을 남들은 비웃었지만, 스스로는 자신을 믿었고, 이제

---

66) 현대 기아 자동차 그룹의 홍보 사이트인 '해피웨이 드라이브(www.happyway-drive.com)' 자료실에는 '거위의 꿈' 전곡을 김연아가 직접 부른 '메이킹 필름'이 있다.

세계는 더 이상 높은 벽이 아니라는 자막에서 알 수 있듯이, 위 광고는 불굴의 투지로 불가능해 보였던 꿈을 이뤄내는 영웅 드라마의 일반적 구조를 답습하고 있다. 그리고 이러한 영웅 드라마는 김연아 개인의 실제 성공 스토리와 동일하기 때문에 시청자들에게 더욱 분명하고 사실적인 메시지로 각인됐다.

위 광고가 방영될 때 한국의 경제상황은 공교롭게도 10년 전과 유사했다. 1998년의 한국 사회가 IMF에 구제금융을 신청하는 초유의 경제위기 상태였던 것과 비슷하게, 2008년 겨울에 한국 사회는 또다시 국제적 금융위기 여파에 시달렸기 때문이다. 미국 주택경기의 침체로 촉발된 세계적 금융위기 속에서 한국의 종합주가지수는 절반으로 떨어졌고, 그에 따른 소비심리 위축과 사회적 불안이 그 어느 때보다 심각한 상태였다. 이러한 상황에서 '자신'을 믿고 꾸준히 노력하면 세계 최고가 될 수 있다는 메시지는 그 단순성에도 불구하고 다수 국민들의 감성을 자극하기에 충분한 것이었다. 결국 위 광고는 김연아 개인의 성공을 현대자동차의 성장과 오버랩시키고, 이를 다시 한국 전체의 잠재력에 대한 국가주의적 믿음으로 확대시킨 것이다.[67]

이렇게 볼 때에 위 광고는 그 구조와 메시지가 박세리의 삼성자동차 및 휴대폰 광고와 동일하다. 두 광고는 모두 박세리와 김연아를 자기초극의 영웅으로 설정하고 민족적 자긍심을 유도함으로써 기업 이미지를 그들과 동일화시키는 방식을 선택하였다. 이는 스포츠 셀레브리티가 언제라도

---

67) 나아가 이정우는 〈장면 10〉에 나오는 'Let's move together'라는 문구에 주목하여 이를 친 기업주의적 관념의 유포 전략으로 해석하였다.

애국심, 공동체의 단결, 위기극복 등을 위한 국가주의적 호출의 대상임을 잘 보여주는 사례이다. 즉 10년의 시차를 갖고 있는 위의 두 광고는 오늘날 우리 사회가 점차 개인주의화 되어가고 있지만, 스포츠 셀레브리티가 갖고 있는 공동체 통합의 기능은 여전히 유효함을 보여주는 것이다. 하지만 박세리가 출연한 광고들이 자기초극의 이미지를 일관되게 보여준 데에 비해, 김연아가 출연한 광고들은 그렇지 않은 경우가 더 많다. '씽씽 불어라'라는 가사의 노래를 직접 부르며 춤을 추는 '삼성 하우젠 냉장고' 광고 시리즈, '연아는 예뻐'라는 노래가 나오는 '홈플러스' 광고, '깔끔한 맛을 좋아하는 나를 위한 우유 바꾸기'라는 멘트가 나오는 '매일저지방우유' 광고, '하하'라는 노래를 연발하는 '삼성공익광고', '작아 보이는 얼굴 햅번형 스타일, 인형 같은 몸매'라는 노래의 '아이비클럽' 광고, '당신의 향기가 될 수 있어서 행복합니다'라고 고백하는 '샤프란' 광고, '살아있는 그대로를 전하고 싶다'는 '라끄베르 화장품' 광고 등 스포츠 선수의 이미지를 탈각시킨 광고는 셀 수 없을 정도이다.[68]

결국 자기초극의 영웅 이미지는 스포츠 스토리텔링의 변하지 않는 단골 전략이지만, 과거에 비해 그 비중이 현저하게 약화되었음을 알 수 있다.

---

68) 이는 위의 현대자동차 광고에 뒤이어 제작된 후속광고만 보아도 알 수 있다. 이 광고에서 김연아는 끝없이 뻗은 길을 여행하면서 자신감 넘치는 어조로 자신이 '최고'임을 과시한다. 이 광고에서 김연아는 경기력 향상을 위해 땀흘리며 자신을 극복하는 박세리의 이미지를 조금도 갖고 있지 않다. 이 광고의 음성 멘트를 정리하면 아래와 같다.
① (김연아 목소리) 최고가 된다는 것은 스스로 길이 되는 것이다.
② (김연아 목소리) 누군가에 꿈이 되는 것이다.
③ (김연아 목소리) 미래가 되는 것이다.
④ (김연아 목소리) 최고란 그런 것이다.
⑤ (여성 성우) 최고는 우리 안에 있습니다. 현대자동차.

이러한 변화는 스포츠 스토리텔링 자체의 내부적 요인이라기보다는 사회 전체의 변화에 기인한다. 자기초극의 영웅 이미지는 스포츠 분야만의 특징이 아니기 때문이다. 자기초극의 영웅 이미지는 한국 사회에서 소위 '성공했다'는 인물들이 보여주었던 보편적인 패턴이다. 육체적, 정신적, 경제적 고통 속에서 악착같이 노력하여 자수성가했다는 것은 그 동안의 경제인이나 정치인들이 가장 선호하는 성공 내러티브였다. 그들의 실제적 모습과 무관하게 그들은 자기초극의 이미지를 대중들에게 보여주고 싶어 했던 것이다. 하지만 자본주의적 생산양식의 고도화에 따른 빈익빈부익부의 심화는 자수성가보다는 부의 대물림을 일반화시켰고, 인터넷과 같은 매체의 발달은 유명인의 사생활을 낱낱이 공개함으로써 더 이상 그들이 신화적 공간에만 안존할 수 없게 만들었다. 이러한 사회체제의 변화와 대중들의 인식 변화로 인해 이제 스포츠 스토리텔링의 전략 역시 빠르게 변화하고 있는 것이다.

5. 한국적 스포츠 스토리텔링의 특징

지금까지 박세리와 김연아가 출연한 유사 분야의 TV광고들을 통해 스포츠 스토리텔링의 구성요인과 특징을 살펴보았다. 스포츠 스토리텔링은 환희와 눈물, 분노와 긴장감의 적절한 배치를 통해 인간의 보편적 감정을 자극하는 스포츠의 일반적 특징을 고스란히 공유한다. 선수들의 고된 훈련과 시합 당일의 긴장감, 승리의 환희는 발단, 전개, 절정, 결말이라는 내러티브의 극적 구조와 거의 완벽하게 일치한다. 또 배우들이 보여주는 '연기'가 미리 짜인 각본에 따라 움직이는 것에 비해 스포츠 선수들이 보여주는 '경기'는 각본 없이 진행되기 때문에, 스포츠 스타의 '말하기(telling)'는 다른 유명인들의 이야기는 비해 좀더 쉽게 수용자의 신뢰를 얻는다. 그리고 이러한 신뢰와 정서적 반응에 힘입어 스포츠 스타는 순식간에 영웅의 이미지를 갖기도 한다.

한국의 스포츠 스토리텔링은 위에서 밝힌 스포츠의 일반적 특징뿐 아니라 한국 사회의 특수성 역시 반영하고 있다. 첫 번째로 지적할 수 있는 것은 한국적 스토리텔링의 특수성이다. 일반적으로 한국인들은 감상적(感傷的)인 스토리를 선호한다. 힘든 역경 끝에 행복을 얻는다는 고진감래(苦盡甘來)의 구조는 전 세계 어디에서나 흔히 볼 수 있는 스토리이지만, '최루성 멜로드라마' 또는 '가슴 뭉클한 감동' 등의 표현들이 심심찮게 회자되는 한국 사회의 특수성이기도 하다. 축구선수 박지성이 대중적 인기를 얻은 것은 무엇보다 그의 탁월한 축구 실력 때문이겠지만, 평발임에도 불구하고 초등학교 때부터 끊임없이 노력하여 오늘날 세계적인 축구선수가 되었다는 역경 극복의 스토리가 있었기에 한층 더 강화될 수 있었던 것이다. 역경을 극복한 스포츠 선수들의 스토리는 언제 어디에서나 흔하게 찾을 수 있다. 뛰어난 스포츠 선수가 되려면 누구나 일정 수준 이상의 자기초극 과정을 거쳐야 하기 때문이다. 스포츠가 갖고 있는 이런 일반적 특징은 한국인들의 감상적인 감수성을 자극할 수 있었고, 이것이 한국적 스포츠 스토리텔링의 특징을 형성한 것이다.

한국의 스포츠 스토리텔링에 반영된 한국 사회의 또 다른 특수성은 영웅주의와 국가주의이다. 영웅주의와 국가주의 역시 전 세계 어디에서나 일반적으로 찾아볼 수 있는 특징이지만, 한국 사회의 영웅주의와 국가주의는 근대화 과정에서 형성된 한국 사회 고유의 특징이기도 하다. 이에 대한 상론은 본 연구의 범위를 벗어나지만, 일제 강점기를 통해 강화된 민족적 자존감, 급격한 근대화 과정에서 일반화된 치열한 경쟁구조, 좌우익 이데올로기 대립과 오랜 독재 정치 등은 한국 사회에서 영웅주의와 국가주의를 강화시켜 온 주요한 요인이라 할 것이다. 이러한 영웅주의와 국가주의는 영화, 드라마, 광고 등의 스포츠 스토리텔링에서도 흔하게 차용되면서 한국적 스포츠 스토리텔링의 특징을 이루었다. 이 때문에 일부 사회학자들은 스포츠 스토리텔링의 부정성을 비판하고 있지만, 이러한 특징은 스포츠 분야에만 국한된 현상이 아니고, 또 긍정적 기능이 엄연하기 때문에 존속되고 있다는 점에서 좀더 심도 깊은 논의가 이루어져야 한다. 그리고 사회적 변화와 함께 최근의 스포츠 스토리텔링에서 국가주의나 영웅주의가 약화되고 있는 것 역시 주목해야 할 것이다.[69]

---

69) 스포츠 소재 영화는 오랫동안 한 국가의 영광을 위한 선수들의 희생과 성취 또는 가족을 위해 뛴다는 가족주의에 초점이 맞춰져 왔다. 하지만 최근 흥행에 성공한 스포츠 소재 영화들은 애국주의나 민족주의 가족주의 등의 이데올로기 대신 스포츠 본연의 속성과 즐거움을 자아내는 방향으로 만들어지고 있다. 〈우리 생애 최고의 순간〉, 〈킹콩을 들다〉, 〈국가대표〉 등의 영화들은 모두 이러한 관점에서 설명할 수 있다.

※ 참고문헌

〈주 자료 : TV 광고〉
박세리, 삼성전자 애니콜 1. (나에게 힘을 주는 소리), 1998.
_____, 삼성전자 애니콜 2. (내게 힘이 되어 주는), 1999.
_____, 삼성자동차 SM5, 1998.
김연아, 삼성전자 애니콜 (연아의 햅틱), 2009.
_____, 현대자동차 1. (거위의 꿈), 2008.
_____, 현대자동차 2. (최고가 된다는 것은), 2009.

〈보조 자료 : TV 광고〉
박세리, 삼성 완전평면 TV, 1999.
_____, 박세리 공익광고 (상록수), 1999.
_____, 국제전화 00700, 1999.
김연아, 나이키 1. (Just do it), 2010.
_____, 나이키 2. (This is love), 2010
_____, 라끄베르 화장품, 2010.
_____, 매일우유 1. (저지방 우유), 2008.
_____, 매일우유 2. (그래, 즐기는 거야), 2009.
_____, 매일유업 퓨어, 2009.
_____, 삼성 공익광고 (하하송), 2008.
_____, 삼성 하우젠 에어컨 1. (바람의 여신), 2009.
_____, 삼성 하우젠 에어컨 2. (제로 드림팀), 2010.
_____, 삼성 하우젠 에어컨 3. (에어컨 제로 007), 2010.
_____, 샤프란 (섬유 유연제), 2010.
_____, 아이비 클럽, (빅뱅과 함께), 2008.

_____, 위스퍼 (위스퍼 고마워), 2009.

_____, 홈플러스 창립 11주년 기념 특판, 2010.

_____, KB금융 1. (이승기와 함께), 2010.

_____, KB금융 2. (대한민국 1등을 넘어), 2007.

〈단행본〉

크리스티앙 살몽, 『스토리텔링』, 류은영 옮김, 현실문화, 2010. 제4장 「스토리
　　텔링, 신진 구루들의 바이블」(119-135쪽).

〈논문〉

고은하·이우영, 「박세리에 대한 기업민족주의를 통해 본 한국형 스포츠
　　셀레브리티의 조건」, 『한국스포츠사회학회지』 17권 1호, 한국스포츠사회
　　학회, 2004, 121-122쪽.

권순용, 「박세리, 골프, 그리고 민족주의」, 『한국스포츠사회학회지』 19권
　　1호, 한국스포츠사회학회, 2006, 101-116쪽.

백승국 외, 「스토리텔링 기호학의 이론과 방법론 연구」, 『현대문학이론연구
　　40호』, 현대문학이론학회, 2010. 2. 29-31쪽.

송효섭, 「스토리텔링의 서사학」, 『시학과 언어학』 18호, 시학과언어학회,
　　2010. 2. 165쪽.

이정우, 「TV 광고 속 김연아와 그 명사성 : 국가주의 이데올로기와 성 정체성의
　　재현」, 『한국스포츠사회학회지』 22권 3호, 한국스포츠사회학회, 2009.
　　12-13쪽

최의창, 「읽는 스포츠의 매혹」, 『체육과학연구』 12권 3호, 국민체육진흥공단
　　체육과학연구원, 2001. 12. 1-15쪽.

허만욱, 「문화콘텐츠에서의 디지털스토리텔링 양상과 방향 연구」, 『우리문학
　　연구 23집』, 우리문학회, 2008. 2. 308쪽.

<기타>

김찬호, 〈생활 속의 문화사회학〉, 한겨레신문, 2005. 9. 2. 7면.

동아일보, 1998. 12. 19. 39면 기사

박세리 팬사이트 (http://www.seripak.id.ro)

현대 기아 자동차 그룹 홍보 사이트 (www.happyway-drive.com)

한국 대중서사와 짜장면70)

1. 짜장면의 추억과 대중서사

하루에 600만 그릇 이상 소비되는 것으로 알려진 짜장면71)은 남녀노소 누구나 수 없이 먹어본 음식이다. 세상에 선보인지 불과 한 세기도 되지 않아 전 국민의 사랑을 받아, 한국의 대표 음식 반열에 오른 짜장면. 이를 둘러싼 흥미로운 서사들 역시 셀 수 없이 많을 것 같지만, 짜장면에 대한 공식적 서사물은 흔하지 않다. 짜장면에 얽힌 대부분의 이야기는 개인의 기억 속에서만 존재한다. 개인에게는 흥미롭지만, 다수가 공유할 수 있는 공식적 서사는 아닌 셈이다.

물론 세대별로 조금씩의 공통점은 있다. 어린 시절 생일을 맞아 가족과 함께 중국집에 가서 짜장면을 사먹은 기억을 갖고 있는 세대도 있고,

---

70) 이 장은 『대중서사연구』 21권1호(2015)에 발표했던 논문을 수정 보완하였음.

71) 국립국어원에서는 외래어표기법 규정에 의거하여 '자장면'을 바른 표기로 고시하였다. 하지만 많은 사람들이 여전히 '짜장면'이라는 표기를 버리지 않고 있다. 언어학자인 연규동은 짜장면의 어원을 중국어 'Zhajiangmian[炸醬麵]'으로 보고, '麵'이 한국식 한자 음 '면'으로 표기되었다는 점에 주목하여 짜장면을 '자장면'으로 표기한 것 역시 외래어 표기법 규정에 어긋난다고 지적하였다. 외래어표기법 규정에 의하면 짜장면은 '자장멘' 또는 '자장몐'이 되어야 한다.(연규동, 「'짜장면'을 위한 변명─외래어 표기법을 다시 읽는다」, 『한국어학』 30호, 한국어학회, 2006, 200쪽.)

　이상과 같은 이유로 대부분의 문예작품에서 짜장면은 여전히 '짜장면'으로 표기하고 있으며, 2011년 8월 31일자 고시에서 국립국어원은 두 가지 표기를 모두 표준어로 인정하였다. 이 글에서도 '짜장면'으로 표기한다.

고된 자취 생활 내내 지겹도록 시켜 먹은 기억을 갖고 있는 세대도 있다. 하지만 그러한 이야기들조차 공식적으로 출판되거나 제작된 서사물은 거의 없다.[72]

많지는 않지만 짜장면을 소재로 한 출판물들이 있다. 안도현과 곽재구가 각각 동명의 동화 『짜장면』을 출간하였고, 유중하 시인 역시 『짜장면』이라는 제목으로 기행 수필집을 출간하였다. 정호승의 〈짜장면을 먹으며〉는 짧은 시이지만 인터넷 블로그에서도 흔히 볼 수 있는 일종의 애송시이며, 작품 자체는 유명하지 않지만 유명 작가 허영만의 『짜장면』이라는 만화책도 있다.[73] 이 밖에도 '짜장면'을 제목으로 하거나 또는 핵심 모티프로 한 수필집과 연극 작품들이 좀 더 있다.

'짜장면과 대중서사'라고 했을 때 사람들이 흔히 떠올릴 수 있는 것 중 하나는 G.O.D.의 대중가요 〈어머님께〉이다. 노래 속에 나오는 '어머니는 짜장면이 싫다고 하셨지'라는 가사가 너무도 유명하기 때문이다. 돈이 없어 아들에게만 짜장면을 사주며 자신은 짜장면이 싫다고 말하는 어머니 이야기인데, G.O.D.의 멤버들과 그들의 노래를 향유하는 팬들이 실제로 이런 기억을 공유할 만한 세대는 아니었지만 '가난과 모성'이라는 대중적 모티프 때문에 쉽게 광범위한 공감대를 형성한 것 같다. 물론 여기에서

---

72) 김만태는 「'짜장면'의 토착화 요인과 문화적 의미」(『한국민속학』 50호, 한국민속학회, 2009. 11.)에서 짜장면에 얽힌 수십 명의 서로 다른 개인사를 정리하여 소개하였다.

73) 만화 『짜장면』의 작가를 흔히 허영만이라고 하지만, 사실 허영만은 2권까지의 그림만 그렸다. 총 11권인 만화 『짜장면』은 2권까지의 그림을 허영만이 그렸고, 나머지는 김재연이 그렸으며, 전체 글은 모두 박하의 작품이다.
　안도현의 동화를 원작으로 만화가)도 있다. 김기국은 「『만화 짜장면』과 상상력의 스토리텔링」(『기호학 연구』 29집, 한국기호학회, 2011.) 에서 안도현의 동화와 만화를 비교 분석하였다.

'짜장면'은 서사의 핵심이 아니다. 사람들이 '어머니는 짜장면이 싫다고 하셨지'라는 가사는 기억해도 이 노래의 제목이 〈어머님께〉인 것은 잘 기억하지 못하듯이, 이 노래의 핵심은 가난과 어머니에 대한 추억이다. 여기에서 짜장면을 만두나 갈비탕, 떡볶이 등으로 대체한다면 감흥이 반감할 것이다. 그런 면에서 G.O.D.의 〈어머님께〉는 한국을 대표하는 짜장면 서사 중 하나일 것이다.

사실 짜장면을 모티프로 한 노래는 〈어머님께〉 이외에도 여러 편이 더 있다. 철가방 프로젝트라는 그룹의 〈짬뽕과 짜장면〉도 있고 블랙콜의 〈짜장면〉, 무직기타의 〈짜장면 총각〉, 정희라의 〈짜장면 시켜먹고〉, 바이폴라의 〈짜장면〉, 작가 미상의 동요 〈짜장면〉 등 짜장면을 모티프로 한 여러 대중가요가 있다. 하지만 대부분의 노래는 짜장면이 너무 맛있다, 짜장면과 짬뽕 중에 무얼 먹을까 고민된다, 짜장면 집 아가씨가 예쁘다 등의 단순한 메시지를 반복적으로 전달할 뿐 수준 높은 형상화에 이르지 못하였고, 그래서인지 대중적으로 성공한 서사로 자리를 잡지 못했다.

짜장면을 소재로 한 영화들도 있다. 1999년에는 〈신장개업〉과 〈북경반점〉이라는 짜장면 소재의 영화 두 편이 각각 개봉되었고, 최근에는 〈강철대오: 구국의 철가방〉이라는 영화가 개봉되었다. 세 영화 모두 크게 흥행하지는 못했다. 김성훈, 명세빈 등의 청춘 스타들이 주연을 맡았던 김의석 감독의 〈북경반점〉이 그나마 대중적으로 가장 흥행하였다. 하지만 〈북경반점〉은 전통 춘장을 이용하여 짜장면의 깊은 맛을 내려고 하는 요리사의 장인정신을 주제로 한 영화이다. 짜장면이 중요한 소재이기는 하지만, 장인 정신을 갖고 최고의 요리를 만들기 위해 노력하는 점이 부각될 뿐 짜장면을 둘러싼 문화적 맥락에는 관심을 두지 않았다. 그리하여 이 영화는 특정한 시대적 배경이 부각되지 않는다. 가난했던 과거와 풍요로운 현재가 대비되기는 하지만 그것이 특정한 시대를 드러내는 것은 아니다. 심지어 요리의 소재를 짜장면에서 설렁탕이나 초밥 등으로 대체하더라도 '전통적인 방식으로 만든 음식의 미학'이라는 영화의 주제는 충분히 전달할 수 있을 듯하다.

〈북경반점〉에 비해 〈신장개업〉은 '짜장면' 자체에 좀 더 몰입한 서사이다. 〈신장개업〉은 지방의 작은 동네에서 유일한 중국집 '중화루' 앞에 갑자기 '아방궁'이라는 중국집이 등장하면서 생긴 해프닝을 다룬 영화이다. 그러나 이 영화는 아방궁 짜장면 맛의 비밀이 '인육'에 있다는 괴담을 중심으로 여러 가지 사건이 전개되는 코믹 스릴러이다. 따라서 이 영화에서도 짜장면을 둘러싼 시대적 상황은 거의 드러나지 않는다.

이에 반해 〈강철대오: 구국의 철가방〉은 1985년 미문화원 점거 농성이라는 역사적 사건을 구체적 배경으로 삼았고, 운동권 학생들과 중국집 배달원 간의 코믹한 에피소드를 통해 1980년대의 사회적 문화적 현실을 그리는 데에 일정하게 성공하였다. 특히 대학생과 짜장면 배달부의 서로 다른 언어를 희화적으로 대비시켜 그들의 소통 불가능성을 보여주면서, 동시에 짜장면을 둘러싼 다양한 언어유희를 통해 논리적 사유를 뛰어넘는 '말'의 힘을 보여주고, 이를 통해 역설적으로 두 계층의 소통 가능성을 보여주었다는 점에서 〈강철대오: 구국의 철가방〉은 대중적 문화 기호로서 짜장면을 주제화한 흥미로운 작품이다.

2. 대학생과 철가방 ― 서로 다른 언어의 충돌과 소통의 역설

〈강철대오: 구국의 철가방〉(이하 〈강철대오〉로 표기)은 여대생 서예린을 짝사랑하는 중국집 배달부 강대오의 구애기(求愛記)이다. 왜소한 체구와 못생긴 외모의 중국집 배달부 강대오는 '고마워요. 잘 먹었읍니다.'[74]라는 메모와 함께 그릇을 깨끗하게 씻어서 내어놓는 기숙사 301호의 여대생 서예린에게 첫눈에 반한다. 상사병에 걸린 강대오에게 식당 선배 황비홍은 '송충이는 솔잎을 먹어야 한다'고 충고한다. 대학생은 자신들과 다른 신분이며, 그들과의 연애는 불가능하다고 생각한 것이다. 하지만 강대오는 자신이 송충이라면 솔잎은 서예린이라고 응수한다. 여대생과 중국집 배달부의 신분 차이가 남녀의 사랑을 가를 수 없다는 낭만적 사고를 보여준 것이다.

강대오의 이런 생각을 적극적으로, 그러나 장난스럽게 응원해주는 인물이 바로 쉐인 교수이다. '강의/회의/재실/출장/교내/외출'이라고 적힌 연구실의 문패에 싸인펜으로 직접 '짜장'이라는 글자를 덧쓴 쉐인 교수는 수시로 짜장면을 시켜먹는 짜장면 애호가이다. "The brave gets the beauty. 용감한 인간이 미인을 얻는다는 얘기야. 누가 좋으면 가서 좋다고 얘기해야지. 그런 걸 프로포즈라고 하는 거 아냐?"라는 쉐인 교수의 말에 강대오는 용기를 얻는다. 하지만 이어서 쉐인은 "씨발! 단무지 좀 넉넉하게 가져오면 안 되냐?"라고 다그쳐, 강대오에게 했던 자신의 말에 진정성이 없었음을 드러낸다.

---

74) 작품의 배경인 1980년대에는 '먹었읍니다'라는 표기가 맞춤법에 맞다.

쉐인 그리고 하나 더. Rome was not built in a day.
　　　로마가 하루아침에 안 이루어진 것처럼 한번 안됐다고 좌절하지
　　　말고, 지속적으로 해야 여자는 넘어 온다는 거 아냐?
　　　뽀나스 하나 더 주까 마까?

대오, 가방에서 야끼만두 한 접시를 꺼내 쉐인 앞에 놓는다.
쉐인, 흐뭇하게 웃고는,

쉐인 붕어빵은 붕어가 없고, 영란씨 없는 내 인생에 사랑은 없다.
　　　몇 년 전 어느 여대 앞 붕어빵 장사가 여대생에게 프로포즈하면
　　　서 한 말야.

쉐인, 의기양양 야끼만두를 베어 문다.

　놀리는 듯 아닌 듯한 쉐인 교수의 훈수는 대학을 다닌 적 없던 강대오에게
유일한 대학 교육이다. 강대오는 쉐인 교수의 한 마디 한 마디를 모두
기록하며, 그 의미를 묵상한다. 밤 늦게 중화루[75] 홀에 혼자 앉아 간짜장
소스를 면에 붓던 강대오는 마침내 자신만의 독특한 고백 문구를 창안해
낸다. 쉐인 교수가 이야기해 준 붕어빵 장사의 수사적 전략을 자신에게
적용한 것이다.

대오 면을 덮는 검은 짜장처럼 저의 마음도 누군가의 마음을 덮어
　　　갑니다.

예린, 대오를 올려다본다.

---

75) 강대오가 근무하는 중국식당

대오, 헬맷을 쓴 채로 말하고 있다.

대오   비비면 짜장과 면은 하나의 사랑면.
          완두콩과 오이채는 사랑의 아름다운 양념.

물론 강대오의 프로포즈는 완벽하게 실패한다. 검은 색의 카라멜 춘장 볶음이 하얀 색의 익힌 면발과 함께 섞여 맛있는 짜장면을 완성한다는 '사랑면'의 수사학은 처음부터 성공하기 어려웠다. 붕어빵 장수의 고백이 성공하여 대중적으로 회자된 것은 그 이전에 붕어빵 장수와 여대생 간에 이미 충분한 사전 교감이 있었기 때문일 것이다. 얼굴도 모르는 중국집 배달원이 짜장면을 배달하러 와서, 헬맷을 쓴 채 읊는 사랑 고백에서 진정성을 발견할 여성은 아무도 없을 것이다. 하지만 강대오는 그러한 정황을 이해할 만큼 지적인 인물이 아니었다. 그에게 대학교수의 충고는 그 자체로 자신의 연애를 성공으로 이끌어줄 희망의 메시지였고, 강대오는 최선을 다해 그의 충고를 따랐던 것이다.

첫 번째 고백에 실패하고 낙담한 강대오는 예린이 준 천원짜리 거스름돈 지폐를 간직하고 있다가 지폐 귀퉁이에 적힌 메모를 발견한다.

> 우리 모두 리얼리스트가 되자. 그러나 가슴 속에 불가능한 꿈을 하나씩 갖자!
> 생일파티, 17일 낮 12시, 중앙동 새마을금고 앞

그 동안 짜장면 접시를 반납할 때마다 예린이 넣어준 예린의 메모지에

적힌 글자와 같은 필체임을 확인한 강대오는 메모의 의미를 알기 위해 다시 쉐인 교수를 찾아간다. 쉐인은 메모를 읽자 마자 '체 게바라'라고 말한다. 체 게바라를 알지 못하는 강대오는 '책에 보라'라고 잘못 듣고 책 볼 시간이 어디 있냐며 반문한다. 쉐인 교수는 한심한 표정을 지으며 서가에서 〈체 게바라 평전〉[76]을 꺼내어 보여준다.

> **쉐인** 중국옷 입고 이소룡 폼만 재고 다니면 뭐하냐?
> 공부 좀 해라!
> 카스트로랑 쿠바 혁명을 했던 체 게바라.
> 그 사람이 한 말야 임마.
> 리얼리스트는 현실을 정확히 보자는 말이고, 불가능한 꿈은
> 곧 혁명이라구.
> 혁명은 불가능한 걸 이루는 거지,
> 아이, 시바, 너 단무지 또 한 접시만 가져왔냐?
> 너도 좀 리얼리스트가 되라. 나한테 올 때는 두 접시 가져
> 와야지.

쉐인의 논리는 여전히 장난스럽지만 '혁명'에 대한 그의 해석은 강대오의 문제를 단번에 해결해 준다. 불가능한 걸 이루는 것이 혁명이라면 '혁명'을 통해 강대오는 예린과 사랑을 이룰 수 있겠다는 것이 강대오의 각성이다. 이후 강대오는 예린에게 자신의 솔직한 감정을 전달하고, 대학생들의

---

76) 쉐인 교수가 꺼낸 체 게바라 평전은 2000년에 출간된 책이다. 영화의 시간적 배경인 1985년과는 많은 시차가 있다. 하지만 체 게바라의 어록이 80년대에 이미 널리 퍼져 있었으므로 작품 전개에 큰 무리는 없다고 생각한다.

대화에도 끼고 싶어하지만, 그의 시도는 중요한 고비마다 번번이 실패한다. 영화의 대부분은 이들의 어긋난 의사소통 사례로 채워져 있다.

강대오가 예린을 사랑하게 된 것은 예린이 짜장면 그릇을 깨끗하게 세척하여 반납했고, 그릇에 고맙다는 내용의 쪽지까지 보냈기 때문이다. 민중의 편에 서서 사회 변혁 운동을 하던 예린은 기층민중을 존중하는 마음에서 짜장면 그릇을 씻었고, 잘 먹었다는 쪽지도 함께 보냈을 것이다. 하지만 한 번도 그런 관심을 받아본 적이 없는 강대오의 입장에서 볼 때 예린의 행동은 특별한 감정을 불러일으켰다. 강대오는 예린의 의도를 제대로 해석하지 않고, 자신의 편의대로 받아들여 일방적인 짝사랑을 시작한 것이다.

강대오가 미문화원 점거 농성장에 들어간 것 역시 마찬가지이다. 강대오는 예린이 '생일파티'에 참석할 것을 알게 되었고, 불가능한 것을 이루는 것이 혁명이라는 쉐인 교수의 말을 자신의 상황에 그대로 적용시켰다. 하지만 예린의 '생일파티'는 미문화원 점거 농성을 가리키는 은어였고, 체 게바라가 말한 리얼리스트의 불가능한 꿈은 민중 민주주의 혁명의 역사적 필연성에 대한 믿음을 의미했다.

밤이 되자 미문화원을 점거한 학생들은 한 명씩 돌아가면서 민중가요를 부른다. 〈타는 목마름으로〉부터 시작한 민중가요 릴레이는 계속 이어지며 강대오의 차례까지 돌아온다. 걱정스럽게 그들의 노래를 분석하던 강대오는 그들이 대부분 '밤'을 노래하고 있다는 사실을 발견한다. 그래서 강대오가 알고 있는 김완선의 〈오늘 밤〉을 부른다.77) '밤'이라는 단어가 나올 때마다

---

77) 김완선의 〈오늘 밤〉은 1986년 6월에 발매되었다. 영화의 배경이 되는 미문화원 점거

과장된 억양을 섞어가면서 김완선의 춤까지 따라한다. 황당해 하는 학생들이 강대오에게 무엇인가를 물으려 했지만, 때마침 들이닥친 미국 참사관 및 문화원장과의 면담 요청 때문에 릴레이 음악회는 중단된다. 그리고 영어로 대화할 수 있는 학생이 없어 곤혹스러워 하는 와중에, 영문과 학생이라고 거짓말했던 강대오가 미국인들 앞에 나서게 되고, 쉐인 교수에게 배운 유일한 세 문장의 영어로 학생들의 입장을 대변한다.

대오　　로미스나… 로미스나 빌 이너디
　　　　(로마는 하루아침에 이루어지지 않았다)

토마스　What? you guys really want trouble?
　　　　(정말 니네 한번 해보자는거냐?)
　　　　How long can you guys stay here? We can bring up
　　　　U.S Marine, and all the aircrafts here with this one
　　　　phonecall. You really want it?
　　　　(니네가 얼마나 여기 있을 수 있을것 같애? 당장 미해병대와
　　　　공군기들을 불러와야 정신 차리겠어?)

학생들, 다시 대오를 본다.

대오　　더 브레브 게 더 뷰티 (용감한 자가 미인을 얻는다.)

안드레이　(영어) 당신들의 용감성은 이미 충분히 보여줬소,
　　　　하지만 이건 여자를 얻는 게임이 아니라 한미간의 외교적
　　　　문제란 말이요.

농성은 1985년 5월에 있었다. 따라서 점거 농성장에서 강대오가 〈오늘 밤〉을 불렀다는 것은 논리적으로 맞지 않다.

학생들, 다시 대오를 본다.

대오   투 비 오어 낫 투비 댓 이즈 퀘스천
(죽느냐 사느냐 그것이 문제이다.)

토마스, 자리를 박차고 일어선다.

토마스   갓 댐잇!
(영어) 병신들 그렇게 죽기 살기도 나혼나면 우리노 생삭이
있소.
(대오를 가리키며) 당신, 그 말 후회하게 될 거요!
문화원장 갑시다. 대화가 안 통하는 사람들이요!

이 일을 계기로 강대오는 다시 농성학생장의 영웅으로 떠오르고, 미국
참사관 토마스는 한국 기자들에게 농성학생들을 과격한 테러리스트로
규정한다. 강대오와 미국인들의 코믹한 에피소드는 당시의 우리 사회가
서로 간의 소통이 불가능한 상태에서 각자 자신들의 담론만을 순환적으로
재생산하고 있음을 풍자하고 있다. 미문화원을 점거한 지성인들은 전
세계에 한국의 독재체제를 고발하겠다는 목적을 갖고 있었지만, 막상
세계인들과 대화할 수 있는 언어 능력은 갖고 있지 못했다.[78] 그들은
민중해방을 외쳤지만 대중가요와 중국집 배달원을 무시했으며, 중국집
배달원 역시 그들의 언어를 이해할 수 없었다. 대화를 하겠다며 학생대표를
만난 미국인들 역시 통역을 대동하지 않았고, 강대오의 선언적 격언 세
문장을 들으면서 학생들의 진의를 자기 임의로 해석하였다. 그들은 대화를

---

78) 이는 1985년의 실제 미문화원점거 때의 상황과는 다르다.

하면 할수록 서로에 대한 불신과 높은 장벽을 확인할 뿐이었다.

강대오와 학생들의 소통을 막았던 또 한 가지 중요한 요인은 강대오의 거짓말이다. 처음부터 대학생과의 연애를 반대했던 식당 선배 황비홍은 '철가방이라고 말하는 순간 넌 그 여대생과 끝이다.'라며, 강대오에게 거짓말을 하라고 충고한다. 황비홍의 충고를 거부했던 강대오는 '생일파티'가 생일파티가 아님을 알게 되자 곧장 미문화원을 빠져나가려다가 학생들에게 발각된다. 자신의 신분을 밝히려 했던 강대오는 그러나 농성학생들 사이에서 예린을 발견하고 거짓말을 하게 된다. 이후 강대오는 자신의 신분을 중화루의 배달원이 아니라 중앙대 영문과 학생이라고 속이고, 나중에는 전학련 의장을 사칭하기에 이른다.

바늘도둑이 소도둑으로 변해가는 과정을 그대로 보여준 강대오는 그 자리에 실제로 있었던 강문모 의장의 등장으로 거짓말이 들통나고 프락치로 오인받는다.[79] 이후에 강대오는 중화루 배달원이라는 자신의 신분을 밝히지만 아무도 그 말을 믿지 않는다. 예린의 환심을 사기 위해 지속적으로 거짓말을 했지만, 결국 그 때문에 경찰의 프락치로 전락하고 예린에게도 버림받은 것이다.

이처럼 〈강철대오〉는 대학생과 대학교수에게 짜장면을 배달하던 강대오가 그들의 언어를 이해하지 못한 채 자신의 방식으로 해석하면서 벌어진 해프닝의 연속을 보여주고 있다. 서로 다른 언어를 사용하며 자신의 영역에 갇혀 있는 이들은 그러나 서예린에 대한 강대오의 무모한 사랑의 힘으로

---

79) 1985년 당시 전학련 의장은 김민석(전 국회의원) 서울대 총학생회장이었으며, 그는 미문화원 점거 농성장에 가지 않았다. 하지만 배후 조정 혐의로 점거 농성 사태 이후 수배령을 받는다.

역설적으로 소통의 가능성을 보여준다. 불가능한 꿈을 꾸자는 서예린의 메모에 대한 쉐인 교수의 해석과 이에 대한 강대오의 오해는 이러한 역설적 소통 가능성을 보여주는 대표적 사례이다. 서예린과 쉐인 교수가 생각했던 '불가능한 꿈'은 아니지만 강대오 역시 예린과 연애하고 싶은 '불가능한 꿈'을 꾸었고, '혁명'을 하는 것은 바로 이런 불가능한 꿈을 이루는 행위였던 것이다.

3. 짜장면과 언어유희 — 구어(口語)의 힘과 모순의 극복

강대오는 농성장 안에서 경찰의 프락치로 오인받지만, 중앙동[80] 파출소의 김순경은 그를 중화루의 위장취업자라고 생각한다. '중화루가 망하면 국가경제가 흔들린다'는 중화루 철가방에 적힌 구호는 국가경제를 혼란에 빠뜨리려는 좌익용공세력의 불온문구이다. 작품에서 가장 입담이 좋은 황비홍(박철민 분)과 김순경(고창석 분)이 파출소에서 나누는 대화는 짜장면에 대한 1980년대적 언어유희의 절정을 보여준다.

> **황비홍** 김순경님. 근데 대오가 위장취업자라믄
> 뭣때문시 철가방으로 위장취업을 했을까요?
> **김순경** 황비홍. 이건 너 생각처럼 그렇게 간단한 문제가 아냐.
> (마치 엄청난 비밀을 알려주듯 눈빛이 진지해지며)

---

80) 현실에서 존재하는 지역명칭이 아니다.

너 어느 날 갑자기 한반도에 짜장면이 없어진다고 생각해봐.

그러면 졸업식 때 가족들이랑 뭘 먹을거야?

군인들이 휴가 나왔는데 싸재에 짜장면이 없네.

이거 미치지!

특히 당구장에서 죽때리는 사회불안 세력들.

당구 치고 배가 고픈데 짜장면이 없네.

그야말로 엄청난 사회불안이 조장된다구.

이 문구, 바로 그걸 노리고 있는 거야.

　　황비홍, 눈이 휘둥그레지며 놀란다.

　　한반도에서 짜장면이 없어진다고 가정하고, 그에 따른 사회적 혼란을 예측하는 위 대목은 민중민주주의 운동을 탄압하는 1980년대 공안정국에 대한 블랙코미디이다. 짜장면은 졸업식 때 가족과 함께 먹는 대표적인 외식 메뉴였으며, 휴가 나온 군인들이 가장 먼저 찾는 '싸재(군대 밖 사회)' 음식이었고, 백수들의 단골 메뉴였다. 김순경은, 짜장면이 사라진다면 심각한 사회불안이 야기될 것이고, 강대오는 짜장면의 바로 그런 힘을 간파하고 중국집에 위장취업했다고 주장한다. 짜장면의 힘을 간파하고 위장취업을 했다는 김순경의 이야기는 1980년대 공안당국이 자행한 터무니 없는 죄목 날조 과정에 대한 풍자이면서, 동시에 당시 우리 사회에서 짜장면이 갖는 문화적 의미에 대한 희극적 표현이다. 20년이 지난 오늘날에도 여전히 짜장면은 온 국민이 좋아하는 한 끼 식사이지만, 졸업식 때 가족과 함께 먹거나 휴가 나온 군인들이 서둘러 찾는 메뉴는 아니다.

　　이어지는 김순경과 황비홍의 대화는 더욱 흥미롭다.

김순경　(자신의 지식에 다소 신난 얼굴이다)

너 여대생이 뭘 뜻하는 줄 아냐?… 바로 계급사상을 말하는 거야.

똑같은 인간인데 어떤 놈들은 개들이랑 하고, 어떤 놈은 못하고!

(중략)

그 다음엔 아마 노동조건을 얘기했을 걸.

황비홍　노동조건요?

김순경　그렇지. 너 하루에 몇 시간 일해, 보통?

황비홍　아침 열 시에 시작해서… 그릇 수거까지 하면 밤 열 시…

김순경　그렇지? 세상에는 근로기준법이라는 게 있어요.

근로기준법!

거기 보면은 하루 여덟 시간 이상 일 못 시키게 되어 있다는 얘기 안 해?

월차는?

황비홍　월차가 뭐라요?

김순경　결국 너에게 이 사회에 대해 불만을 갖게 하려는 거야.

왜? 혁명에는 니네 같이 순진하고 힘만 좋은 애들이 필요하거든,

황비홍　(약간 짜증) 아따 순차적으로 이해를 시켜주시오. 월차가 뭐냐구요?

김순경, 대답이 없다.

김순경은 강대오를 점점 더 불순한 위장취업자로 몰아간다. 황비홍을 비롯한 중국집 배달부들에게 계급사상을 전파하여 사회에 대한 불만을 갖게 하려 한다는 것이다. 하지만 김순경의 애초 의도와 다르게 그들의

대화는 어느덧 근로기준법을 지키지 않는 열악한 노동 현실을 폭로하는 단계로 나아간다. 〈강철대오〉에는 '철가방 협회'라는 작은 조직이 나온다. 원래 철가방 협회는 중국집 전화번호 스티커 위에 피자집 스티커를 덧씌우는 파렴치한 피자 배달부들을 혼내주려고 결성한 모임이었다.[81] 하지만 김순경과의 대화 이후 황비홍은 철가방 협회원들과 함께 '월차'가 없는 자신들의 노동 현실에 대해 이야기하며 노동조건 개선을 주장하기에 이른다. 자생적 노동운동이 시작된 것이다.

비판하려는 대상이 스스로 자신의 부정성을 폭로하게 만드는 언어유희는 전통 탈춤에서 말뚝이가 등장하여 양반들과의 대화를 통해 양반들을 골려주고, 양반들 스스로 자신들의 무능을 폭로하게 만드는 과정을 연상시킨다. 그리고 이러한 언어유희는 〈강철대오〉가 애초부터 '마당극'을 닮은 영화를 표방했다는 사실을 알려준다. 영화의 첫 장면에서 강대오는 '전통극 연구회'로 짜장면 배달을 가는데, 동아리 방 안의 칠판에 '마당극 출연자'라고 적혀 있고 그 아래에 '남주 김인권(벌렁코)', '여주 유다인(새침이)', '민중 배우 박철민(하마), 조정석(뺀질이)' 등의 배우 및 스텝 소개가 되어 있다. 이처럼 작품 바깥에서 크레딧으로 나와야 할 출연진 소개가 작품 안의 소품으로 등장한 것은 안과 밖의 경계를 허무는 다소 뻔한 전략이라 할 것이다. 그보다 더 관심을 끄는 것은 배우들을 소개하면서 '마당극 출연자' 또는 '민중 배우'라는 타이틀을 붙인 것이다. 이는 〈강철대오〉가 블랙코미디를 지향했고, 그 구체적인 방법으로 '마당극' 기법을 차용하려 했음을

---

81) 원래 시나리오에서는 철가방 협회에 대한 소개가 작품 초반부에 나오지만 실제 개봉 영화에서는 생략되었다.

보여주는 것이다. 이처럼 〈강철대오〉는 처음부터 마당극 또는 탈춤을 연상하는 전통극의 연장선상에서 기획된 것이다.

언어유희적인 대화는 김순경과 황비홍의 대화뿐 아니라 작품 곳곳에서 크고 작은 방식으로 계속 이어진다. 한국의 신식민지적 상황을 짜장면과 햄버거에 비유하는 서기철의 설명은 한 편으로는 명백한 궤변이지만, 또 한 편으로는 짜장면의 시대적 위상 변화를 알 수 있는 흥미로운 지적이기도 하다.

> **대오**　저… 신식민지가 무슨… 말… 인가요?
>
> 　　　　(중략)
>
> 　　　　그럼 피자랑 햄버거도 신식민지랑…
>
> **서기철**　(당황) 피자? 햄버거? 그것들도 미국에 대한 경제적 종속을 가속화시키는 부분에서, 하나의 현상적인 부분으로…
>
> **대오**　그럼 피자, 햄버거를 몰아내는 것도 민주주의를 위한 일인가요?
>
> **서기철**　아… 그게… 좀 애매한 부분인데…
>
> **대오**　그럼 짜장면을 지키는 것은 민주주의인가요?
>
> **서기철**　아, 그게… 햄버거적 세계관은 과연 짜장면적 세계관과의 철학적 정치적 차이를 노정시키느냐하는 문제와 그렇다면 짜장 곱빼기와 탕수육의 변증법적 지양은 과연 어떻게…
>
> 대오, 노트에 적다가, 기철을 멍하니 보고 있다.

신식민지의 의미를 설명하는 대학생 서기철의 말을 노트에 받아적으며 경청하던 강대오는 짜장면 매출을 위협하는 피자와 햄버거가 신식민지와 관련이 있지 않냐는 질문을 던진다. 그럴 듯하다고 생각한 서기철은 현학적 표현을 동원하며 추가 설명을 시도하다가 스스로의 한계를 드러낸다. 하지만 이 대화는 1980년대를 기점으로 짜장면의 위상이 바뀌고 있고, 그 변화의 배후에는 신식민적인 사회구성체의 변화가 있음을 암시하고 있다. 햄버거와 피자가 미국에 대한 경제적 종속을 보여주는 환유적 기능을 담당하며 그 반대편에 짜장면이 위치해 있음을 중국집 배달원과 운동권 대학생의 대화를 통해 드러낸 것이다.

〈강철대오〉의 언어유희는 운동권 대학생들의 은어 사용을 중국집 배달원들의 은어 사용과 비교하는 데에서도 잘 드러난다. 미문화원을 점거농성 중인 대학생들은 자신들 중에 프락치가 있음을 알게 되고, 이를 색출하는 과정에서 은어 사용 능력을 시험한다.

기철이 영민을 노려보고 있다.

기철   자민투가 뭡니까?

영민   반미자주화반파쇼민주화투쟁위원회.

기철   민민투?

영민   반제반파쇼민족민주투쟁위원회.

기철   삼민투?

영민   민족통일민주쟁취민중해방투쟁위원회.

기철   달밤체조 위해 아지프로 하는 피 뿌리다가 짭새에 달려, 수학여행 갔다 오니 패밀리에서는 이심전심의 사구체를 파라고 한다.

영민   야간에 데모하러 나가 전단지 뿌리다가, 경찰에 잡혀 연행됐다 돌아오니 동아리 선배들은 이승만 정권부터 전두환 정권까지 사회 구조 분석을 공부하라고 한다.

남정과 기철, 마주보고 고개를 끄덕인다.
두 사람 시선을 대오에게 옮긴다.
대오는 눈에 띄게 땀을 흘리고 있다.

애초에 프락치로 의심받았던 황영민은 운동권 대학생들의 은어 해독을 통해 자신의 신분을 완벽하게 증명한다. 하지만 그 동안의 영웅적 활동으로 기대를 모았던 강대오는 은어 해독에 실패함으로써 결정적인 혐의를 지게 된다. 운동권의 은어 해독 능력이 대학생과 프락치를 가르는 기준이 된 것이다. "아직 일학년이에요. 우리 슬랭을 알기에는 무리라구요."라는 예린의 비호에도 불구하고 동아리 족보가 무엇이냐는 질문에 '강릉 강씨 삼십 이대 손'이라는 강대오의 대답은 용납할 수 없는 프락치의 기호가 된다.

프락치로 몰린 강대오는 자신이 중화루의 배달원임을 밝히지만 아무도 믿지 않는다. 그런데 온갖 수모와 집단구타를 감내하던 강대오를 구해준 것 역시 아이러니컬하게도 강대오의 '은어 해독 능력'이다. 운동권의 은어 체계가 외부 사람들의 이해를 차단하기 위해 은유적으로 구성된 것에 비해 중국집 배달원들의 은어 체계는 시간을 줄이기 위한 단축어 위주로 구성된 것이 다를 뿐이다.

황비홍 우둘짜둘대영삼!
대오 대영빌딩 삼층에 우동 두개 짜장 두개!
황비홍 부탕슬쌀기볶!

대오	부동산에 탕수육 유산슬, 쌀집에 기스면 볶음밥!
황비홍	야끼볶둘삼삼칠!
대오	야끼만두 볶음밥 두 개 삼백 삼십 칠번지!
황비홍	수거삼철물 득칠천동사!
대오	철물점에서 그릇 세 개 수거하고, 동사무소에서 칠천원 받아와!

황비홍, 대오를 보다 학생들을 향해 돌아선다.

황비홍 학생 여러분,

이 친구는 중화루 배달기수 2호 강대오가 맞습니다.

학생들, 고개를 끄덕인다.

이처럼 〈강철대오〉는 걸쭉한 입담과 인물들 간의 끊임없는 오해담을 통해 1980년대 한국 사회의 정치적 지형을 형상화하였다. 폭소를 자아내는 황당한 대화들을 통해 〈강철대오〉는 1980년대의 공안정국과 그들의 비정상적 논리의 허구성을 비판하고, 사회 변혁을 희망하는 대학생들의 순수한 열정과 논리적 타당성에도 불구하고 그들이 갖고 있는 관념적 편향성 또한 동시에 비판한 것이다.

4. 구국의 철가방 — 불가능을 가능으로 바꾸는 강철대오

영화의 제목인 〈강철대오: 구국의 철가방〉은 87년에 결성된 전대협[82](전

---

82) 영화는 1985년 미문화원 점거농성 사건을 배경으로 한다. 따라서 영화에서는 '전대협' 대신 '전학련'이 나온다. 전학련의 캣치프레이즈가 전대협과 동일하게 '구국의 강철대

국대학생대표자협의회)의 슬로건인 '구국의 강철대오'를 패러디한 것이다. 80년대에 대학을 다닌 사람이라면 누구나 기억할 만한 '구국의 강철대오'가 영화에서 '구국의 철가방'으로 오버랩된 것이다. 영화에서 '강철대오'는 주인공 '강대오'의 이름 석 자에 철가방을 의미하는 '철'자를 덧붙여 그의 직업이 중국집 배달부임을 알려주고 있다. 부제인 '구국의 철가방'까지 포함한다면 영화의 제목은 "중국집 배달부 강대오가 철가방으로 나라를 구한다."라고 확대 해석할 수 있다. 실제로 '철가방'은 위기에 빠진 영화 속 학생들과 전경들을 구하는 데에 일조한다. 따라서 영화의 제목 '구국(救國)'에서 '국(國)'은 학생과 전경으로 환유되는 것이다.

철가방이 나라를 구하는 것은 영화의 첫 장면부터 나온다. 영화는 학생 시위대와 전경들이 대치하는 사이에서 강대오가 오토바이를 몰면서 짜장면을 배달하는 장면으로 시작한다. 시위대가 던진 돌이 강대오에게 날아올 때마다 그는 철가방을 들어 능숙하게 막아낸다. 시위대와 전경 사이에 강대오가 없었다면, 시위대의 돌은 전경들에게 날아갔을 것이다. 관객들이 눈치채기는 어렵지만 영화의 첫 장면부터 강대오는 철가방으로 전경들을 구한 것이며, 이는 철가방이 음식 배달 이외의 용도로 사용됨을 보여주는 첫 번째 사례가 된다.

철가방이 나라를 구하는 두 번째 장면은 철가방 연합회 소속의 배달원들이 집단으로 미문화원 진입을 시도할 때이다. 흥미로운 점은 이 때

오'였는지는 확실하지 않다. 하지만 이 영화는 처음부터 사실의 고증과는 무관했던 것으로 보인다. 실제 미문화원 점거농성은 1985년 5월 23일부터 26일까지 3박4일 동안 전학련 소속의 대학생 73명에 의해 이루어졌으나, 영화에서는 35명의 대학생이 1박2일 동안 진행한 것으로 설정된다.

황비홍과 배달원들이 학생들뿐 아니라 전경들에게도 짜장면을 나누어준다는 사실이다.

> **소경위** 몇 그릇이야?
> **황비홍** 짜장 150그릇, 짬뽕 150그릇, 야끼만두 물만두 30그릇…
> **소경위** 30명 좀 넘는데 뭐가 그리 많이?
> 황비홍, 잠시 한숨을 내쉰 뒤 소경위 앞으로 바싹 다가오며
> **황비홍** 경찰님. 경찰님은 군대 계실 때에 뭐가 제일로 먹고 싶으셨습니까?

영화는 1980년대에 군복무를 하던 사람들이 가장 먹고 싶어한 바깥 음식 중 하나가 짜장면이라는 사실을 다시금 환시시키는 방식으로 1980년 우리 사회에서 짜장면의 의미를 부각시킨다. 우여곡절 끝에 미문화원으로 짜장면 배달을 승인받은 황비홍은 허기에 지쳐 있는 전경들까지 짜장면을 나눠주는 여유와 관용을 보인다. 이는 〈강철대오〉가 애정을 갖고 있는 대상이 운동권 대학생뿐 아니라 그들과 대치하고 있는 전경까지 포함한 젊은이들 모두임을 알려주는 것이다.

철가방이 나라를 구하는 세 번째 장면은 미문화원으로 진입한 전경들이 곤봉으로 학생들을 해산하려 할 때이다. 빈 그릇을 정리하던 철가방 연합회 소속의 배달원들은 황비홍의 군호에 맞춰 일사불란하게 대오를 갖추어 전경들의 곤봉 공격으로부터 학생들을 막아낸다. 이 장면은 마치 로마 병정들의 전투 장면을 패러디한 듯하다.

철가방이 나라를 구하는 네 번째 장면은 옥상으로 피신한 대학생들에게

최루액이 섞인 물대포 공격이 가해질 때이다. 이 때에도 배달원들은 익숙한 솜씨로 철가방에서 음식을 받치는 부직포를 꺼내어 학생들에게 나누어준다.

이처럼 영화 〈강철대오: 구국의 철가방〉은 제목이 언술하는 그대로 강대오를 비롯한 중국집 배달원들이 철가방을 이용하여 '국가'를 환유하는 전경과 학생들을 동시에 구해주는 형식을 취하고 있다. 물론 '철가방'은 주인공 강대오의 직업을 의미한다. 이렇게 보면 〈강철대오: 구국의 철가방〉에서 구국의 주체는 철가방이 아니라 강대오이다. 그리고 강대오는 작품의 시작부터 끝까지 이야기의 중심에 서서 사람들을 구해준다.

미문화원 점거 농성 중 계속되는 전경들의 진압 작전을 번번히 좌절시킨 핵심 인물이 강대오였다. 강대오의 거듭된 활약에 놀란 경찰은 그의 사진을 방송에 내보내며 그를 전학련 의장 강문모로 지목한다. 경찰의 이러한 오해를 이용해 강대오는 실제 강문모와 그의 연인 서예린을 배달원으로 위장시켜 탈출시킨다. 천식 환자인 예린이 최루액이 섞인 물대포를 맞고 괴로워하자 미문화원 옥상의 철탑 꼭대기에 올라가 성조기를 끌어내리고, 이를 담요처럼 활용해 그녀를 지켜준 사람 역시 강대오였다. 특히 강대오가 성조기를 끌어내리는 장면은 방송국 카메라에 잡혀 전 세계 매스컴에서

〈그림 자료〉 강대오가 성조기를 끌어내리는 장면을 방영하는 전 세계 매스컴

영어, 일본어, 아랍어 등으로 방송된다. 한국의 독재 정권을 비호하는 미국을 비판하려던 점거 농성의 목적을 가장 훌륭하게 수행한 인물이 다름 아닌 강대오였던 것이다.

대학 문화에 대한 이해 및 사회 정치적 의식이 전무했던 강대오가 대학생들과 어울리면서 발생한 부조화가 영화 전반부의 핵심 이야기라면, 영화의 후반부는 강대오의 영웅적 활동에 힘입어 부조화가 조화로 바뀌는 특이한 화합 서사를 이룬다. 강대오는 학생과 전경 어느 편에도 서지 않은 채 자신의 위치를 고수하면서 그만의 방식으로 '혁명'을 성공시킨 것이다. 사랑을 쟁취하기 위해 준비한 영어 격언 세 마디만으로 미 대사관 직원과의 대화에서 학생들의 확고한 의지를 전달한 강대오는 돈키호테적인 영웅의 이미지를 잘 보여준다. 중국집에서 손님들의 테이블에 종이컵을 놓을 때 사용하던 '세팅' 기술이, 농성 중인 대학생들의 각목 싸움 연습에 활용된 것 역시 강대오의 엉뚱한 행위가 대학생들에게 전혀 새로운 의미로 해석된 대표적 사례이다. 특히 학생들이 자진해서 농성을 풀고 해산하는 과정에서 모두 함께 어깨를 맞댄 채 김완선의 〈오늘 밤에〉를 합창한 것은 운동권 대학생들과 중국집 배달원들 간의 이해와 연대의 가능성을 상징적으로 보여준다.

5. 마치며

지금까지 짜장면 배달부 강대오와 여대생 서예린의 관계를 중심으로

〈강철대오〉의 의미를 분석하였다. 〈강철대오〉에서는 한국과 미국 정부뿐 아니라 민중을 위한다는 명분을 갖고 있으면서도 정작 민중을 이해하지 못하는 운동권 학생들까지 모두 풍자의 대상이다. 하지만 영화는 전경이나 학생들의 이율배반을 폭로하고 비판하는 데에 머물지 않고, 강대오와 짜장면을 매개로 하는 다양한 언어유희를 통해 불가능해 보였던 계층 간의 소통과 화해 가능성을 함께 보여주었다. 〈강철대오〉는 1985년 미문화 원 점거농성을 작품 속으로 소환하여 잊혀져 가고 있던 80년대의 사회상을 복원하는 데에 일정하게 성공하였다. 운동권 여학생을 짝사랑한 짜장면 배달원의 이야기를 통해 1980년대의 공안정국과 당시 학생들의 반미감정을 그린 것은, 익숙하지만 빠르게 잊혀가고 있는, 하지만 기억해야 할 눈앞의 과거이다.

사실 〈강철대오〉는 '미문화원 점거농성'이라는 역사적 사실을 작품의 중심에 놓았음에도 불구하고, 작품 속 여러 설정은 당시의 시대상과 맞지 않았다. 영화의 도입부에서 오토바이를 타고 전경과 시위대 사이를 유유히 빠져나온 강대오가 대학 잔디밭에 앉아 있는 학생들을 향하여 '짜장면 시키신 분!'[83]을 외치는 장면이나, 황비홍이 중국집 전화번호 스티커 위에 피자집 스티커를 덧씌우는 파렴치한 피자 배달부들을 혼내주려고 철가방 연합회를 결성하는 장면 등은 1990년대의 풍경으로 보아야 할 것이다.[84] 이 밖에도 '강철대오'라는 영화의 제목 자체가 1987년에 출범한 전대협의

---

83) 영화 속 강대오의 대사인 '짜장면 시킨 분!'은 1997년에 한 이동통신사에서 제작한 CF 때문에 유명해진 말이다.
84) 한국에서 배달 전문 피자집들이 경쟁적으로 생겼던 시기는 IMF 구제금융의 여파로 자영업자들이 비약적으로 늘어난 1990년대 말의 풍경이다.

주요 구호였고, 쉐인 교수가 2000년에 출간된 체 게바라 평전을 꺼내드는 장면이나, 미문화원 점거농성장에서 강대오가 1986년에 나온 김완선의 〈오늘 밤〉을 부르는 장면 등은 모두 디테일한 측면에서 시대적 사실과 맞지 않았다.

하지만 조금만 다른 각도에서 생각해 보면 시간적 선후는 맞지 않았지만 각각의 장면들은 모두 작품에서 일정하게 자기 역할을 다했다고 볼 수 있다. 보다 대중적으로 성공했던 '전대협'의 이미지를 '전학련'에 투사한 것은 80년대에 대한 대중의 기억을 소환하는 데에 좀 더 효과적으로 기여했을 것이다. 체 게바라의 '불가능한 꿈' 역시 민주화에 대한 80년대의 열망과 강대오의 소망을 오버랩 시키는 데에 효과적이었을 것이다. 피자와 짜장면의 대조나 김완선의 노래 등도 비슷한 기능을 담당하는 것으로 해석할 수 있다. 따라서 시대적 사실에 대한 엄밀성이 다소 부족한 것은 분명하지만, 그러한 소구들이 작품의 주제를 심각하게 헤치는 것은 아니라고 볼 수 있는 것이다.

작품의 핵심은 서예린과의 사랑을 이루기 위한 강대오의 '혁명'에 있다. 사실성이 떨어지는 코믹한 방식에 의존하기는 했으나, 1980년대의 현실 속에서 중국집 배달원과 여대생의 연애는 정말로 불가능한 꿈이었을 것이다. 하지만 영화는 강대오의 불가능해 보이는 꿈을 공안정국 아래에서 민주화를 열망하는 시대적 요구와 병치시킴으로써 작품의 진정성을 높이는 데에 일정하게 성공하였다. 강대오의 사랑이 지나치게 일방적인 희생 속에서만 이루어진 것은 못내 아쉽다. 하지만 짜장면이 '한식' 메뉴에는 절대 들어가지 않지만 대다수 한국인이 너무도 좋아하는 한국의 대표 음식이듯이, 서예린에 대한 강대오의 사랑 역시 결코 일반화될 수 없지만 그럼에도 불구하고 볼수록 매력적일 수밖에 없는 짜장면 같은 이야기가 아닐 수 없다.

※ 참고문헌

〈영상 자료〉
육상효(감독), 〈강철대오: 구국의 철가방〉, 스페이스M, 2012.

〈단행본〉
박하 글, 김재연·허영만 그림, 『짜장면』 1~11권, 학산문화사, 1999.~2001.
안도현, 『짜장면』, 열림원, 2000.
안도현 글, 최규석·변기현 그림, 『만화 짜장면』, 행복한만화가게, 2003.
양세욱, 『짜장면뎐』, 프로네시스, 2011.
크리스토프 나이트하르트, 『누들』, 박계수 옮김, 시공사, 2007.

〈논문〉
김기국, 「〈만화 짜장면〉과 상상력의 스토리텔링 ―동화『짜장면』과의 비교
   및 만화의 표현 기법을 중심으로」, 『기호학 연구』 29집, 한국기호학회,
   2011, 67~94쪽.
김만태, 「짜장면의 토착화 요인과 문화적 의미」, 『한국민속학』 50호, 한국민
   속학회, 2009. 11, 159~207쪽.
연규동, 「'짜장면'을 위한 변명―외래어 표기법을 다시 읽는다」, 『한국어학』
   30호, 한국어학회, 2006, 181~205쪽.

1. 들어가며

한국 만화사에서 음식을 소재로 한 작품이 대중적 성공을 거둔 것은
『식객』86)이 거의 유일한 것 같다. 일본의 경우『신의 물방울』,『미스터
초밥왕』,『요리 삼대째』,『맛의 달인』,『심야식당』 등 수많은 음식 만화들이
대중적으로 성공하였다. 하지만 한국에서 음식을 소재로 한 만화는 매우
드물고, 그마저도 대중적 성공을 거둔 작품은 더욱 찾기 어렵다.

이 글은 이러한 인식을 바탕으로 허영만『식객』의 음식문화담론을 분석
하려고 한다. 이 글에서 '담론'은 독자에게 효과적으로 '이야기'를 전달하
려는 작가의 의식적, 무의적 서사 전략 일체를 의미한다. 이는 시모어
채트먼이『영화와 소설의 서사구조』에서 이야기 층위와 담론(담화) 층위
를 구분한 것과 유사하다. 또한 이 글에서 '담론'은 텍스트를 생산, 분배,
소비하는 담론적 실천의 사회적 성격을 중요시한 반 다이크의 담론 개념

---

85) 이 장은 2015년 2월 대중서사학회 콜로키움에서 발표한 글을 수정 보완하였음.

86)『식객』은 2002년 9월 2일부터 2008년 12월 17일까지 동아일보에 116편의 에피소드로
연재되었다. 이후 잠시의 휴지기를 갖고 다시 쿡(Qook) 인터넷존에서 19편의 에피소
드를 추가로 연재하였다. 단행본『식객』은 2003년 1편이 김영사에서 출간된 이후 2010
년까지 총 27편이 나왔다. 이후에 허영만은『식객, 팔도를 간다』는 8권의 재편집 요약
판을 다시 출간하였고, 2014년 6월에 3권으로 된『식객Ⅱ』를 새로 출간하였다. 이
글에서는 27권으로 된『식객』만을 분석 대상으로 한정하겠다.

도 동시에 갖고 있다. 즉 『식객』에 나타난 '음식문화담론'을 분석한다는 것은 작품 『식객』에 대한 텍스트의 담화적 측면을 분석하는 작업인 동시에 『식객』이 전달하려는 한국의 음식문화에 대한 담론 자체를 분석하는 것이다.

이를 위해 먼저 『식객』이 연재된 2000년대 초반 한국 사회에서 『식객』 연재가 갖는 의미를 밝히려 한다. 작품과 시대와의 관계에 대한 이해를 바탕으로 이 글은 『식객』의 구성적 특징과 주제적 특징을 분석할 것이다. 시대적 배경과의 상호관계 속에서 작품의 주제와 구성을 분석함으로써 『식객』에 담겨 있는 음식문화담론을 종합적으로 밝히려는 것이다.

2. 음식문화 스토리텔링

한국의 외식산업은 1990년대에 들어 국민소득의 증대와 함께 폭발적으로 성장하였다. 그리고 90년대 후반 구제금융의 여파로 외식업체의 수는 더욱 빠르게 늘어났다. 『식객』 연재가 시작된 2002년은 이처럼 양적으로 팽창하던 외식산업이 질적인 성장을 도모하던 시기였다. 대중들은 너무 많은 음식점에 질려 옥석 가리기를 원했고, 대중매체는 이에 호응하여 다양한 맛집 탐방 프로그램들을 우후죽순으로 내놓았다.

맛집 프로그램을 가장 경쟁적으로 내어놓은 미디어는 TV였고, 그 중에서도 여러 채널을 갖고 있던 KBS가 중심이 되었다. KBS는 〈6시 내고향〉, 〈VJ 특공대〉, 〈세상의 아침〉, 〈무한지대 큐〉, 〈행복한 밥상〉 등을 통해 다른 방송국보다 앞서 맛집 소개 프로그램을 내어놓았다. MBC 역시 〈생방송 화제집중〉을 필두로 〈찾아라! 맛있는 TV〉, 〈요리보고 세계보고〉, 〈공감! 특별한 세상〉 등의 맛집 탐방 프로그램을 선보였고, SBS도 〈출발! 모닝와이드〉, 〈리얼코리아 그 곳에 가면〉, 〈잘먹고 잘사는 법〉, 〈웰빙! 맛사냥〉 등의 프로그램을 편성하였다. 물론 이러한 프로그램들이 서로 엄밀한 영향관계를 갖고 편성된 것은 아니다. 하지만 〈6시 내고향〉(1991년 첫 방송), 〈출발! 모닝와이드〉(1995년 첫 방송), 〈생방송 화제집중〉(1998년 첫 방송) 정도를 제외하면 나머지 프로그램은 모두 2000년대 초반에 편성되었다는 사실을 생각해보면 2000년 이후 지상파 방송 3사가 경쟁적으로 맛집 탐방 프로그램을 편성했다는 것은 의심의 여지가 없다. 이들 맛집 프로그램의 인기는 현재까지도 전혀 식지 않고 계속되고 있다. 더욱 다양한 프로그램들이 생겨났으며, 이제는 저녁 시간에 TV를 켜면 거의 모든 방송사에서 비슷한 컨셉트의 맛집 프로그램이 방영된다.

2000년대 초반에는 신문 매체에서도 〈맛집 클릭〉(동아일보), 〈호텔주방장 추천 맛집〉(국민일보) 등의 맛집 소개 기사들을 내어놓았다. 하지만 신문과 TV의 맛집 소개 프로그램은 애초부터 경쟁 상대가 아니었다. 어디에 가면 무엇이 맛있다는 식의 짧은 칼럼으로 TV의 총천연색 동영상을 따라잡는 것은 불가능하기 때문이다. 나름의 품격을 자랑하던 종합일간지 〈동아일보〉에서 허영만의 『식객』을 일일 연재만화로 선택한 것은 이러한 시대적 요구와 매체 특징을 배경으로 하고 있다. 맛있는 음식에 대한 대중의 높아진 기호를 충족시키면서도 TV와 차별되는 콘텐츠를 제작해야 하는 신문사의 고민 속에서 허영만의 『식객』이 탄생한 것이다.

TV의 맛집 소개 프로그램에 대한 대중의 인기가 『식객』의 연재를 추동하였지만, 『식객』은 복고적인 한국의 맛을 부각시키는 만화적 스토리텔링을 통해 기존의 TV 프로그램과는 차별된 음식문화담론을 펼쳤다. TV 프로그램이 특정 식당의 특정 요리를 중심으로 그 음식의 '맛' 자체가 얼마나 화려한가에 집중하였다면, 『식객』은 그 '맛'이 왜 한국인의 미각을 사로잡았는지, 우리는 왜 그 맛을 기억해야 하는지 등의 음식문화를 설명하는 데에 집중하였다. 『식객』의 이러한 특징은 작품 전체의 서두인 1화 〈어머니의 쌀〉만 보더라도 잘 알 수 있다. 만화는 쌀 수입을 반대하는 국토대장정단의 모습에서 시작한다. 맛있는 밥은 반드시 우리 땅에서 나는 쌀로 지어야 한다는 신토불이의 메시지를 선언적으로 보여준 것이다. 이어지는 제임스 일병의 어머니 찾기[87]는 두 가지의 강력한 메시지를 전달하고 있다. '맛'은 가장 마지막까지 남는 원초적 기억이며, '올게쌀'은 한국에만 있는/있었던 '한국의 맛'이라는 메시지이다. 그리고 이 두 메시지는 총 135화 작품 전체를 관통하면서 『식객』의 일관된 주제 의식을 이룬다.

『식객』에서도 맛집 소개는 자주 나온다. 하지만 『식객』의 맛집 소개는 특정 '요리'의 조리법을 소개하는 과정에서 부수적으로 나온다. 재료와 조리법에 대한 상세한 소개는 마치 한 편의 레시피를 보는 것 같다. 이런 점에서 볼 때 『식객』은 80년대에 인기를 끌었던 조리법 프로그램의 맥을

---

87) 한국에 대한 제임스의 유일한 기억은 어린 시절 어머니를 기다리면서 먹었던 '쌀맛'이다. 전국을 돌아다니면서 생쌀을 집어먹으며 고개를 흔드는 제임스의 부모 찾기는 도무지 성공할 확률이 없어 보인다. 지역별로 쌀맛이 다를 수는 있겠지만 부모를 찾아줄 만큼 변별력 있는 쌀맛이 있을 리 없기 때문이다. 하지만 비현실적인 음식 천재 성찬의 도움으로 제임스가 먹었던 쌀은 '올게쌀'이었음이 밝혀지고, 제임스의 부모 찾기는 성공한다.

잇고 있다.[88] 하지만 조리법 소개가 『식객』의 특징인 것은 사실이지만, 이것이 작품의 주제는 아니다. 작품의 주제는 어디까지나 한국에만 있는 (있었던) 한국의 음식 문화를 발굴하고 소개하는 것이다. 이러한 전략으로 『식객』은 당시에 유행하던 TV 맛집 프로그램과의 차별화에 성공하여 무려 7년 가까운 기간 동안 〈동아일보〉에 연재된다. 연재 중에 영화와 드라마 등으로도 제작된 『식객』은 만화산업의 불황에도 불구하고 독보적 위상을 구축했다.

음식을 '한국의 맛'이라는 문화적 관점에서 이해하는 것은 음식문화를 우리 민족의 삶과 문화가 내재된 것으로 정치, 경제, 사회적 상호 작용성을 갖는 역사적 유산으로 보는 것이다.[89] 『식객』은 '맛'을 문화적 차원으로 확장시킴으로써 기존의 프로그램을 뛰어넘는 새로운 기획으로 나아간 것이다. 『식객』의 이러한 기획은 이후 TV의 음식 관련 프로그램 편성에도 일정한 영향을 미친다. 2011년부터 KBS에서 방영 중인 〈한국인의 밥상〉이 그 좋은 예이다. 원로 탤런트 최불암을 내세워 특정 지역의 독특한 음식을 소개하거나, 특정 식재료의 고유한 특성을 다차원적으로 분석하여 한국적 정서를 부각시킨 〈한국인의 밥상〉은 음식을 한국의 맛이라는 문화적 관점에서 보고는 있다는 점에서 『식객』과 유사하다. 2001년 MBC

---

88) 조리법 프로그램은 가장 전통적인 음식 프로그램이다. 컬러 TV가 보급되고 아침 방송이 재개된 1981년 MBC에서는 〈오늘의 요리〉를 편성했는데, 향상된 식생활에 대한 대중의 기호와 맞물려 높은 시청률을 기록하였다. 탤런트 김영란과 요리연구가 이종임이 함께 진행한 이 프로그램은 대중적 지명도가 높은 연예인과 전문 요리연구가의 출연이라는 요리 프로그램의 정석을 보여주었다.

89) 신봉규, 「한식에 대한 인식이 이미지, 태도, 충성도 및 세계화 추구성향에 미치는 영향에 관한 연구」, 경희대학교 호텔관광학과 박사논문, 2011. 2., 2쪽.

의 〈찾아라! 맛있는 TV〉를 본격적 맛집 탐방 프로그램의 시초로 본 박신자는 '최근 두드러진 음식문화에 대한 특징을 꼽자면 개인의 사연과 옛 시대를 되짚어 보는 추억까지 담아내고 있다는 것'[90]이라고 하면서 그 대표작으로 〈한국인의 밥상〉을 소개하였다. 박신자의 이러한 지적은 〈찾아라! 맛있는 TV〉(2001)에서 〈한국인의 밥상〉(2011)으로 이어지는 음식 프로그램의 전개 방향을 정확하게 포착한 것인데, 이 두 프로그램의 간극을 메워주는 대중서사가 바로 『식객』(2002~2010)이었던 것이다.

3. 경전(經典)을 닮은 느슨한 퍼즐조각

『식객』의 주인공은 성찬과 김진수이다. 트럭을 타고 전국을 돌면서 식재료 납품을 하는 성찬과 음식 칼럼니스트 김진수의 러브라인이 작품의 기본 서사를 이룬다. 하지만 작가가 이미 고백했듯이 성찬은 현실적으로 존재할 수 있는 인물이 아니다. 성찬은 전국을 돌면서 최고의 식자재를 생산자로부터 직접 구하여 다시 전국의 식당에 납품한다. 그런데 성찬의 식자재는 특정 요리의 식사재가 아니다. 야채와 생선, 육류까지 포함하여 한국에서 생산되는 대부분의 식사재를 모두 취급한다. 이러한 일은 한 명의 개인이 할 수 없다. 전국적 조직망을 갖춘 큰 규모의 식자재 납품 회사를 운영하지 않고서는 불가능하다. 게다가 성찬은 그러한 식자재를

---

90) 박신자, 「TV음식프로그램의 포맷과 서사성의 의미구조」, 성균관대학교 커뮤니케이션학과 석사논문, 2012. 12., 3쪽.

길거리에서 일반인들에게도 판매하고, 중간 중간 여러 음식 명인들과 요리 대결도 벌인다.

대한민국 최고의 식당으로 표상되는 가상의 '운암정'에서 대령숙수 자리를 놓고 경쟁했던 이력까지 갖고 있는 성찬은 대한민국 최고의 요리사이자, 가장 유능한 식자재 공급상이고, 한국의 음식문화에 대해 최고의 조예를 갖춘 재야학자이다. 성찬이라는 인물의 이러한 비현실성은 『식객』의 서사적 핍진성을 떨어뜨리는 중요한 요인이다. 하지만 그 때문에 『식객』은 한국의 음식문화에 대해 종횡무진으로 자유로운 이야기를 펼칠 수 있었다. 요리사이자 식자재 공급상이며 음식학자인 성찬은 한국의 음식문화와 관련된 모든 이야기에 등장할 수 있기 때문이다.

8년 동안 연재된 『식객』은 총 135화로 구성되어 있다. 연재 중에 이미 단행본으로 출간되고 있었던 이 책은 각 권마다 다섯 화씩 묶여 있고, 서로 다른 부제를 달고 있다. 1권은 '맛의 시작'이라는 부제를 달았고, 2권은 '진수성찬을 차려라', 3권은 '소고기 전쟁', 4권은 '잊을 수 없는 맛' 등이다. 그런데 여기에서 각 화(話)별 배치나 권별 구성이 특별한 서사적 원칙을 갖고 있는 것은 아니다. 1권의 부제 '맛의 시작'은 책 전체의 서권으로서 적절해 보이지만 마지막 27권의 부제 '팔도 냉면 여행기'는 『식객』의 대장정을 마무리하기에는 다소 부적절하다. 3권 '소고기 전쟁'에 실린 〈아롱사태 편〉, 〈숯불구이 편〉, 〈대분할 정형 편〉, 〈소매 상품 만들기 편〉, 〈비육우 편〉은 소고기와 관련된 이야기들이다. 하지만 5권 '술의 나라'에 실린 〈반딧불이〉, 〈매생이의 계절〉, 〈식사의 고통〉, 〈탁주〉, 〈청주의 마음〉은 '술'이라는 단일한 주제로 묶을 수 없다. '술' 이야기는

8권의 〈과화주〉에 한 번 더 실렸다가, 20권 '국민주 탄생'에서 〈어머니의 동동주〉, 〈설락주〉, 〈소주의 눈물〉, 〈국민주〉, 〈할아버지의 금고〉 등의 이야기로 다시 묶여 나온다. '술' 이야기가 5권, 8권, 20권에 나뉘어 실린 서사적 근거는 찾을 수가 없다.

이처럼 135가지 에피소드가 특별한 원칙 없이 뒤섞여 있는 것은 애초부터 이 작품이 특정한 플롯을 갖고 있지 않았기 때문이다. 작가는 사신의 인맥과 작업실 인력을 총동원하여 최대한 많은 자료를 수집하고, 한 회분의 이야기가 구성되는 대로 연재를 했던 것 같다. 몇몇 부분에서 서로 이어지는 일정한 전략들이 발견되기도 하지만 일반적이지는 않다. 좀 더 심하게 이야기하자면 『식객』은 1권과 25권 정도를 제외하고는 책의 순서를 어떻게 배치하든 큰 문제가 되지 않는다. 1권은 '어머니의 쌀'과 '밥상의 주인' 등의 에피소드를 통해 작품 전체의 주제 의식을 드러내기 위해 서두에 배치되었고, 25권은 오랜 연재를 마무리하고 작품을 끝낼 때가 되었기 때문에 성찬과 김진수의 결혼식을 배치한 것이다.

허영만은 2002년 9월 2일부터 2008년 12월 17일까지 동아일보에 116편의 『식객』 에피소드를 연재하였고, 이후 잠시의 휴지기를 갖고 다시 쿡(Qook) 인터넷존에서 19편의 에피소드를 추가로 연재하였다. 몇 가지 정황으로 미루어 볼 때 허영만은 좀 더 집필하고 싶었으나 신문사의 사정으로 연재가 중단된 것 같다. 『식객』 24권에 있는 '마지막 연재'라는 제목의 취재일기를 보면 이러한 사정이 잘 나타나 있다.

　　신문사로부터 116화 〈학꽁치〉편을 끝으로 『식객』 연재 중단을 통보받은 터라 고민이 이만저만 아니었다. 당장 새로운 연재 공간을 찾기 위해 사방으로 수소문하였지만 (중략) 그렇게 긴 겨울이 지나고 『식객』 23권이 나올 즈음 결단을 내렸다. 지금까지 다섯 편의 에피소드를 묶은 단행본의 선례를 깨고 〈학꽁치〉편을 추가하여 여섯 편으로 단행본을 발간한 후 『식객』 연재를 조금 더 고민하기로 하였다. 한편으론 〈학꽁치〉 편이 마지막 이야기로 남는 상황까지 고려한 조치였다. (24:70)[91]

인용문에 따르면 『식객』의 연재 중단은 신문사의 사정에 의해 일방적으로 통보되었으며, 작가는 연재를 계속하기 위해 다른 매체를 찾게 된다. 그리고 새로운 연재지를 찾기가 어려워지자 〈학꽁치〉를 『식객』의 마지막 이야기로 남기려는 전략도 세운다. 이는 『식객』이 116화로 끝맺어도 괜찮겠다는 작가 의식의 표현이다. 이처럼 『식객』은 신문사의 후원으로 한 편씩의 에피소드를 계속 생산했을 뿐, 작품 전체의 기승전결 이야기 구조는 그다지 명확하지 않았던 것이다.

일반적으로 이야기 구성의 세 가지 요소로 인물, 사건, 배경을 꼽는다. 소설적 구성을 갖는 모든 이야기는 이 세 가지 요소의 결합 관계를 중심으로 그 플롯을 분석할 수 있다. 『식객』 역시 서사물이기 때문에 이러한 요소들이 분명하게 들어있다. 『식객』에는 성찬과 김진수를 중심으로 다양한 사람들이 다양한 시공간에서 만나 여러 가지 사건을 만들어 낸다. 그런데 『식객』의 각 에피소드에서 가장 주요한 사건은 특정한 '음식'과 '식재료'이다. 이처럼 『식객』의 구성 요소를 단순화 시키면 각 에피소드는 아래와 같은 한

---

91) 괄호 안의 숫자는 『식객』 출판본의 권수와 쪽수임.

문장으로 요약될 수 있다.

<1화> **어머니의 쌀** : 제임스가 성찬의 도움으로 올게쌀을 발견하고 어머니를 찾다.

<2화> **고추장 굴비** : 옆집 할머니가 성찬의 도움으로 고추장 굴비를 만들어 마음의 문을 열다.

<3화> **가을 전어 맛은 깨가 서 말** : 자살을 결심했던 사내가 성찬의 도움으로 가을 전어 맛을 보고는 다시 살기로 하다.

<4화> **36 · 2 · 0 · 60** : 학사곰탕 사장이 성찬의 도움으로 하동관 곰탕맛의 비밀을 깨닫다.

<5화> **밥상의 주인** : 성찬의 도움으로 김진수와 주변인들이 한국 밥상의 핵심이 '밥맛'에 있음을 알게 되다.

<6화> **부대찌개** : 성찬의 도움으로 김진수와 주변인들이 부대찌개가 한국을 대표하는 음식 중 하나임을 알게 되다.

<7화> **Thanks Pa** : 충청도 출신 며느리가 평안도 출신 시아버지를 위해 평안도식 김치를 담그다.

<8화> **대령숙수** : 성찬이 운암정의 오봉주와 생태탕 대결을 했으나 승부가 나지 않다.

<9화> **아버지와 아들** : 사철탕집의 아버지와 아들이 성찬의 도움으로 서로를 조금씩 이해해 나가다.

<10화> **고구마** : 성찬의 도움으로 어린 시절 어머니의 사랑을 환기시키는 고무마를 먹은 사형수가 마음의 문을 열다.

총 135개의 『식객』 에피소드는 모두 이런 식으로 요약할 수 있다. 위에 열거한 10개의 요약문에서도 알 수 있듯이 모든 에피소드는 일정한 구조를 갖고 있다. 모든 인물은 주인공 성찬을 매개로 등장하며, 모든 사건은 특정한 음식/음식문화를 중심으로 서술된다. 이를 일반화하면 다시 아래와 같은 도식을 이끌어낼 수 있다.

> 성찬의 도움으로 (   )가 한국인의 입맛과 정서를 잘 드러내는 음식/음식문화임을 알게 된다.

여기에서 특정한 음식이 한국인의 입맛과 정서를 잘 드러내는 음식/음식 문화임을 알게되는 주체는 1차적으로 성찬 주변의 작중인물이지만, 사실 인식의 주체는 일반 독자이다. 〈한국인의 밥상〉에서 탤런트 최불암이 나레이터와 등장인물의 역할을 모두 하는 것처럼 『식객』에서 성찬은 나레이터와 작중인물의 역할을 동시에 수행하면서 독자들에게 한국의 음식문화 담론을 전달하고 있는 것이다.

모든 에피소드가 동일한 구조를 갖기 때문에 『식객』은 부분적인 독서만으로도 전체를 파악할 수 있는 특이한 작품이 된다. 경전(經典)을 완독(玩讀)하지 않고도 자신이 믿고 있는 종교의 요체를 잘 알고 있다고 믿는 종교인처럼 『식객』의 독자는 8년이라는 긴 연재 기간 동안 시간 날 때 틈틈이 읽어본 내용만으로도 『식객』의 주제를 충분히 이해했다고 생각하게 된다. 이러한 구성이 대중적으로 성공할 수 있는 가장 중요한 요건은 핵심담론의 진실성이다. 경전을 읽는 종교인이 그렇듯이 『식객』의 독자 역시 각 에피소드의 주제에 전적으로 동감할 때에만 독서에 몰입할 수 있다. 그리고 동일한 이유로 독자는 『식객』의 전체 이야기를 완독하는 데에 별다른 의미를 부여하지 않는다. 바로 이러한 구성 때문에 『식객』은 성공한 대중서사로 자리매김할 수 있었다.

하지만 『식객』의 서사적 구성은 여전히 미흡하다. 이는 일반적인 경전의 서사적 구성이 미흡한 것과 동일한 이유이다. 모든 에피소드가 특정한 교리로 수렴되는 종교 경전을 해당 종교인이 완독하기 어려운 것은 서사적 긴장감이 부족하기 때문이다. 부분적인 독서를 마친 독자는 경전의 가르침이 주는 의미를 자신의 삶 속에서 실현하는 데에는 관심을 갖지만, 경전 자체를 계속 탐독하기는 쉽지 않다. 『식객』의 독자 역시 마찬가지이다. 『식객』을 읽어나가면서 독자는 자신이 좋아하는 요리를 직접 시식하려는 욕망을 느끼게 되는데, 이러한 욕망은 더 이상의 독서 집중을 방해하는 경향이 있다. 좀 더 연재하려는 작가의 욕망을 신문사에서 막은 것 역시 비슷한 이유 때문이었을 것이다. 독자와 신문사는 100회 이상의 에피소드가 연재된 상황에서 더 이상 동일한 주제의 에피소드가 반복되는 것을 원하지 않았던 것 같다. 이후 작가는 작품의 두 주인공 성찬과 김진수를 서둘러 결혼시키고 긴 대단원의 막을 내리게 된다.

비슷한 구성을 보여주는 작품으로 박경리의 『토지』를 들 수 있다. 원고지 3만 장에 달하는 방대한 분량의 『토지』는 서희와 길상이라는 중심 인물이 존재하지만, 작품의 수많은 에피소드는 이들을 무시한 채 저마다 서로 다른 이야기들을 만들어 내면서 복잡한 다하(多河)92)를 이룬다. 25년이라

---

92) '다하(多河)'는 『토지』의 서사적 특징에 대한 김진석의 표현이다. 김진석은 『토지』가

는 오랜 기간 동안 단속적(斷續的)으로 연재되었던 『토지』는 각 에피소드들이 '민족의 수난'이라는 대주제로 묶이고, 일부분만 읽고도 일정하게 완결된 독서체험을 할 수 있다는 점에서 경전식 구성을 취하고 있다. 하지만 『토지』의 각 에피소드는 좀 더 유기적으로 연결되어 있어 작품의 마지막까지 서사적 긴장의 끈을 놓지 않는다.

성공한 대중서사의 새로운 전형을 보여준 『식객』은 이러한 서사적 긴장감을 보여주지 못하였다. 계속하여 인물들이 새로 등장했지만, 사실 그 인물들은 앞에서 등장한 인물들과 구분되지 않았다. 전국을 돌아다니면서 끊임없이 새로운 공간을 서사적 배경으로 삼았지만 모든 공간은 '대한민국'이라는 큰 배경 속에 묻히고 말았다. 인물과 배경은 점차 흐릿해졌고, 그 위에 '사건'을 대체하는 새로운 '음식'만이 채워져 나갔던 것이다. 퍼즐의 각 조각은 화려하고 흥미로웠지만, 모든 조각을 맞추어 도달해야 할 마지막 그림은 그다지 매력적이지 않았던 것이다.

4. 복고적 낭만주의

박신자는 〈한국인의 밥상〉 시리즈를 분석하면서 치유, 향수, 정, 한(恨)이

'커다란 강물'로 은유되는 '대하소설(大河小說)'이 아니라 수많은 지류들이 흩어지고 합치는 과정을 반복하는 '다하소설(多河小說)'이라고 규정하였다. 이에 대한 상세한 내용은 아래 논문을 참고할 것.
　　김진석, 「소내하는 한의 문학 : 『토지』」, 『한·생명·대자대비 - 토지비평집 2』, 솔출판사, 1995.

반복적으로 드러난다고 하였다.[93] 치유, 향수, 정, 한 등은 한국의 음식문화를 깊이 있게 분석한 텍스트라면 대부분 나타날 법한 모티프이다. 『식객』역시 예외가 아니다. 『식객』의 모든 에피소드에는 치유, 향수, 정, 한 등의 모티프가 적당히 버무려져 있다.

치유 모티프는 세상의 모든 음식담론에서 빼놓기 어려운 주제이다. 배가 고파 음식을 섭취하는 것 자체가 일종의 치유 행위이기 때문이다. 밥이 보약이라는 말이 있듯이 음식으로 질병을 치유한다는 생각은 새삼스럽지 않다. 다만 『식객』에서는 직접적 약효를 지닌 음식이 서사화되는 경우는 별로 없다. 39화 〈제호탕〉에서 약효를 지닌 마실거리 '제호탕' 만들기가 나오지만 『식객』 전체에서는 다소 예외적이다. 『식객』에 주로 나타나는 치유 모티프는 육체적 치료가 아니라 정신적 치료이다. 54화 〈가족〉에서도 '임자수탕' 같은 육체적 보신 음식이 나오기는 하지만, 대부분의 에피소드에서 인물들은 고향에 대한 향수, 어머니의 정, 가난의 한(恨) 등이 어우러진 특정한 음식을 통해 정신적 치유를 경험한다. 2화 〈고추장 굴비〉, 10화 〈고구마〉, 81화 〈어리굴젓〉, 133화 〈평양냉면〉 등에서 인물들이 음식을 매개로 오래된 추억에 잠기는 것은 정신적 치유의 좋은 예이다.

이와는 대조적으로 『식객』에는 '맛' 자체에 몰입하여 음식의 기본 기능을 잊게 만드는 서사도 있다. 34화 〈1년에 딱 3일〉, 36화 〈죽음과 맛바꾸는 맛〉 등에서 인물들은 진귀한 맛을 위해 생업을 등한히 하거나 심지어

---

93) 박신자, 「TV음식프로그램의 포맷과 서사성의 의미구조」, 성균관대학교 커뮤니케이션학과 석사논문, 2012. 12., 89~103쪽.

자신과 타인의 목숨을 담보로 삼기도 한다. 『식객』의 이러한 특징은 작가의 개인적 취향 탓도 있겠지만, 사실은 '음식'이 지닌 일반적 속성에 기인한다고 봐야 할 것이다. 둘이 먹다가 하나가 죽어도 모른다는 말이 있듯이 예나 지금이나 맛있고 희귀한 음식을 먹을 때에는 건강이나 타인과의 소통과 같은 음식문화의 일반적 미덕을 잠시 망각할 수도 있기 때문이다. 우리나라는 중국이나 프랑스 같은 외국에 비해 '맛' 자체를 탐닉하는 유미주의(唯味主義)적 음식이 별로 없다. 하지만 '맛' 자체에 대한 탐닉이 우리의 음식문화에서 없었다고는 할 수 없을 것이다.

사라져가는 것들에 대한 아쉬움과 함께 '향수'는 『식객』을 구성하는 주요한 모티프이다. 1화 〈어머니의 쌀〉, 2화 〈고추장 굴비〉, 10화 〈고구마〉 등 『식객』의 전반부는 물론거니와 마지막 27권에 실린 133화 〈평양냉면〉, 134화 〈함흥냉면〉, 135면 〈밀면〉 등은 모두 향수를 중심 모티프로 삼고 있다. 처음부터 끝까지 작품의 거의 모든 에피소드에 향수가 자리잡고 있다고 해도 과언이 아닐 것이다. 이 중에서도 특히 〈평양냉면〉은 요리 대결의 형식 속에서 고향의 맛과 분위기까지 모두 재현함으로써 『식객』에 나타난 향수 모티프의 정석을 보여준다.

133화는 운암정에서 쫓겨난 1세대 요리사들과 새로 들어와 운암정을 이끌고 있는 2세대 요리사들이 평양을 고향으로 둔 재일교포 방한단에게 더 맛있는 평양냉면을 대접하는 요리 대결을 다루고 있다. 이들은 모두 최고의 재료로 최상의 맛을 내기 위해 최선을 다한다. 그리고 운암정의 2대 숙주 오봉주는 방한단에게 이른바 '음식의 기승전결' 방식을 제안한다. 즉 음식평가에서 육수를 먼저 맛보고, 각자의 취향에 맞게 조미료를 추가하고, 면을 먹은 후에 편육을 따로 먹게 하자는 것이다. 이는 간단하게 말아먹었던 '냉면' 한 그릇의 품격을 높이는 방식이다.

하지만 1세대 요리사들을 이끌었던 성찬은 전통을 이해하고 재현하는 방식을 고집한다. 먼저 성찬은 방한단에게 논농사가 어려웠던 평안도의 지리적 특성 때문에 메밀면이 발달하였고, 겨울철에는 해가 일찍 지기 때문에 밤참이 필요했다는 이야기를 통해 평양냉면에 대한 문화인류학적 설명을 시도한다. 간단하게 요리하는 밤참이었기 때문에 집집마다 조금씩 다른 방식이 있었음을 밝힌 성찬은 각자가 기억하고 있는 평양냉면을 주문받는다. 사람들은 고기가 없는 냉면, 사리를 추가한 냉면, 냉면 육수 대신 동치미 국물을 사용한 냉면, 차가운 냉면, 미지근한 냉면, 뜨거운 냉면, 막국수 면을 사용한 냉면, 돼지국수 면을 사용한 냉면, 파와 고춧가루를 뺀 냉면 등 다양한 방식의 냉면을 주문하고 1세대 요리사들은 이들의 요구를 모두 수용한 다양한 냉면을 만든다. 나무틀로 면을 뽑을 때 남은 반죽을 모아 만들어 먹었던 '분떡'까지 제공한 성찬 팀은 방문단원들에게 '막연히 그립던 고향 동네가 다시 살아났'(27:211)다는 찬사를 받고 '죽을 때까지 잊지 못할'(27:211) 감동을 선사한다.

〈평양냉면〉에서 성찬이 보여준 냉면 요리는 작품 전편을 감싸고 있는 작가의 일관된 요리 철학이다. 우리가 무심히 먹는 한 그릇의 냉면 속에도 민족의 역사가 있고, 실향민의 애환이 있고, 사람들 간의 정이 있고, 감동이 있다는 것이다. 대한민국에 존재하는/존재했던 모든 요리 재료와 제조법, 그리고 그에 얽힌 추억들을 모아 이야기를 만들고 이것을 공유함으로써 우리민족의 음식문화를 형상화하고 싶었던 것이다. 세상에는 음식 솜씨가 부족한 어머니도 있고, 먹기 싫었지만 어쩔 수 없이 먹어야 했던 음식도 있다. 예전에는 맛있다고 생각했지만 다시 먹어보니 먹기 어려울 만큼 맛이 없는 음식도 있고 그 반대도 있다. 하지만 『식객』의 세계에는 그런 요리가 없다. 과거의 음식은 모두 맛있다. 과거의 음식은 현대의 물질적 풍요로는 대체할 수 없는 특별한 아우라를 갖고 있으며, 이를 복원하는 것이야말로 품격 있는 '식객'의 신성한 의무이다. 『식객』의 주제가 복고적 낭만주의에 기울 수밖에 없는 이유이다.

※ 참고문헌

〈자료〉
허영만, 『식객』 1∽27권, 김영사, 2003∽2010.

〈논문〉
김진석, 「소내하는 한의 문학 : 『토지』」, 『한 · 생명 · 대자대비 - 토지비평집 2』, 솔출판사, 1995.
신봉규, 「한식에 대한 인식이 이미지, 태도, 충성도 및 세계화 추구성향에 미치는 영향에 관한 연구」, 경희대학교 호텔관광학과 박사논문, 2011. 2.
박신자, 「TV음식프로그램의 포맷과 서사성의 의미구조」, 성균관대학교 커뮤니케이션학과 석사논문, 2012. 12.

5 TTL: Time to Love, Time to Leave[94]

1. 광고와 시는 과연 유사한가?

"앞으로는 광고 카피 한 줄이 예전에 사람들에게 읽혀지던 시 한 수의 힘을 감당할 것입니다. 그러므로 카피 한 줄을 쓰더라도 그것이 사람들에게 어떤 영향을 끼칠까 심사숙고하기 바랍니다."

작고하신 박두진 선생님이 십여 년 전, 문예지의 어떤 글을 통해서 카피라이터들에게 당부했던 말이다. 물론 위의 발언은 광고의 사회적 파급력을 중시하여, 저질 광고의 양산을 걱정했던 일종의 경고로 이해해야 하겠지만, 다른 측면에서는 시와 광고의 유사점에 대한 명징한 지적으로 볼 수도 있다.

그렇다면 시와 광고는 어떤 유사점이 있으며, 과연 그것은 본질적인 유사점인가?

시와 광고의 유사점은 우선 짧은 분량과 창조적 이미지, 반복성에 있다. 광고는 대부분의 시가 그러하듯이 아주 짧은 분량이면서도 매우 도발적이고 창조적인 이미지들을 표현하려 애쓴다. 그리고 계속 반복함으로써 이미지를 강화, 고착시켜, 보는 사람들에게 감정적 동일화를 자아낸다. 많은 광고가 카피에만 의존하지 않고 음악을 함께 사용하는 것은 시의 운율적

---

94) 이 장은 과거의 미발표 원고를 새롭게 수정 보완하였음.

효과와 유사하다. 이 밖에도 광고와 시는 기승전결의 서사적 구속에서 비교적 자유롭고, 각종 상징들을 폭넓게 사용하고 있는 점에서 매우 유사하다. 또 상품 구매라는 한 가지 목표를 위해서 각종 위장95)을 통해 시청자에게 아양을 떤다는 점에서 광고는, 연인에게 사랑을 얻기 위해 일방적으로 구애를 펼치는 연애시와도 유사하다.

하지만 시와 광고는 유사점 못지 않게 차이점도 많다. 우선 전달 매체가 다르다. 문자 매체와 영상 매체의 차이는 두 장르간의 본질적인 차이라 할 만치 많은 상이함을 갖는다. 시는 독자가 음미하면서 천천히 시간을 조절할 수 있지만, 광고는 그럴 수가 없다. 예정된, 짧은 시간동안 일방적으로 방영되고, 뒤이어 완전히 이질적인 다른 광고로 바뀐다. 물론 이러한 광고의 일방성은 인터넷과 연계된 차세대 매체, 'interactive TV96)' 시대에는 상당부분 해소될 것으로 보인다. 이 밖에도 시는 개인적인 정서를 개인적 작업을 통해 드러내지만, 광고는 광고주가 원하는 메시지를 직업적인 카피라이터가 개인적 취향과 상관없이 생산해야 한다는 점에서 시와 매우 큰 차이가 있다. - 이 점에서 대해서는 두 가지의 상반된 평가가 가능하다. 개인적 정서를 예술(시)의 가장 고유한 특질로 보아, 광고를 예술(시)과

---

95) 대부분의 이미지 광고들은 이런 비판을 면하기 힘들다. '사랑의 019'나 '가슴이 따뜻한 사람과 만나고 싶다.' 등의 카피를 생각하면 된다.

96) 인터액티브 방송의 모델을 아직 확정되지 않은 상태이다. 하지만 대표적인 예를 들자면, 누군가가 한 편의 영화를 보고 싶을 때, A등급의 영화를 보자면 3분간의 광고를 보아야 한다. 하지만 이때 광고는 일방적으로 주어지는 것이 아니라 시청자가 원하는 취향/종류 등을 선택해서 보게 된다. 물론 영화 역시 여러 편 중에서 선택적으로 본다. 광고주 입장에서는 정확한 타겟을 설정해서 효과적으로 광고할 수 있어 좋고, 시청자의 입장에서도 유용한 정보와 함께 시간을 절약할 수 있다. (효율성으로 인해 광고료는 비싸지고, 따라서 현재 '주말의 영화'를 보기 위해 시청자가 지불해야 하는 광고 시청의 시간 보다 훨씬 줄어들 수 있다.)

구분하는 근거로 삼는 것이 그 한 가지이다. 하지만 초기의 예술 형태가 집단적인 것이었고, 이후 개인적인 것으로 바뀌었으나, 이제 다시 집단적인 것으로 변하고 있는 하나의 징후로 파악할 수도 있다.

덧붙여 시는 아름답고 긍정적인 세계만을 그리지 않고 미/추를 초월하는 미의식을 구현하지만, 광고는 항상 아름답고 긍정적인 이미지로만 꽉 차 있다는 차이점도 생각해 볼 수 있다.

광고와 시의 유사성에 대한 논의는 가치가 있다고 생각하지만 둘의 관계에 대해 최종판단을 내리는 것은 쉽지 않아 보인다. 따라서 이 글에서는 광고와 시의 유사성에 대한 논의를 이쯤에서 접어두고, 구체적인 광고 텍스트를 선정해, 시를 분석하는 방식으로 그 상징성을 분석해 보고자 한다. 텍스트는 최근 선풍적인 인기를 끌었던 ttl 광고 시리즈 세 편이다. - ttl 시리즈를 관통하는 핵심 모티프는 '물'이다. 따라서 구체적인 텍스트 분석에 앞서 '물'의 상징성에 대해 간략하게 살펴보도록 하겠다.

2. 테크노 아트 시대 '물'의 상징

'바다로 잠수한다는 건 어떤 느낌이야?'
' … 두려움, 불안, 고독, 어둠. 그리고 어쩌면 희망.'
'희망? 캄캄한 바다 속에서?'
'해면으로 떠오를 때에, 지금까지와는 다른 자신이 될 수 있는 게 아닌가, 그런 기분이 들 때가 있어.'
　　　　－『공각기동대』(SF-animation)의 두 주인공 '바토'와 '모토코'의 대화 중에서

'물, 불, 흙, 공기'의 4원소를 합성하여 금을 만들 수 있다고 생각하는 사람은 이제 더 이상 없다. 하지만 연금술의 희망은 사라졌어도 물, 불, 흙, 공기는 인류의 원형적 상징으로 확고한 자리를 다져 왔다. 이 중에서도 물의 상징은 그 어떤 상징보다 광범위하게 이용되어 왔다. 대부분의 고대 신화에서 빠지지 않고 등장하는 대홍수 모티프는 물론이거니와, 승천을 기다리는 용이 머무르는 공간도 예외 없이 물 속이다. 설화 시대가 지나고 개인 창작의 시기에 와서도 물의 상징은 여전히 맹위를 떨친다. 이 글을 준비하면서 나는, 한국의 명시를 200편 정도 뽑아 놓은 시집을 통독해 보았는데, 구체적인 수치는 계산하지 않았지만, '물' 상징은 가장 많이 눈에 띄었다. '상징'이라고까지는 할 수 없는, 단순하게 '물' 이미지를 사용한 것까지 포함시키면 전체 시의 절반이 넘었다. - 유사한 방법으로 나는 TV광고에서 '물'의 상징(또는 이미지)이 얼마나 자주 쓰이는가를 살펴 보았는데, '시' 보다 더 많으면 많았지 결코 적지 않았다. 음료수 광고는 물론이거니와 화장품 광고 역시 거의 100퍼센트가 '물'의 상징을 이용했다.

 '물'의 상징성을 이용한 예는 우리의 언어 생활에서도 쉽게 찾을 수 있다. '빠지다 /씻어내다 /잠기다 /떠오르다' 등의 서술어는 모두 '물에 빠지다 /물로 씻어내다 / 물에 잠기다 / 물에 떠오르다' 등의 의미가 일차적이겠지만, '유혹에 빠지다 / 죄를 씻어내다 / 생각에 잠기다 / 아이디어가 떠오르다' 등의 경우처럼 추상적인 의미를 담당하는 서술어 기능까지 수행하게 되었다. 이러한 변용이 가능한 것은 물의 상징성 덕분이다.

 물의 상징성이 불이나 흙, 공기 등에 비해 훨씬 자주 이용되는 것은 물이 지니는 독특한 성격 때문이다. 물은 공기처럼 전혀 감지할 수 없는 것도 아니면서, 흙이나 불처럼 시각적으로 분명하게 포착되지도 않는다. 물은 용기(用器)에 따라서 얼마든지 그 형태를 바꿀 수 있고, 어떤 대상의 외피에 묻은 이물질을 깨끗하게 씻어내면서도 불과는 달리 대상을 전혀 훼손하지 않는다.

이상에서 설명한 대로 물은 우리의 실생활과 연결되어 다양한 곳에서 상징적으로 활용되고 있다. 일반적으로 '물'이 갖는 상징성은 '생식, 탄생, 죽음, 정화' 등이다. 나는 얼마 전에 일본에서 선풍적인 인기를 끌었던 SF-animation, "신세기 에반게리온"을 보면서 물의 상징성을 한 가지 더 발견했다. 작품 속의 여전사(女戰士) '레이'는 물이 가득한 거대한 시험관에서 수십 명의 또다른 레이로 복제된다. 이때 자궁 속 양수[97]로서의 '물'의 상징은 '복제'이다. 에반게리온에서 보여준 '물'은 5년후 영국에서 탄생한 복제양 돌리를 품었던 자궁 속 양수를 상징적으로 선취한 것이다.

---

97) 물이 양수를 상징한 경우는 유사 이래로 흔히 있어온 상징이었다. 이는 보티첼리의 '비너스의 탄생'을 연상하면 쉽게 이해할 수 있다. 신화에 의하면, 비너스는 거세된 우라노스의 생식기가 바다에 던져질 때 생겨난 포말로부터 태어나, 가리비를 타고 뭍으로 실려왔다. 여기에서 포말은 정액을, 가리비는 자궁을, 그리고 바닷물은 양수를 상징한다. - 이 경우에 양수로서의 '물'은 탄생의 의미이다.

3. ttl – 상징 전략의 승리

휴대폰 가입 인구가 포화되어 더 이상 가입자가 늘지 않을 때에, 20대 초반만을 타겟으로 설정한 ttl 광고는, 불과 한 달만에 20만 명의 추가 가입자를 확보하는 개가를 올렸다. 분석에 앞서 간략하게 세 편의 광고 내용을 살피면 다음과 같다.

〈ttl 1편〉 (32초)
① 물 속 - 물방울, 물방울 소리
② 뚜껑이 없는 뮤직박스를 돌린다.(이때부터 주인공은 계속 허밍을 한다.)
③ 물속에서 눈을 뜬 채 아래를 응시하는 주인공
④ 오므렸던 손을 펴자 막 개구리로 변하고 있는 올챙이가 빠져 도망간다.
⑤ 물속인데도 그녀의 눈에서 물방울 흘러내리고, 이는 '눈물'이라는 착각을 불러일으킨다.
⑥ 손을 수초가 있는 곳으로 내밀자 올챙이 한 마리와 물고기 한 마리가 들어온다.(허밍 멎는다.)
⑦ 화면 갑자기 밝아지다가, 수초가 화면을 가득 메웠다가, 다시 주인공의 얼굴 클로즈업
⑧ 쥐었던 손을 펴서 올챙이와 물고기를 보내 주고, 물 밖으로 나온 주인공은 굴을 먹는다.

⑨ 주인공의 얼굴에 잠시 포커스. 심장 두근거리는 소리(기차 지나가는 소리이기도 하다.)

⑩ (멘트 - TTL / 화면 하단에 '티티엘, 에스케이텔레콤'이란 자막이 스치듯이 잠깐 뜬다.)

〈ttl 2편〉 (22초)

① 주인공은 귀를 살짝 막고 물방울 소리를 듣는다.

② 넓은 방 안에 주인공 혼자 앉아 있다. 오른쪽으로 말라 죽은 나무(관목)가 방 가운데 쪽으로 휘어져 있고, 그 끝자락에 물고기 박제가 있다. 왼쪽에는 텅 빈 수족관이 보인다.

③ 박제를 잠시 응시하다가 수족관 쪽으로 고개를 돌린다.(이때 수족관의 한 쪽 면이 깨어져 큰 구멍이 나 있음이 보인다. 뿐아니라 주인공이 바라보는 정면에도 커다란 유리벽이 가로 놓여 있는데, 여기에도 마찬가지로 깨진 구멍이 보인다,)

④ 박제된 물고기가 클로즈업 되었다가 갑자기 그 물고기가 살아 돌아다닌다.

⑤ 느닷없는 소음과 함께 도마뱀이 자신과 물고기를 노려 보고 있다는 사실을 알아챈다.

⑥ 잠시 도마뱀을 쳐다보던 주인공, 다시 수족관 안을 들여다 본다. 그 속에는 011의 고유 단말기 'sky'휴대폰이 들어 있다.

⑦ (멘트 - 처음 만나는 자유, 스무살의 011 ttl) 멘트에 뒤이어 로고가 나온다.

〈ttl 3편〉 (14초)

① 황량한 풍경, 곳곳에 바싹 마른 앙상한 관목들이 벌어져 있고, 주인공이 구 중 한 관목을 향해 걸어온다.

② 그 관목은 커다란 물 웅덩이의 한 가운데에 있다. 2편의 방 안에 있던 마른 나무와 유사하다.

③ 휴대폰 소리가 들리자 주인공이 자신의 휴대폰을 응시한다.

④ 느닷없이 마른 나무 가지에서 잎들이 새로 돋아나고(감미로운 음악이 나오고), 꽃이 피고, ⑤주인공은 물 웅덩이 속으로 들어간다.

⑥ (멘트 - 일곱 개의 특권)

⑦ 몸의 절반을 물 속에 담근 채, 빨간 사과를 입에 문다. (멘트 - 스무살의 011)

⑧ (멘트 - TTL) TTL로고가 나온다.

이상 세 편에서 나타나는 상징적 이미지들을 각각 정리하면 다음과 같다.

▶ 1편 : 물 → 뮤직박스 → 올챙이 / 물고기 → 굴 / 심장소리
▶ 2편 : 물 → 박제된 물고기 / 말라죽은 관목 → 깨진 수족관 / 깨진 유리벽 → 물고기의 부활 → 도마뱀 → 휴대폰
▶ 3편 : 말라죽은 관목 → 휴대폰 → 물 → 소생 → 사과

위의 도식에서 알 수 있듯이 ttl 광고 3부작은 모두 물을 축으로 하는

여러 상징적 이미지 다발로 이루어져 있다. 각각의 이미지들은 구체적인 상징 의미를 파악하기가 쉽지 않고, 또 의미들이 하나의 일관된 체계를 이루고 있다고 보기도 힘들다. 하지만 굳이 의미를 부여하자면 불가능하지는 않다.

우선 세 편에서 이미지의 축을 이루는 물은 일반적으로 사용되는 '물'의 상징 의미들을 거의 다 구현한다. 여기에서 물은 성적인 상징이며, 정화를 위한 통과제의의 상징이고, 자궁 속 양수의 상징이다. 사실 많은 문화권에서 물고기는 다산성의 상징, 생명을 주는 속성을 가진 물의 상징으로 본다. 물고기는 아주 깊은 곳(깊은 곳은 무의식을 상징하는 것으로 여겨진다)에 있는 생명을 나타내고, 따라서 영감과 창조성을 뜻한다.[98]

한편 뮤직박스의 상징은 꽤나 난해하다. 왜냐하면 인류의 역사 속에서 활용되어 온 보편적인 상징물이 아니기 때문이다. 따라서 뮤직박스는 '개인적 상징'에 해당하며, 그 의미는 텍스트의 전체 흐름과 뮤직박스의 일반적 속성을 연결지어 유추하는 수밖에 없다. 가장 쉽게 생각할 수 있는 것은 뮤직박스가 내는 아름다운 소리이다. 그러나 텍스트에 나오는 뮤직박스는 겉 껍질이 없이 본체의 내부만이 남은 낡은 것이다. '낡았다'는 것에 착안하면 뮤직박스의 상징 의미들이 조금씩 풀린다. 오늘날 태엽으로 소리를 내는 뮤직박스는 거의 생산되지 않는다. 즉 뮤직 박스는 첨단의 전자 시대에 어울리지 않는 물건이다. 그래서 텍스트 속의 뮤직박스는 버려진 것이었고, 주인공은 물 속에서 그것을 발견하고 태엽을 감아본 것이다. 이때 태엽을 감는 행위는 유년 시절에 대한 추억으로 보는 것이

---

98) 데이비드 폰태너, 『상징의 비밀』, 최승자 옮김, 문학동네, 2002., 88쪽.

가장 무난할 듯하다. 그러나 감기어 팽팽해진 태엽, 이후 발생하는 소리 등을 염두에 둔다면, 태엽 감는 것을 섹스 행위에 대한 상징으로 확대 해석할 수도 있다.

올챙이는 개구리가 되기 이전의 단계이므로 '미성숙'을 상징한다고 볼 수 있다. 텍스트에 등장하는 물고기 역시 손 안에 들어오는 치어이므로 같은 해석을 내릴 수 있다. 그러나 '물고기'의 상징 역시 인류사를 통해 다양한 의미로 사용되었다.

인용문에서도 알 수 있듯이 물고기(올챙이)는 어른이 되기 이전인 청소년 기를 상징할 뿐 아니라, 고양된 생명 의식과 창조성 등의 의미로 다양하게 해석할 수 있다.

1편에서 주인공이 물 밖으로 나와 굴을 먹는 장면은 매우 도발적이다. 그녀는 황당하리만치 무표정한 얼굴로 굴을 입에 집어넣는다. 이 부분 역시 참으로 해석하기 어렵다. 하지만 역으로 이 부분은 텍스트 전체의 상징적 의미를 해석하는 데에 결정적인 실마리를 제공한다. 굴은 세계 곳곳에서 아주 오래 전부터 성적 상징으로 사용되었다. 굴은 우선 그 생김새에서 여성의 외음부와 유사하다. [99] 굴의 육질은 언제나 수분을 듬뿍 머금고 있는데 이 것은 조개와 함께 마르지 않는 여성 원리의 상징이 된다. - 이상에서 알 수 있듯이 1편의 끝부분에서 주인공이 느닷없이 굴을 먹는 행위는 섹스를 상징하는 것으로 해석해도 큰 무리가 없을 듯하다.

이상과 같이 개별 이미지들의 상징 의미를 조합하면, 1편은 미성숙한

---

99) 실제로 덴마크 고어에서 '굴(kudefisk)'은 여성의 '외음부(kude)'와 같은 어원이다. 미르 치아 엘리아데의 『이미지와 상징』(이재질 역, 까치사)에서 「조개의 상징에 관한 고찰」 을 참고할 것.

소녀가 성인이 되는 과정을 보여준다고 할 수 있다. 이렇게 볼 때, 전반부의 물과 뮤직박스는 육체적으로 이미 성인이 된 소녀가 겪는 정신적 퇴행 과정을 상징한다. 자신에게 맡겨진 의무가 부담스러울 때에 우리는 누구나 퇴행 욕구를 경험한다. 물속에 잠기는 것은 자궁 속의 양수에서 느꼈던 안락함으로 회귀하려는 욕구이고, 뮤직박스를 조작하는 것은 유희만 있고 책임에서는 자유로웠던 유년기에 대한 회상이다. 올챙이와 물고기를 잡았다 놓았다 반복하는 것은 주인공의 정신적 미성숙과 함께 충만한 성적 에너지를 상징한다. 마침내 물속에서 나와 굴을 먹는 것은 자신이 완전한 성인임을 확인하고 공표하는 행위이다. 이것을 실제적인 섹스 행위로 본다면, 이후에 들리는 기차 소리 같은 강한 심장 박동은 절정(또는 첫경험) 후의 두근거림이다.

결국 ttl 1편 광고의 핵심 서사는 '성인식'이라고 할 수 있다. 2편에서 유리벽과 수족관의 깨진 구멍은 성인식을 치룬 이후의 육체적 정신적 상처를 상징한다. 상처로 인해 그녀의 성적 에너지는 위축되어 말라 버렸다(박제된 물고기와 말라 죽은 관목). 떨어지는 물소리를 들으며 귀를 막고 있는 그녀는 자신이 선택한 성인식에 대한 후회하고 있다. 하지만 귀를 막던 손을 내리자 그녀는 다시 에너지를 회복한다. 깨진 수족관에서 흘러 나와 방 안을 온통 홍건히 적신 물은 재생의 힘을 발휘한다. 박제된 물고기는 다시 살아서 온 방 안을 돌아다닌다. 이때 그녀는 갑자기 자신을 보고 있는 도마뱀의 시선을 의식하게 된다. 도마뱀의 시선은 그녀의 자유를 억압하는 구세대의 가치관을 상징한다. 그녀는 도망치고 싶어진다. 지금까지의 방황이 그녀 내부에서 이루어진 갈등이었다면, 여기에서부터는 외부와의 갈등이다. 그녀가 선택한 방법은, 너무나 인위적이지만 또한 너무나 당연한 귀결로서, '휴대폰'이다. 휴대폰은 폐쇄된 공간에 갇혀 있으면서도 외부와 자유롭게 커뮤니케이션을 할 수 있는 매력적인 매체이다. 구세대의 억압에 맞서 그녀가 싸우는 길은 자신과 비슷한 생각을 가진 집단과 연계하는 것이다. 그 집단은 '스무살의 자유'라 불리는 이른바 N세대이다.

3편은 전편들에서 보인 방황을 끝내고 화려한 자유를 만끽하는 내용이다. 전편들에 비해 훨씬 단순한 상징들로 이루어져 누가 보아도 그 메시지를 파악할 수가 있다. 휴대폰을 이용한 테크노 커뮤니케이션을 통해 그녀는 고양된 에너지로 충만하게 된다. 그녀의 에너지는 죽은 관목을 소생시키고, 꽃을 피운다. 마지막 장면에서 빨간 사과를 입에 무는 것은 그녀가 원죄적 강박관념에서 해방되었음을 상징한다.

지금까지 ttl 광고 시리즈를 '성인식'에 초점을 맞추어 해석해 보았다. 'ttl'은 그 이니셜 자체가 하나의 상징이다. time to love, the twenty's life, total love 등의 해석이 있지만, 그 어느 것도 ttl의 진짜 의미는 아니다. 왜냐하면, ttl은 애초부터 의미가 고정되지 않았기 때문이다. 고정되지 않은 ttl에 나는 또 하나의 의미를 덧붙일까 한다. - time to leave. 왜냐하면 나는 ttl을 성인식으로 보았기 때문이다. 성인이 된다는 것은 기존의 울타리에서 떠나는 것이어야 하므로.

4. epilogy aphorism

ttl은 확실히 효과적으로 상징을 사용했다. 광고는 분명 시가 아니지만, ttl은 웬만한 시편보다 우수하게 상징적이다. ttl이 히트를 하게 된 건, 상징적인 것에 묘한 쾌감을 느끼는 인간의 보편적 심성과 연관이 있다. 그리고 이러한 메카니즘은 확실이 시적이다. - 설령 광고 제작자가 나의 해석을 염두에 두지 않았다고 해도, 나의 해석이 틀렸다거나 무의미하다고 할 수는 없다. 상징은 무의식의 영역과 밀접하게 연관되어 있으므로.

기표의 자율성을 논하는 현대 기호학은 '상징'에 관한 학문이다. 기존의 논리 코드를 거부하는 포스트모던적 사유 역시 상징적이다. 하지만 인간의 사유가 상징적이 아닐 때가 있었는가? 언어는 그 자체가 이미 상징이지 않은가.

광고를 시처럼 해석한다는 것은 무슨 가치가 있는가? - 광고에 대한 우리의 심미안을 높일 수 있다. 광고를 자본주의의 위험한 사생아처럼 취급할 수만은 없다. 그 동안 있어 왔던 대부분의 예술들도 처음에는 일부 특권 계층만을 위한 측면이 강했다. 광고는 분명히 불필요한 소비 욕망과 충동을 불러일으킨다. 하지만 동시에, 잘 만든 광고는 우리의 심미안을 자극하여 한 편의 명시 이상으로 미적 쾌감을 안겨준다.

1. 들어가며

어린 시절 〈몬테크리스토 백작〉을 읽은 사람들은 이 작품의 주제를 복수로 기억한다. 하지만 〈삼총사〉의 작가로도 유명한 알렉상드르 뒤마의 원작 〈몬테크리스토 백작〉의 국내 완역본2)이 5권이나 된다는 사실을 아는 사람들은 많지 않다. 게다가 완역본 『몬테크리스토 백작』을 읽어보면, 작품의 주제를 '복수'가 아니라 '관용'이라 해도 전혀 이상하지 않음을 발견할 수 있다. 곰곰이 생각해 보면 복수와 관용은 정반대의 의미이면서 동시에 친연성 또한 높은 단어이다. 관용과 복수의 복수의 대상이 주체에게 해악을 끼친 상대라는 점에서 특히 더 그러하다.

이상과 같은 문제의식을 바탕으로 이 글은 『몬테크리스토 백작』에 나타난 복수와 관용의 문제를 문화적 차원에서 분석하려고 한다. 이를 통해 프랑스인들의 정서와 문화를 대표한다는 이른바 '톨레랑스'의 문학적, 문화적 기원을 함께 고찰할 것이다. 개별적인 작품 분석을 넘어 프랑스 사회의 복수와 관용의 문화를 살피려는 것이다. 이러한 시각은 최근에 발생한 이슬람 무장 단체 IS의 연이은 테러와 이에 대한 반발로 시작된 프랑스

---

1) 이 장은 본인의 미발표 원고를 새롭게 수정 보완하였다.

2) 알렉상드르 뒤마 (2003), 『몬테크리스토 백작』 1~5권, 오증자 옮김, 민음사.

국가 차원의 시리아 폭격 사태를 이해하는 데에도 일정한 시사점을 줄 것이라 생각한다. 유럽 사회에서 가장 적극적으로 이슬람계 이주민들을 받아들인 프랑스 사회는 최근 IS의 연이은 테러로 인해 큰 충격에 휩싸였고, 사회 곳곳에서 무슬림을 혐오하는 이슬라모포비아 현상이 만연하고 있다. 이 글은 『몬테크리스토 백작』을 비판적으로 재독하면서, IS의 연이은 테러에 대해서 프랑스인들이 어떤 생각을 하는지, 시간이 지나 최근의 상처가 아물고 나면 여전히 톨레랑스의 가치를 지키며 살아갈지, 아니면 새로운 가치관이 들어와 프랑스 특유의 톨레랑스 문화가 바뀔 것인지 등에 대해 일정한 시사점을 얻고자 했다.

사실 프랑스의 톨레랑스 문화는 매우 긴 역사적 연원을 갖고 있다. 종교개혁으로 개신교가 출현하고, 유럽 전역으로 세력을 확대해가는 과정에서 프랑스 사회는 많은 종교적 갈등을 겪었고, 프랑스 대혁명 이후의 사회적 혼란 속에서도 수많은 무고한 사람들이 고통과 죽음을 당하였다. 프랑스 사회의 톨레랑스 문화는 이처럼 수많은 인명이 살상되는 뼈아픈 역사적 경험을 바탕으로 형성되었다. IS 사태와 『몽테크리스토 백작』을 연결하는 것이 다소 뜬금없어 보일 수도 있지만, 이 둘을 비교하는 것은 오늘날 프랑스 사회의 톨레랑스 문화를 더욱 깊게 이해할 수 있는 좋은 방법이 될 것이다. 나아가 이러한 연구는 IS 사태로 고통을 겪고 있는 전 세계의 수많은 사람들에게 새로운 사고의 지평을 열어줄 수도 있을 것이다.

『몬테크리스토 백작』에 나타난 복수와 관용을 문화를 연구하기 위해

이 글에서는 크게 세 가지 층위에서 자료를 수집하고 분석하였다.

자료 수집과 분석의 첫 번째 층위는 프랑스 사회에서 톨레랑스 문화가 자리잡게 된 역사적 과정을 고찰하는 것이다. 역사적으로 볼 때에 프랑스의 톨레랑스 문화는 종교 간 갈등에 대한 해법으로 등장하였고, 이후에는 정치적 견해에 대해 상대의 자유를 인정해 줘야 한다는 사회 정치적 갈등의 해법으로 발전해 나갔다. 이러한 역사적 과정을 이해하고, 개별적인 역사적 사건들에 대한 해법으로 톨레랑스가 등장하는 과정을 이해하는 것은 프랑스의 톨레랑스 문화를 깊이 있게 이해하는 데에 도움이 될 것이다. 그리고 톨레랑스 문화에 대한 심도 있는 이해는 『몬테크리스토 백작』에 대한 이해의 폭을 넓히고 깊이를 심화시키는 데에도 유용할 것이다.

두 번째 층위는 『몬테크리스토 백작』에 나타난 복수와 관용의 양상을 분석하는 것이다. 이 층위에서는 『몬테크리스토 백작』에 대한 구체적인 작품 분석을 진행할 것이다. 이 글에서는 작품에 나타난 복수가 분노의 구체적 표현임에 주목하여, 분노의 양상을 행위에 대한 분노, 타인에 대한 분노, 신념에 의한 분노로 구분하여 각각의 특징과 의미를 살펴보았다. 또 작품에 나타난 관용의 문화를 종교적 관용, 정치적 관용, 인간적 관용이라는 세 차원으로 나누어 분석함으로써 작품의 주제와 프랑스의 톨레랑스 문화의 접합 지점을 규명하고자 하였다.

세 번째 층위는 IS의 성립과 국제사회를 향한 그들의 테러 양상과 전개 과정을 수집하고 분석하는 것이다. 이는 『몬테크리스토 백작』에 나타난 복수와 관용의 문화에 대한 이해를 바탕으로 최근에 발생한 IS의 테러와 이에 대한 프랑스 및 국제 사회의 대응을 정리함으로써, IS와 관련된 국제적 문제의 해결책을 찾으려는 시도이다. 이미 밝혔듯이, 프랑스의 톨레랑스 문화는 더 강한 자가 약한 자를 용서하거나 자비를 베푸는 시혜 의식과 다르다. 프랑스의 톨레랑스 문화는 상대가 결점이 있듯이 자신에게 도 결점이 있을 수 있음을 인정하고, 심각하다고 여겨지는 상대의 결점을 참고 견디어 내는 힘을 제공한다. 따라서, 이러한 논의가 최근의 IS 사태를 해결할 수는 없겠지만, 해결을 위한 국제 사회의 여러 노력에 힘을 실어주는 또 하나의 작은 시도가 될 수 있을 것이다.

이상의 세 가지 층위는 각각 별개로 진행되는 연구가 아니라 '복수'와 '관용'이라는 주제 아래에서 종합적으로 이루어질 것이다.

2. 『몬테크리스토 백작』을 통해 본 프랑스 문화 분석

2.1. 분노와 사적(私的) 복수

2.1.1. 행위에 대한 분노

이 글은 몬테크리스토 백작을 복수의 화신으로 보지 않는다. 물론 작품의 상당 부분에서 에드몽 당테스는 복수의 화신으로 나온다. 전체 5권인 이 책 중에서 2권, 3권, 4권의 대부분은 복수를 위한 당테스의 치밀한 계획이 실현되는 과정을 보여준다. 게다가 그의 복수심은 충분히 납득할 만하다. 그는 14년 동안이나 이프 성의 독방에 갇혀 지냈다. 그가 감옥에서 지내는 동안 홀로 남은 아버지는 굶주림에 시달리며 비참한 최후를 맞았다.

그리고 그의 연인 메르세데스는 자신을 모함했던 친구 페르낭 몬데고의 아내가 되어 있었다. 이러한 상황에서 복수를 다짐하지 않는다면 그가 오히려 이상한 사람일 것이다.

당테스는 서로 연합하여 자신을 모함한 몬데고, 당글라르, 그리고 빌포르에게 복수할 것을 다짐한다. 자신을 그토록 심대한 불행에 빠뜨려 놓고, 그 대가로 자신들은 사회적 명사가 되어 생활하는 그들의 행위는 모든 이들의 공분을 사기에 충분한 것이었다. 당테스는 단순하게 그들을 살해하는 것만으로는 부족하다고 생각하였다. 자신이 당했던 고통은 죽음보다 더한 것이었으므로, 그들 역시 동일한 처벌을 받아야 한다고 생각했기 때문이다.

악한 행위에 대해 분노하고, 그러한 행위를 한 자를 처벌해야 한다는 생각은 동서고금을 막론하고 보편적인 관념이다. '눈에는 눈, 이에는 이'라는 오래된 격언에서도 알 수 있듯이 악한 행위에는 그에 상응하는 처벌이 있어야 공평하다고 생각하였다. 이러한 생각은 동서양의 종교에서도 그대로 관철한다. 불교의 인과응보 사상이나 기독교의 천국 사상 역시 비슷한 관점에서 파악할 수 있다. 현실 세계의 악행이나 선행이 다음 생이나 사후 세계에서 응징, 또는 보상받는다고 생각한 것이다.

이처럼 악한 행위는 반드시 처벌받아야 하고, 이것이 정의라는 관념은 자연스럽게 복수의 문화를 만들어 냈다. 사람들은 타인의 악행 때문에 자신이 부당하게 해를 입었으면, 반드시 복수를 해야 한다고 생각한 것이다. 이러한 관념은 프랑스뿐 아니라 거의 모든 시대, 모든 나라에서 일관되게 발견할 수 있다.

물론 현대 사회에서는 개인의 사적인 복수를 엄격하게 금지하고 있다. 악행에 대한 단죄권을 오직 국가만이 갖는 것이다. 하지만 『몽테크리스토 백작』의 시대적 배경이 된 19세기 초반 프랑스 사회에는 여전히 개인적 차원의 복수가 받아들여졌다.

2015년은 프랑스인들에게 끔찍한 테러의 기억으로 점철된 한 해일 것이다. 연초에는, 자유언론사 〈샤를르 엡도〉의 편집위원 10명과 2명의 경찰이 IS의 테러에 의해 숨졌고, 연말이 되자 파리 시내에서의 무차별 테러로 130명의 사망자와 수백 명의 부상자가 발생하였기 때문이다.

프랑스인들의 입장에서 IS의 테러는 잔혹하고 비윤리적인 행위이다. 테러범들과 그 배후에게 복수하는 것은 정의를 실현하기 위해 불가피한 선택이라고 생각했을 것이다. 사건 직후 프랑스는 테러와의 전쟁을 선포하고, IS의 주요 시설에 대한 대규모 폭격을 시작하였다. 하지만 프랑스의 이러한 대응은, 폭격으로 피해를 입은 이슬람 사람들이 다시 프랑스에 보복을 결심할 수 있는 악순환의 위험이 있다.

2.1.2. 타인에 대한 분노

행위에 대한 분노와 타인에 대한 분노는 얼핏 구분되지 않을 때가 많다. 하지만 사람들은 다른 사람의 '행위'를 탓하기보다 그러한 행위를 한 당사자를 탓하는 것이 더 쉽고 분명하다는 사실을 알고 있다. "죄는 미워하되 사람은 미워하지 마라."는 격언을 알고는 있지만, 현실에서 그러한 생각을 갖는 것은 쉽지 않기 때문이다.

타인에 대한 분노는, 악행을 반성하지 않는 사람을 보았을 때에 특히 격렬하게 일어난다. 자신의 나쁜 짓을 인정하지 않거나, 반성하지 않는 것은 그의 '나쁜 행위' 이상으로 나쁜 일이기 때문에 그는 더욱 심각하게 처벌을 받아야 한다고 생각하는 것이다. 오늘날의 법원에서 '반성하는 기미가 보이지 않는 범죄인'에 대해서는 좀 더 높은 형량을 판결하는 경우가 많다.

『몬테크리스토 백작』에서도 타인에 대한 분노는 지속적으로 나타난다. 특히 자신을 모함한 세 명에 대한 당테스의 분노는 세상 그 무엇보다 강렬하다. 이들에 대한 적개심이 너무나 컸던 당테스는 그들의 2세에게까지 적개심을 드러낸다. 몬데고의 아들 알베르가 아버지의 명예를 회복하기 위해 결투를 신청하자, 당테스는 스스럼없이 결투를 받아들인다. 알베르의 어머니이자 당테스의 옛 연인이었던 메르세데스가 눈물의 애원을 하지만 몬데고에 대한 분노로 가득찬 당테스의 마음은 바뀌지 않는다.

> 메르세데스, 나는 복수를 해야 합니다. 난 십사 년이나 되는 세월 동안 고통받았고, 십사 년 동안 울면서 저주했으니까요. 메르세데스, 분명히 말해 두지만 나는 무슨 일이 있어도 복수해야만 합니다.(4:434)[3]

메르세데스는 여러 가지 말로 당테스의 마음을 돌리려 하지만 성서까지 인용하면서 당테스는 자신의 신념을 꺾지 않는다. 결투는 당시 프랑스 사회의 독특한 복수 문화를 보여준다. 여러 사람이 보는 앞에서 장갑을 벗어던지면서 결투를 신청하는 것은 자신이나 자신의 가족을 모욕한 상대에

---

3) 알렉상드르 뒤마, 『몬테크리스토 백작』, 오증자 옮김, 민음사, 2003. (괄호 안의 숫자는 권호와 쪽수를 의미함.)

게 할 수 있는 가장 격렬한 항의였고, 승패와 상관없이 결투에 참여한 사람은 자신의 자존심을 지켜낸 것이라 믿었다. 결투에 앞서 그들은 유언장을 작성하였으며, 참관인들은 이들의 신성한 결투를 말없이 지켜보며 증인이 되어 주었다.

2.1.3. 신념에 의한 분노

사람들은 때때로 자신에 해를 끼치지 않거나, 또는 보편 윤리적 관점에서 부도덕하다고 단죄하기 어려운 경우에도 특정인에게 맹렬한 적의나 분노를 보이는 경우가 있다. 2015년 11월 파리에서 일어난 IS의 테러에 대해 유럽인들이 놀란 것은 이번 테러가 대로변의 식당가, 공연장 등에서 일어난 무차별적 총격이었기 때문이다. 같은 해 1월에도 프랑스는 IS의 테러로 12명이 살해당했다. 하지만 이 때에는 이슬람 지도자를 조롱했던 특정 잡지사를 향한 보복성 테러였다는 점에서 11월의 테러와는 큰 차이가 있다. 두 테러 모두 종교적 신념과 관련이 있는 것은 사실이나, 1월의 테러가 자신의 종교를 모욕했다고 여기는 특정 단체를 대상으로 하였다면, 11월의 테러는 비이슬람교도 전체를 겨냥하였다는 점에서 근본적 차이가 있다. 자신과 다른 종교를 가진 사람 일반에 대해 적개심을 극대화하여 살인까지 저지른 것이다.

『몬테크리스토 백작』에는 종교적 신념 때문에 서로 간에 살인을 저지르는 내용은 나오지 않는다. 하지만 서로 다른 사상을 가진 사람들 간의 섬뜩한 분노는 쉽게 찾아볼 수 있다. 작품에서 가장 두드러지게 드러나는 신념 간의 분쟁은 나폴레옹 보나파르트를 둘러싼 지지자와 반대파의 갈등이다. 프랑스 혁명 직후의 어수선한 사회적 분위기 속에서 계속되는 왕당파의 반란을 진압하고, 자국 내의 불안을 수습하기 위해 유럽 전역으로 영토를 확장시켜 나갔던 나폴레옹은 프랑스인들에게 강성대국의 환상을 심어주었다. 하지만 이후 계속된 유럽 각국의 연합 공격을 당해내지 못한 나폴레옹은 엘바 섬으로 유배를 떠나고 프랑스는 당시 루이 18세가 통치하기에 이른다.

『몬테크리스토 백작』은 나폴레옹이 엘바 섬에 유배가 있던 바로 그 시기에서부터 이야기가 시작된다. 그리고 주인공 당테스는 분명히 나폴레옹에 대해 호감을 갖고 있던 청년이었다. 파라옹 호의 선주인 모렐 씨와의 대화에서도 이 부분은 명확하게 드러난다. 따라서 그의 정치 노선은 보나파르트 파(派)였다고 볼 수 있다. 귀족 출신인 페르낭 몬데고는 당시 프랑스의 귀족들이 대부분 그랬듯이 왕당파였을 것이고, 자신의 몸보신에 급급했던 당글라르 역시 당시에 권력을 잡고 있던 왕당파에 속했던 것이다.

물론 당테스, 몬데고, 당글라르 등의 정치적 신념은 그다지 철저하지 않았을 것이다. 당테스는 나폴레옹에게 호감을 갖고 있었지만, 자신은 권력의 향배에 관심을 둘 만큼 영리하지 않다고 생각했을 것이다. 그리고 몬데고와 당글라르 역시 나폴레옹이 집권하였다면 기꺼이 나폴레옹 편에 섰을 인물들이다. 하지만 몬데고와 당글라르는 권력의 속성을 알고 있었다. 지배권력은 아무리 하찮은 인물일지라도, 그가 지배권력을 부정하려는 낌새가 조금이라도 있다면 가차 없이 최대한의 기세로 응징하는 경향이 있다. 나폴레옹을 축출하고 새롭게 권력을 얻은 루이 왕조의 경우는 특히 더 그랬다. 권력을 속성을 잘 알고 있었던 몬데고와 당글라르는 자신의 정적인 당테스를 제거하기 위해 자신들의 손에 직접 피를 묻히지 않고,

서로 신념에 대한 사회적 분노의 힘을 이용한 것이다. 출세에 대한 야망 때문에 아버지의 신념을 억누르고, 가족의 비밀이 새어나갈까 봐 죄 없는 당테스를 이프 섬으로 보낸 빌포르 검사 역시 몬데고, 당글라르와 전혀 다르지 않았다.

이 밖에도 작품에는 중세 교황청에 대한 불신의 감정이 나온다. 이 부분 역시 축약본에서는 제대로 다루지 않지만, 완역본에서는 작가의 세계관을 살필 수 있는 주요한 포인트이다. 작품에서 당테스가 몬테크리스토 백작이 될 수 있었던 결정적 계기는 몬테크리스토 섬의 보물이다. 그런데 이 보물은 실존했던 군주 세자르 보르지아(교황 알렉산데르 6세의 아들)의 음모로 희생된 세자르 스파다 추기경의 재산이었다. 보르지아는 로마 최고의 부자였던 세자르 스파다의 재산을 편취하기 위해 아버지 알렉산데르 6세와 모의하여 스파다를 추기경에 임명하고, 축하연 자리에서 그를 독살한다. 보르지아의 음험함을 알고 있었던 스파다는 자신의 모든 재산을 몬테크리스토 섬에 숨겨두고, 이 사실을 조카에게 알리려 했지만 뜻을 이루지 못하고 죽었던 것이다.

알렉산데르 6세는 방탕한 교황이었고, 그로 인해 교황청의 재정은 바닥이 났다. 그는 재정을 바닥낸 것에 대해 반성하지 않고, 계속하여 교활한 방법으로 타인의 재산을 가로채려 했다. 그가 죽고 나서 다음 교황이었던 율리우스 2세가 논란이 많았던 '면죄부'를 팔았던 것 역시 선대 교황의 방탕한 재정 운용과 무관하지 않다. 마틴 루터의 종교개혁도 율리우스 2세의 재임기간에 발생하였다. 이처럼 작품은 이미 300년이나 지난 과거의 어두웠던 역사를 시시콜콜하게 복원한다. 이는 작가가 교황청에 대해 갖고 있던 반감의 우회적 표시였다고 생각한다.

2.2. 관용의 문화

2.2.1. 종교적 관용

'톨레랑스'는 프랑스 문화를 대표하는 정신적 가치이다. 프랑스인들은 자신이 다른 어느 민족보다 타인에게 관대하다고 생각하고, 이러한 문화를 자랑스럽게 생각한다. 물론 모든 사람들이 아량이 넓고 관대하지는 않을 것이다. 하지만 관용의 미덕이 프랑스에서 보편적 가치로 인정받고 있음은 분명한 사실이다.

일반적으로 "프랑스에서 톨레랑스는 종교적 광신과 폭력의 생 바르텔레미 대학살[4])에서 시작하여 18세기 장 칼라스 사건으로 이어졌고, 대혁명 이후 19세기 혁명과 반혁명이 반복되는 과정에서 피의 대가를 치르며 그 의미의 변화를 가져왔다."[5])라고 알려진다. '톨레랑스'는 계몽주의 사상가이자 사회 풍자 소설가였던 볼테르가 1763년에 『톨레랑스론』이라는 소책자를 발간하고, 그 이듬해에 『철학 사전』에서 이를 소개하는 글을 쓰면서부터 사회적 반향을 일으킨 단어이다.[6]) 볼테르는 이 책에서 "톨레랑

---

4) 1572년 8월 24일, 신교도의 우두머리 콜리니 제독이 자택에서 살해되고, 이어 하룻밤 만에 수 백명의 신교도가 구교도에 의해 살해당한 사건. 이후에도 한 동안 신교도 학살이 자행되었다고 한다. (참고자료: 네이버 지식백과)

5) 최내경 (2013), 「프랑스적 가치 톨레랑스」, 『프랑스문화예술연구』 46권, 프랑스문화예술학회, 314쪽.

6) 이경래 (2007), 「계몽주의 시대와 현대 프랑스 문화: '톨레랑스'를 중심으로」, 『프랑스문

스는 인간의 속성이다. 우리 모두는 허약하기 짝이 없고 실수투성이다. 우리의 어리석음을 서로 용서해 주자. 이것이 자연의 제일 법칙이다.[7]라고 하였다.

톨레랑스에 대한 볼테르의 견해는 우리나라 사람들이 흔히 생각하는 '관용'의 의미와 조금 다르다. 사람들이 말하는 관용, 아량, 용서 등의 단어는 강자가 약자에 베푸는 시혜적 의미가 강하다. 하지만 인간이 본래적으로 허약하기 짝이 없고 실수투성이라는 생각은 나의 판단이 옳지 않을 수 있다는 겸허한 자기 인식에서 출발한다. 남의 실수가 언젠가는 나의 실수가 될 수도 있다는 생각으로, 내가를 단죄할 필요가 없다는 사실을 인식하는 것이 볼테르가 제시한 톨레랑스의 조건이다.

이 시기에 볼테르가 톨레랑스에 관한 글을 집중적으로 쓴 것은 '장 칼라스 처형 사건[8]'에 분노했기 때문이라고 한다. 볼테르는 이 사건이 광신(狂信)에서 비롯된 것이라고 생각하여, 광신을 막기 위한 대안으로 톨레랑스를 내세운 것이다. 이 일을 계기로 볼테르는 프랑스 톨레랑스 운동의 전도사로 평가받는다.

이처럼 계몽주의 운동의 일환이었던 톨레랑스는 광신에 대한 경고에서 시작되었다. 흥미로운 것은 최근 프랑스에 끔찍한 테러를 가했던 IS가 이슬람교를 추종하는 광신적 집단이고, 이 둘의 대치에는 기독교와 이슬람

화예술연구』 22권, 프랑스문화예술학회, 193쪽.

7) 위의 책, 193쪽에서 재인용.

8) 장 칼라스의 아들이 석연찮은 이유로 자살을 했는데, 당국에서는 개신교도인 장 칼라스가 아들을 타살한 것이라 판단하고, 결국 장 칼라스도 처형된 사건. (위의 책, 192-193쪽 참고)

교라는 두 종교의 오랜 갈등이 있었다는 사실이다.

중세의 십자군 전쟁에서도 잘 알 수 있듯이, 기독교와 이슬람교는 오래 전부터 서로의 종교만을 유일한 진리로 믿고, 자신의 교리를 따르지 않는 종교와는 전쟁도 불사하였다. 세계적 석학 움베르토 에코는 이를 두고 유일신 종교가 갖는 가장 큰 위험이라고 지적한 적이 있다.9) 에코는 전 세계를 이슬람화하겠다는 근본주의적 욕망이 우리를 큰 위험에 빠트리고 있다고 보면서 현재 지구촌에는 그로 인한 전쟁의 바람이 불어 닥치고 있다고 경고하였다. 그리고 이것은 이슬람교나 기독교 같은 유일신 종교들의 책임이 크다는 것을 지적한 것이다.

『몬테크리스토 백작』에서 종교적 갈등이나 이에 대한 관용의 내용은 별로 나오지 않는다. 대중소설답게 종교적인 논쟁이나 이슈 등을 피해간 것으로 보인다. 하지만 앞에서도 서술했듯이, 중세 교황청의 부패를 서술함으로써 종교에 대한 작가의 비판적 시각을 간접적으로 드러낸다.

2.2.2. 정치적 관용

앞 절에서 살펴보았듯이 프랑스에서 '톨레랑스'는 종교 간 갈등을 해결하려는 노력에서 비롯되었다. 하지만 톨레랑스는 서로 다른 종교를 이해해야 한다는 종교적 관용의 의미만을 담고 있지는 않았다. 오히려 초기부터 톨레랑스는 종교 간 갈등에 대한 정치인의 태도이자 지침이었다. 계몽주의 사상가 존 로크는 군주가 갖추어야 할 자질로 서로 특정 종교에 대해

---

9) 2015년 4월 8일자 중앙일보 〈지구촌 전쟁은 유일신 종교들이 문제다〉 기사 참고.(움베르토 에코가 뉴욕타임즈에 실은 칼럼을 중앙일보에서 번역하여 재수록했음.)

편들지 말고, 정치권에서 앞장 서서 특정 종교를 탄압해서는 안 된다고 주장하였다.

이처럼 초기에 정치적 차원에서의 톨레랑스는 정치인이 종교계에 간섭하지 말아야 한다는 의미가 강했다. 이후 톨레랑스는 좀 더 사회적 차원으로 확장되었는데, 여기에도 수많은 프랑스인들의 억울한 죽음이 있었다. 프랑스 혁명 이후 프랑스는 오랜 사회적 혼란을 겪어야 했다. 왕족과 귀족에 대한 처벌, 왕당파와 공화파의 갈등, 나폴레옹의 등장과 실각, 이어진 왕당파와 이후 여러 정치적 계파의 갈등이 그것이다. 이 과정에서 불과 수십 년 만에 수십만 명이 단두대 또는 총살형으로 목숨을 잃었다.

정치적 견해가 다르다는 이유로 수많은 사람들이 탄압을 받았던 것이다. 왕당파가 득세하던 시절에는 공화파가 탄압을 당하고, 또 공화파가 득세하던 시절에는 왕당파가 탄압을 당하면서, 차츰 사람들은 정치적 견해가 다르다고 해서 상대방을 탄압하는 것이 옳지 않다는 사실을 알게 되었다. 정치적 의미에서의 톨레랑스는 이러한 프랑스인들의 역사적 과오를 거울삼아 발전해온 개념이다. 『몬테크리스토 백작』은 바로 이 시절의 프랑스 사회를 시대적 배경으로 삼고 있다. 작품은 주인공 에드몽 당테스가 부득이한 상황 때문에, 엘바 섬에 유배되어 있던 나폴레옹 보나파르트를 만나고 귀항한 이후의 이야기부터 서술된다.

의리와 열정, 그리고 유능함을 지닌 파라옹 호의 일등 항해사 에드몽 당테스는 급성 뇌막염에 걸린 선장의 유언에 따라 엘바 섬에서 나폴레옹을 호위 중이던 베르트랑 장군에게 의문의 소포를 전달하게 된다. 작품에서 그 소포 안에 무엇이 들어 있는지는 나오지 않지만, 작품 전체의 전개상 나폴레옹의 탈출과 이후의 쿠데타와 관련된 중요한 정보가 있었던 것으로 보인다. 엘바 섬에서 당테스는 나폴레옹과 만나게 되고, 나폴레옹은 파리의 누아르티에라는 인물에게 편지를 전해달라고 부탁한다.

이쯤 되면 독자는 이 편지가 매우 위험한 것임을 알아차렸을 것이다. 당테스 역시 이 편지가 위험하다는 것을 모르지는 않았지만, 글자를 모르는 그는 자신이 정치적 분쟁에 휘말리지 않을 것이라 자신하며 편지 전달을 수락한다. 당테스의 이러한 자가당착은 당테스를 진심으로 신뢰하던 파라옹 호의 선주 모렐과 대화에서도 드러난다.

> "당테스, 자네 르클레르 선장 명령대로 엘바 섬에 들르길 잘했네.
> 하지만 자네가 대원수님께 소포를 전하고, 폐하와 얘기한 걸 사람들이
> 알면, 자네 신상에 화가 미칠지도 모르겠는걸."
> "선주님, 화가 미치다니, 무슨 말씀이십니까?"
> 당테스는 말했다.
> "저는 제가 가지고 간 게 뭔지도 모르고 있는걸요.(중략)" (1:20-21)

파라옹 호에서 회계 부정을 일삼던 당글라르는 이러한 기회를 놓치지 않는다. 그는 새롭게 파라옹 호의 선장으로 내정된 당테스가 자신의 부정을 들춰낼 것이라 생각하여, 당테스를 시기하는 페르낭 몬데고를 부추겨 당테스를 반역죄로 밀고한 것이다. 갑작스럽게 체포당한 당테스는 자신의 결백이 곧 밝혀질 것이라는 순진한 믿음 아래 담당 검사였던 빌포르에게 모든 사실을 이야기한다.

하지만 당테스가 전하려는 나폴레옹 편지의 수신인이 자신의 아버지

누아르티에 드 빌포르라는 사실을 알게 된 빌포르 검사는 편지를 태워버린다. 군인 출신이었던 빌포르 검사의 아버지는 급적적 보나파르트파였던 것이다. 놀라운 사실은 빌포르 검사가 나폴레옹의 편지를 태워버린 이유가 아버지를 보호하려는 목적이 아니라 자기 자신을 보호하기 위함이었다는 것이다. 작품은 이후에 전개되는 계속되는 진실 게임을 통해 빌포르의 추악한 동기를 낱낱이 보여준다.

이상의 이야기는 『몬테크리스토 백작』에서 주인공인 에드몽 당테스가 왜 이프 섬의 독방에서 평생을 썩어야 하는지를 알려주는 알리바이이다. 과거에 번역되었던 축약본에서는 이에 대한 설명이 제대로 나와 있지 않았지만, 완역본에서는 이상의 과정이 1권의 대부분을 차지하며 상세히 소개된다. 축약본에서 이 부분을 제대로 다루지 않은 것은 다소 복잡한 정치적 음모와 역사적 배경이 청소년들의 독서에 대한 몰입을 방해할 것이라 생각했기 때문일 것이다. 하지만 애초에 작가는 이 부분을 상세히 설명하여, 당테스의 형량에 대한 합리적 설명과 함께 정치적 신념의 차이에 따른 갈등과 분쟁의 비정함을 보여주려 했던 것 같다.

결국 『몬테크리스토 백작』에는 정치적 관용이 나오지 않는다. 오히려 정치적 신념의 차이에 따른 배척이 나올 뿐이다. 하지만 이는 프랑스의 '톨레랑스'의 의미가 어떤 역사적 과정을 거치면서 어떻게 변해 가는지를 보여주는 좋은 사례이기도 하다. 정치적 견해가 대립하는 사회적 혼란상을 이용하여 이기적인 인물들이 타인을 함정에 몰아넣고, 사리사욕을 채우는 과정이 '정치적 관용'의 입장에서 본 『몬테크리스토 백작』의 의미인 것이다.

2.2.3. 인간적 관용

앞 절에서는 정치적 차원에서 프랑스 톨레랑스의 의미와 역사에 대해 살펴보았다. 신교와 구교의 갈등이라는 종교적 혼란기를 거치면서 확립된 프랑스의 톨레랑스 문화는 프랑스 대혁명 이후의 정치적 혼란기를 거치면 정치적 차원의 관용으로 그 의미가 확대된다. 하지만 이는 오늘날의 관점에서 가능한 해석이다. 에드몽 당테스가 살고 있던 1800년대 초반의 사회적 상황에서는 아직 정치적 의미의 톨레랑스 문화가 정착하지 못하였다.

그러므로『몬테크리스토 백작』에서는 정치적 의미의 톨레랑스 문화가 생성된 사회적 조건을 보여줄 뿐이다. 하지만 작가는 이러한 사회적 조건을 보여주는 것만으로는 만족하지 못했던 것 같다. 작품에서 에드몽 당테스는 복수를 실현시켜 나가면서, 차츰 점점 더 악해지는 자신을 발견한다. 그리고 복수를 하는 자신이 그들과 다를 바 없음을 깨닫고 인간적 관용을 베풀기 때문이다.

몬테크리스토 섬의 막대한 보물을 얻은 당테스는 고향에 돌아와 보고싶은 아버지와 연인 메르세데스, 그리고 자신을 모함한 몬데고, 당글라르, 빌포르의 근황을 조사한다. 그 곳에서 당테스는 아버지가 굶주림에 떨다가 오래전에 사망하였고, 메르세데스는 몬데고의 아내가 되었고, 자신을 모함한 3인은 모두 파리에 가서 귀족이 되거나 성공한 사업가로 살고 있음을 알게 된다. 그리고 자신과 홀로 남은 아버지를 도와주었던, 파라옹 호의 선주 모렐 씨가 부채 때문에 큰 곤경에 빠진 것도 알게 된다.

당테스는 모렐 씨의 경제적 곤궁함을 해결해 주고, 이후 10년 동안 복수를 위해 준비의 시간을 보낸다. 이프 섬에서 14년을 갇혔고, 다시 복수를 위해 10년의 시간을 더 보낸 것이다. 전 세계를 돌아다니면서 경험과 지혜를 쌓은 당테스는 몬테크리스토 백작으로 완벽하게 변신한다. 몬테크리스토 백작으로 변신한 당테스는 이후 뛰어난 지략과 막대한 부를 바탕으로 몬데고, 당글라르, 빌포르에게 완벽한 복수를 자행한다.

당테스는 자신과 자신이 사랑했던 사람들의 삶을 망친 세 명의 악인이 각자의 죄과를 만천하에 공개하면서 철저하게 파멸하도록 만든다. 자신의 추악한 과거를 모조리 폭로당하고 정계에서도 파면당한 몬데고는 몬테크리스토의 정체를 알고는 권총 자살을 하고, 과거의 죄과 폭로와 함께 아내와 자식들까지 죽음에 이른 빌포르는 넋을 잃고 미쳐버린다.

하지만 당테스는 이들에게 복수를 해나가면서, 점점 더 그들과 비슷해지는 자신을 발견한다. 은인이었던 모렐 씨의 아들 막시밀리앙과 빌포르의 딸 발랑틴의 애틋한 사랑을 지켜보며, 당테스를 사랑하는 여인 하이데의 진실한 충고를 들으며, 얼음장 같이 차가웠던 당테스의 마음은 조금씩 변해 간다.

결국 당테스는 자신의 복수극에 의해 죽어가는 3인의 악당을 보면서 연민을 느끼며, 복수심을 누그러뜨린다. 파산한 채 도망치다가 산적에게 붙잡혀 배고픔의 고통을 느끼며 괴로워하는 당글라르를 찾아가 그와 대화를 나누는 장면은 작품 전체의 클라이맥스이다.

"도대체 당신은 누구시죠?"
"나는 당신 때문에 신세를 망친 사람이오, 나는 당신이 행운을 잡기 위해 밟고 올라섰던 사람 중에 하나요. 나는 당신 때문에 아버님을 굶주려 돌아가시게 했고, 또 당신을 굶겨 죽이려다가 바로 지금 당신을 용서해

주는 사람이오. 그 까닭은 나 자신 또한 용서를 받아야 할 사람이기때문이오. 자, 나는 에드몽 당테스요!" (5:424-425)

우리들의 일반적인 감수성으로 볼 때에 복수를 마무리하지 못하고, 오히려 악당을 용서하는 당테스의 행동은 다소 이해하기 어렵다. 그래서인지 대부분의 축약본에서는 위 대화가 생략되거나 아니면 축약되어 있다. 하지만 오랜 종교 분쟁과 정치적 소용돌이의 역사를 경험하면서 힘들게 톨레랑스의 문화를 획득한 프랑스인들에게 위 구절의 의미는 남다를 것이다. 인간은 누구나 이기적이며, 결함이 있기에, 당테스는 당글라르의 오랜 과거의 결함에 대해 더 이상 미워하지 않겠다는 선언을 한 것이다. 그리고 이것이야말로『몬테크리스토 백작』을 통해 확인할 수 있는 프랑스인들의 톨레랑스 문화가 아닐 수 없다.

3. IS의 조직 및 테러 분석

3.1. IS의 조직 분석

3.1.1. IS 설립 과정

Islam State (이하 IS)는 극단적인 이슬람교 수니파 테러조직이다. 이슬람교는 크게 수니파, 시아파로 나뉘는데, 수니파는 전체 이슬람교의 약 80%를 차지하고, 시아파는 약 20%를 차지한다. IS 전의 많은 테러는 비교적 소수인 시아파에서 일어난 경우가 많았는데, 수니파와 시아파는 같은 코란을 경전으로 해서 믿음을 공유하지만, 시아파는 다소 차별과 억압을 받았기 때문이라고 여겨진다. 수니파와 시아파를 비교해보자면, 두 파 모두 "Imam"이라는 말을 쓰는데, 수니파에서는 Imam을 사람으로, 시아파는 신으로 생각한다. 즉 수니파에서 Imam은 집회의 기도를 인도하는 존경할만한 사람, 스승을 뜻하고 시아파에서는 태어나면서부터 죄가 없고 신으로부터 권위와 능력을 부여받은 자를 뜻한다.

이슬람교의 창시자 마호메트(570~632)가 죽고 나서, 사람들은 그를 대신할 만한 후계자를 칼리프라고 부르는데, Imam의 의미에 따라 수니파에서는 누구나 칼리프가 될 수 있지만 시아파에서는 마호메트의 자손이어야 한다. 수니파와 시아파 사이에는 항상 갈등이 있었는데, 두 집단의 근본적인 갈등의 원인은 칼리프의 정통성에 있다.

IS의 뿌리는 알자르 카위가 만든 유일신과 성전 ⅢⅡ 라는 조직이 시초이다. 이 조직은 2004년 '이라크 알카에다'(AQI)라는 이름으로 개명했고, 2006년 6월 미국의 공습으로 알자르 카위는 사망했다. 하지만 조직은 더 확장되며 잔혹해졌다. 그때 알자르 카위와 같이 조직을 지휘하던 알바그 디디를 중심으로 이슬람국가(ISI)라는 이름으로 바뀌었는데, 그때가 2006년 10월 이었다. 이때부터 ISI는 이라크를 잠식해가기 시작했다. 후세인이 죽고 그 잔존세력을 흡수하며 이라크 교도소를 침입해 죄수들을 탈옥시키며 자신들의 조직원을 만들어갔는데, 그렇게 이라크 내부를 잠식할 수 있었던 건 후세인 정권 때 알바그 디디가 장교를 지냈기 때문이라고 한다. 그러다가 알바그 다디는 2013년 4월 조직 이름을 이라크와 이슬람국가 (ISIL)로 바꾸었다.

그러던 어느날 무장조직의 아버지뻘인 알카에다가 단체를 해산하라고 요구했다. 하지만 보낸 특사를 죽이게 되면서 알카에다와 알바그 디디는 갈라서게 된다. 결국 ISIL은 독자세력이 되었고, 2014년 6월 9일 최대 유전도시 모술을 장악한다. 그리고 IS라는 국가수립을 선포하게 된다.

3.1.2. IS의 현재 상황

IS는 석유의 불법판매로 자금 경비를 마련하는 것으로 알려져 있다. 하지만 갈수록 비윤리적이고 비합리적인 방법으로 자금을 모으고 있다. 일부 인질의 시신에는 수술자국이 있는데 콩팥 등 일부 장기들이 없었다고 한다. 따라서 IS는 장기적출로 자금을 조달했다는 의혹도 받고 있다. 또 최근 IS의 암기대회에서 수상하면 성노예를 상품으로 주겠다고 했던 사실이 알려지면서 역시 국제사회에 충격을 주고 있다. 최근 IS 고위지도자를 사살하면서 구출된 성노예였던 여성의 증언에 따르면, 그녀는 20명이 넘는 대원과 결혼을 강요당했다고 한다. 성노예는 소수계인 야지디족 출신의 여성이 많지만, 시리아 장악지역이 확대될수록 모든 여성들이 납치되어 헐값에 거래된다고 한다.

또 하나의 심각한 문제는 IS가 조직적이고 전문적으로 SNS 미디어를 활용하여 사람들을 IS로 끌어들이고 있다는 것이다. 이들의 홍보는 전혀 논리적이지 않지만, 그것에 속아서 시리아행을 결심하는 사람들이 많다고 한다. 시리아행을 결심한 민족을 보면 많은 수가 이슬람계 이민족 이민자라는 점이 눈에 띈다.

그리고 방황하는 10대들을 허망된 미끼로 끌어들이는 일도 많다고 한다. 최근 호주에서도 12명이 시리아행을 추진했는데, 소셜미디어와의 접촉 때문이었다고 한다. 더 큰 문제는 굶주림으로 고통 받는 어린아이를 모집해서 그들에게 고된 훈련을 시킨다는 것이다. 인신매매로 잡은 여성은 성노예로, 남성은 자폭테러 간첩으로 세뇌시켜 조종하는 것이다.

이러한 일련의 소문들은 너무나 흉흉하여 모두 믿을 수가 없다. 그들의 주장대로 서방 세계에서 날조된 유언비어일 수도 있다. 하지만 최근에 자행된 IS의 테러와 참수 동영상, 문화재 파괴 등의 뉴스를 보면, 그들에 대한 비방을 서방세계의 악의적 유언비어로만 치부할 수는 없음을 알 수 있다.

3.2. IS의 테러 분석

3.2.1. IS 테러 일지

IS는 만들어진 이후 지금까지 잔인하고 비인간적인 테러를 하고 있다. 외국인 기자나 기독교인, 요르단 조종사 등 일반인들을 참혹한 방법으로 죽이고 그 영상을 촬영해 공개하고 있다. 그리고 최근 IS의 테러는 점점 늘어나는 추세이다. 2015년에 일어났던 테러 중 규모가 큰 것을 정리해보자.

11월 13일에 파리테러가 있기 전, 1월 7일에 이미 파리 도심테러가 있었다. 12명의 사망자를 야기한 프랑스의 한 언론사 '샤를리 엡도'에 가한 테러가 그것이다. 그 과정을 설명하자면, 먼저 복면 무장괴한 2명,

다른 건물에 침입했다가 다시 나와서 샤를리엡도 사무실에 침입해 11명을 사살하고 검정 시트로엥 차로 도주했다고 한다. 그 후 출동한 경찰차와 자전거 탄 경찰에 총격을 가했고 경찰과 교전을 재개하다가 경관 1명 살해했다고 한다.

또한, IS는 '건국 1주년' 앞두고 동시다발 테러를 했다. 2015년 6월 26일에 IS는 프랑스 생 캉탱 팔라비에서 가스공장을 테러하여 사망 1명, 2명 부상을 낳았다. 같은 날, IS는 튀니지 수스의 휴양지 호텔에서 총기를 난사하여 38명을 죽이고 30여명에게 부상을 입혔다. 또한 IS는 같은 날 쿠웨이트에서, 쿠웨이트 시티 (시아파) 모스크 자살폭탄 테러를 감행하여, 27명이 사망하고 227명이 부상을 입었다고 한다.

이 밖에도 이집트에서는 IS가 연계된 연쇄테러가 있다. 이집트 시나이 반도에서 2015년 7월 1일 수니파 무장조직 이슬람국가 연계 세력의 소행으로 보이는 연쇄 테러가 발생해 최소한 100명의 군인과 민간인이 사망했다고 외신들이 보도했다.

프랑스 파리테러 기준 한달 간 IS 폭탄테러 발생현황을 정리해보자면, 3개의 대륙에서 4건의 IS 폭탄테러로 498명이 사망했다. 그 테러들을 정리하면 아래와 같다.

① 11월 13일 프랑스 파리 동시다발 자살폭탄테러 (14일 기준 129명 사망)
② 11월 12일 레바논 수도 베이루트 남부 자살폭탄테러 2건 발생 43명 사망
③ 10월 31일 이집트 시나이반도 상공서 러시아 여객기 폭탄테러로

224명 사망

④ 10월 10일 터키 수도 앙카라 자살폭탄테러 102명 사망

IS가 세계에 한 만행은 테러로 끝나지 않는다. IS는 시리아와 이라크의 유적지도 여러 곳 파괴했다. 2월 26일에 이라크 모술 박물관 석상, 조각품, 서적 등을 파괴했고, 3월 5일 이라크 님루드 고대 아시리아 도시 유적을 파괴했다. 또, 3월 7일 이라크 하트라 2천년 역사의 고대도시 유적 파괴 및 유물 도난 사건 역시 IS의 소행이며, 심지어 3월 8일 이라크 코르사바드 고대도시 유적지를 폭파시켰다고 한다.

자료조사를 하는 지금 이 시점에도 새로운 테러가 발생하고 있기에 정확한 조사는 어렵다. 하지만 IS가 전 세계를 공포에 몰아넣기 위해 잦은 테러를 자행하고 있고 우리는 그에 대응하기 위해 힘을 합치려 한다는 것만은 분명한 사실이다.

3.2.2. 2015년 11월 파리 테러

파리 테러는 2015년 11월 13일 중앙유럽 표준 시각 21시 16분, 프랑스 파리에서 최소 7곳에서 발생한 동시 다발 연쇄 테러 사건이다. 최소 세 건의 폭발과 여섯 번의 총격이 있었고 특히 바타클랑 극장에선 최소 60여명의 인질극이 벌어졌다. 파리 11구에 위한 바타클랑 극장에서 관객 1,500명이 있는 가운데 미국 록밴드 '이글스 오브 데스 메탈'의 공연이 진행되는 도중 인질극이 일어났다. 밴드 멤버들은 부상자 없이 탈출하는 데 성공했지만, 이 극장에서 대략 60명에서 100명이 인질로 잡혔다.

인질극에서 탈출한 사람 몇 명은 범인 5~6명이 공격하기 직전 시리아 내전에 대해 언급했다고 말했다. 이후 경찰에 대한 추가 공격이 있었으며, 초기 신고 직후 출동한 경찰들은 극장 내부에서 총격이 일어났다고 말했다. 바타클랑 인질극 범인 중 한명은 폭발물을 가지고 있다고 밝혔다. 이에 경찰은 바타클랑 극장을 기습했으며, 이 결과 범인 2~3명이 사망했고, 이 포위전은 0시 58분에 종료되었다. 경찰은 극장 내로 진입하고 제압하는 과정에서 100여명이 사망했다고 밝혔다.

파리 인질극은 종료되었으나 이 과정에서 120명이 사망했다. 또한 프랑스 경찰은 테러 과정에서 2건 이상의 자살 폭탄 테러가 발생했다고 밝혔다. 테러범들이 몸에 폭탄들을 두르고 자폭테러하는 형식으로 파리 곳곳에 테러를 일으켰으며, 또한 파리의 페데르베, 볼테르 등 4군데의 거리에서 괴한들의 무분별한 총기난사로 인해 무고한 시민들이 피해를 입었다. 위 거리들은 프랑스의 대표적인 번화가로, 국민들은 일반인을 노린 테러라는 점에 더욱 분노하고 있다.

테러 당일 프랑스 대통령은 프랑스와 독일 간의 친선 축구 경기를 관람 중이었으나 테러가 발생한 직후 안전지역으로 대피했으며 경기는 즉시 중단됐다. 관람객들은 경기장에서 대기했고 경찰들은 경기장 밖에 또 다른 폭발물은 없는지 수색했다. 이에 프랑스 대통령은 국가 비상사태를 선포하고 범인들의 도주를 방지하기 위해 국경을 봉쇄했다. IS측에서는 자신들의 소행이라고 밝혔으며 이슬람(IS)이 프랑스에게 보복을 하기 위해서 일으킨 테러로 추정되고 있다.

IS는 올해들어 프랑스에 두 차례의 테러를 가했다. 2015년 1월 7일,

프랑스의 한 신문사 '샤를리 엡도'에 총격을 가했는데, 이는 이 신문사가 IS의 지도자와 무함마드를 풍자하는 그림을 그렸기 때문이다. 프랑스에 유달리 테러가 잦은 이유는 무엇일까. 크게 두 가지 이유로 정리할 수 있다. 첫 번째로는 프랑스 내에 소외된 이슬람교도들이 많기 때문이고, 두 번째로는 프랑스가 이라크에서 미국 주도의 IS공격에 적극적으로 참여하고 리비아, 말리 등 중동과 북아프리카 전쟁에도 앞장서면서 이슬람 과격단체의 주요 표적이 되고 있기 때문이다.

3.2.3. IS 테러에 대한 각국의 대응

파리테러 이후로 전 세계가 IS의 심각성을 새삼 깨닫고 프랑스와 적극 협력하여 IS를 타파할 의지를 드러내고 있다. 130명이 사망한 파리 테러 직후에 프랑스는 유럽연합(EU)에 리스본 조약에 따라 안보 구호와 지원에 나서달라고 요청했다. EU 회원국은 파리 테러와 관련해 만장일치로 전면적으로 지원하겠다고 밝혔다.

프랑수아 올랑드 프랑스 대통령은 파리 연쇄 테러 이후 광범위한 반(反) IS 동맹을 구축하기 위해 활발한 외교적 노력을 기울이고 있다. 올랑드 대통령은 11월 23일 데이비드 캐머런 영국 총리를 시작으로 24일 버락 오바마 미국 대통령, 전날 앙겔라 메르켈 독일 총리, 이날 오전 마테오 렌치 이탈리아 총리를 만나 반 IS 동맹을 결성하고자 노력했다.

영국은 IS 공습을 위해 프랑스군에 키프로스의 영국공군기지(RAF)를 사용할 수 있도록 지원하기로 했다. 아울러 데이비드 캐머런 영국 총리는 11월 23일 올랑드 대통령을 만난 자리에서 "영국 또한 시리아에서 IS를 무너뜨려야 한다"는 것이 군센 신념이라며 국제테러리즘을 저지하기 위해 프랑스와의 공조를 강화해 나가겠다고 했다.

독일 역시, 프랑스가 수니파 극단주의 무장세력 '이슬람국가'(IS) 파괴 작전을 벌이고 있는 시리아에 정찰형 전투기 '토네이도'를 투입하는 것으로 프랑스를 돕기로 했다. 'IS 격퇴'를 위한 동맹 연대를 조직하고 있는 올랑드 프랑스 대통령은 11월 26일 메르켈 독일 총리와 만나 독일의 적극적인 역할을 요구했다. 독일 메르켈 총리는 올랑드 대통령과 만나 파리 테러 현장 광장을 찾아 헌화했다. 양국 정상은 정상회담을 갖고 IS 격퇴에 서로 협력하기로 합의했다. 그동안 직접적인 무력 개입을 꺼리던 독일은 작심한 듯 강한 대응을 강조했다. 지원이 검토되고 토네이도 전투기는 정찰형으로서 직접적인 전투 참여보다는 정찰에 활용될 것으로 보인다. 그러나 아직 지원 대수가 공개되지는 않았다. 앙겔라 메르켈 독일 총리는 "테러리즘은 우리 공공의 적이고 우리가 싸워야 할 공공의 임무"라며 "IS는 말로 물리칠 수 없다. 반드시 싸워야 의미가 있다"고 강조했다.

프랑스는 지난 23일(현지시간) 유럽 최대 핵 추진 항공모함 '샤를 드골 호'를 통해 이라크와 시리아의 이슬람 급진 무장단체 IS에 대한 공격을 퍼부었다. 샤를 드골 호는 지중해 동부 지역에 도착하자마자 이라크 북부의 IS 거점인 모술과 라마디에 공습을 가했다. 프랑스 군은 항모에 탑재된 라팔 전투기들이 IS를 공격하는 지상 병력을 지원하기 위해 이번 작전이 이뤄졌다고 밝혔다.

4. 마치며

지금까지 『몬테크리스토 백작』에 나타난 복수와 관용의 문화에 대해 살펴보았다. 최근에 있었던 IS의 테러와 이에 대한 프랑스의 대응을 생각하며 진행한 연구였다. 여러 가지 자료를 비교하고 분석한 결과 다음과 같은 사실을 알 수 있었다.

첫째, 『몬테크리스토 백작』의 복수는 분노에서 비롯된 사적(私的) 복수의 형식을 갖는다. 작품 속 분노는 타인에게 고통을 끼치는 악한 행위에 대한 분노, 그러한 짓을 자행한 구체적 인물에 대한 분노, 다른 가치관을 인정하지 않으려 하는 특정 신념에 의한 분노 등으로 나눌 수 있다. 이러한 분노의 양상은 프랑스 사회에서 톨레랑스의 문화가 일반화되는 과정에서 오랜 세월 동안 겪었던 일반적 분노 양상과 대응한다.

둘째, 『몬테크리스토 백작』에 나타난 관용의 정신은 종교적, 정치적, 인간적 차원으로 나눌 수 있다. 그리고 이 역시 프랑스 사회에서 톨레랑스의 문화가 일반화되는 과정에서 역사적 시기별로 겪었던 특정한 갈등의 해결 양상과 대응한다.

셋째, 최근 IS는 전 세계인을 상대로 이슬람 원리주의를 강요하고 있으며, 자신의 입장에 대해 공개적으로 반대한 사람이나 집단, 또는 국가에 대해 무차별적인 테러를 자행하고 있다. IS의 이러한 행위는 전 세계 국가의 공분을 사고 있으나, 이슬람 대 기독교라는 종교적 대결 구도 때문에 완전한 해결이 쉽지 않은 상태이다.

주인공인 에드몽 당테스가 겪었던 고통은 일반인들이 흔히 겪는 고통과는 차원이 다른 심대한 것이었다. 그의 고통은 전적으로 몬데고, 당글라르, 빌포르 등의 인물들이 자신의 사적(私的) 이득을 추구하는 과정에서 이루어진 부당한 희생이었다. 이러한 고통의 굴레에서 가까스로 빠져나온 당테스가 이들에게 복수의 칼날을 가는 것은 어쩌면 너무도 당연한 인지상정일 것이다.

하지만 엄청난 부를 얻었으면서도 오직 복수를 위해 10년이라는 긴 시간을 다시 준비했던 당테스의 집념은 결코 합리적이지 않았다. 무모하게 열정적이었던 그의 복수는 잘못된 대의를 위해 자신을 희생하는 IS의 자폭 테러를 닮았다. 이런 점에서 『몬테크리스토 백작』에 나타난 분노와 고통은 최근 국제 사회가 IS에 대해 갖는 분노의 감정과 구조적으로 동일해 보인다.

『몬테크리스토 백작』에 나타난 복수의 양상이 갖고 있는 가장 큰 문제는 그것이 사적(私的) 복수였다는 점이다. 오늘날 사적인 복수는 법률에 의해 엄격하게 제한된다. 사적인 복수는 또 다른 사적 복수를 불러일으켜 복수의 악순환을 가져올 수 있기 때문이다. 복수와 보복의 문제가 국가적 차원으로 확대되면 문제는 더욱 심각해진다.

프랑스 사회에 대한 반감으로 촉발된 IS의 테러는 시리아의 특정 지역에 대한 프랑스의 폭격으로 이어졌다. 이로 인한 민간의 예기치 못했던 피해는 당연히 심각할 것이다. 피해를 받은 시민들 중 일부가 다시 IS에 가담하여 또 다른 테러를 자행할 수도 있다. 이어지는 복수와 보복의 연쇄에서 어느 편이 선이고 어느 편이 악인지를 가리는 것은 매우 어려운 일이 될 것이다.

다행이『몬테크리스토 백작』에서 에드몽 당테스는 자신과 자신의 아버지에게 심대한 고통을 안겨줬던 당글라르를 용서한다. 그의 용서는 강한 자가 약한 자에게 베푸는 시혜의식이 아니라, 자신 역시 완전하지 못하고 결함이 있는 인물이라는 톨레랑스의 정신에 입각한 것이다.

에드몽 당테스의 이러한 결단으로 인물들을 둘러 싼 사적 복수의 악연을 끊어졌다. 구교와 신교의 갈등, 왕당파와 공화파의 갈등 등 종교적, 정치적 갈등으로 수많은 사람들이 희생되었지만, 그들의 희생을 헛되게 하지 않고 톨레랑스라는 독특한 국가적 문화를 이루어낸 프랑스처럼, 작품 속의 에드몽 당테스는 역시 오랜 복수와 과정을 겪으면서 스스로 내적인 성장을 이뤄낸 것이다.

IS와의 갈등 속에서 부당한 피해들이 계속 있어 왔다. 우리에게 알려지기로는 서방국가들의 피해가 대부분이겠지만, 자살을 감행하는 IS 역시 엄청난 피해를 감내할 수밖에 없을 것이다. 하지만 지금의 감성으로는 도저히 용납할 수 없는 IS의 테러도 세월이 지나고 나면 일정한 해결책이 나올 것이다. 그리고 프랑스의 오래된 톨레랑스 문화는 이러한 문제를 해결할 수 있는 자양분이 될 것이다.

장 칼라스 사건을 계기로 프랑스 시민들에게 톨레랑스의 중요성을 외쳤던 볼테르의 계몽주의적 지적은 오늘날에도 여전히 유효하다. 오히려 그 대상을 IS와 세계 시민 전체로 확장할 만하다고 하겠다.

※ 참고문헌

〈자료〉

알렉상드르 뒤마, 『몬테크리스토 백작』 1~5권, 오증자 옮김, 민음사, 2003.

〈논문〉

이경래, 「계몽주의 시대와 현대 프랑스 문화: '똘레랑스'를 중심으로」, 『프랑스
　문화예술연구』 22권, 프랑스문화예술학회, 2007.

최내경, 「프랑스적 가치 똘레랑스」, 『프랑스문화예술연구』 46권, 프랑스문화
　예술학회, 2013.

〈기타〉

움베르토 에코, 〈지구촌 전쟁은 유일신 종교들이 문제다〉, 중앙일보,
　2015-04-08.

2 청년 실업과 〈서울, 1964년 겨울〉[10]

1. 들어가며

〈무진기행〉과 〈서울, 1964년 겨울〉은 작가 김승옥의 초기작이자 그의 대표작이며, 1960년대 소설의 중요한 특징을 잘 보여준다. 〈무진기행〉은 작가 김승옥이 24살이었던 1964년 가을에 발표한 작품이며, 〈서울, 1964년 겨울〉은 1965년 여름에 발표한 작품이다. 이 두 작품을 비교 대상으로 삼은 것은 두 가지 이유 때문이다.

첫째, 두 작품은 서로 달라 보이지만 사실은 매우 유사하므로 두 작품을 묶어서 읽을 필요가 있다. 두 작품은 흔히 말하는 소설 구성의 3요소 중에서 구체적 '사건'만 다를 뿐 '인물'과 '배경'이 유사하다. 물론 이 때 '유사하다'는 것은 특별한 관점에서의 유사성이지 '동일하다'는 것은 아니다. 두 작품에서 주인공 '나'는 모두 현실 세계에 누구보다 더 잘 적응하고 있으나, 누구보다 더 고통스러워하고 있다는 점에서 유사하다.

〈무진기행〉의 배경은 무진이라는 가상의 해변 도시이고, 〈서울, 1964년 겨울〉은 서울의 밤거리이다. 두 작품 모두 제목에서 구체적인 공간을 밝히고 있고, 두 공간은 명백하게 서로 다르지만, 두 공간은 모두 주인공 '나'가 있고 싶어 하는 서로 다른 두 공간이라는 점에서 유사하다. 〈서울,

---

10) 이 장은 본인의 미발표 원고를 새롭게 수정, 보완하였다.

1964년 겨울〉에서 '나'는 '서울'에 살고 있지만 서울이라는 공간을 불편해하고, 항상 어디론가 떠나고 싶어한다. 그리고 〈무진기행〉의 '나'는 무진으로 잠시 떠나왔지만 그의 본거지는 어디까지나 '서울'이며, 소설의 마지막에 그는 결국 다시 '서울'로 돌아간다. 결국 〈무진기행〉과 〈서울, 1964년 겨울〉의 배경은 떠나고 싶지만 떠날 수 없는 생활의 본거지 '서울'과 떠나고 싶지만 갈 수 없는, 또는 오래 머물 수 없는 정신적 고향 '무진'이라는 두 공간을 배경으로 하고 있다. 〈서울, 1964년 겨울〉에서 구체화된 공간은 '서울'이지만 여전히 '무진'이라는 상상의 공간이 보이지 않는 배경으로 자리잡고 있으며, 〈무진기행〉의 공간은 '무진'이지만 여전히 '서울'이라는 구체적인 생활의 공간이 보이지 않게 배경으로 자리잡고 있는 것이다.

〈무진기행〉과 〈서울, 1964년 겨울〉을 탐구주제로 선택한 두 번째 이유는 2015년의 관점에서 1960년대를 이해해 보고 싶었기 때문이다. 일반적으로 두 작품은 근대화 과정에서 적응하지 못해 힘들어하는 신세대의 혼돈과 무기력을 다루었다고 알려져 있다. 그런데 개인적으로 이 작품을 읽으면서 주인공들이 느끼는 혼돈과 좌절감의 사회적 조건이 오늘날 우리 사회보다 차라리 낫다는 생각이 들었다. 〈서울, 1965년 겨울〉의 주인공은 대학입학에 실패한 후 구청 공무원으로 생활하고 있는 25세 청년이다. 그는 자신의 꿈이 좌절되었다고 생각하고, 괴로워하고 있지만 오늘날 우리 사회의 청년들에게는 꿈의 직장에 취업한 것이다. 33세의 나이로 제약회사에서 임원을 맡고 있는 〈무진기행〉의 주인공이 겪는 실체 없는 무기력감 역시 오늘날의 관점에서 사치스러운 감정이 아닐 수 없다.

사실 두 작품을 묶어서 보는 작업은 기존의 연구자들도 이미 많이 시도하였다. 예를 들어 유용모는 프로이트의 정신분석학 이론을 도입하여 〈무진기행〉과 〈서울, 1964년 겨울〉에 나오는 인물들의 특징과 의미를 분석하였다.[11] 그가 이러한 분석을 시도한 이유는 두 작품의 인물들이 동일한 정신적 외상을 갖고 있다고 판단하였기 때문이다. 사경아 역시 〈무진기행〉과 〈서울, 1964년 겨울〉에 나오는 인물들의 성격 분석을 통해 김승옥 초기 소설의 특징을 탐구하였다.[12] 특히 사경아는 자기 소외, 자살 등의 양상으로 나타나는 인물들의 특성을 4·19와 5·16 등의 사회적 격변기와 연관지어 해석하였다.

이 글은 김승옥의 초기 소설 〈무진기행〉과 〈서울, 1964년 겨울〉을 2015년의 사회적 시각에서 재해석하는 것을 목적으로 한다. 특히 〈서울, 1964년 겨울〉에 나오는 인물들의 처지를 오늘날의 '청년실업'이라는 관점에서 재해석하고, 〈무진기행〉에 나오는 주인공의 처지를 오늘날의 '명예퇴직'이라는 관점에서 재해석할 것이다. 물론 이러한 재해석이 단순하게 흥미만을 불러일으키거나, 오늘날의 처지를 비관하는 부정적 차원에 머물지는 않을 것이다. 오히려 오늘날의 우리 현실을 직시하고, 힘들지만 더 잘 살아갈 수 있는 힘을 얻을 수 있는 해석을 시도할 것이다.

2015년의 사회적 시각에서 1960년대의 김승옥 소설 〈무진기행〉과 〈서울, 1964년 겨울〉의 의미를 탐구한다는 것은 아래와 같은 몇 가지 단순한 질문에 대한 대답이다. 도대체 이들은 왜 그렇게 방황했는가? 2015년은

---

11) 유용모, 「김승옥 소설에 나타난 인물탐구: 〈무진기행〉과 〈서울, 1964년 겨울〉을 중심으로」, 충북대학교 교육대학원 석사학위논문, 2006.

12) 사경아, 「김승옥 초기소설 연구: 〈무진기행〉과 〈서울, 1964년 겨울〉을 중심으로」, 홍익대학교 교육대학원 석사학위논문, 2007.

정말 1960년대보다 살기 힘든 시대인가? 2015년을 살아가는 우리는 〈무진기행〉과 〈서울, 1964년 겨울〉을 통해 무엇을 얻을 수 있는가?

2. 〈무진기행〉과 〈서울, 1964년 겨울〉의 통합적 읽기

2.1. 실패의 상처, 비겁함과 소심함

〈무진기행〉은 1964년 가을에 발표되었고, 〈서울, 1964년 겨울〉은 1965년 여름에 발표되었다. 발표 시기만 놓고 보면 〈무진기행〉이 반년 남짓 앞선다. 하지만 작중인물이나 사건, 배경 등을 중심으로 볼 때에 이 두 작품은 〈서울, 1964년 겨울〉을 앞에 놓고 〈무진기행〉을 뒤에 놓는 게 자연스럽다. 그 이유는 일차적으로 작중 인물들의 나이 때문이다. 〈서울, 1964년 겨울〉의 '나'(이후 '서울의 나'로 적겠다.)는 25세 청년이고, 〈무진기행〉의 '나'(이후 '무진의 나'로 적겠다.)는 33세의 중년[13]이다. 〈서울, 1964년 겨울〉을 앞에 놓고, 이들의 10년 뒤 모습을 〈무진기행〉에서 찾으면 두 작품을 연속적으로 읽을 수 있다.

'서울의 나'는 육군사관학교에 입학하여 장교가 되는 것이 꿈이었으나 대학 시험에 낙방하여 꿈을 좌절당한 인물이다. 1964년은 4·19 혁명이

---

13) 33살을 '중년'으로 보는 건 조금 무리이지만, 〈무진기행〉에서 '나'는 제약회사의 중역으로 있고, 무진에서 만난 중학교 동창 '조' 역시 세무서장으로 있다. 오늘날의 관점에서 볼 때 이들의 사회적 지위는 '중년'에 어울린다고 판단하여 '중년'이라고 적었다. 이는 1960년대의 특징이라고 생각해야 할 것이다. 즉, 1960년대의 33살은 오늘날의 40대 초반 이상의 나이라고 생각해야 할 것 같다.

실패로 끝나고, 군부 쿠데타로 박정희 정권이 들어선 시기이다. '군인'이 우리 사회에서 가장 큰 영향력을 행사하던 시기였던 것이다. '서울의 나'가 장교를 꿈꾼 것은 장교가 되는 것이 출세를 위해 가장 효과적이라고 생각했기 때문일 것이다.

'서울의 나'가 대학 입학에 실패하여 낙담했듯이 '무진의 나'에게도 시련이 있었다. 첫 번째 시련은 6·25 때에 국방군과 인민군 어디에도 참전하지 않고 숨어지낸 것이었다. 그는 징용을 피해 골방에서 숨어지내는 것보다는 전선에 참가하고 싶었으나, "이웃집 젊은이의 전사 통지가 오면 어머니는 내가 무사한 것을 기뻐했고, 이따금 일선의 친구에게서 군사우편이 오기라도 하면 나 몰래 그것을 찢어 버리곤"(무진기행 227쪽)[14] 하셨던 홀어머니 때문에 그럴 수 없었다고 회상한다. 그는 "어머니, 혹시 제가 지금 미친다면 대강 다음과 같은 원인들 때문일 테니 그 점에 유의하셔서 저를 치료해 보십시오……"(무진기행 227쪽)라는 일기를 쓰며 오욕의 세월을 견디었다고 회상한다. 하지만 주인공은 자신을 속이고 있다. 어머니 핑계를 대고 있지만 사실 주인공은 전쟁터에 나가고 싶지 않았을 것이다. 왜냐하면 〈무진기행〉에서 주인공이 보여준 그의 행위들 때문이다. 주인공의 최대 관심사는 자신의 안위이다. 그는 항상 탈출을 꿈꾸지만, 일상에서의 탈출이 그의 세속적 지위를 잃게 만들까봐 두려워하고 있다. 무진에서 만난 하선생에게 '사랑'을 느끼고, 그녀와의 탈출을 꿈꾸지만, 서울에서 빨리 올라오라는 아내의 전보를 받고는 이내 마음을 돌린다. 그녀에게 사랑을 고백하는

---

14) 〈서울, 1964년 겨울〉은 〈무진기행〉과 문학동네에서 2014년에 출판한 『생명연습』에 실렸다. 인용문에서 괄호 안의 숫자는 이 책의 쪽수이다.

편지를 썼지만 이마저도 이내 찢어버린다. '무진의 나'는 자신의 속물적 모습에 환멸을 느끼기는 하지만 항상 다른 핑계를 대면서 자신의 선택을 합리화하고, 자신의 기득권을 버리는 모험을 시도하지 않는다.

'무진의 나'가 겪은 두 번째 시련은 다니던 직장에서 정리해고된 것이다. 다니던 직장이 다른 회사와 합병되면서 직장에서 해고된 것이다. 생계의 터전을 잃고 방황할 때에 함께 지내던 동거녀마저 그를 떠난다. 극도의 상실감 속에서 힘들어하던 그는 젊은 과부였던 사장의 딸과 결혼하면서 세속적 재기의 기회를 얻는다. 초고속 승진을 하면서 33세의 나이로 큰 제약회사의 중역이 된 것이다. 그가 '무진'으로 여행을 떠난 것은 '전무'로의 승진을 앞두고 아내 덕에 승진한다는 자괴감으로 괴로워하는 남편을 위로하기 위해 아내가 제안했기 때문이다. 그가 지닌 세속적 성공은 모두 아내와의 관계에서 비롯된 것이다. 그는 아내의 제안에 의해 '아내 덕에 살고 있는 자괴감'에서 벗어나기 위한 여행을 하고, 다시 아내의 전보에 의해 급하게 상경을 했던 것이다.

이처럼 '무진의 나'는 홀어머니를 핑계로 육이오 참전을 회피하고, 아내의 배경을 이용하여 세속적 성공에 이른 이기적이고 약삭빠른 인물이다. 이런 '무진의 나'는 여러모로 '서울의 나'를 닮았다. '서울의 나' 역시 세속적 성공을 원하는 인물이다. 시골 출신의 그는 세속적 성공을 위해 장교가 되고 싶어했다. 하지만 사관학교를 갈 만한 실력이 되지 않자 구청 병무계 직원이 된다. 구청에도 여러 가지 직종이 있을 텐데 하필이면 병무계 직원을 하는 것은 그가 여전히 세속적 성공에 대한 열망을 버리지 않았기 때문이다. 당시의 세상은 군부독재 시절이고, 어떻게 해서든 군부 쪽

인물들과 연결되어 있는 것이 성공하는 데에 유리하다고 판단한 것 같다.

〈서울, 1964년 겨울〉에는 주인공은 술집에서 우연히 만난 동년배의 대학원생 '안'에게 큰 호감을 갖는다. '서울의 나'가 '안'에게 관심을 보인 것은 그가 '대학 구경을 해보지 못한 나로서는 상상이 되지 않는 전공을 가진 대학원생, 부잣집 장남'(서울 258쪽)15)이기 때문이다. '꿈틀거림'에 대해 대화하면서 '서울의 나'는 '여자의 아랫배'를 이야기하고, '안'은 '데모'를 이야기할 정도로 이 둘은 생활과 관심사가 서로 다르다. 이들이 서로에 대해 깊은 관심을 가진 것은 자신만이 알고 있는 고유한 정보를 교류하면서 부터이다.

　"평화 시장 앞에서 줄지어 선 가로등 중에서 동쪽으로부터 여덟 번째 등은 불이 켜져 있지 않습니다……." 나는 그가 좀 어리둥절해 하는 것을 보자 더욱 신이 나서 얘기를 계속했다. "…… 그리고 화신 백화점 육 층의 창들 중에서는 그 중 세 개에서만 불빛이 나오고 있었습니다.……"
　그러자 이번엔 내가 어리둥절해질 사태가 벌어졌다. 안의 얼굴에 놀라운 기쁨이 발하기 시작했기 때문이다.
　그가 빠른 말씨로 얘기하기 시작했다.
　"서대문 버스 정류장에는 사람이 서른두 명 있는데 그 중 여자가 열일곱 명이고 어린애는 다섯 명, 젊은이는 스물한 명, 노인이 여섯 명입니다."
　"그건 언제 일이지요?"
　"오늘 저녁 일곱 시 십오 분 현재입니다."

---

15) 〈서울, 1964년 겨울〉을 줄여서 '서울'로 표기하였다.

"아" 하고 나는 잠깐 절망적인 기분이었다. 그 반작용인 듯 굉장히 기분이 좋아져서 털어놓기 시작했다.

"단성사 옆 골목의 첫 번째 쓰레기통에는 초콜릿 포장지가 두 장 있습니다."

"그건 언제?"

"지난 십사일 저녁 아홉 시 현재입니다."

"적십자 병원 정문 앞에 있는 호도나무의 가지 하나는 부러져 있습니다."

(서울 263-264쪽)

〈서울, 1964년 겨울〉에서 자주 인용되는 '의미 없는 대화'이다. 이 '의미 없는 대화'는 '안'과 '나'를 잇는 공통적인 무엇이 존재하지 않음을, 그래서 이 두 사람은 영원히 서로를 이해할 수 없음을 보여준다. 이 두 사람은 서로에 대한 이해가 불가능함을 확인하는 순간 역설적으로 해방감을 느끼고 서로에게 친밀감을 느끼게 된 것이다. 서로에 대해 전혀 모르면서, 잠시 스쳐가듯 만난 사람에게 오히려 자신의 깊은 비밀을 털어놓는 것과도 비슷한 심리이다. 자신을 잘 알고, 나중에도 계속 관계가 이어질 것 같은 사람에게는 절대 털어놓을 수 없는 비밀을 말이다. 하지만 이러한 관계는 진실한 인간관계가 아니다. 스스로의 허무함을 감추고 위장하기 위한 작은 몸부림에 불과한 것이다.

2.2. 방황하는 두 젊은이의 중년 초상

'안'과 '나'의 관계가 진실하지 못함이 밝혀지는 것은 '서른 대여섯 살짜리 사내'의 등장 때문이다. 〈서울, 1964년 겨울〉의 '사내'는 〈무진기행〉의 '나'와 비슷한 나이이다. 두 작품을 연속적으로 읽으면 30대인 '사내'와 '무진의 나'는 20대인 '서울의 나' 또는 '안'이 도달할 중년의 모습이 된다. 구청 직원으로 무기력한 삶을 살고 있는 '서울의 나'도 10년쯤 지나면 '사내' 또는 '무진의 나'와 비슷한 연배가 될 것이다. '무진의 나'는 '서울의 나'처럼 여전히 세상에 대해 냉소적이고 무기력해 보이지만, 사실은 약삭빠르게 세속적인 출세가도를 달리는 인물이다. '서울의 나'가 쳇바퀴 도는 듯한 구청 직원의 일상을 거부하고 탈출을 감행했다면 어떻게 됐을까? 잠시 동안 세상의 속박에서 벗어난 해방감을 맛보겠지만, 이내 더 큰 세상의 벽에 부딪혀 좌절하고 방황할 것이다. 아내의 죽음을 대가로 돈을 받고 결국 자살을 선택한 '사내'처럼 되는 것이다.

이러한 해석은 '서울의 나'와 하룻밤 술자리를 함께 한 '안'에게도 똑같이 적용할 수 있다. '안'은 '서울의 나'로서는 감도 잡히지 않는 '전공'을 공부하고 있는 부잣집 장남이다. "추운 밤에 싸구려 선술집에 앉아서 나 같은 친구나 간직할 만한 일에 대해서 얘기하고 있다는 것이 이상스"(서울 266쪽)러운 '안'은 4·19 운동의 실패와 5·16 쿠데타, 그리고 이어진 군부독재의 문제점에 대해 잘 알고 있는 지식인이다. 하지만 '안'이 독재체제와 싸우는 인물이 아닌 것은 분명하다. '데모'에 대해 말했지만, 그에게 데모는 서울의 '꿈틀거리는' 욕망일 뿐이었다. '안'은 현실적인 문제에 대해 '서울의 나'와 더 이상 대화를 이어가지 못하고 "평화 시장 앞에서 줄지어 선 가로등 중에서 동쪽으로부터 여덟 번째 등은 불이 켜져 있지 않"(서울 263쪽)다는 식의 시덥잖은 개인적 정보에 열광한다. 같은 시대를 살아가는 동년배인이 둘은 어떤 것도 서로 공유할 수 없는, 단절된 인간이었음을 확인한 것이다. 부잣집 아들이고 학식도 있던 '안'은 '서울의 나'보다 좀 더 쉽게 '무진의 나'처럼 될 수 있을 것이다. 출세가도를 달리며 이 사회에서 엘리트의 지위를 이어나갈 수 있는 것이다.

하지만 그는 쉽게 출세가도를 선택하지 못하고 방황하고 있다. 마치 '무진의 나'가 전무 승진을 기쁘게 받아들이지 못하는 것처럼 '안' 역시 자신의 삶에 만족하지 못하고 끊임없이 불편해 하고 있다. '서울의 나'에게는 요원하기만 한 출세가도이지만, 그 길이 결코 완전한 이상향이 아님을 누구보다 잘 알고 있기 때문이다. 그의 출세는 부정한 독재정치에 순응하는 것이고, 가난하게 태어났다는 이유로 교육받지 못하고, 사람답게 대접받지 못한 수많은 사람들의 고통에 대해 책임지지 않는 비겁한 것이기 때문이다.

그럼에도 불구하고 그는 자신의 깊은 곳에서 원하는 인생을 결코 선택하지 않을 것이다. 아내의 주검을 병원 해부실에 팔고 자살로 생을 마감하려는 '사내'와 같은 방에 투숙하는 것을 끝내 거절했던 '안'은 많은 것을 알고 있지만, 자신을 희생하면서까지 타인을 도울 생각이 결코 없는, 자신에게 주어진 기득권을 포기할 생각이 조금도 없는 비겁한 지식인이었다. 속히 상경하라는 아내의 전보에 급하게 무진을 떠나는 '무진의 나'야말로 '안'이 도달할 수 있는 가장 확실한 중년의 모습인 것이다.

지금까지 살펴본 것처럼 〈서울, 1964년 겨울〉과 〈무진기행〉의 주요 인물들은 모두 자기에게 주어진 현실을 거부하고, 새로운 삶에 대한 열망이 크다는 점에서 공통적이다. 그리고 작품 결말 부분에서 이들이 새로운 삶을 선택하지 못하고, 기존의 삶에 안주해 버리는 선택을 한다는 점에서도 이 둘은 공통적이다. 결국 '무진의 나'는 '서울의 나'가 자신이 진실로 원하는 새로운 삶에 대한 열망을 포기하고, 세상 사람들이 원하는 세속적 욕망을 끝까지 추구했을 때 도달할 수 있는 성공적 중년의 모습을 보여주는 것이다.

3. 〈무진기행〉과 〈서울, 1964년 겨울〉의 현재적 읽기

3.1. 청년실업과 〈서울, 1964년 겨울〉

〈서울, 1965년 겨울〉의 주인공은 대학입학에 실패한 후 구청 공무원으로 생활하고 있는 25세 청년이다. 그는 자신의 꿈이 좌절되었다고 생각하고, 괴로워하고 있지만 오늘날 우리 사회의 청년들에게는 꿈의 직장인 공무원으로 취업한 것이다. 대학원에서 공부를 하고 있는 부잣집 아들인 '안' 역시 취업 문제로 고민하고 있지는 않았다.

조금만 생각해 보면 2015년을 살고 있는 젊은이들에게 〈서울, 1963년 겨울〉보다는 '청년실업'이 훨씬 더 중대한 문제일 것이다. 우리나라에서 청년실업이 사회적 문제가 된 것은 1997년 이후였다. 1996년까지 우리나라 실업률은 2% 미만으로 이른바 '완전고용' 상태였기 때문이. 1997년 외환위기 이후 우리 사회의 실업률은 거의 7%에 육박하였고, 이후 정부의 지속적인 실업대책으로 다시 4% 이하로 떨어졌지만, 청년실업률은 여전히 7% 이상을 유지하고 있다.[16)]

〈서울, 1964년 겨울〉의 작중 인물들은 '고용' 자체를 염려하지 않는다. 물론 경제 발전이 제대로 이루어지지 못했던 1960년대에 완전고용이 가능했다고는 생각되지 않는다. 하지만 적어도 오늘날 우리가 느끼는 청년실업의 불안감은 없었던 것 같다. 더 좋은 일자리를 구하지 못해 경쟁하고, 불안해하는 것은 동일하지만, 평생을 비정규직으로 살 수도 있다는 불안감은 없었던 것 같다.

　그렇다면 2015년을 살아가는 젊은이는 1964년을 살았던 젊은이보다 더 불행한가? 아무리 생각해봐도 그렇게 생각할 수는 없을 것 같다. 1964년에 우리나라는 군사 독재 시기였고, 경제력은 세계 최하위 수준이었다. 사회 각 분야에서 부정과 비리가 만연하였고, 6·25의 상처도 채 아물지 않은 상태였다. 이처럼 불안정한 시대를 살아가는 사람들의 일반적 삶이 지금 우리보다 더 행복하다는 것은 받아들이기 어렵다. 그런데 작품 속의 젊은이들이 지금 우리가 보기에는 조금 한가하고 사치스러워 보이기까지 하는 고민에 젖어 있는 것은 왜 그런가?

　성급하게 결론을 내릴 수는 없겠지만, 우선 생각해 볼 수 있는 것은 〈서울, 1964년 겨울〉의 작중인물들이 당대 사회를 대표하지 못한다는 점이다. 1964년의 우리 사회는 농촌 사회의 해체가 시작되었고, 도시 중심의 노동자 계층이 빠르게 많아지던 시절이다. 삼천만 원이 넘는 부동산을 소유한 재력가 아버지를 둔 대학원생 '안'은 처음부터 당대 사회에서 충분한 경제력을 가진 계층이었다. 1960의 우리나라 경제 수준은 현재의

---

16) 지은재, 「청년실업의 원이과 해결방안에 관한 연구」, 『21세기 사회복지연구 3권1호』, 21세기 사회복지학회, 2006., 238쪽 참고.

100분의 1 수준이었다. 단순하게 환산하면 당시의 3000만원은 현재 가치로 30억이 넘는 돈이다. 게다가 1960년대는 아직 부동산의 가치가 다른 것들에 비해 낮은 시절이었다. 70년대 이후 우리 사회에서 부동산은 가장 빠르게 올랐다. 만약에 1964년에 서울에서 3000만원의 부동산을 구매하여 지금까지 갖고 있었다면 그 가치는 수백 배 이상 올랐다고 추정할 수 있을 것이다. 정확한 계산은 아니지만 '안'은 요즘으로 치면 제법 큰 규모의 상가 빌딩을 여러 채 보유한 부유한 집안의 아들이라고 생각할 수 있다. 따라서 '안'이 대단한 귀족 자제는 아니었겠지만, 그의 경제적 지위는 1964년의 일반적 젊은이들과는 비교할 수 없는 수준이었을 것이다.

'서울의 나'는 조금 다른 경우이다. 그는 시골에서 올라와 싸구려 술집밖에 갈 수 없는 서민이다. 그런데도 작품 속 그에게는 도시 빈민이나 가난한 노동자의 모습이 없다. 이는 '서울의 나'가 처음부터 당대 사회의 일반적 젊은이를 대표할 생각이 없었기 때문이다. '서울의 나'는 사관학교에 진학하여 장교가 되려 했던 야심찬 청년이었고, 자신의 꿈이 좌절되자 재빠르게 공무원을 선택한 영리한 젊은이였다. '서울의 나'와 '안'이 나누는 대화는 지금 들어도 그다지 촌스럽지 않다. 오히려 뭔가 흥미롭기까지 하다. 따라서 이들에게서 청년실업의 불안감이 보이지 않는다고 해서, 당대 사회의 젊은이들이 2015년의 우리들보다 더 행복하거나, 덜 불안했다고 일반화할 수는 없을 것 같다.

물론 이것만으로는 '서울의 나'와 '안'의 심리와 처지 등을 제대로 설명할 수 없을 것이다. 그들을 이해하기 위해서는 더 많은 것들이 필요할 것이다. 작가 김승옥에 대한 평가는 크게 두 가지로 나눌 수 있다. 하나는 그의 작품에 문학사적 의미를 부여하는 것이고, 다른 하나는 그의 작품이 지닌 문학 내적 의미를 밝히는 것이다.17) 문학사적으로 그는 50년대 전후 소설의 감수성과 이별하고 60년대 소설의 새로운 지평을 연 건으로 평가받는다. 따라서 '서울의 나'와 '안'이 보여주는 새로운 감수성은 분명히 이전 소설과는 차별되는 1960년 소설의 새로운 경향이고, 우리는 바로 이런 모습에 주목해야 할 것이다. 이에 대해서는 결론에서 다시 서술하겠다.

3.2. 구조조정과 〈무진기행〉

〈무진기행〉의 주인공은 33세의 나이로 제약회사에서 임원을 맡고 있다. 사장의 딸과 결혼한 것이다. 그 '딸'의 결혼은 초혼이 아닌 재혼이었다. 결혼은 약 4년 전쯤에 했던 것으로 추정된다. "4년 전 나는, 내가 경리(經理)의 일을 보고 있던 제약회사가 좀 더 큰 다른 회사와 합병되는 바람에 일자리를 잃고 무진으로 내려왔"(무진기행 230쪽)다는 '나'의 독백이 있었기 때문이다.

결혼 전에 그는 직장을 잃었다. 기업 합병으로 인한 구조조정의 희생양이었다. 당시까지만 해도 구조조정이라는 말은 일반적이지 않았을 것이다. 하지만 2015년을 살아가는 우리들에게 구조조정은 친숙한 단어다. 구조조정이란 기업의 불합리한 구조를 개편하여 효율성을 높이는 일을 말한다. 우리나라에서 구조조정이 사회적 문제로 떠오른 것은 1997년 외환위기

---

17) 오덕애, 「〈무진기행〉 속에 나타난 가면성 연구」, 『한국문학논총 66집』, 한국문학회, 2014., 174-175쪽 참고.

이후 자금을 빌려준 IMF의 강도 높은 구조조정 요구 때문이었다. 기업뿐 아니라 사회 전반에서 정리해고, 명예퇴직이 진행되었고, 그 빈자리의 대부분을 비정규직 직원들이 채워나갔다. 〈무진기행〉에서 '나'의 실직은 기업 합병으로 인한 일반적인 구조조정이었다. 이는 우리 사회에서 문제가 되고 있는 구조조정과는 조금 거리가 있다. 하지만 스물 아홉의 나이에 갑작스럽게 해고된 '나'의 심리적 충격은 오늘날의 구조조정 이상으로 심각했을 것이다. 일반적으로 구조조정이 발생하면 사람들은 "자신이 더 이상 조직 내에서 중요하지 않고, 가치가 없는 존재로 인식"[18]하게 된다.

〈무진기행〉의 '나' 역시 비슷한 상실감을 경험했을 것이다. 1964년의 독자들과는 다른 방식으로 2015년의 독자들은 '나'의 상실감에 공감할 수 있을 것이다. 그러나 '나'는 사장의 딸과 결혼함으로써 이 문제를 단번에 해결한다. 그가 어떤 과정을 거쳐서 사장의 딸과 결혼했는지에 대해서는 나오지 않는다. 다만 그는 이 결혼에 대해 조금 자괴감을 갖고 있는 듯하다. 나이 차이가 나는 것 같지도 않고, 아내의 성품 역시 무난해 보인다. 따라서 요즘의 시각에서 보면 별로 문제가 될 것이 없고, 마냥 부러운 인물일 수도 있다. '나'는 아내에게 특별한 애정을 갖고 있지는 않지만 그렇다고 아내를 싫어하는 것 같지도 않다. 하지만 '나'는 별로 행복해 보이지 않는다. '나'는 사랑하지 않는 사람과 돈 때문에 결혼을 했고, 그것 때문에 불행한 것일까?

18) 조윤형 외, 「고양불안 지각, 조직기반자긍심, 반생산적 과업활동과의 관계」, 『대한경영학회지 27권11호』, 대한경영학회, 2014., 1884쪽.

'나'는 아내를 만나기 전에 동거녀가 있었고, 그 때문에 그녀에게서 상처를 입었던 것 같다. "동거하고 있던 희(姬)만 그대로 내 곁에 있어 주었던들 실의(失意)의 무진행은 없었"(무진기행 230쪽)을 것이라는 '나'의 독백을 보면 동거녀와의 이별은 '나'에게 정리해고 이상으로 큰 충격이었던 것 같다. 동거녀에 대한 회상은 단 한 번 나올 뿐이고 더 이상 이어지지 않았다. 그리고 '나'는 무진에서 만난 하인숙과 잠자리를 갖는다. 이를 통해 '나'라는 인물이 사랑에 대해 숭고한 열정 같은 것을 갖고 있지 않음이 분명해진다.

물론 '나'의 성적 방종을 정리해고와 이어진 동거녀와의 이별에 대한 충격 때문으로 이해할 수도 있다. 그리고 이러한 내용을 타락한 사회에 대한 '나'의 저항으로 해석할 수도 있다. 그러나 작품 속 '나'의 심리를 충분히 이해한다고 해도, '나'의 '저항'이 너무나 소극적이고 비겁하다는 사실에는 변함이 없다. 하인숙과 무책임하게 교제한 것은 '나'를 믿고 고향으로 내려가서 며칠 쉬다가 올 것을 제안한 아내의 순수함을 배반하는 행위이다. 그리고 무엇보다 무진에서의 삶에 갑갑해 하는 시골학교 교사 하인숙의 순정을 짓밟는 행위이기도 하다.

작품의 말미에서 '나'는 하인숙에게 '사랑'을 고백하는 편지를 썼다가 다시 찢어버린다. 이는 숭고한 사랑에 대한 '나'의 열정을 보여주는 것이 아니라, 자신의 부도덕함을 위장하기 위한 자기변명에 불과하다.

4. 마치며

1960년대는 전쟁의 상처가 조금씩 아물어가는 시기이면서 경제적인 근대화가 본격적으로 시작된 시기이다. 거꾸로 말하면 일제의 식민지배와 해방, 그리고 한국전쟁이라는 민족사적 소용돌이가 채 가시지 않은 상황에서 도시화, 산업화 등의 사회 변화가 전 국민의 생활 양식을 뒤흔들기 시작한 시기이다. 강진호는 "전쟁의 후유증을 치유해야 하는 전후적 성격이 유지되면서 다른 한편으로는 자본주의의 가속화에 따른 물신주의와 소외 등 근대화의 부정성을 동시에 감당해야 했던 게 60년대 문학의 과제"[19]라고 하면서 1960년대 문학의 복잡한 성격을 지적하였다.

세상에 복잡하지 않은 시대는 없었을 것이다. 신라시대에도 사회는 복잡했을 것이며, 조선시대에도 사회는 복잡했을 것이다. 임진왜란과 병자호란을 거친 조선 사람들, 일제로부터의 광복과 6·25 전쟁을 겪은 1950년대 사람들. 이들의 고통과 격변기의 혼란을, 외환위기를 겪고 청년실업을 걱정하는 오늘날 우리들의 고통과 비교할 수 있을까? 어쩌면 이런 질문은 무의미할지도 모른다. 어느 누구든 자신이 살고 있는 시대가 쉽고 만만할 수 있겠는가? 사람은 누구나 자신에게 부여된 삶의 무게를 버거워하고, 그럼에도 불구하고 꿈을 이루기 위해 발버둥치며 살아간다.

그러나 어느 순간 우리들은 좀 더 쉽고 빠른 길을 선택하려고 한다. 그 길이 윤리적이지 않거나, 또는 자신의 진정한 소망을 이루는 데에

---

19) 강진호, 「1960년대 리얼리즘 소설고」, 『현대소설연구』 6호, 현대소설학회, 1997, 322쪽.

방해가 된다는 것을 알면서도. 그리고 그러한 자신의 선택을 합리화하기 위해 여러 가지 핑계를 만들어 낸다. 사회를 원망하고, 부모를 원망하고, 친구를 원망한다. 물론 그러한 원망들은 어느 정도 타당하다. 부모가 재력가인 사람은 자신의 소망을 성취하는 데에 좀 더 유리한 고지를 우연히 얻은 것이다. 하지만 부모가 재력가인 친구를 보며 자신의 부모를 원망하는 청년이 있다면 우리는 한심하다고 비웃을 것이다.

작가는 우리에게 무엇을 전하고 싶었을까? 사실 정답은 의외로 간단할지도 모른다. '서울의 나'와 '안'이 보여준 새로운 감수성의 정체는 '불안'일 것이다. 그들은 새로운 산업사회의 질서에 숨이 막히고, 사회의 변화와 경쟁 속에서 계속 잘 살 수 있을까 불안했을 것이다. 그들의 불안을 이해하는 오늘의 우리들도 사실은 불안하다. 불안하기 때문에 그들을 이해할 수 있는 것이다. 1964년과 2015년을 잇는 공통점은 '불안'일지도 모른다. 그들은 불안했기 때문에 새로운 감수성을 보여주었고, 우리도 불안하기 때문에 그들의 불안한 감수성을 읽으며 위로를 받고, 살아갈 힘을 얻는 것이다.

지금까지 김승옥의 〈무진기행〉과 〈서울, 1964년 겨울〉에 대해 살펴보았다. 두 작품을 묶어서 함께 읽는 것이 첫 번째 목표였고, 2015년의 사회적 시각에서 두 작품의 의미를 재해석하는 것이 두 번째 목표였다. 두 작품을 묶어서 읽는 작업은 어느 정도 애초의 목적을 이룬 것 같다. 하지만 2015년의 시각에서 두 작품의 의미를 재해석하는 것은 아직 미진하다고 생각한다.

2015년의 시각에서 두 작품의 의미를 제대로 해석하기 위해서는 무엇보다 1960년대 사회에 대한 정확한 이해가 필요할 것 같다. 그리고 1960년대를 이해하기 위해서 우리나라의 근현대사에 대한 종합적 이해도 함께 필요할 것이다. 김승옥의 다른 작품들도 분석해 보아야 할 것이고, 1960년대를 대표하는 다른 작가의 작품들도 검토해 보아야 할 것이다.

※ 참고문헌

〈자료〉

김승옥, 『생명연습』, 문학동네, 2014
(〈무진기행〉, 〈서울, 1964년 겨울〉 등 초기작 수록)

〈논문〉

강진호, 「1960년대 리얼리즘 소설고」, 『현대소설연구』 6호, 현대소설학회, 1997.

사경아, 「김승옥 초기소설 연구: 〈무진기행〉과 〈서울, 1964년 겨울〉을 중심으로」, 홍익대학교 교육대학원 석사학위논문, 2007.

오덕애, 「〈무진기행〉 속에 나타난 가면성 연구」, 『한국문학논총 66집』, 한국문학회, 2014.

유용모, 「김승옥 소설에 나타난 인물탐구: 〈무진기행〉과 〈서울, 1964년 겨울〉을 중심으로」, 충북대학교 교육대학원 석사학위논문, 2006.

조윤형 외, 「고양불안 지각, 조직기반자긍심, 반생산적 과업활동과의 관계」, 『대한경영학회지 27권11호』, 대한경영학회, 2014.

지은재, 「청년실업의 원이과 해결방안에 관한 연구」, 『21세기 사회복지연구 3권1호』, 21세기 사회복지학회, 2006.

1. 들어가며

나도향은 5년 남짓한 짧은 창작 기간을 통해 두 편의 장편소설과 25편의 단편 소설을 남겼다. 그는 작품 활동 초기부터 이광수를 비롯한 여러 문인들로부터 '천재 소년 문사'라는 과찬을 받았으나, 막상 오늘날까지 평가를 받는 그의 작품은 「벙어리 삼룡이」, 「뽕」, 「물레방아」, 「지형근」 등 주로 후기에 쓴 몇 편뿐이다. 평생을 창작하고도 단 한 편의 문학사적 관심작을 남기지 못한 문사들이 허다한 점을 고려할 때 과작(寡作)이라고는 할 수 없으나, 천재라는 칭호를 받으며 초기에 썼던 많은 작품들이 문학적 성과를 거의 인정받지 못하는 것을 보면서 당대의 평가와 후대 평가 사이의 간격에 새삼 놀라게 된다.21)

이 글은 나도향 소설의 가장 큰 특징을 요부형 여인의 성공적 형상화로 보고, 그 특징과 의미에 대해 살피고자 한다. 특히 그의 작품 생애를 초기와 후기로 나누고 소설 속의 여인상이 요조숙녀에서 요부로 바뀌었다거나, 낭만주의에서 사실주의로 변모했다는 식의 논의들이 갖는 부적절함에

---

20) 이 장은 『현대문학의 연구』 20호(2003.)에 실었던 논문을 수정 보완하였음.

21) 특히 당시의 문인들이 한결같이 나도향의 문체를 칭찬했는데, 초기작들에서 보이는 그의 문체는 오늘날의 관점에서는 수식어를 남발하여 긴장감을 잃은 채 진부하기 짝이 없다.

대해 논증하고, 작중인물들이 성적 욕구에 대한 부정적 자의식을 버리는 것에 초점을 맞추어 그러한 윤리의식과 행위가 갖는 의미와 문학적 성과에 대해 논하고자 한다.

2 요조숙녀에서 요부형 여인으로

김교선은 도향의 소설이 성공할 수 있었던 주된 이유가 요부형 여인의 성공적 형상화에 있다고 전제하고, '요부형 여인'의 의미에 대해 긍정적인 가치를 부여했다.[22] 그는 도향의 작품에 등장하는 창부형의 인물들이 낭만적이면서도 현실적인 실재로서의 생명감이 강하게 풍겨지고, 현실에 영합하여 타락한 부정적 인물임에도 불구하고 왠지 모를 강한 매력을 지닌다고 했다.

도향 소설에서 요부형 여인에 대한 지적은 이미 많은 평자들이 언급했다. 하지만 지금까지의 지적은 후기작에만 국한되었다. 김교선 역시 도향의 초기작에 나타난 여성들의 마음씨는 부드럽고 착하고 아름다웠는데, 후기작을 보면 마치 딴 작가의 손에 의하여 그려진 초상화 같다고 했다.[23]

이렇듯 초기작과 후기작의 여인상을 대립적으로 파악하는 것은 많은 연구자들에게서 일치한다. 대부분의 연구자들은 작가 도향의 이성에 대한 호기심과 찬양이, 추악한 현실에 눈을 뜨면서 혐오와 환멸로 바뀌었다고

---

22) 김교선, 「자기증명의 소설」, 『현대문학』, 1972.5. 298-304쪽
23) 위의 책, 299쪽

했다. 나아가 도향의 이러한 변화를 낭만주의에서 사실주의로 변화한 것으로 평가하기도 했다.

몇 작품들을 중심으로 초기작과 후기작에 대한 지금까지의 연구자들에게서 일치되는 견해를 살펴보면 다음과 같이 도식화 할 수 있다.

창작 시기	초기			후기		
작품	젊은이의 시절	별을 안거든 울지나 말걸	옛날 꿈은 창백하더이다	물레방아	뽕	지형근
여주인공	누이	연인	어머니	부정한아내		창녀
이미지	천사			요부		
화자의 태도	애정의 대상			경멸의 대상		
작가의 세계관	낭만주의적 세계관			사실주의적 세계관		

위의 도식은 지금까지의 연구자들이 예외 없이 보여 준 일반적인 견해로 보아 무방하다. 하지만 도향의 작품들을 꼼꼼하게 검토해보면, 비록 초기작이라고 하더라도 작중의 여성들은 거의 예외 없이 색욕이 강한 요부형의 인물임을 알 수 있다.

첫 작품이라 할 수 있는 「출학」에서 주인공 영숙은 서울로 올라가기 위해 약혼자 이병철을 버린다. 그리고 서울에 와서는 다시 해외 유학을 가야한다는 명분으로 정윤모에게 정조를 바친다. 「젊은이의 시절」에서 누이 경애는 동생 철하에게 근친애를 느낀다. 「춘성」에서 영숙는 아버지의 부고를 받고 울다가 춘성을 보고는 '눈물 나는 얼굴에 견디지 못하는 웃음을 웃더니 눈물을 고치고서 냉정한 얼굴'[24]을 짓는 종잡을 수 없는 여인이다. 「여이발사」, 「전차 차장의 일기 몇 절」 등 후기로 넘어오면서 작중 여인들은 더욱 노골적으로 남성을 유혹하고 성적으로 타락하는 모습을 보인다. 이렇듯 도향의 작품에 등장하는 여인들은 대부분 에로틱한 정조와 적극적인 성격을 갖고 있다. 따라서 초기작에서는 천사의 이미지를 가졌다가, 후기작에서 요부의 이미지로 돌변한다는 지금까지의 이해는 수정되어야 한다.

이러한 오해가 발생한 것은 작중 인물을 대하는 화자의 태도 변화 때문이다. 도향의 초기작부터 후기작까지[25]에 나오는 여성 인물들은 대개가 성적 욕구가 강하고 사회가 용인하지 않는 방식의 성적 스캔들에 직간접적으로 연루되어 있다. 초기작에서 화자는 이들 여성들의 성적 스캔들에 대해 매우 동정적인 시선을 취하나, 「물레방아」, 「뽕」 등의 작품에서는 일정한 거리를 두고 객관적 입장에 선다. 이러한 화자의 태도 변화 때문에 독자들은 초기작의 여성 인물들에게 요조숙녀의 이미지를 갖게 되고, 후기작의 여성들에게서는 요부의 이미지를 갖게 된 것이다.

---

24) 「춘성」, 본문 127쪽

25) 5년 남짓한 짧은 작품 생활을 '초기작'이니 '후기작'이니 하고 나누는 이분법적 사고의 위험성에 동의하기 때문에 가능하면 이런 구분을 하지 않으려 하나, 나도향 연구에서 일반적으로 통용되는 개념이며, 또 「벙어리 삼룡이」, 「뽕」, 「물레방아」로 이어지는 일련의 작품들이 그의 작품 생활 후반기에 몰려 있는데 이들 '성공한' 작품과 그렇지 못한 작품들 간의 창작 방법 및 세계관의 차이를 구분하는데에도 요긴하므로 부득이하게 '초기/후기'의 구분을 하도록 한다.

3. 낭만주의에서 사실주의에로

낭만주의와 사실주의를 구분하는 일은 간단한 듯 하면서도 또한 결코 쉽지 않은 일이다. 낭만주의가 과연 사실주의의 대척점에 놓이는가의 문제부터 시작해서, 낭만주의와 사실주의를 문예사조로 볼 것인지 아니면 사조적 측면을 넘어서는 또 다른 원리로까지 확대시킬 것인지 등에 대해서 정교하게 정의해 나가려면 끝이 없는 공론이 이어질 것이기 때문이다. 이렇듯 용어상의 빈틈에도 불구하고 기존의 연구자들은 초기의 도향 소설이 낭만주의적 경향을 띠었으나, 후기작들에서 이를 극복하고 사실주의적 경향을 띠게 되었다고 서슴없이 말하곤 한다. 이러한 규정이 별 무리 없이 통용되는 것은 낭만주의와 사실주의에 대해 우리 문학계가 무엇인가 공통적인 개념을 공유하고 있기 때문일 것이다.

도향의 소설 세계가 낭만주의에서 사실주의에로 옮겨갔다는 주장은, 두 용어가 정교한 서술상의 함의에서 차이가 있다기보다는 통념상의 차이에 근거하는 것이라 볼 수 있으므로, 우리는 통념상 낭만주의와 사실주의를 어떻게 변별하는가를 살펴볼 필요가 있겠다.

낭만주의와 사실주의라는 용어는 실제 언어생활에서 매우 광범위하게 사용되고 있어 그 의미를 구체적으로 기술하는 것이 쉽지가 않다. 국어사전에 있는 설명으로는 부족하고, 문예학 사전의 장황한 설명과는 조금 다른 의미로 쓰이고 있다. 하지만 낭만주의와 사실주의라는 개념을 정교하게 정의하는 것은 이 글의 목적이 아니다. 이 글에서는 나도향 소설의 특징을 설명하기 위해 두 용어가 어떤 의미로 사용되고 있는가를 밝히고자 할 따름이다. 나도향 작품들의 특징을 염두에 두면서 일반적으로 통용되는 낭만주의와 사실주의라는 용어의 차이는 애정문제가 전면화 되었는가, 애정문제에 퇴폐적인 측면이 있는가, 작중인물들이 당대적 보편성을 갖고 있는가, 당대 현실의 모순을 구체적으로 부각시켰는가, 사건들이 개연성 있게 구성되었는가 등을 중심으로 살펴볼 수 있을 것이다. — 일제 시대 우리 문학에서 낭만주의적이라고 할 때는 남녀의 애정 문제가 전면적으로 부각되어야 하고, 또 이른바 '병적 낭만주의'라고 불리는 데에서 알 수 있듯이 다소간의 퇴폐성을 지니는 것이 일반적이다.

위의 내용을 기초로 도향의 작품들을 살펴보면 몇 가지 의문을 던질 수 있다. 먼저 지적할 부분은 「벙어리 삼룡이」, 「물레방아」, 「뽕」 등 도향의 대표작이자 이른바 '후기작'들에서도 여전히 남녀의 애정 문제는 가장 중요한 테마라는 점이다. 나아가 이들 작품들에서 보여지는 애정 관계는 다분히 퇴폐적인 경향을 띤다. 뒤에 다시 상술하겠지만 「물레방아」의 여주인공인 방원의 처는 젊어서는 정력을, 그 뒤에는 다시 재력을 좇아 계속 서방을 바꾸는가 하면, 「뽕」의 안협집 역시 결혼 전부터 여러 남자들과 분방한 성관계를 갖는다. 후기작들에서 보여지는 이런 점들은 도향 소설의 이른바 낭만주의적 특징이다.

두 번째로 지적할 부분은 도향의 후기작들에 나타난 작중인물과 사건들이 당대 현실의 모순을 고발하는데에 적절했는가에 대해서이다. 삼룡이가 하인이고, 방원의 처와 안협집이 가난한 시골 아낙이라는 점에서 이들 주인공들이 당대의 사회적 약자이다. 하지만 「벙어리 삼룡이」의 경우에 삼룡이 주인 오생원에게 갖는 경외심은 작품의 말미까지 전혀 줄어들지 않으므로 삼룡이의 변화를 계급적 각성[26]이라 볼 수 없고, 방원의 처가 신치규의 유혹에 응하는 것을 가난에서 벗어나려는 욕망으로 해석할 수는 있으나, 방원과 만나기 전에 이미 다른 사내와 동거하다가 칼에 찔리는 위협을 감내하면서까지 가난한 방원과 도망쳤던 점이나 작품의 결미에서 방원의 칼에 죽는 인물이 신치규가 아닌 그의 아내라는 점 등은 이 작품이 가난의 문제를 전면에 부각하여 사회적 모순을 고발하려는 작품에서 다소 거리가 있다는 것을 알 수 있게 한다. 「뽕」에서 안협집 역시 사내들과 성관계를 가진 후에는 반드시 물질적 대가를 받으려 하는 점에서는 자본주의 사회에서의 성의 상품화 논리를 보여주는 것 같지만, 싫은 사내는 천금을 준대도 거들떠도 안 보는 안협집의 행위는 오늘날의 프리섹스주의에 가깝다.

　이렇듯 도향의 후기작들에서 소위 사실주의적 특징이라 할 만한 부분들은 별로 없다. 물론 그의 후기작들에 사실주의적 특징이 전혀 없다는 뜻은 아니다. 하지만 후기작들에서 거론되는 사실주의적 특징들은 당시에 창작된 대부분의 작품에서도 공통적인 요소라 할 수 있으며, 나아가 도향의 이른바 초기작들에서도 반복해서 나타난다. 「출학」의 여주인공이 상경하기 위해 애인과 헤어지는 것이나, 일본 유학을 위해 자신의 정조를 버리는

---

26) 북한의 문예학 사전에서는 「벙어리 삼룡이」를 계급적 각성을 고취시키는 작품이라 평하고 있으며, 이는 남한의 문학 연구자들에게서도 어느 정도 통용되고 있는 듯하다. 하지만 이 작품의 핵심 갈등은 주인집 아씨에 대한 삼룡이의 일방적 사랑이며, 오생원의 아들에게 대들었다고 하지만 이는 어디까지나 아씨를 보호하려는 마음일 뿐이다. 오생원의 집에 불이 나자 삼룡이 맨 먼저 구하는 인물은 자신의 상전인 오생원이다. - 덧붙여 오생원의 집에 불을 낸 것이 삼룡이라는 식의 글들이 가끔 있는데, 이는 오독의 결과이다.

것은 물질적 궁핍으로 인해 정신세계가 황폐해지는 사실주의 소설[27]의 일반적 구조와 일치한다. 「은화·백동화」, 「당착」, 「속 모르는 만년필 장사」 등의 작품들 역시 가난한 민중들의 궁핍한 일상을 다루었다는 면에서는 사실주의적 작품들이다.

이상에서 간략하게 살펴보았듯이 도향의 소설을 초기작과 후기작으로 나누어 낭만주의와 사실주의라는 대비 속에서 파악하려는 시도는 옳지 않다. 나도향은 전 시기를 거쳐 소재적 차원에서 다소 사실주의적이기는 하나 본질적으로 낭만주의적이라 할 수 있는 도향 특유의 작품 세계를 보여주었던 것이다. 굳이 후기작 몇 편을 두고 사실주의로 선회했다는 주장은 적절하지 않으며 단지 「벙어리 삼룡이」, 「물레방아」, 「뽕」 등의 후기작 몇 편이 작품의 완성도가 높은 도향의 대표작일 뿐이다.

4. 성적 욕망에 대한 인물들의 부정적 자의식

지금까지 나도향 소설의 초기작과 후기작을 낭만주의와 사실주의, 요조 숙녀와 요부형 여인의 도식으로 나누는 것의 문제에 대해 살펴 보았다. 5년의 짧은 창작 기간에 도향의 작품들은 소재나 작가의 세계관 등의 차원에서 별로 바뀐 것이 없다고 할 수 있다. 하지만 그렇다고 해서 5년 동안 발표된 작품들의 수준이 모두 비슷한 것은 아니다. 많은 논자들이

---

27) 보다 정확히 말하자면 김동인의 「감자」에서 보여지는 '자연주의'적 경향이라 해야 하겠지만, 편의상 '사실주의'의 범주에 묶어 두기로 한다.

지적하듯이 여전히 도향의 대표작은 후기에 생산된 「벙어리 삼룡이」, 「물레방아」, 「뽕」 등으로 모아진다. 그렇다면 어떤 차이로 도향의 대표작들이 구별되는가? 후기작들에서 작중 화자가 여성들의 성적 스캔들에 대해 동정적인 시선에서 일정한 거리를 두는 객관적 입장으로 선회한 것에 대해서는 이미 전술한 바와 같다.

여기에 덧붙여 작중인물에 대한 화자의 객관적 거리 두기는 조금 다른 차원에서도 작품의 완성도를 높이는데 기여했다. 초기작들의 화자[28]는 작가인 나도향의 면모들을 그대로 보여주고 있다. 도향 소설의 연구자들이 초기작들을 사적(私的)이라고 평가하는 것도 이와 무관하지 않다. 초기작들에서 화자는 1인칭 남자 주인공이거나, 또 3인칭 시점이라 할 지라도 작품 속의 남자 주인공의 시점을 상당 부분 포함하고 있다. 그리고 이 때 남자 주인공은 작품 속 여인들을 동정적인 시선으로 서술할 뿐 아니라 성적 욕망의 대상으로 파악하기도 한다. 도향의 초기작이면서 '도향 문학의 전 비밀이 숨어있는 원형'[29]이라는 평가를 받기도 한 「젊은이의 시절」에서 남주인공 철하는 누이 경애에게 근친애적 경향을 보인다.

… 그가 몸을 슬쩍 돌릴 때에 그의 희고 고운 옷자락이 바람에 슬쩍 날리어 그의 부드러운 육체의 윤곽이 선명하게 철하의 눈에 보였다 … (45쪽)[30]

---

28) 채트먼이 정의한 '내포작가'라는 표현이 좀더 정교하겠으나, 나도향의 소설에서 화자와 내포작가를 구분하는 것이 이 글의 전개에는 별 의미가 없으므로 '화자'로 통일하도록 하겠다.

29) 전문수, 「나도향 소설의 정체」, 현대문학, 1980. 5. 346쪽

30) 주종연, 김상태, 유남옥 엮음. 『나도향 전집』, 집문당, 1988.

… 여성의 손을 잡는 감정적(感情的)에 그는 아무리 자기의 누님이라 할지라도 알지 못하게 가슴을 지나가는 발랄한 맛을 보았다. 그는 얼른 손을 놓았다 …(32쪽)

　　… 그 여자는 자기 누이보다 더 예쁘지는 못하나 어디인지 자기의 누이가 갖지 못한 미점(美點) 있는 여자라 하겠다 …(35쪽)

인용문에서 알 수 있는 것은 철하가 누이 경애를 성적으로 대상화한다는 것이다. 거리에서 만난 젊은 여자를 보면서도 철하는 자기 누이의 미점(美點)과 비교를 한다.

이 작품의 초반부에서 철하는 저녁마다 꿈을 꾼다. 꿈 속에서는 천사가 나와서 아름다운 음악을 들려준다. 그 음악소리는 그의 모든 것을 여름날 지평선 위로 떠오르게 하는 흰구름 같은 것이고, 봄날의 아지랑이 같은 것이며, 한없는 곳으로 영원히 흐르는 무어라 말하기 어려운 즐거움이다. ─이때 꿈속에서 만난 천사는 누이의 이미지와 쉽게 연결된다. 천사를 누이의 변형으로 본다면, 천사의 음악소리는 누이에게 관능적 애무를 받고 싶어 하는 철하의 욕망을 상징한다. 철하에게 있어 욕망의 실체는 육체적인 성욕이고, 예술, 비애, 환상 등 서로 다른 듯이 보이는 감정들로 위장되어 있다. 나아가 철하의 육체적 정욕은 누이에 대한 근친애적 욕망으로 치닫는다. 그러나 철하의 금욕적인 자의식은 자신의 근친애적 욕망을 부정하려고 한다. ─철하는 육체적인 정욕을 예술적인 미의식의 추구로 은폐하려고 하는데, 이 때문에 갖가지 위장과 상징들이 나타난다. 이러한

　　이 글에서의 작품 인용 쪽수는 모두 위 책을 말함.

위장과 상징들은 작가의 미숙한 기교로 인해 더욱 더 모호한 형태를 띠기 때문에, 독자의 입장에서 이 작품은 낯설고 장황하다.

작품의 후반부에서 누이 경애가 약혼자 경빈으로부터 파혼을 당하자, 철하는 꿈 속에서 누이를 상징하는 것으로 보이는 여인과 성적 환타지를 경험한다. 그러나 황홀한 시간은 오래 지속되지 못했다. 환상적인 쾌락의 시간이 지나자 '달은 서쪽 지평선 저쪽으로 넘어가며 얼굴이 노한 듯 불쾌하여 철하를 흘겨'본다. 멀리 지평선 위로 음악의 여신이 나타난다. '아무 말없이 철하의 손을 잡고 물끄러미 쳐다'보기만 하는 음악의 여신은 슬픈 듯 눈물을 흘린다.

> … 그 여신은 철하를 끼어안고 어머니가 어린 자식을 어루만지는 듯하였다. 철하는 여신을 단단히 쥐었다. 그러나 그 여신은 돌아가려 하였다. 철하는 놓지 않았다. (중략)
> 철하가 눈을 떴을 때에는 그 여신을 잡았던 손에 자기 누이의 고운 손이 잡혀 있었다. 자기 누이는 자기 손을 잡고 그 위에 눈물을 뿌리고 있었다 …(49쪽)

꿈속에서 성적 환타지를 공유한 여인이 누이의 변형이라면 음악의 여신은 근친애에 대한 사회적 금기라든가, 철하와 경애의 초자아를 상징하는 것으로 볼 수 있다.

이렇듯 이 작품은 1920년대의 우리 문단에서 보기 드문, 근친애적 욕망에 휩싸여 번뇌하는 한 젊은 남매의 미묘한 성심리를 보여주고 있다. 도향의 다른 초기작들에서도 근친애적 요소는 조금씩 보이나, 이것이 그의 전체

작품 경향을 대변하는 것은 아니다. 하지만 이 작품에서 보이는 남매의 애정 심리는 '남녀의 퇴폐적31) 애정관계'라는 표현으로 수렴될 수 있으며, 이는 도향의 작품 세계 전반을 관철하는 가장 주요한 주제이다.

한 가지 흥미로운 것은 '퇴폐적 애정' 문제에 대한 작중 인물들의 인식 차이이다. 초기작들에서 인물들은 자신의 성적 욕망을 부정하거나 치환시키는 등의 방법으로 합리화하려 한다. -「젊은이의 시절」에서 누이에 대한 성적 욕망을 꿈 속 여인과의 정사로 치환시켰다고 한다면, 「추억」에서는 성적으로 타락한 여인을 등장시켜 유부녀와 간통한 남주인공의 부도덕성을 완화시키려 한다.

「추억」은 유부녀와의 간통이라는 통속적인 이야기를 담고 있다. 이 작품에서 먼저 지적할 것은 여주인공이 보여주는 요부적인 특징이다. 「추억」에 나오는 여인에 대한 형상화의 수준은 「물레방아」나 「뽕」에 비해 떨어지는 것이 사실이지만, 「추억」의 여주인공은 후기작에서 살펴볼 수 있는 요부적인 특징들을 이미 상당 부분 갖추었다.

전통적인 일부종사의 이데올로기에서 자유로운 방원의 처나 안협집과 마찬가지로 「추억」의 여주인공 역시 아무 거리낌없이 외간 남자와 '유쾌하게' 간통을 한다. 그녀는 남편이 옆에 있음에도 불구하고 처음 보는 남자인 '나'의 팔목을 붙잡고서 신세 한탄을 늘어놓는다. 그리고 아무 스스럼 없이 '나'에게 동행을 요구한다.

---

31) '퇴폐적'이라는 용어보다는 '반(反)사회적인', 또는 '금기적' 등의 용어가 더 어울리겠으나, 국문학사에서 1920대 낭만주의의 주요 경향 중 하나를 '퇴폐성'으로 파악하려는 경향이 있으므로, 도향의 소설 세계를 당대의 낭만주의와 연결지으려는 의도로 '퇴폐적'이라는 용어를 사용하기로 한다.

… 그 여자는 나의 팔목을 잡고 자기의 모든 일과 자기의 생활의
모든 일과 가정의 모든 일과 장사의 모든 일을 시작하여 웬만해서는
끝이 날 듯 하지 않았다 …(87쪽)

  … 만일 수고가 되지 않으시거든 어떻게 저하고 같이 가 주실 수는
없는지요? …(87쪽)

베르사이유로 가는 방향을 잘못 알고 있었다며 무섭게 남편을 질타했던
여인의 목적은 사실 다른 데에 있었다. 남편에게 지갑을 찾아 떠나게
하고 '나'와 둘이서 목적지에 도착한 그녀는, 사실은 남편이 말한 방향이
맞았고 '나'가 말한 방향이 틀렸음을 알게 된다. 그러나 그녀는 '나'의
실책에 대해서 전혀 책임을 묻지 않는다. 아니, 오히려 더 좋아한다.
당황하면서 마차를 세내어 다시 베르사이유로 가려고 하는 '나'에게 그녀는
이렇게 말한다.

  … 아니 그렇게 할 것이 없지요. 우스운 일예요. 나는 배가 고프지
않으니까 나는 아무리 다른 길로 돌아가더라도 관계치 않아요. 조금도
걱정은 없어요 (중략) 나에게는 이렇게 두세 시간일지라도 기를 펼 수
있는 것이 얼마나 행복인지 알 수가 없어요 …(90쪽)

항상 남편을 쥐고 흔들며 사는 그녀에게 '두세 시간일지라도 기를 펼
수 있는' 시간이란 바로 간음의 시간이다.

… 우리들은 시냇가에 있는 어떠한 카페에 들어가서 특별히 조그마한 방을 빌기로 정하였다. 그 여자는 조금 술이 취하여 엷게 불그레하여졌다. 나는 참으로 마음이 상쾌하여져서 노래도 부르고 떠들기도 하고 모든 광태를 연(演)하였다. … 그 여자도 지지 않게 날뛰고 모든 유쾌를 지었다.

… 모든 쾌락 가운데서 가장 좋은 행위까지도 … (중략) 이것이 그 나의 최초의 간통한 기록이요! …(90쪽)

그녀에게 '베르사이유로 가는 길'은 중요하지 않았다. 그것은 남편으로부터 떨어지려는 핑계에 불과했다. 그녀의 진정한 욕망은 다른 남자와의 성관계였다.

이상과 같이 「추억」의 여주인공은 여타의 초기작들과 다르게 성적으로 개방된 의식을 보여준다. 「뽕」이나 「물레방아」의 여주인공과 거의 비슷한 의식 수준이다. 하지만 추억이 이들 작품과 다른 점은 화자의 역할이다. 「뽕」, 「물레방아」에서 화자의 존재는 여주인공의 자유분방한 성적 스캔들을 알려주는 보조적 역할만을 한다. 앞에서 화자가 작중 인물과 객관적인 거리를 두고 있다는 지적과 유사하다. 그런데 「추억」은 1인칭 주인공 시점을 취하고 있다. 화자인 '나'는 여주인공과 스캔들을 일으키는 당사자이다. 「추억」의 여주인공을 요부로 묘사하는 것은 화자의 부도덕한 행위를 합리화시키는 역할을 한다. 즉 목적지에 잘못 온 것을 깨닫고 화자는 마차를 세내어 다시 상태를 원상회복 시키려 했지만, 성적으로 타락한 여주인공의 강권함 때문에 어쩔 수 없이 간통을 하게 되었다는 식이다. 따라서 「추억」은 도향의 다른 초기작들과 같은 궤에 놓이게 된다. 비록 적극적이고 능동적인 요부형 여인을 형상화하기는 했지만, 그것 자체가 작품의 핵심 요소가 되지 못하고 여전히 성욕에 대한 금욕적 자의식을 갖는 인물의 부도덕한 행위에 대한 합리화 기제로 사용되었기 때문이다.

5. 부정적 자의식의 극복과 에로티즘 미학

초기작의 인물들이 자신의 퇴폐적 성욕에 대해 일종의 도덕적 자의식을 보였던 것에 비해 「물레방아」, 「뽕」 등의 작품에서 주인공들은 자신의 반사회적 애정행각에 대해 너무도 당당하다.

「물레방아」에서 신치규는 아내에게 주먹질을 가하면서도 이를 '주먹이 가지고 하는 일종의 농담'이라 생각할 뿐 별반 죄의식을 보이지 않는다. 요부형 여인상이 완성된 것으로 평가받는 방원의 처는 한 술 더 떠 자신의 감정에 대한 솔직함을 그 극단에까지 몰고 간다. 사실 그녀가 처음부터 방원의 아내는 아니었다. 그녀는 전남편을 버리고 도망쳐서 방원과 함께 살고 있었다.

> … 임자의 말을 들으렬 것 같으면 벌써 들었지요, 이때까지 있겠소? 임자도 나의 마음을 알지요. 임자와 나와 이 년 전에 이곳으로 도망해 올 적에도 전 남편이 나를 죽이겠다고 허리를 찔러 그 흠이 있는 것을 날마다 밤에 당신이 어루만졌지요? 내가 그까지 칼쯤을 무서워서 나 하고 싶은 것을 못한단 말이요? …(246, 247쪽)

전남편에게서 도망친 이유가 무엇인지는 정확하게 나와 있지 않다. 그러나 그녀는 더 나은 삶을 위해 '죽이겠다고 허리를 찔'리면서까지도 전남편에게서 도망쳤고, 자기가 원해서 방원과 함께 살았던 그녀가 이제는 늙고 돈 많은 신치규를 선택한 것이다. 신치규에게로 가는 이유는 물론 '돈' 때문일 것이다. 그녀는 방원과의 희망 없는 가난한 삶에 진력이 난 것이다. 추측하건데 전남편을 버리고 방원을 선택한 것은 '성적 욕망' 때문이 아니었나 싶다. '새침한 얼굴이 파르족족하고 길다란 눈썹과 검푸른 두 눈 가장자리에 예쁜 입, 뾰로통한 뺨이며 콧날이 오똑한 데다가 후리후리한 키에 떡 벌어진 엉덩이가 아무리 보더라도 무섭게 이지적인 동시에 또는 창부형으로 생긴'[32] 그녀가 가난한 이방원을 선택하게 된 이유는 달리 설명할 방법이 없기 때문이다. '창부형'이라는 것은 그녀가 누구보다도 더 '색정적'이라는 것을 의미하며,'이지적'이라는 것은 맺고 끊는 것을 확실하게 하는 그녀의 '타산적' 성격을 뜻하는 것으로 볼 수 있다. 전남편을 버린 이유가 색정적인 욕망의 추구였다면, 다시 방원을 버리고 신치규를 택한 것은 이해 타산적 계산의 결과이다.

앞 뒤 계산이 빠른 그녀의 성격은 칼로 위협하는 방원을 상대하는 데에서도 잘 드러난다. 전남편이 죽이겠다고 허리를 찔렀어도 자신은 뜻을 굽히지 않았으니, 비겁하게 자꾸 추근거리지 말고 포기하라고 말하는 그녀는, 방원이 잠깐 방심한 틈을 타서 그의 칼을 떨어뜨린다.

---

32) 본문 234쪽

… "이게 무슨 비겁한 짓이요. 사내 자식이, 자! 찌르려거든 찔러 봐아, 자, 자."

계집은 두 가슴을 벌리고 대들었다. 방원은 너무 계집의 태도가 대담하므로 들었던 칼이 도리어 뒤로 움찔할 만큼 기가 막혔다.(중략) 계집은 그래도 두려웠던지 방원의 손에 든 칼을 뿌리쳐 땅에 떨어뜨렸다 …(247쪽)

이처럼 영악한 모습을 보여주는 그녀는 그러나 여전히 비극의 희생물일 뿐이다. 그녀는 단지 자신의 욕망에 솔직했을 따름이다. 성적인 욕망 때문에 죽음을 무릅쓰고 방원과 도망쳤던 그녀는 이번에는 빈궁한 삶에서 탈출하기 위해서 또다시 목숨을 건다. 사실 1920년대의 조선 현실에서 한 여인이 자신의 욕망을 달성한다는 일은 결코 쉽지 않다. 그것은 때로 목숨을 걸어야 하는 절대적인 정열을 필요로 한다. 그녀는 자신의 내부에서 용솟음치는 불같은 열정으로, 자신의 목숨을 걸고서 스스로의 욕망 성취를 위해 노력했다. 그녀의 이러한 열정은 독자들에게 감추어진 욕망을 자극하기에 충분했을 것이다. 물신화된 욕망을 추구하는 이 요부형 여인을 독자들은 경멸한다. 그러나 그 욕망은 타락한 세상을 살아가는 사람이라면 그 누구도 피할 수 없다. 독자들은 그녀의 솔직하면서 목숨까지 거는 비극적 정열에 경탄하면서 끝까지 극적인 긴장감을 잃지 않게 된다.

죄의식 없이 자신의 감정에 극단적으로 솔직하려 한 요부형 여인상은 「뽕」의 안협집을 통해 절정에 이른다. '비록 몸은 그리 귀하게 태어나지 못하였으나 인물이 남달리 고운 점이 있어 동리 젊은 것들이 암연히 부러워

도 하고 질투도 하게 되고 또는 석경 속에 비친 자기네들의 어여쁘지
못한 얼굴을 쥐어뜯고 싶기도[33]) 할 정도로 외모가 출중한 안협집은 '돈'을
위해서 '정조'를 버리는 것에 대해 죄의식이 전혀 없다.

… 그러나 촌구석에서 아무렇게나 자란 데다가 먼저 안 것이 돈이었다.
'돈만 있으면 서방도 있고, 먹을 것 입을 것이 다 있지' 하는 굳은 신조는
자기 목숨을 내어놓고는 무엇이든지 제공하여 부끄러운 것이 없었다.
십 오륙 세 적, 참외 한 개에 원두막 속에서 총각 녀석들에게 정조를
빌린 것이나, 벼 몇 섬, 돈 몇 원, 저고릿감 한 벌에 그것을 빌리는
것이 분량과 방법이 조금 높아졌을 뿐이요 그 관념은 동일하였다 …(267쪽)

일찍부터 '돈'의 가치를 알게 된 안협집은 '자기 목숨을 내어놓고는 무엇이
든지 제공하여 부끄러운 것이' 없는 인물이다. 「물레방아」에서 방원의
처가 자신의 욕망을 이루기 위해 목숨까지 거는 대담함을 보여준 것과는
조금 다르다. 방원의 처에 비해 안협집은 냉정하고 현실적일 뿐 아니라
좀더 주체적이다. 뽕지기와의 일을 눈치 챈 남편에게 죽도록 얻어맞으면서
그녀는 남편과 헤어지면 그만이라고 생각한다.

… "이년! 더러운 년, 뽕밭에는 몇 번이나 갔나?"(중략)
"죽여라! 죽어!"
"그럼 살려줄 줄 아니? 이년!"(중략)
맞는 안협집은 당장에 죽을 것 같았다. 그는 생각하기를 이왕 이리

---

33) 본문 266쪽

된 바에 모두 말해 버리고 저하고 갈라서면 그만이지 언제는 귀밑머리
풀고 사주단자 보내고 사당에 예배드린 내외냐.(중략)

"이것 놔라! 내 말하마!"(중략)

"뽕밭에는 한 번밖에 안갔다. 어쩔 테냐?" …(282쪽)

「물레방아」에서 방원의 처가 자신의 욕망을 이루기 위해서는 언제나
'남편'이 필요했다. 전남편, 방원, 신치규 등으로 그 상대를 바꾸기는 했지만
그녀의 욕망은 항상 남편이라는 존재를 통해서 실현되는 것들이었다.
하지만 안협집은 그렇지 않았다. 방원의 처는 가난에서 벗어나기 위해서
젊은 자신의 남편을 거부하고 늙은 신치규를 선택했지만, 안협집은 언제라
도 스스로 돈을 벌 수 있는 인물이었다. '마치 장사하는 사람이 거래
단골을 트듯이 이 사람 저 사람'³⁴⁾과 관계를 가지는 안협집에게 남편이라는
존재는 허울좋은 구실에 불과했다. 남편이 이성을 잃고 폭력을 행사하자,
갈라서겠다고 마음먹는다. 물론 자신의 과거 행위들에 대해서는 추호의
반성도 없다. 안협집의 자유분방함과 그 당당함은 1920년대는 물론이거니
와 오늘날의 독자들까지도 끊임없이 경탄하게끔 만든다.

6. 1920년대 민중 정서의 낭만적 수용

지금까지 나도향의 소설의 특징을 간략하게 살펴보았다. 한 가지 짚고

---

34) 본문 267쪽

넘어갈 것은 도향의 소설을 낭만주의에서 사실주의로의 발전으로 보려는 시도가 온당하지 못하다고 해서, 도향의 작품을 1920년대 사실주의 문학의 성과에서 제외시켜서는 안된다는 점이다. 후기작의 요부형 여인들이 갖는 이해타산적 성격은 식민지 민중의 궁핍한 생활 체험의 결과로 이해할 수 있으며, 이는 사실주의적 특징으로서 도향의 후기작들을 이해하는데에 유용한 접근법을 제공해 줄 것이다. 하지만 이에 대해서는 이미 다른 연구자들이 규명한 부분이고 또 이 글은 도향 소설의 낭만주의적 특징에 초점을 맞추고 있으므로 인물들의 타산적 성격이 갖는 사실주의적 함의에 대해서는 상술하지 않았을 뿐이다.

덧붙여, 무엇보다 도향의 후기작들이 문학적으로 성공할 수 있었던 주요한 요인으로는 그의 작품이 보여준 민중적인 정서를 들 수 있다. 「행랑 자식」 같은 작품에서 드러나는 가난하고 학대받는 인간들의 고통과 설움에 대한 생생한 묘사는 출구 없는 암울한 시대를 살아가던 당대 민중들의 비극적 정서에 대한 알레고리로 쓰여진 것이 분명하다. ─하지만 비슷한 시기에 쓰여진 「여이발사」와 같은 작품은 조금 다르다. 일반적으로 「행랑 자식」과 「여이발사」를 잇따라 발표했던 1923년을 기점으로 도향의 작품이 사실주의적 경향을 띤다고 하지만, 「여이발사」는 주인

「행랑자식」과는 여러 면에서 다르다. 우선 경제적 지위와 학력 등이 불분명하고 계급적 각성과도 거리가 먼 주인공, 이발사의 젊은 아내가 면도를 해준다는 비현실적인 상황 설정, 처음 보내는 낯선 여인의 면도를 받으면서 느끼는 에로틱한 분위기만이 전경화된 구성 등이 전혀 사실주의적이지 않기 때문이다. 그런데도 연구자들이 이 두 작품을 동류로 취급하려는

것은, 앞에서 이미 지적했듯이, 이 시기부터 작품의 문장이 간결하고 세련되어졌기 때문인 것으로 추정된다.

「여이발사」나 「행랑 자식」 이후 그의 문장이 눈에 띄게 눈에 띄게 간결해진 것도 도향 작품의 문학적 성공의 중요한 요소이다. 하지만 문장에 대한 고찰은 본 연구의 목적에서 벗어나므로 생략하기로 한다. 한 가지 지적해 둘 것은, 그가 작품 활동을 시작했던 1920년대 초반에는 아직 근대적인 문체가 확립되기 전이었다는 것이다. 이광수의 『무정』 이후 급속하게 퍼진 언문일치의 문장은 아직 당대 사회에서 실험적인 단계였다. 따라서 이광수, 김동인, 현진건, 나도향 등의 초기 소설은 '문장'이라는 측면에서 일종의 모험이었다. 초기의 도향 소설이 보여준 지나친 만연체의 문장이 독자의 이해를 방해한 건 사실이지만, 이는 아직 모범적인 문장 법칙이 정착되기 이전에 감행된 일종의 실험이었다는 사실을 상기할 필요가 있다. 이러한 사실은 도향의 초기 소설을 단순하게 문학 청년의 습작으로 분류할 수 없게 하는 이유이기도 하다.

도향이 당대의 민중 정서를 작품 속에 투영시킨 것은 개인적인 빈곤의 체험 외에도, 당대의 유행 사조였던 신경향 문학의 영향 때문으로 풀이된다. 도향의 소설이 신경향파 문학의 영향을 받았다는 주장은 이미 60년대에 김우종, 김영수 등에 의해서 제기된 바 있다.35) 이는, 후기 소설을 지배하는 빈곤의 문제와 계급의 문제, 그리고 당대에 신경향파 문학이 지배적 사조를 형성해 가고 있었음을 염두에 둔다면 그다지 무리한 주장은 아니다. 하지만

---

35) 김우종, 「나도향론」상·하, 『현대문학』, 1962.10-11.
   김영수, 「나빈의 꿈과 현실의 주변」, 『문학춘추』, 1965.6.

그의 작품이 갖고 있는 낭만주의적 특징 때문에 '도향은 신경향 문학에 관심이 없었다'는 주장들도 있다.36) —하지만 이러한 주장 역시 도향과 신경향파 문학과의 완전한 단절을 의미하지는 않는다. 즉 도향 작품의 경향이 본질적으로 어느 진영에 속하느냐에 대한 연구자의 선택일 뿐이다. 당시에 도향이 문단의 좌·우파를 막론하고 여러 문인들과 폭넓게 교제했음을 밝힌 남기홍의 연구37) 역시 신경향파 문학의 영향을 짐작할 수 있게 한다.

하지만 무엇보다도 도향의 소설이 오늘날까지 평가를 받는 이유는 역시 인물들의 애정 문제를 전면에 내세운 도향의 에로티즘적 경향 때문이다. 「물레방아」에서 이방원은 주인 신치규의 농간에 아내를 뺏기고 감옥살이까지 한다. 감옥에서 풀려난 후 다시 마을로 돌아오면서 방원은 '그까짓 것들은 살려 두어야 쓸데없는 인생들'이라고 생각하면서 아내와 신치규를 살해할 결심을 한다.38) 그러나 막상 아내의 목소리를 듣는 순간 그의 마음은 흔들린다.

> … 방원의 마음은 이상하게 동요가 되었다. 예쁜 계집의 목소리가 오래간만에 귀에 들릴 때 마치 자기가 감옥에서 꿈을 꿀 적 모양으로 요염하고 황홀하게 그의 마음을 꾀는 것 같았다. 그는 꿈 속에서 다시 만난 것 같고 오래간만에 그를 만나보매 모든 결심은 얼음같이 녹는 듯하였다 …(「물레방아」, 본문 245-246쪽)

---

36) 조달옥은 프로문학과 연관성을 상정하는 연구들이 도향 문학에 대한 이해의 폭을 넓혔다는 의의가 있을 뿐이라고 했다.(조달옥, 「나도향 소설 연구」, 효성여대 박사, 1993.2)
37) 남기홍, 「나도향 문학의 전기적 고찰」, 인하대 석사, 1994, 23-29쪽
38) 「물레방아」, 본문 245쪽

말다툼 끝에 아내를 죽게 한 방원은, 신치규에 대한 복수도 잊고서, 그 자리에서 아내를 따라 자결한다. 결국 신치규에 대한 복수심은 아내의 애정을 다시 회복하기 위한 수단에 불과했던 것이다.

「뽕」에서 안협집은 참외 한 개와 정조를 맞바꿀 만치 성적으로 타락했으면서도, 마음에 들지 않는 사내에게는 '만냥금을 준대도 거들떠 보지도' 않는 매몰찬 면모를 갖고 있다. 이 역시 안협집이 단순하게 금전만능적이지 않고, 좀 더 복합적이고 미묘한 애정중심적 가치관을 지녔음을 보여준다.

도향의 후기작들은 가난하고 억압받던 민중을 주인공으로 했고 기본 서사 역시 궁핍한 일상에 대한 이야기들이 주를 이룬다. 하지만 도향은 여기에서 그치지 않고, 자신의 낭만주의적 정서를 십분 발휘하여 작품을 한껏 에로틱하게 만들었다. 이는 도향의 소설을 당대의 신경향파 소설과 구별되게 한다. 이에 대한 가치 평가는 좀더 폭넓은 검토를 필요로 하겠지만, 도향 소설의 이러한 특징은 몇 편 안 되는 그의 작품들이 왜 그토록 오랜 세월 동안 빛을 바래지 않는가에 대해 의미 있는 시사점을 던져 준다.

※ 참고문헌

〈자료〉
주종연 외, 『나도향 전집 상,하』, 집문당, 1988.

〈단행본〉
김영민, 『한국 문학비평 논쟁사』, 한길사, 1992.
김윤식, 『한국 근대 문예 비평사 연구』, 일지사, 1976
김재용 외, 『한국 근대 민족 문학사』, 한길사, 1993
김종주, 『라깡 정신분석과 문학평론』, 하나의학사, 1996.
백 철, 『신문학사조사』, 백철전집 4권, 청구문화사, 1973
이선영 편, 『문학 비평의 방법과 실제』, 삼지원, 1990.
이재선, 『한국현대소설사』, 홍성사, 1979.
S.프로이트, 장병림(張秉琳) 역, 『정신문석입문』, 박영사, 1985.
월터 코프먼, 김평옥 역, 『프로이트와 그의 시학』, 학일출판사, 1994.

〈논문〉
권영민, 「한국 근대 소설론 연구」, 서울대학교 박사, 1983.
남기홍, 「나도향문학의 전기적 고찰」, 인하대학교 석사, 1994.
유남옥, 「나도향 연구」, 숙명여자대학교 석사, 1986.
이명복, 「나도향의 문체론적 연구」, 서울대학교 석사, 1974.
이영식, 「나도향소설연구」, 성균관대학교 석사, 1987.
이인숙, 「나도향 소설에 나타난 인물 연구」, 고려대학교 석사, 1983.
한점돌, 「나도향 소설구조와 그 배경연구」, 서울대학교 석사, 1981.

〈기타〉

강인숙, 「낭만과 사실에 대한 재비판」, 문학사상 9호, 1973.

김기진, 「도향을 생각한다」, 『현대평론』7호, 1927.8.

_____, 「Promeneade Sentimental」, 『개벽』 37호, 1923.7.

김교선, 「자기 증명의 소설」, 현대문학 1972. 5.

박팔양, 「도향군의 죽음」, 『현대평론』 7호, 1927.8.

김우종, 「나도향론」상·하, 현대문학, 1962.10-11

_____, 「도향의 문학사적 위치」 문학사상 1973.6.

김재홍, 「근대문학의 샛별」, 『나도향』, 벽호 출판사, 1993.

김 철, 「닫힌 사회의 비극적 정열」, 『한글새소식』, 1987.4.

유남옥, 「나도향 소설의 특성」, 『나도향 전집』 상권, 집문당, 1988.

4 자살인가, 타살인가?[39)]

1. 들어가며

700명이 넘는 등장 인물을 거느린 『토지』는 그 방대한 규모에 걸맞게 무수히 많은 죽음들이 나온다. 일상적인 자연사(自然死)뿐 아니라 자살, 살해, 처형, 집단병사(集團病死), 학살 등 다양한 유형의 죽음들이 시종 반복된다. "죽음의 문학적 형상화는 항시 어떻게 살아가야 할 것인가 하는 문제의식을 동반한다."[40)]는 어느 연구자의 지적을 상기하지 않더라도 『토지』에 나타난 다양한 죽음들이 작가의 어떤 주제의식 아래에서, 어떤 수사학적 전략을 구사하고 있는지 살피는 것은 『토지』의 진면목을 이해하는 데에 긴요한 문제가 아닐 수 없다.

『토지』는 바우 할아범 내외의 자연사(自然死)를 시작으로 최치수의 살해(殺害), 자살(自殺), 그리고 살해범들에 대한 처형(處刑), 병사(病死), 아사(餓死) 등의 죽음들이 나온다. 이상에서 살펴본 죽음의 여섯 유형은

---

39) 이 장은 『수사학』 15권(2011)에 발표한 논문을 수정 보완하였음.

40) 최유찬, 『세계의 서사문학과 『토지』』, 서정시학, 2008, 234쪽.

　　최유찬은 이 책에서 한국문학을 대표하는 소설 『토지』에는 "한민족이 오랜 역사 경험을 통해 얻은 죽음에 대한 인식과 그에 바탕을 두고 일구어 온 고유한 삶의 방식이 오롯하게 깃들여 있다. 그렇기 때문에 『토지』는 삶과 죽음의 문제를 다른 세계문학의 여러 성좌들 가운데서도 가장 영롱하게 빛나는 하나의 별이라고 말할 수 있다."라고 했다.(235-236쪽 참고)

작품에 서사화된 사망사건들을 단순하게 나열한 것이다. 하지만 순차적으로 진행된 죽음의 여섯 유형은 이 세상에서 볼 수 있는 죽음의 유형 대부분을 아우르고 있다. 『토지』 1부에서 이러한 죽음의 유형들이 순차적으로 전개되었다는 것과, 2부 이후에도 이러한 죽음의 유형들이 끊이지 않고 반복되고 있다는 것은 '죽음'이 작품의 핵심 모티프임을 강하게 시사하는 것이기도 하다.

『토지』에 나타난 '죽음'의 유형을 나누고 이를 분석하는 것은 작품에서 죽음이 어떻게 주제화되었는가를 분석하는 작업이다. 문학작품의 주제를 밝히기 위해서는 '작품 속에 잠재된 일관성을 드러내고, 흩어진 요소들 사이에서 은밀한 연관성을 찾아'[41] 작품을 하나의 총체로서 인식해야 한다. 이 작업은 '작품 전체에 깊이 스며있으면서도 보다 심층적인 의미'[42]로 텍스트의 개별성을 넘어서는 근본적 요소가 되는 모티프들에 대한 연구를 전제로 할 때 보다 용이해진다. 이 글에서 시도하는 죽음에 대한 연구는 바로 이 모티프에 대한 구명(究明)을 통해서 『토지』의 전체 주제를 더욱 풍부하게 해석하려는 시도이다.[43]

이를 위해 이 글에서는 위의 여섯 유형을 '자연사, 살해/처형, 병사,

---

41) 다니엘 베르제, 「주제 비평」, 민혜숙 옮김, 『문학비평 방법론』, 동문선, 1997, 143쪽

42) 프랑수아 조스트, 「주제와 모티프」, 이재선 엮음, 『문학주제학이란 무엇인가』, 민음사 1996, 131쪽

43) '주제론' 또는 '주제학'이라 번역되는 'Thematics'라는 용어를 처음으로 사용한 보리스 토마체프스키는 '더 이상 해체할 수 없는 부분의 테마'를 '모티프(motif)'라 정의하고, 개별 모티프의 의미와 결합 양상을 분석함으로써 주제 연구를 심화시킬 수 있다고 보았다. 이와 관련한 상술은 아래 부분을 참조할 것.
보리스 토마체프스키, 「주제론(Thematics)」, 조주관 옮김, 『러시아 현대비평이론』, 민음사, 1993, 155쪽

자살의 네 가지로 분류하여 살펴볼 것이다. 이는 작품에 나타난 죽음의 도덕적 책임이 어디에 있는가에 따른 분류이다. 자연사(自然死)와 병사(病死)는 위의 네 가지 중 도덕적 책임에서 가장 자유로운 유형이다. 하지만 『토지』에서 병사(病死)는 도덕적 문제가 뒤따르는 경우가 많고, 또 작품의 전체 구조에서 중요한 역할을 담당하기 때문에 따로 구분하였다. 그리고 아사(餓死)는 실제로 사건화되는 경우가 많지 않고, 또 도덕적 책임의 문제에서 병사(病死)의 경우와 유사한 점이 많기 때문에 '병사(病死)'를 서술하면서 함께 다루겠다. 살해와 처형은 가해자와 피해자가 존재하기 때문에 도덕적 책임의 문제가 가장 분명하다는 점에서 다른 죽음의 유형들과 구분된다. 그리고 살해와 처형은 가해자와 피해자에 대한 관점만이 다를 뿐, 그 속성이 유사하기 때문에 '살해/처형'의 유형으로 함께 묶었다. 끝으로 자살(自殺)은 가해자가 자기 자신이기 때문에 도덕적 문제의 양상이 다른 죽음의 유형들과 확연히 달라 따로 묶었다.

2. 긴장의 이완, 죽음의 안정된 형태 – 자연사(自然死)

『토지』에서 가장 먼저 나타난 죽음의 양상은 바우 내외의 자연사(自然死)이다. 바우 내외는 동학접주 김개주에게 겁탈당한 윤씨 부인의 자살기도를 막았고, 이러한 사실을 사려 깊은 문의원에게만 알려 비밀스러운 출산을 가능하게 했던 충직한 하인부부이다. "친애했던 사람들은 누구였었던가. 문 의원이 있었고 월선네가 있었고 바우 내외가 있었다. 윤씨 부인은 그들에게 애정을 느꼈으며 신분을 느끼지 않았었다."(2:314)[44]라고 서술될 만큼 바우 내외는 윤씨 부인에게 친밀한 존재였다. 하지만 바우의 죽음은 주변 사람들에게 특별한 관심을 받지 못했다. 바우가 앓는 소리를 듣고 "저눔으 늙은이, 자갈을 물리든지 해야겄다. 머 얻어묵을라고 안 죽노."(1:26)라고 쏘아붙이는 삼수의 매정함 속에는 '행랑 구석진 방에서 죽을 날을 기다리는 늙은 종'(1:25)에 대한 한 치의 동정도 찾을 수 없다. 매사에 다정다감한 봉순네조차도 바우의 병치레에 대해서는 '노벵인께'(1:36)라며 더 이상의 연민을 보이지 않는다. 하지만 바우의 죽음에 대해 주변인들이 무관심했던 더 큰 이유는 신분을 속이고 최참판가의 하인으로 숨어들었던 김환과 별당아씨의 연애가 발각되었기 때문이다. 고방에 갇힌 김환과 별당아씨를 측은해 하면서 봉순네는 어린 시절에 보았던, 주인에게 죄를 지어 몽둥이에 맞아죽은 염진사댁 종의 시체를 떠올린다. 김환의 비극적 죽음을 예감한 것이다. 하지만 윤씨 부인의 은밀한 도움으로 김환과 별당아씨는 야반도주에 성공하고, 같은 시각에 바우는 죽는다.

　　삼경이 넘었을 때 최 참판댁에 초상이 났다. 바우 할아범이 죽은 것이다.
　　"제기럴! 새는 날에 송장 무더기 나겄다."
　　삼수가 내뱉었다. 그러나 초상이 나서 집안에 불이 온통 켜졌을 무렵 고소성 골짜기를 지나가는 초롱불이 있었다.(1:44)

---

44) 박경리, 『토지 2권』, 솔출판사, 1994. 314쪽. (이후부터 『토지』 인용은 괄호 안에 권, 쪽수 표기로 대체함.)

이처럼 미천한 신분과 노령, 그리고 구천이와 별당아씨의 야반도주 사건에 묻혀 아주 시시한 듯 서술된 바우의 죽음은 『토지』 첫 회 연재분45)의 마지막을 장식하며 작품 전체의 분위기와 주요 모티프를 전달하는 효과적 장치로 기능한다. 아주 짧은 위의 인용문만 보아도 쓸쓸한 죽음, 위험한 사랑, 목숨을 건 탈출 등의 내용이 압축적으로 서술되어 있음을 알 수 있다. 특히 김환과 별당아씨의 사랑이 발각되고, 이 때문에 갇히고, 다시 감쪽같이 탈출하는 드라마틱한 사건 전개 속에서 최참판가 내부인들이 느끼던 심리적 긴장은 바우 할아범의 죽음을 통해 급격히 이완된다. 나아가 바우의 죽음은 김환과 별당아씨의 탈출 사건에 대한 독자들의 관심을 중화시키는 데에도 일조한다. 즉, 서술자는 작품 전체를 통해 가장 중요한 사건이라 할 수 있는 둘의 도피행각이 갖는 의미를 일부러 흐려놓기 위해 바우의 죽음을 전면에 배치한 것이다. 작품의 전체 구도를 알지 못하는 독자들에게 바우의 죽음과 병치되는 '고소성 골짜기를 지나가는 초롱불'(1:44)은 아주 흐릿한 인상일 수밖에 없다. 하지만 서사가 전개되면서 독자들은 차츰 '초롱불'의 의미를 알게 될 것이다. 그리고 이 과정에서 독자들은 작품의 서술방식을 인지하면서 새로운 긴장 상태에서 독서를 지속할 수 있는 활력을 얻게 된다.46)

자연사는 가장 흔한 죽음의 유형이지만, 그 일상성 때문에 문학작품에서

---

45) 『토지』는 1969년 9월부터 〈현대문학〉에 연재되었으며, 솔판 1권 44쪽의 위 인용 부분 까지가 첫 회 연재분이다.

46) 이처럼 『토지』에서 중요한 사건을 다루는 방식은 항상 간접적이다. 동학농민운동, 삼일 만세운동, 중일전쟁, 대평양전쟁 등이 각 부별로 작품의 핵심 기둥을 이루면서도, 막상 이러한 사건들이 전혀 서사화되지 않는 것도 같은 방식에서 이해해야 한다.

자주 등장하지는 않는다. 『토지』에서도 자연사가 직접 서사화된 경우는 많지 않다. 하지만 작품에 나타난 첫 번째 죽음이 자연사이고, 두 번째 죽음 역시 바우 아내 간난할멈의 죽음이었다는 사실을 통해 작품에서 '자연사'가 갖는 상징성을 유추할 수 있다. 전편(全篇)을 통해 수없이 많은 죽음을 서사화했으면서도 그 출발점에 자연사를 놓은 것은, '자연사'를 죽음의 안정된 형태로 보았기 때문이다. 살해/처형, 병사. 자살 등 죽음의 다른 유형들에 비해 상대적으로 안정된 형태인 자연사가 작품의 첫 번째, 두 번째 죽음으로 서술된 것은 안정된 상태에서 불안정한 상태로 변화하는 작품의 이야기 구조와 일치한다. 『토지』는 최참판가를 중심으로 봉건적 위계질서가 안착되었던 평사리 마을이 일제를 등에 업은 조준구의 등장과 함께 혼란과 격동의 소용돌이에 휩싸이는 구조로 되어 있다. 따라서 비교적 안정된 상태였던 작품 초기에 자연사가 주로 서사화된 것은 작품의 전체 구조와 잘 맞물리는 서술전략이었다고 할 수 있다. ─작품 전편을 통해 자연사가 직접 서사화되는 것은 바우 내외와 이용, 김영팔, 김이평 정도밖에 없다. 그 외 인물들의 자연사는 간단한 전언(傳言)으로만 소개되거나, 아니면 아예 전혀 언급되지 않는 경우가 대부분이다.

3. 도덕적 책임의 딜레마 ─ 살해/처형(殺害/處刑)

『토지』에서 두 번째로 찾아볼 수 있는 죽음의 양상은 살해(殺害)와 처형(處刑)이며, 그 첫 대상은 최참판가의 당주인 최치수이다.[47] 형수를 꾀어 야반도주한 이부(異父)동생 구천이를 쫓던 최치수는 부질없는 추격전을 그만두고, 길 안내를 해주었던 강포수에게 귀녀를 시집보내려 한다. 하지만 이것이 화근이 되어 최치수는 김평산에게 살해당한다. 자신의 재산을 노리는 귀녀의 음모를 알면서도 무시했던, 누구보다 영민했고 동시에 오만했던 최치수의 죽음을 통해 최참판가의 몰락은 기정사실화된다. 한편, 최치수의 죽음 이후 작품에는 '살해(殺害)'의 짝패라고 할 수 있는 '처형(處刑)'이 나타난다. 특히 이 때의 처형은 집단적인 죽음의 형태를 띠었다. 최치수 살해를 공모했던 김평산과 귀녀와 칠성이 한꺼번에 처형된 것이다. 바우 할아범의 죽음이 자연사라는 정상적 유형이었던 데에 비해, 둘째 및 셋째 죽음은 살해와 처형이라는 비정상적 유형이었다.[48] 자신의 재산 때문에 살해당한 최치수가 '억울한 죽음'을 당했다면, 살해에 가담했던 평산, 귀녀, 칠성은 '징벌적 죽음'을 당한 것이다.

이 외에도 작품에는 비교적 여러 차례의 살해/처형 사건이 서사화된다. 최치수 사건 이후의 살해/처형은 의병활동 자금을 조달하기 위해, 조준구 내외가 차지하고 있던 최참판가를 마을사람들이 습격하면서 발생한다. 마을 사람들은 조준구의 앞잡이였던 지서방을 살해하고, 조준구 내외마저 살해하려 했으나 실패한 채, 산으로 도주한다. 그런데 이 사건에 대한

---

47) 작품에서는 김평산이 처형당하기 전에, 모든 사실을 알게 된 그의 아내 함안댁이 목을 매고 자살한다. 따라서 엄밀하게 말해서 작품에 나타난 세 번째 죽음의 유형은 '자살'이다. 하지만 논의의 논리적 정합성을 위해 '자살'에 대한 분석을 뒷부분으로 옮겼다.

48) 이와 관련하여 조윤아는 박경리의 소설에 인위적인 죽음이 많다고 지적하고, 이것이 박경리 소설의 한 특징을 이룬다고 하였다. 그리고 이러한 죽음의 충동이 낭만적이거나 부조리한 것이 아니라 작가의 인과론적인 세계관이나 보수적인 윤리의식에서 비롯되었다고 주장했다. 더 자세한 내용은 아래 논문을 참고할 것.
조윤아, 「박경리 소설의 죽음 모티프」, 서울여자대학교 석사, 1993, 66-67쪽.

조준구의 엉뚱한 보복 때문에 삼수와 한조가 처형된다. 마을사람들의 습격으로부터 조준구를 숨겨준 삼수와 마을사람들의 봉기 기간 동안 이웃마을에 있었던 한조가 의병으로 몰려 헌병들에게 처형된 것은 '처형'과 '살해'의 근친성을 보여준다. 마을사람들이 지서방을 '살해'한 것은 평소 그의 못된 행실에 대한 징벌적 성격이 강했으므로 '처형'에 가까웠고, 삼수와 한조의 '처형' 역시 조준구가 사주한 '살해'와 다르지 않았기 때문이다.

이러한 살해/처형의 혼돈스러운 양상은 작품 내내 계속된다. 독립운동을 함께 했던 김환을 밀고하여 죽게 만든 지삼만이 지서방[49]에게 살해되는 부분에서도 이러한 양상을 쉽게 찾을 수 있다. 서사의 전체적 흐름 속에서 지삼만의 죽음은 동료들을 배신하고 김환을 죽게 만든 행위에 대한 징벌적 성격을 갖는다. 하지만 지서방이 지삼만을 죽인 것은 지삼만의 여자를 얻기 위한 비열한 동기에서 비롯되었으며, 이 일로 지서방 역시 곧 '처형'될 것임이 암시적으로 나타난다. 김두수의 끄나풀이 되어 일제의 밀정 노릇을 하던 윤이병, 자신의 이익을 위해 타인에 대한 위해(危害)와 감언이설을 서슴지 않던 배설자, 권력의 하수인이 되어 마을 사람들을 압박하며 일제의 총동원령을 수행한 우개동 등은 모두 살해와 처형의 구분이 불분명한 채로 죽음을 맞는다.

애초부터 살해와 처형은 구분하기 어려운 친연성을 갖고 있다. 살해든 처형이든 누군가가 다른 누군가를 죽인다는 점에서는 동일하기 때문이다. 가해자가 자신의 살인을 '정의'를 위한 행위였다고 생각할 때 그의 행위는 '처형'이 된다. 하지만 이 때 피해자가 가해자의 명분에 동의하지 않는다면

---

49) 마을사람들에게 살해당한 지서방과는 다른 인물임.

동일한 그 행위는 피해자에게 '살해'가 되는 것이다. 대부분의 피해자와 가해자는 서로 그 죽임의 행위를 살해/처형이라고 부를 것이다. 서술자의 생각도 이와 다르지 않았던 것 같다. 살해든 처형이든 모두 생명을 죽이는 것이므로 서술자는 반감을 가졌던 것 같다. 서술자의 이러한 생각은 가해의 주체가 국가이든, 일본이든, 심지어 서술자가 강한 애정을 갖고 있는 민중적 주체이든 간에 일관되게 나타난다. 최치수의 재산을 탐냈던 김평산과 귀녀, 칠성은 분명히 중죄를 저질렀다. 하지만 칠성이는 김평산과 달리 살해를 모의하거나 직접 살해에 가담한 일이 없이, 최치수의 재산을 탐내 귀녀와 성관계를 가졌을 뿐이다. 따라서 그의 죄값은 김평산이나 귀녀와는 달라야 했지만 국가는 세 사람을 동일하게 사형시켰다. 국가는 자신의 징벌권을 남용한 것이다. 나아가 마을 사람들은 김평산의 아내 함안댁이 자살한 것처럼, 칠성의 아내 임이네에게도 자살을 압박하였다. 지리산을 염탐하던 우개동을 붙잡아 집단 린치 끝에 죽게 만든 지리산의 청년들에게도 서술자는 해도사의 입을 빌려 그들의 그릇된 정열을 비판했다.

"김휘야."
"예."
"몽둥이를 보았지?"
"?"
"몽둥이 말심이야."
"예 … ."
"몽둥이를 없애는 데는 새로운 몽둥이가 필요하다는 거지."

"무신 말심이신지."

"범호군의 생각일세. 하하하핫 하하."

"그기이 어디 범호 혼자만의 생각이겠십니까."

"그래. 목숨이니 그런 게야. 해서 끝이 없는가부다."

그 말의 뜻을 휘는 알 수 없었다. (16:422)

범호는 지리산의 청년들에게 접근하여 사회주의 사상을 전파하고 있었다. '몽둥이를 없애려는 새로운 몽둥이'는 일제와 자본가들에게 맞서 또 다른 폭력을 사용하려는 사회주의에 대한 비판적 은유이며 동시에 가해와 피해의 근친성을 보여주는 상징물임을 알 수 있다.

이 밖에도 작품에서 직접 서사화되지는 않았지만 김개주가 양반들을 척살한 것이나, 삼수 할아버지와 염진사네 종이 맞아죽은 것 등도 상징적 의미가 강한 '살해'라 할 수 있다. 그리고 혁명에 실패한 김개주가 참수당하고, 의병활동 중에 윤보가 헌병대의 유탄에 맞아 죽고, 독립운동을 하다가 붙잡힌 강우규가 형무소에서 사형을 당하는 사건 등도 중요한 '처형'의 사례이다. 특히 작품에서 '살해' 모티프는 동경진재 이후의 한국인 학살, 남경에서의 중국인 학살 등 일제의 만행에 의해 보다 반생명적이고 집단적인 양상으로 이어진다.

4. 살해의 또 다른 형식 – 병사(病死)

『토지』에 나타난 또 다른 중요한 죽음의 유형은 병사(病死)이다. 그 중에서 작품의 창작 동기이기도 했던 '전염병(호열자)으로 인한 병사'가 작품에서 갖는 의미는 각별하다.[50] 이는 호열자를 계기로 어린 최서희의 공식적 보호자가 윤씨 부인에서 조준구로 바뀌었다는 사실만 봐도 분명히 알 수 있다. 호열자의 첫 희생자는 최참판가의 마름 김서방이었다. 김서방은 원래 윤씨 부인의 친정에서 종으로 있다가, 천주교도 학살 사건 때 윤씨 부인의 부친을 최참판가로 피신시킨 뒤 최참판가에 눌러 살았다. 평생 동안 남에게 해 끼치지 않고 윤씨 부인 집안을 도우며 충직하게 살던 김서방은 이웃 마을에 가서 소작농들을 만났던 일 때문에 평사리 전체에 호열자를 퍼뜨린다. 이후 윤씨 부인을 비롯하여 평사리 주민의 상당수가 호열자에 걸려 목숨을 잃는다. 이 밖에도 작품에는 생명을 앗아가는 많은 질병들이 나온다. 윤씨가 죽은 후 서희의 충복이자 후견인임을 자임하던 수동은 폐렴으로 죽었고, 월선이는 암으로, 임이네는 결핵성 복막염으로 죽는다. 이부(異父) 시동생 김환과 야반도주를 했던 별당아씨 역시 정확한 병명 없이 시름시름 앓다가 죽고, 만주에서 독립운동을 하던 송관수 역시 갑작스러운 호열자 때문에 죽는다. 사망원인을 질병으로 봐야 할지, 노화로

---

50) 작가는 어린 시절 '끝없이 넓은 논밭에 곡식이 누렇게 익어 풍년을 이루었지만, 역병으로 인해 사람들이 모두 죽어 버린 마을'에 대한 이야기를 듣고 강렬한 인상에 사로잡혔다고 회상했다. 실제 우리 역사에서도 1902년에 콜레라가 전국적으로 창궐하여 숱한 인명을 앗아갔다고 한다. 이에 관한 상술은 박경리의 『문학을 지망하는 젊은이들에게』 (현대문학, 1995) 78-79쪽을 참조할 것.

봐야 할지 다소 불분명하지만 조준구 역시 3년 동안 자리에 누웠다가 죽는다.

병사는 자연사와 함께 가장 일반적인 죽음의 유형이지만 그 성격은 사뭇 다르다. '자연사'는 합성된 어휘의 축어적 의미에서 이미 드러나듯이 자연스럽게, 천천히 맞는 죽음이다. 이에 반해 '병사(病死)'는 '질병'이 원인이 된, 운명적이지만 동시에 부자연스럽고 갑작스러운 죽음이다. 자연사는 노화의 결과이므로 사람들은 '살 만큼 살았다'는 안도감을 갖는다. 하지만 병사에 대한 감정은 자연사와 달리 '안타깝게 죽은' 것이다. 그럼에도 불구하고 두 죽음은 모두 '인간의 능력으로 더 이상 어쩔 수 없다.'는 체념의 정서를 불러일으킨다는 점에서 유사성이 있다. 이 때문에 앞에서 언급한 '살해'의 경우는 특정한 '가해자'를 전제로 하지만, 자연사와 병사에서는 도덕적 책임을 물을 수 있는 가해자가 따로 없다. 그런데 『토지』에 나타난 몇몇 병사(病死)에는 도덕적 책임을 져야 하는 가해자를 상정할 수 있다.

『토지』에 나타난 '병사(病死)'에서 도덕적 책임을 져야 하는 가장 분명한 가해자는 조준구이다. 호열자로 인한 평사리 주민들의 병사(病死)는 사실상 조준구에 의한 '살해'의 성격을 갖고 있기 때문이다. 윤씨 부인과 김서방, 봉순네 등 서희를 지켜줄 수 있는 인물들의 병사(病死)를 통해 조준구는 자연스럽게 최 참판가의 재산을 손에 넣는다. 이 사건이 조준구에게 찾아온 행운이었음은 분명하나, 이 사건으로 인한 조준구의 득세는 단순한 우연이 아니었다. 조준구는 호열자가 세균에 의해 감염된다는 사실을 알고 있었으나, 이 정보를 비밀로 하여 윤씨 부인을 죽음으로 내몬다.

"이 철없는, 자아 내 말 들으시오. 나는 그 병 피하는 방법을 알고 있소."

"네?"

"일본 사람들은 그것을 전염병이라 하오. 왜 그 여러 해 전에 그 병이 돌지 않았소?"

"그랬지요?"

"그 병은 입으로 해서 옮겨지는 병이라 하오. 그러니 먹는 것만 조심하면 괜찮다는 게요. 날것을 먹으면 안 된다는 거요. 무엇이든 음식은 끓여서 먹기만 하면 병이 옮을 염려는 없고, 그러니 우리 식구는 이곳에서 꼼짝 안 하는 게 가장 안전한 일이오. 죽만 끓여 먹으면 될 거 아니오? 찬바람만 불면 되니까."

하다가 준구는 홍씨 귀에다 대고 무슨 말인지 한참 동안을 수군거렸다. 홍씨는 반신반의의 눈으로 남편을 본다. (2:396)

홍씨 귀에 수군거린 조준구의 이야기를 짐작하는 것은 어렵지 않다. 그는 미필적 고의에 의해 살인방조죄를 범하였으나, 작중 인물들에게는 전혀 발각되지 않는다.[51]

1902년으로 추정되는 '호열자'가 평사리 마을을 휩쓸고 간 이듬해에 삼남지방 전체에는 또 다시 극심한 흉년이 발생한다. 삼남지방의 흉년 역시 수많은 사람의 목숨을 앗아갔다고 나오지만 실제로 서사화된 죽음은 서금돌 아내의 경우뿐이다. 그런데 바로 이 때에도 조준구는 삼수를 시켜

---

51) 조준구는 김평산의 최치수 살해에도 깊숙이 관여했으므로 살인교사죄가 성립한다. 그러나 이 역시 작중 인물들에게는 들키지 않는다.

마을 사람들 내심을 염탐해 '최 참판댁의 은혜를 잊고 서울 그 양반 떠받쳐줄 사람'(3:105)들에게만 기민미(饑民米)를 풀어 마을의 민심을 이반시킨다. 이 때문에 아내가 굶어죽은 서서방 집에는 아무 것도 주지 않고, 오히려 먹고 살만한 두만이네 집에는 기민미(饑民米)가 제공되는 아이러니한 상황이 발생한 것이다.[52]

'아사(餓死)'를 '병사(病死)'로 볼 수 있는가에 대해서는 또 다른 논의가 필요하겠지만, 서서방네의 죽음에 조준구의 도덕적 책임이 있음은 분명하다. 그리고 '아사(餓死)'와 관련해서는 최참판가의 선조들 역시 도덕적 비난에서 자유롭지 못하다. 자식 일곱을 거느린 과부의 구걸을 거부해 "오냐! 믹일 기이 없어서 자식새끼 거나리고 나는 저승길을 갈기다마는 최가놈 집구석에 재물이 쌯이고 쌯이도 묵어줄 사램이 없을 긴께, 두고보아라!"(1:210)라는 저주를 들었다는 마을 사람들의 구전(口傳)에서도 알 수 있듯이, 작품에서 서사화된 시간 이전에 이미 최참판가는 아사(餓死)에 대해 도덕적 비난을 받고 있었다. 최참판가의 부도덕성은 "한 시절 전까지만 하더라도 청빈한 선비들은 이 마을에 들어서면 강 쪽으로 얼굴을 돌리며 고래등 같은 최 참판댁 기와집을 외면했고 최씨네의 신도비(神道碑)에 침을 뱉었다"(1:210)는 작중화자의 서술을 통해서도 한층 분명해진다.

한편, 『토지』에 나타난 질병의 의미를 근대적 권력 담론의 일환으로 본 이경은 미셸 푸코와 가라타니 고진의 의견을 빌려 "19세기 말의 농촌에 이식된 위생 담론은 전염병 예방과 위생을 빌미로 야만과 문명을 대립시키

---

52) 박상민, 「박경리 『토지』에 나타난 악의 상징 연구」, 연세대학교 박사, 2008, 102-104쪽 참고.

는 표상 체계들을 만들어 내면서 일상에 작용하는 감시 권력을 생산[53]했다고 지적한다. 즉 "코흐가 세균을 발견한 이래 확립된 병원체 원인론은 인간으로부터 질병을 분리하며 그 결과 온갖 병이 의학에 의해 예방되고 또 치유된다는 환상을 불러일으킨다."[54]는 것이다. 『토지』에서 이러한 위생담론에 대한 저항의 서사는 문의원과 서희, 길상, 용이 등을 통해 이루어진다. 작품에서 서희, 길상, 용이는 타는 듯한 갈증을 느껴 혼미한 중에 엄청난 양의 물[55]을 마신다. 이들은 몸을 주체로 두는 수동성을 통해 스스로의 몸을 치유하고, 동시에 근대적 위생담론으로부터도 자유로워진 것이다. 명의의 요건 중 하나가 명을 아는 것이라고 생각하는 문의원 역시 질병을 제거하려는 입장보다는 하늘의 명에 순응하려는 입장에 가깝다.[56]

5. 죽음의 미화, 존엄의 형식 – 자살(自殺)

최치수 '살해'의 전모가 드러나면서 김평산이 관아에 끌려가자, 아내인 함안댁은 '자살'을 한다. 앙혼(仰婚)을 했다는 자격지심 때문에 평생에 걸친 김평산의 부당한 폭력을 꿋꿋이 감내했던 함안댁이 마지막까지 열부

---

53) 이경, 「질병의 은유로 『토지』 읽기」, 『현상과 인식』 32권 4호, 한국인문사회과학회, 2008년 겨울, 111쪽.
54) 위의 책, 112쪽.
55) 서희와 길상이가 '물'이라고 생각하고 마신 것은 사실 '술'이었다.
56) 위의 책, 117-123쪽 참고

(烈婦)의 삶/죽음을 선택한 것이다. 『토지』에 나타난 자살은 함안댁뿐만이 아니다. 김환에게 자신의 연정을 밝혔다가 거부당하자 상심해 목을 맨 인이 아낙, 헌병대에 붙잡힌 후 조직의 비밀을 지키기 위해 유치장에서 자살한 김환, 연이은 결혼생활의 실패와 서희에 대한 애정 때문에 괴로워하다가 자살한 박효영, 이루지 못한 사랑에 대한 절망감 때문에 자살한 봉순(기화), 김두수의 집요한 농락으로부터 자신의 존엄성을 지키기 위해 벽에 머리를 찧고 자살한 심금녀, 아들 두메에 대한 출생의 비밀을 지키고자 자살한 강포수, 이웃 주민 봉기의 악질적인 험담으로부터 자신의 결백을 증명하기 위해 자살한 복동네, 외적인 화려함 뒤에 감추어졌던 병약함과 신경쇠약을 견디지 못하고 자살한 친일귀족 조용하 등 많은 인물들이 각자의 이유 때문에 자살을 선택한다. -'자살'은 『토지』뿐 아니라 박경리의 다른 소설들에서도 쉽게 찾아볼 수 있다. 박경리의 소설 대부분이 '죽음'을 모티프로 삼고 있지만 그 중에서도 「설화」, 「재귀열」, 「비는 내린다」, 『가을에 온 여인』, 「어느 생애」, 「겨울비」, 『나비와 엉겅퀴』, 「도표없는 길」, 『노을진 들녘』, 『김약국의 딸들』, 『창』 등의 작품에서는 인물의 '자살'이 중요한 주제의식을 이룬다.[57]

이처럼 『토지』뿐 아니라 그 외의 작품들에까지 두루 나타나는 '자살'에 대해 서술자는 대체로 관대하다. 자살을 무책임한 도피행위로 여기거나, 또는 신(神)에게 받은 생명을 함부로 버리는 파괴적 행위로 여기지도 않는다. 장미영은 박경리 소설에 나타난 인물들의 자살이 작가의 현실인식과 세계관을 반영한다는 전제 아래, 그들의 자살이 현실적 장벽의 공고함과

---

57) 장미영, 「박경리 소설에 나타난 죽음의식」, 『한성어문학』, 2007, 412-419쪽 참고

개인의 한계, 개선 불가능한 현실에서의 자기 구원, 합리적 대안이 없는 상태에서 갈등의 무화(無化) 등의 역할을 수행한다고 지적하였다.[58] 『토지』 이외의 작품들을 대상으로 한 장미영의 이러한 분석은 『토지』에 나타난 자살을 이해하는 데에도 유용한 지표가 된다. 『토지』에서 자살하는 인물들은 예외 없이 현실적 장애를 스스로의 힘으로는 극복할 수 없다는 절망적 인식을 보여준다. 그리고 이렇게 절망적 인식을 타개하기 위해 선택한 '자살'을 통해 자신의 존엄성을 지키거나, 또는 대안이 없는 갈등 상황을 해소시킨다.

함안댁은 스스로의 힘으로 남편을 구원할 수 없었고, 또 남편의 죽음을 뒤로 한 채 삶을 영위해 나가는 것 역시 여필종부라는 자신의 유교적 이상에 위배되었기 때문에 자살을 선택했다. 중인 출신으로서 남편(사대부)에게 합당한 아내가 되는 것에 자신의 모든 것을 걸었던 함안댁은 절망적 상황에서 자신의 존엄성을 지켜낼 수 있는 유일한 방편으로 자살을 선택했던 것이다. 사모하는 사람이 자신을 사랑하지 않는 절망적 상황에서 자살을 선택한 인이 아낙과 박효영, 봉순이(기화) 등도 비슷한 경우라 할 수 있다. 소망을 좌절당한 채 살아가는 것을 견디지 못한 이들의 자살을 통해 서술자는 남녀 간의 애정이라는 보편적 주제와, 봉건적 관념이라는 당대적 주제의 절대성을 보여준 것이다.

작중인물들의 자살은 장면화되지 않고, 대개의 경우 인물들의 회상 속에서만 드러난다. 김두수에게 사로잡혀 온몸을 결박당한 금녀가 벽에 머리를 찧어 자살한 경우를 제외한다면 나머지 인물들의 자살은 아련하고

---

58) 위의 책, 418쪽

낭만적인 심미성을 동반하는 경우가 많다.

　　환이는 나갈 때 그 모습대로 잠이 들어 있었다. 강쇠는 아랫목에
웅크리고 앉는다. 환이를 깨우려 하지는 않는다. 환이의 잠을 알기 때문이
다. 환이의 깊은 잠은 고통 뒤에 오는 것임을 알기 때문이다.
　'빌어 묵을 계집, 싫고 좋은 거를 임의로 하나? 마아 잘 뒈졌다. 저승에
가서 지 서방 인이나 만내지. 일진이 나쁠라 카이 … 세상에 성님 겉은
저런 사내 좋아해봤자 계집 치고 패가망신, 지 목심꺼지 줄이게 되는
기라.'(5:208-209)

　"배를 타고 오는데 시체가 떠 있지 않았겠소? 기생이라 카는데 생시에는
인물 좋았겄십디다. 비단옷에다가 살성이 어찌나 희든지."(9:144)

　자살이라는 말을 듣는 순간 서희는 돌팔매가 심장 한가운데에 날아든
것 같았다. 그것은 박 의사의 죽음에 자신이 관련되어 있다는 바로
그 느낌이었다.(13:253)

첫 번째 인용문은 환이에게 사랑을 고백했다가 거절당한 아픔 때문에
자살한 청상(靑孀) 인이네의 죽음에 대한 서술이다. 자살할 것을 알면서도
인이네의 청을 거부할 수밖에 없었던 환이는 고통을 망각하기 위한 긴
잠에 빠져들고, 그 모든 상황을 이해하는 강쇠는 묵묵히 인이네의 주검을
수습하고 돌아온다. 인이네의 죽음은 장면화되지 않았고, 단지 그녀와
관련된 두 남성의 기억 속에서만 회상될 뿐이다. 기화의 죽음에 대한
최초의 전언(傳言)도 주막에 들른 뭇 남성들의 가십거리를 통해 이루어지며,
박효영의 죽음 역시 서희와 안자의 대화를 통해 드러난다. 인용한 세

명의 죽음은 모두 이성(異性)의 전언에 의해 당사자의 연인이나 지인에게 감상적(感傷的)인 방식으로 전달되는데, 이러한 특징은 작품에 나오는 대부분의 자살 서사에서 공통적으로 반복된다.

김환의 자살은 더욱 미화되어 있다. 지삼만의 밀고로 잡혀들어간 김환은 묵비권을 행사하며 어떤 정보도 흘리지 않았고, 김환에 대한 고문이나 심문 역시 전혀 장면화되지 않았다. 한편, 김환은 형사들의 눈을 피해 자신에게 배당된 식사를 감방의 다른 죄수들에게 모두 나누어주고 금식을 하며 스스로의 몸을 약하게 하고, 정신을 투명하게 한다. 고등계 형사주임이 마침내 김환을 거물급 독립투사로 인식하여 독방으로 이송하지만, 그날 밤 김환은 스스로 목을 졸라 자살을 한다. 도저히 불가능할 것 같은 방법으로 자살한 김환은 마치 오랜 수련을 거친 요가의 고승을 떠올리게 한다.

반복되는 작품의 자살 서사에서 드러나는 또 하나의 특이한 점은 여러 자살 사건들이 강쇠를 통해 소개되고 회상된다는 점이다. 강쇠는 인이네의 주검을 최초로 발견하고 시신을 수습할 뿐 아니라, 작품의 후반부까지 계속적으로 김환을 회상하면서 그의 죽음을 환기시킨다. 기화의 자살 소식을 최초로 전한 주막에서도 강쇠는 함께 있었다. 그뿐 아니라 환이를 지삼만에게 밀고한 '한가'를 찾아내어 직접 살해한 것도 강쇠였으며, 지삼만이 부하인 지서방에게 비열하게 살해되는 전 과정을 옆에서 목도한 것도 강쇠였다. 결국 강쇠는 작품 전체에서 가장 다양한 죽음의 서사들을 경험하고 전달하는 존재가 된다.

쌍계사에 가까워졌을 때 강쇠는 문득 주막에서 들은 말이 생각났다.

'기생? 그렇담, 봉순이라든지 그 여잔가?'

강쇠는 기화를 직접 만난 일이 없다. 혜관한테선지 아니면 관수한테선지 얘기는 더러 들었던 것 같았다.

옳지, 맞다! 그때 그런께 환이 성님이 잽혔일 적에, 진주로 왔일 때구나. 생각이 나누만. 석이가 폐양 갔는데 그 기생을 데불로 갔다 캤지?'

깨닫기는 했으나 그의 죽음에 대하여 강쇠는 별 관심이 없다. 그에게 죽음이란 늘 곁에 있는 일이었으니까.(9:147)

죽음의 그림자를 늘 안고 살아가는 강쇠에게 기화의 죽음은 별 감흥 없는 작은 에피소드가 되고 만다. 그리고 강쇠의 이러한 반응은 자살에 대한 작품의 감상적 서술편향을 지양시키는 중요한 기능을 하게 된다.

6. 『토지』에 나타난 죽음의 의미

지금까지 『토지』에 나타난 죽음의 유형을 분석하였다. 죽음에 대한 도덕적 책임의 문제를 중심으로 『토지』에 나타난 죽음의 유형을 '자연사, 살해/처형, 병사, 자살'의 네 가지로 분류하고 각 유형별 죽음의 내용과 수사적 특징에 대해 살펴본 것이다.

이러한 분석을 통해 얻을 수 있는 첫 번째 결론은 박경리 소설에 인위적인 죽음이 많이 등장한다는 사실이다. 수많은 인물의 명멸(明滅)을 형상화한 『토지』에는 자연스러운 죽음보다 인위적인 죽음이 월등하게 많이 나온다.

이렇게 인위적 죽음이 많이 나오는 것은 일차적으로, 안정된 상태에서 불안정한 상태로 나아가는 작품의 소설적 구조와 상응하는 것으로 보인다. 그러나 『토지』에 인위적인 죽음이 더 많이 나오는 근본적 이유는 다양한 죽음을 통해 도덕의 문제를 주제화하려는 수사학적 전략 때문일 것이다. 『토지』는 다양한 방식으로 도덕에 대한 작가의 담론을 형상화하고 있다. 이 때 '도덕'은 '사회적 규범'이라는 단순한 의미가 아니라 '어떻게 살 것인가' 라는 윤리학적 의미를 지닌다. 죽음의 의미에 대해 명시적 설명을 보여주기 보다는 인위적 죽음의 다양한 사례들을 나열하고, 개별 사례들에 대한 도덕적 책임의 문제를 끊임없이 제기하는 방식을 통해 『토지』는 독특한 도덕의 담론을 펼치고 있는 것이다.

『토지』에 나타난 죽음의 유형별 분석을 통해 얻을 수 있는 또 하나의 결론은 인위적 죽음에 대해 서술자가 이중적 인식을 보인다는 것이다. 서술자는 살해와 처형에 대한 부정적 태도를 통해 인위적 죽음을 부정적으로 그리고 있지만, 또한 살해나 처형 이상으로 인위적이라 할 수 있는 자살(自殺)에 대해 낭만적 태도를 보이고 있다. 즉, 호열자나 아사(餓死)와 같은 자연재해에 대해서도 도덕적 책임의 문제를 날카롭게 제기하고 있지 만, 자살(自殺)이 야기하는 윤리적 문제에 대해서는 어떤 비판도 하지 않은 것이다. 작품에서 한계상황에 처한 인물들은 문제를 해결하기 위한 마지막 방법으로 자살을 선택하는데, 이 때 서술자는 인물들의 자살을 '존엄한 행위'로 묘사하려는 경향이 강하다.

『토지』에 나타난 죽음의 유형별 분석을 통해 얻을 수 있는 마지막 결론은 작품이 죽음을 일상화하고 있다는 것이다. 1부에서 5부까지 작품은 곳곳에 인위적인 죽음들을 배치해 놓았다. 대부분의 죽음에 대해 도덕적 책임론을 제기하고는 있지만, 어느 것 하나 뾰족하게 정리되지 않은 채로 새로운 생활이 이어지고, 또 다른 죽음이 서술된다. 작중인물들의 계속되는 죽음을 통해 독자는 삶의 한 가운데에서 죽음과 대면하게 된다. 궁극적 고통, 그래서 더 이상 고통을 느끼지 못하는 상태인 '죽음'과의 고통스러운 대면을 통해 독자는 역설적으로 죽음의 공포를 극복할 수 있는 힘을 얻는다. 대부분의 공포가 현존하는 위험에 대한 공포라기보다는 공포의 경험을 지연시키면서 경험하는 심리적 현상인 것처럼, 죽음에 대한 공포와 고통 역시 죽음 자체에 대한 정확한 인식이 부족한 데에서 오는 경우가 더 많다. 작품은 죽음의 편재성(遍在性)을 명시화함으로써 죽음을 일상화하고, 궁극적으로 죽음의 고통을 견뎌낼 수 있는 은신처를 제공한 것이다.

※ 참고문헌

〈자료〉
박경리, 『토지』 1-16권, 솔출판사, 1994.
_____, 『토지』 1-21권, 나남출판사, 2002.

〈단행본〉
박경리, 『문학을 지망하는 젊은이들에게』, 현대문학, 1995.
최유찬, 『세계의 서사문학과 『토지』』, 서정시학, 2008.
베르제, 다니엘, 「주제 비평」, 민혜숙 옮김, 『문학비평 방법론』, 동문선, 1997.
조스트, 프랑수아, 「주제와 모티프」, 이재선 엮음, 『문학주제학이란 무엇인가』, 민음사 1996.
토마체프스키, 보리스, 「주제론(Thematics)」, 조주관 옮김, 『러시아 현대비평이론』, 민음사, 1993.

〈논문〉
박상민, 「박경리 『토지』에 나타난 악의 상징 연구」, 연세대학교 박사, 2008.
이 경, 「질병의 은유로 『토지』 읽기」, 『현상과 인식』 32권 4호, 한국인문사회과학회, 2008.
장미영, 「박경리 소설에 나타난 죽음의식」, 『한성어문학』, 2007.
조윤아, 「박경리 소설의 죽음 모티프」, 서울여자대학교 석사, 1993.

5 그 많던 동학 농민들은 어디로 갔나?[59]

1. 들어가며

이 글의 목적은 박경리 소설 『토지』에 나타난 '동학(東學)'의 양상과 그 의미를 구명(究明)하는 것이다. 『토지』는 갑오년의 동학농민운동을 세계사적 의미를 지닌 민중혁명으로 해석하고 있으며,[60] 이들이 보여준 힘의 분출이 혁명의 실패 이후에도 사라지지 않고 우리 민족의 역사적 이면을 구성해 왔음을 강변하고 있다. 나아가 동학운동에 대한 이러한 관점은 작품 구성의 원리와 핵심 주제로 이어지고 있다. 작품에 나타난 동학의 양상과 의미를 구명(究明)하는 것은 이러한 작품의 특징을 설명하는 작업과 다르지 않다.

『토지』는 동학 접주 김개주와 윤씨부인의 사생아 김환이 자신의 이부(異

---

59) 이 장은 『문학과 종교』 14권 1호(2009)에 발표한 논문을 수정 보완하였음.

60) 작품 속에서 동학의 세계사적 의미에 대한 인식은 아래에 인용한 최유찬의 지적에 잘 나타나 있다. 이는 작가가 생전에 여러 차례 밝힌 동학의 세계사적 의미와 같은 맥락이다.

　"갑오동학혁명은 조선을 식민지로, 일본을 자본주의국가로, 중국을 반식민지국가로 만든 운명의 전환점이었다. 그것은 중국의 태평천국의 난과 같이 봉건체제에 대한 반발이면서 그 난과는 달리 프랑스대혁명과 같은 이념혁명의 성격을 지닌다는 점에서 세계사적 의미를 지니는 것이었다. 근대의 대표적인 이념혁명으로 프랑스혁명과 볼셰비키혁명을 꼽는다면 갑오동학혁명도 그에 준하는 성격을 갖춘 사회변혁운동이었던 것이다. 『토지』에서 동학세력이 주요 묘사대상이 되는 것은 이러한 인식에 말미암는다." (최유찬, 「『토지』와 일본」, 『해방 60년, 한국어문과 일본』, 목원대학교 편, 보고사, 2006. 16쪽)

父) 형수인 별당아씨와 야반도주를 한 이후에 발생한 최참판가의 몰락과 재생을 기본 서사로 삼고 있다.[61] 별당아씨의 죽음 이후 김환은 윤씨부인이 자신 앞으로 몰래 떼어놓은 유산으로 동학당 재건에 힘쓰고, 김환의 죽음 이후에도 송관수, 김길상, 소지감 등이 조직을 이어나간다. 최참판가의 몰락과 재생이 작품의 표면적 구조를 이룬다면, 동학 혁명의 실패에도 불구하고 면면히 이어지는 동학 운동의 거대한 흐름은 작품의 이면적 구조를 이루고 있다고 해도 과언이 아닐 정도로, 작품에서 동학은 서사 구성과 주제적 측면에서 중요한 기능을 담당하고 있다.

하지만 작품에서 동학이 갖는 중요성에 비해 이에 대한 연구는 미미하다. 『토지』 연구는 현재 100여 편에 이르는 학위 논문과 수백 편의 소논문이 있지만, 이 중에서 '동학'을 작품 연구의 주요 대상으로 삼은 논문은 거의 없다. 그나마 『토지』에 나타난 동학 연구는 주로 동학 소재 문학을 계열체로 다루는 논문들에서 단편적으로 언급되었는데, 작품 전체의 특징을 간과한 채 이루어진 인상주의적 담론들은 오히려 작품의 의미를 왜곡한 경우가 적지 않다. 『토지』에 수용된 동학에 대한 인식이 모호하고 건강하지 못하다는 채길순의 비판을 그 단적인 예로 들 수 있다. 역사를 일구어 나가는 민중의 영웅인 김개남을 '겨우 아녀자나 겁탈하는 욕망의 화신으로 드러냄으로써' 동학혁명의 건강성을 훼손시켰으며, 나아가 김개남의 잔인함과

---

61) 일반적으로 널리 알려진 최참판 가의 몰락과 재건 이야기는 사실 분량 면에서 가장 많은 부분을 차지한다고 볼 수 없다. 『토지』는 다양한 인물들의 이야기가 실로 복잡하게 얽혀 있어 중심 서사를 따로 추출하기가 어렵기 때문이다. 그러나 이 부분은 작품 전체에서 가장 인상적인 스토리를 이루며, 작품의 거의 모든 인물들이 최참판가와 직간접적으로 연결되어 있다는 점에서 최참판 가의 몰락과 재건을 작품의 기본 서사로 보는 데에는 큰 무리가 없다고 생각한다.

냉혹함을 지나치게 강조하여 동학군의 성격을 왜곡시켰다는 것이 비판의 핵심이다.[62] 채길순의 이러한 인식은 일차적으로는 동학의 종교적 성격을 무시한 결과이며, 이차적으로는 문학의 내적 논리를 이해하지 못하고, 작품의 개별적 사건들을 전체 서사와의 관계 속에서 파악하지 못한 결과이다. 더욱 문제가 되는 것은 이러한 인식이 다른 연구자들에게도 일정 부분 그대로 계승되고 있다는 점이다.

정호웅은 "『토지』에서의 동학은 작가의 민중주의적 역사관을 드러내기 위해 소설 속으로 끌여들여진 하나의 방편이며, 작가 특유의 인생관 곧 인간의 삶이란 맺힌 한을 풀기 위해 몸부림치며 나아가는 해한의 고투 과정이라는 생각을 증거하기 위해 동원된 한갓 소재"[63]라고 보았다. 이는 동학 운동을 작품의 핵심적 서사원리에서 배제하고 주제를 드러내기 위한 소재적 차원에서 바라본 것으로 채길순의 인식과 궤를 같이한다. 한편 김승종은 "『토지』에서 김개주로 상징되는 '동학혁명'은 다소 폭력적이고 강압적인 이미지를 지니고 있다. 작가는 이러한 동학혁명의 폭력성을 비판하고 상생과 화해의 정신을 강조하고 있다. 이는 남접의 입장보다는 오히려 최시형 중심의 북접의 입장에 가깝다."[64]라고 했다. 이러한 주장은 남접과 북접의 대결 양상이 후대에 조작된 분열주의적 인식이라는 채길순의 비판을 염두에 둔 듯하다. 하지만 작품에서 윤보나 송관수 등의 인물들이 김개주의 폭력성을 비판했다고 해서 작품에 나타난 동학 정신이 북접의

---

62) 채길순, 「역사소설의 동학혁명 수용 양상 연구」, 『한국문예비평연구』 2호, 한국문예비평학회, 1998, 227-228쪽,

63) 정호웅, 「한국 현대소설과 동학」, 『우리말글』 31호, 우리말글학회, 2004. 8, 352쪽

64) 김승종, 「동학혁명의 문학사적 의의」, 『동학학보』 14호, 동학학회, 2007, 28쪽

입장에 가깝다는 것은 납득하기 어렵다. 작품에서 김개주의 수성(獸性)은 비판의 대상이라기보다는 혁명의 파괴적 본질을 드러내는 충만한 에너지, 또는 생명의 현묘한 이치를 드러내는 신성(神性)의 의미가 강하기 때문이다. 작품은 김개주에서 김환으로, 다시 송관수와 김길상으로 이어지는 동학 잔당들의 끊임없는 움직임을 일제시대의 억압에 맞서는 모범적인 한 형태로 서사화했다. 남접과 북접의 대립이 후대에 조작된 측면이 있다는 지적을 받아들인다고 하더라도, 작품 속 동학 잔당들의 계보는 명백하게 남접에 속한다. 또 이들이 모임에서 북접 중심의 천도교 신자들을 의도적으로 배제했다는 사실을 염두에 둔다면 작품의 주제의식이 북접의 입장에 가깝다는 주장은 쉽게 납득하기 어렵다.

이상에서 간략하게 살펴본 대로, 『토지』가 동학의 이념을 제대로 드러내지 못했다거나, 또는 작품에서 동학이 해한(解恨)이라는 주제에 종속된다는 식의 주장은 동학의 종교적 성격을 제대로 이해하지 못했거나, 『토지』에 나타난 동학을 전체 서사의 차원에서 보지 못했기 때문이다. 따라서 본 연구는 동학의 의미 규명과 함께 전체 서사에서 동학이 어떻게 기능하는지를 살펴보고, 이를 바탕으로 동학이 작품의 핵심 주제로 해석될 수 있음을 논증하고자 한다. 이를 위해 먼저 동학의 이념과 종교적 특징에 대해 서술하고, 이러한 내용들이 작품에서 어떻게 서사화 되었는지를 규명하도록 하겠다.

2. 시천주(侍天主)의 동학 교리와 『토지』

'시천주(侍天主)'는 동학의 창시자 최제우가 종교적 신비체험을 통해 얻은 '오심즉여심(吾心卽汝心)'이라는 한울(天主)의 가르침을 교리화한 것으로 '시천주조화정 영세불망만사지(侍天主造化定 永世不忘萬事知)'[65] 라는 동학 본주(本呪)[66]의 요체를 이룬다. 그런데 여기에서 '천주(天主)'의 의미를 어떻게 해석하느냐에 따라 동학의 종교적 정체성은 달라진다. 흔히 '한울님'으로 번역되는 '천주(天主)'에는 범신(汎神)과 인격신의 의미가 혼재되어 있기 때문이다. 오늘날 천도교에서는 천주(天主)의 범신적 성격을 좀더 강조하는 경향이 있는데 이는 동학을 창시한 최제우의 입장과는 조금 다르다.

　시천주는 인간의 공경과 믿음의 대상인 위대한 하느님을 강조한다는 점에서 동학의 신학을 구성하는 요체일 뿐만 아니라, 바로 그 위대한 하느님을 내면에 모시고 있는 주체를 지시한다는 점에서 동학의 인간학을 구성하는 요체이기도 하다.

---

65) "한울님을 모시면 세상이 조화를 이룰 것이니, 한울님을 영원히 잊지 않으면 만사를 깨닫게 되네."라고 해석할 수 있다.

66) 동학 본주(本呪)는 "한울님을 모시면 세상이 조화를 이룰 것이니, 한울님을 영원히 잊지 않으면 만사를 깨닫게 되네."라고 해석할 수 있다. 동학교도들은 본주에 앞서 '지기금지 원위대강(至氣今至願爲大降)'이라는 강령주(降靈呪)를 외웠다. 동학 교리에 대한 해석은 아래의 글들을 참조하였다.
- 윤석산, 「동학사상의 어제와 오늘」, 『동학학보』, 동학학회, 2006
- 최종성, 「동학의 신학과 인간학」, 『종교연구』, 한국종교학회, 2006
- 이찬구, 「수운의 天主와 과정 철학」, 『신종교연구』, 한국신종교학회, 2006
- 김상일, 『수운과 화이트헤드』, 지식산업사, 2001

이러한 시천주의 양면성에는 본래 동시적인 측면이 있기도 하지만, 무엇보다도 역사적인 과정을 통해 특정의 경향성이 두드러졌었다는 사실에 유념할 필요가 있다. 즉 수운 시대의 초기 동학에서는 시천주가 인간의 위아주의[各自爲心]를 위천주(爲天主)로 전환시키는 종교적인 명령('천주를 모시라')으로 수용된다는 점에서 하느님에 주목한 것인 반면, 해월 이후에는 시천주가 하느님이 깃들어 있는 인간이나 만물 자체를 표현하는 용어로 쓰인다는 점에서 인간에 주목한 것이라 말할 수 있다. 결국 동학의 신학과 인간학은 시간의 궤적을 좇아 형성된 교리로 이해될 수 있다.[67]

인용문에서 알 수 있듯이 동학의 신학 및 인간학적 요체인 '시천주'는 역사적인 과정 속에서 조금씩 다른 해석을 받아왔다. 이러한 과정에서 천도교의 종지(宗旨)인 '인내천(人乃天)'이 이전의 '시천주(侍天主)'에서 '주(主)'를 삭제한 것임도 의미심장하다. 이종구는 이를 두고 "主는 天에 대한 인격적 존칭의 의미인데 이 말이 빠졌다는 것은 시천주에서 인격성이 배제되기 시작한 것이 아닌가 한다."[68]며 의문을 제기했다. 실제로 손병희가 교주로 있으면서, '천도교'로 개명하고 인내천 교리를 정립하던 당시, 많은 사람들이 수운의 시천주 사상으로부터 천도교가 이탈했음을 비난했다고 한다.[69]

천도교의 정체성에 대한 비판은 『토지』에서도 여러 차례 언급된다.

---

67) 최종성, 위의 글, 141쪽
68) 이찬구, 위의 책, 222-223쪽
69) 이찬구, 위의 책, 221-225쪽 참조

작품의 천도교 비판은 일차적으로 교주인 손병희가 일제에게 모호한 태도를 취하는 것에 대한 비난으로 나타난다. 작품에는 여러 인물들의 입을 통해 동학혁명을 좌절시킨 당사국이 일본에서 오랜 기간 머물렀던 점, 러일전쟁 때에 거금을 일본군에 지원했다는 설, 그 밖에 일본이 추진하고 있는 개화정책에 협조적이라는 점 등을 비판하고 있다. 물론 "손병희 이용구라고 그마마한 욕심이 없었겠소? 안 되기 때문에 한 손의 칼은 버린 것이오. 포교를 하고 신도를 끌어들인다는 것은 낮에 일하고 밤엔 잠을 잔다는 것이오. 사도(四都) 거리를 한낮에 돌아다녀도 왜헌병이 잡아가지 않는다는 얘기도 되겠지요. 손병희의 업적은 많은 동학교도를 연명케 해준 것 … 그것이오."(5:221)[70]라는 김환의 지적에서도 알 수 있듯이 『토지』의 천도교 비판은 어디까지나 짧은 대화 속에서 아쉬움을 간접적으로 드러내는 수준에 그친다. 하지만 짤막짤막한 인물들의 언술을 종합해보면 천도교는 일제로부터 포교활동을 인정받기 위해 옳지 않은 것을 알면서도 일제에 협력했음을 알 수 있다. 작품에서 이러한 비판은 김환을 중심으로 하는 지리산의 동학잔당들이 벌이는 게릴라식 무장투쟁의 당위성을 강화해주는 역할을 한다.

한편 작품에는 동학의 교리 자체에 대한 언급도 나온다.

---

70) 괄호 안의 숫자는 『토지』의 권수와 쪽수를 의미한다. 이 논문에서 사용한 『토지』는 솔출판사에서 나온 1994년 판본이다. 『토지』 판본의 신뢰성에 대해서는 아래 논문을 참조할 것.
　　최유찬, 「『토지』판본 비교 연구」, 『현대문학의 연구』 21호, 2003. 8. 28-58쪽

동학은 또 어떠한가 하면은 천지 자연의 이법을 뜻하는 중국의 천도와는 다른 하나님의 도, 천도란 말씀이오. 이런 얘기는 머리 깎은 중의 할 말이 아닌 것은 말할 나위 없지만, 음 ……. (6:137)

인용문은 아이러니컬하게도 혜관 스님이 동학의 지도자인 윤도집에게 말하는 형식을 취하고 있지만 동학에 대한 작품의 깊은 이해를 알 수 있는 대목이다. 혜관은 중국의 '천도(天道)'가 천지자연의 이법을 뜻하는 데에 비해 동학은 '하나님의 도'임을 밝히고 있다. 즉 동학은 '天의 道'가 아니라 '天主의 道'임을 명확히 한 것이다. 그리고 이러한 언술이 불교 승려의 입을 통해 동학 지도자에게 전달됐다는 것은, 교명을 바꾸고 인내천을 강조하면서 天主의 내재적 측면을 강조하던 당시의 천도교에 대한 우회적 비판이었던 것이다.

혜관뿐 아니라 『토지』의 다른 인물들 역시는 天主의 인격성을 드러내는 언술을 자주 보인다. 작품에는 '하나님' 또는 '하느님'이라는 표현이 총 120회 정도 등장한다.71) 여기에서 '하나님'이라는 표현 중 일부는 기독교에서 지칭하는 유일신을 의미하지만, 대부분은 '하느님'과 구분되지 않는 '天主'의 의미로 쓰였다. 이 때 천주는 범신(汎神), 즉 혜관이 밝힌 '중국의 天道'를 의미하는 경우도 있지만, 대부분 인격적이고 초월적인 존재로

---

71) 초기 연재본에서 작가는 '하느님'이라는 표현을 쓰지 않고 '하나님'으로 표기했다. 하지만 이후에 출판되어 나오면서 일부 표현들이 '하느님'으로 바뀌었다. 이는 출판사 측에서 기독교의 '하나님'과 구분하기 위해 의도적으로 수정한 것으로 보인다. 하지만 모든 '하나님'을 전부 바꾼 것은 아니어서 나중에 완간된 솔판이나 나남판에서는 하나님과 하느님이라는 표기가 혼재되어 있다. 총 45회 등장하는 '하나님' 중 일부는 기독교적 의미가 분명하지만, 대부분은 하느님과 별 구분 없이 쓰였다.

해석하는 것이 더 자연스럽다.

윤씨는 눈길을 거둬 하늘을 올려다본다.
"날이 가물겠다."
"그러기 말입니다. 한줄기 퍼부어주시믄 좋겠는데."
"① 하나님 하시기 탓이지." (1:155, 밑줄 및 숫자는 필자 임의로
표시한 것임.)

마을의 인심은 ② 하느님 마음씨하고 통한다. 후하고 박한 것은 노상
일기에 좌우되는 것이다. 아직은 논바닥에 물이 질적히 괴어 있었는데
마을을 찾아드는 방물장수, 도부꾼들은 곡식을 바꾸기가 어렵게 되었고
요기를 청하기에도 눈치를 보게 되었다. 조급한 농가에서는 아낙들 아이
들이 들판을 쏘다니며 벌써 쇠어버린 비름을 뜯고, 나물밥, 시래기죽을
쑤었다.(1:310)

③ 하느님을 말할 것 같으면 천지만물을 창조하시고 특히 농민들이
실감하는 것으로는 사계절 천후(天候)를 임의로 하심이요, 세상에 태어나
고 또한 하직하는 인간사를 관장하신 분이 하느님이시다.(2:186-187)

조리 있게 말도 못 하고 조리 있는 생각도 못한다마는 니 말뜻은
알겠다. 그러나 다 그런 거는 아닌께. 또 사람이 하는 짓이라 ④ 하느님겉이
완전할 수야 없제. 단을 내리믄 안 된다. 내일도 있고 모레도 있고
….(10:117)

위의 여러 인용문들 중에서 1번과 2번의 '하느님'은 '하늘'로 바꿔도
뜻이 통할 정도로 다소 범신(汎神)적인 의미가 있으나, 3번과 4번의 '하느님'

은 인격적이고 초월적인 의미가 명백하다. 물론 1번과 2번 역시 인격적 의미가 분명하게 들어있다. 『토지』는 인격적 의미가 불필요한 부분에서는 '하느님' 대신 '하늘'이라는 표현을 사용했다.

길상이는 하늘을 올려다본다. 가을하늘같이 푸를 수는 없지만 맑았다. 겨울에 비가 오실 리도 없다.(1:103)

사시장철 변함 없이 하늘의 뜻과 사람의 심덕을 기다리고 있네. (1:127)

요새 아이들은 우찌 곡식 소중한 줄 모를꼬? 아무데나 철철 뿌리놓고 하늘 안 무서븐가? (1:153)

위 문장들에서 '하늘'은 역시 인격적 의미가 완전히 배제되어 있지는 않지만, 앞에서 인용한 '하느님'에 비해 인격적 의미가 훨씬 완화되어 있다.

지금까지 길게 인용한 '하늘'과 '하느님'의 용례들은 『토지』의 작중인물들이 동학의 '시천주(侍天主)' 교리가 갖고 있는 내재성과 초월성을 조화롭게 받아들이고 있음을 보여준다.[72) 물론 인물들이 보여주는 이러한 경지가 반드시 '동학' 때문이라고 할 수는 없다. 오히려 우리 민족이 갖고 있던 일반적 문화 양식으로 보는 것이 더 타당할 것이다. 이러한 점이야말로 『토지』에 나타난 동학의 가장 중요한 특징을 이룬다. 작품은 동학의 교리를 직접적으로 언급하지 않으면서도 자연스럽게 동학의 핵심 교리를 끊임없이

---

72) '내재성'은 모든 존재에 깃든 신령한 기운을 의미하며, '초월성'은 인격적 존재자로서의 신(神)을 의미한다. 이에 대해서는 이찬구의 「수운의 天主와 과정 철학」(『신종교연구』, 한국신종교학회, 2006)을 참조할 것.

환기시키는 방식으로 '동학'을 형상화한 것이다.

동학 교리와 작품의 연관성을 밝힐 수 있는 또 다른 근거는 '생명'에 대한 태도이다. 『토지』에는 '생명'의 존엄성과 신비로움에 대해 수없이 다양한 담론들이 중첩되어 있다. 그리고 이러한 생명 담론의 뿌리에는 동학이 있다. 이와 관련하여 『토지』의 작가 박경리가 평소에 주장했던 '생명 담론'이 동학의 사상과 유사하다는 임금희의 지적은 눈여겨 볼만하다.

> 인내천 사상은 侍天主 신앙을 바탕으로 발전했는데, 윤리적 측면으로 事人如天하고 개인적으로 養天主하여 시천주를 생활화하는 것이다. 그리고 사인여천에 그치는 것이 아니라 物物天, 事事天의 汎天論으로 더욱 의미가 확장 발전되니, 최고도의 인간존엄을 나타내는 것은 물론 만물에도 한울님이 내재한다는 것이므로 생명평등·생명존중을 가장 잘 드러낸다.[73]

인내천과 시천주의 교리적 차이에 주목하지는 않았지만, 임금희는 시천주 신앙이 인내천의 동학 사상으로 이어져 인간의 존엄성과 함께 모든 만물에 한울님이 내재한다는 생명 존중의 사상으로 확장되었음을 지적한 것이다.[74]

『토지』는 "자연의 조화로운 힘에 더 많은 믿음을 지니고 있는 토착적이고 전통적인 가치관과 약탈·착취에 기반을 두고 자연의 생명력을 왜곡하려는

---

73) 임금희 「『土地』에 나타난 東學 연구」, 『문명연지』 1호, 한국문명학회, 2000, 147쪽

74) 임금희는 동학 사상과 생명 담론의 연관성을 입증하는 데에 작품의 내용 분석을 취하지 않고, 작가 박경리의 강연록을 이용하는 한계를 보였다. 동학 사상과 생명 담론의 연관성은 『토지』에 나타난 담론 분석만으로도 충분했으리라는 아쉬움이 남는다.

세계관"75)의 대결을 보여주고 있다. "『토지』의 문학성을 파악하는 일은 따라서 하나의 자연을 거기서 읽어내는 데 있다. 이야기와 이야기가, 이야기와 말이, 인물과 인물들이 인물과 배경들이 어떻게 그 내적 생명으로 연결되고 서로의 삶에 간섭하여, 거대한 생명체를 이루고 있는 파악하는 일이 될 것이다."76)라는 황현산의 지적처럼, 『토지』의 문학성을 파악하는 핵심에 작품의 생명 담론이 놓여 있다.

이처럼 동학의 이념은 작품에서 천주(天主)를 대하는 인물들의 말과 태도뿐 아니라, 왜곡된 문명과 생명의 싸움이라는 작품의 전체 주제를 형상화하는 데에도 가장 핵심적인 원리가 된다.

3. 동학운동의 실패와 동학별파(東學別派)의 난립

『토지』는 1897년 한가위의 평사리 풍경 묘사에서부터 시작한다. 하지만 여기에서 '1897년'은 '1894년 갑오동학농민운동으로부터 3년이 지난 시간'을 의미한다. '1897년'의 의미를 굳이 '1894년에서 3년 후'로 잡은 것은 작품의 각 부별 서술 특징 때문이다. 작품 1부는 1908년 서희 일행이 간도로 떠나는 장면에서 끝나지만, 2부는 1911년 용정촌의 대화재에 대한 이야기로 시작한다. 서희가 간도에 가서 큰 부(富)를 모았던 3년이라는

---

75) 황현산, 「생명주의 소설의 미학」, 『토지 비평집 2 - 한 · 생명 · 대자대비』, 솔출판사, 1995, 12쪽
76) 위의 글, 12쪽

시간을 건너 뛴 것이다. 이렇게 '부'가 바뀔 때마다 작품 속 시대적 배경에 3년 정도의 진공이 생기는 것은 이후 3부, 4부, 5부에서도 계속되는 『토지』의 서술 특징이다. 그리고 각 부별 서사의 앞에는 최서희의 축재(蓄財), 삼일만세 운동, 1920년대 말 일제의 경제공황과 이로 인한 문화정치의 종식, 1938년 중일 전쟁 등의 사건이 놓여 있다. 특이한 것은 이러한 사건들이 작품에서 차지하는 영향력이 지대함에도 불구하고 사건은 직접 서사화되지 않고, 서술자와 인물들의 전언(傳言)을 통해 회상될 뿐이라는 점이다.

작품의 첫 시작을 '1894년에서 3년 후'로 규정하면 작품에서 갑오년의 동학농민운동이 갖는 의미가 좀 더 분명해진다. 작품의 모든 서사가 사실상 '동학농민운동'의 힘으로 움직이고 있다 해도 과언이 아닐 정도로 『토지』는 동학운동에 대해 특별한 관심과 애정을 보이고 있다. 사실 작품의 기원은 1894년의 동학농민운동보다 최소한 10여 년 이상 앞섰을 한 사건, 김개주가 윤씨 부인을 겁간한 데에 있다. 「박경리 『토지』에 나타난 동학의 의미」를 쓴 한승옥은 이를 두고 "동학이라는 온건한 종교적 운동이 갑오 농민 전쟁이라는 치열한 투쟁으로 바뀌는 근본 원인이 되었던 양반에 대한 저항운동이 상징적으로 드러나는 사건"[77]으로 보았는데, 이는 갑오년 동학농민운동의 이념적 지향과 작품의 관계를 지적한 것이다.

이처럼 『토지』는 동학접주 김개주와 윤씨 부인의 만남에서부터 이야기가 시작되고, 동학혁명의 실패 이후에 윤씨 부인이 남겨준 유산을 바탕으로 김개주의 아들 김환이 잔당을 규합하여 재건을 모색하는 것으로 이어진다.

---

77) 한승옥, 「박경리 『토지』에 나타난 동학의 의미」, 『숭실어문』 15집, 1999.

조직의 내부분열과 조직원의 배신으로 김환이 잡혀들어가고, 그의 죽음으로 동학 남접의 운명은 다시 위태로워지지만, 불교와 사회주의 세력까지 규합하면서 일제의 패망을 기다리는 지리산 세력의 주체는 여전히 동학이다. 그리고 그 중심에는 이미 죽은 김개주가 있다. 김환이 동학 잔당을 다시 규합할 수 있었던 것은 그의 지략과 윤씨 부인이 건네준 유산 때문이기도 하지만 무엇보다 아버지 김개주의 후광이 컸다. 사람들은 김환을 대하면서 수시로 김개주의 모습을 발견한다.[78]

김개주를 본 적도 없고, 동학당에 들지도 않은 일개 술집의 기생에게도 김개주는 '사내 중의 사내, 그런 사내 씨 하나 받았으면 여한이 없겠노라'(7:34)[79]던 민중의 영웅이었다. 심지어 만주에서 독립운동을 하던 송장환까지 한 번도 만난 적 없는 김개주를 열광적으로 찬양한다. 이야기를 듣던 길상은 한 술 더 떠서 김개주가 자신의 삼촌뻘 되는 사람일 것이라고 상상한다.[80] 이처럼 갑오년의 실패 이후 참수형을 당했던 김개주는 사람들

---

78) 공 노인 말을 뚝 끊었다.(중략) 저 준수한 젊은이가 김개주의 아들이라니. 김개주는 영웅이다. 상민의 영웅이다. (중략) 상민들 가슴에는 낙인처럼 뜨겁게 남아 있는 풍운아 김개주, 그 반역의 피를 지금 눈앞에 있는 아들에게서 본다. 반역의 피는 모든 상민들의 피다. 양반댁 유부녀를 데리고 달아난 것도 반역의 피 때문이다.(6:153)

79) 괄호 안의 숫자는 『토지』의 권수와 쪽수이다. 이 논문에서 인용한 텍스트는 1994년에 16권으로 출판된 솔출판사본이다.
　　그간 발간된 판본으로는 문학사상사본, 지식산업사본, 삼성출판사본, 솔출판사본, 나남출판사본 등이 있다. 현재까지 나온 『토지』의 판본은 모두 상당한 오류를 갖고 있지만 '나남'판의 경우 '솔'판의 결함을 그대로 물려받은 데다가 다시 수없이 많은 문장과 단어들의 생략 및 변형이 있었고, 특히 편집자의 자의적인 수정으로 '편'과 '장'의 제목이 바뀌는 등 더욱 많은 문제를 안고 있다. 따라서 기존에 출판되었던 판본 중에서 '솔'판을 기본 텍스트로 삼았다. 이에 대한 상세한 내용은 최유찬의 「『토지』판본 비교 연구」(『현대문학의 연구』 21호, 2003. 8.)를 참조할 것.

80) "내 그 내력을 얘기하리다. 실은 삼촌은 고사하고 부모도 없는 놈이오만, 김아무개 그 사람한테 우관이라는 형님이 계시었소. 중이지요. 그 스님께서 나를 줏어다 길러주

의 기억과 회상 속에서 끊임없이 되살아난다. 어떤 이들에게 그 모습은 두 번 다시 기억하고 싶지 않은 두려움의 기억이고, 또 어떤 이들에게는 이미 오래 전에 포기해 버린 아련한 자부심의 기억이기도 하다.

김개주는 실제 동학 태인접(泰仁接)의 대접주(大接主)[81]였던 김개남을 모델로 하고 있다.[82] 갑오년 동학농민운동의 3대 지도자는 전봉준, 김개남, 손화중이라 할 수 있는데, 이 셋 중에서 김개남은 가장 비타협적이고 투쟁적이었으며, 군사 역시 가장 많았던 것으로 전해진다.[83] 갑오년 봉기는 여러 접주들이 이끄는 연합부대의 형식이었는데, 전봉준이 대장으로 손화중과 김개남이 각각 부대장으로 추대되었다. 그런데 1차 봉기 때에는

셨는데 부모 없는 놈한테 성씨인들 있었겠소? 해서 그 스님 성씨를 따서 김가이니, 따져 보슈. 삼촌뻘이 안 되는가."(4:148)

81) 김개남이 '대접주' 신분이 아닌 그냥 '접주'였다는 견해도 있다. 갑오년 당시에 가장 강력한 군사력을 지녔던 김개남의 신분이 단순한 '접주'였다는 것이 사실이라면, 이는 당시 동학의 지도층이 대부분 북접 출신들이었고, 이들이 남접의 사회변혁 지향의 운동 노선을 견제했기 때문인 것으로 보인다. (이화화, 「1985년 농민전쟁 지도부 연구」, 한국역사연구회, 『1984년 농민전쟁연구 5』, 역사비평사, 2003. 161-163쪽 참고)

82) 하지만 김개주와 김개남을 동일한 인물로 볼 수는 없다. 그것은 우선 김개주가 김개남의 실제 행적과 일치하지 않는 점들이 많다는 점에서 그렇다. 실제 김개남은 양반 출신으로 알려져 있으나, 작품에서 김개주는 중인으로 나오고, 또 김개주가 부하의 밀고로 잡혔다는 것 역시 알려진 사실과는 차이가 있다. 부하의 밀고로 잡힌 당시 동학의 지도자는 전봉준이었다. 김개주와 김개남을 동일 인물로 볼 수 없는 결정적 이유는 작품에서 '김개남'이라는 이름이 따로 등장하기 때문이다. 작품에서 '김개주'라는 이름은 총 71회 등장하는데, 이와 별개로 '김개남'이라는 인물도 7회나 등장한다.(1:86, 1:89, 1:90, 1:149, 12:52) '김개남'이라는 이름은 서술자의 편집자적 설명에서 4회, 최치수와 제문식 같은 등장인물의 입을 통해 3회 나온다. 이 중에서 등장 인물들의 대화 중에 나오는 '김개남'은 '김개주'로 바꾸어도 전혀 무리가 없지만, 서술자의 편집자적 설명 중에 나오는 '김개남'은 전봉준, 손화중 등 당시 남접의 주요 인물들과 함께 당시의 역사적 사실을 소개하는 내용이므로 '김개주'로 바꾸기 곤란하다. 따라서 '김개주'가 실제의 동학 접주 '김개남'을 모델로 한 것은 틀림없지만, 김개주는 어디까지나 작품 속의 가공인물이다.

83) 이화화, 위의 책, 170쪽 참고

북접의 참여가 없었다. 이는 종교 지향적인 북접과 달리 남접은 처음부터 사회 변혁적 지향이 강했기 때문으로 알려져 있다. 2차 봉기 때에는 북접도 동참했는데, 이때에 연합전선이 형성될 수 있었던 것은 이미 관군들이 남접과 북접을 가리지 않고 모든 동학교도들을 비도(匪徒)로 규정하고 탄압했기 때문이었다. 2차 봉기가 실패로 끝나자 양반들과 부호, 관료, 이서층이 주축이 된 '민보군'과 '수성군' 등에 의해 농민군은 초토화되었다. 이후 동학은 지하로 숨어들거나 다양한 분파로 나뉘는데, 역사적 사실 관계에서 볼 때에 천도교와 시천교가 가장 큰 세력이었다. 이중 시천교는 친일단체 일진회를 설립한 송병준과 이용구 등이 주축이 된 동학별파로 가장 친일적이었고, 북접의 3대 교주 손병희가 이끌었던 천도교는 시천교의 경우와는 달랐지만, 역시 친일 논란에서 자유롭지 못하였다.

이상에서 드러나듯이 동학은 종교 지향적인 세력과 사회변혁을 지향하는 세력으로 나눌 수 있는데, 『토지』에서 다루는 '동학 잔당'들의 활동은 사회변혁 세력에 한정되어 있다. 작품에서 김환은 어머니 윤씨가 자신에게 몰래 남긴 500섬지기의 논밭을 자금으로 하여 동학 세력을 다시 규합하려 한다. 하지만 이 때의 동학 세력은 '시천교(侍天教), 천도교(天道教) 어느 파에도 전신하지 않는 세력'(5:210)으로 제한된다. 이들 시천교와 천도교가 당시에 가장 큰 동학 세력이었다는 역사적 사실을 고려한다면, 이들을 배제하는 김환은 당시에 공식적으로 활동하던 동학 세력의 정통성을 인정하지 않고 있음을 보여준다. 시천교는 일제의 비호를 받으며 노골적인 친일 활동을 했으므로 함께할 수 없었겠지만, 천도교까지 배제했던 것은 동학의 정통성을 남접의 현실변혁 운동에 두겠다는 의지의 표현이었다고 해석할 수 있다.

작품 속 동학 잔당의 정확한 규모는 알 수 없다. 작품에 나오는 동학 잔당의 모임은 대개 지도부의 활동만을 보여주어 그것만으로는 규모를 예측할 수 없기 때문이다. 다만 지도부의 한 명이었던 지삼만이 조직을 배신하고 따로 세운 '청일교'[84]의 교세가 그리 작지 않은 것으로 미루어 보아, 작품 속 동학 잔당의 세력이 제법 컸음을 추측할 수 있다. 이는 당시의 역사적 사실과도 일치한다. 실제로 일제 시대에는 천도교뿐 아니라 시천교, 상제교, 수운교, 제우교, 청림교 등의 다양한 동학별파들이 꽤 큰 세력으로 남아있었기 때문이다. 이들 동학별파들은 대개 갑오년 농민운동이 보여준 현실 변혁적 지향을 보여주지 못하고, 종교적 교리에 집착하거나 또는 일제와 영합했던 것으로 알려져 있다.

작품은 몇 가지 에피소드를 통해 역사 속의 동학별파를 비판한다. 우선 꼽을 수 있는 에피소드는 간도에까지 진출하여 큰 세력을 얻고 있던 '시천교' 간부 남비산에 대한 조롱이다. 중절모자, 회색 코트, 카이젤 수염, 개화장 등으로 치장한 남비산은 일본의 비호 아래에서 성장한 시천교의 간부이다. 그는 일본말을 못하지만 왜순사만 보면 허리를 굽신거린다. 이야기는 용정 시내에서 남비산이 요란스러운 서양식 복장을 하고 거들먹거리며 길을 걷다가 지나가는 왜병의 위풍에 놀라서 망신을 당하는 장면에서 시작한다.[85] 막일꾼으로 일하는 권서방, 박서방, 홍서방 등은 위 사건을 목격한 후 그의 이름[86]과, 튀어나온 배, 그리고 그의 복색에 대해 한참

---

84) 실제 역사에는 등장하지 않는 가상의 '동학별파'이다.
85) 6:205-206 참고

동안 조롱을 한다. 그리고 지팡이는 몸이 아픈 사람들이 자기 몸을 지탱하기 위해 사용하는 것인데 사대육신 멀쩡한 사람이 왜 '개화장'을 들고 다니느냐는 조롱을 통해 시천교의 의존성을 비판한다.[87]

　동학별파에 대한 또 다른 비판은 작품에서만 등장하는 가상(假想)의 종교단체 '청일교'를 통해 이루어진다. 청일교는 작품에서 지리산 모임을 배신하고 나온 지삼만이 만든 사교(邪敎)인데, 불과 이삼 년 만에 남원, 전주 일대에서 큰 교세를 갖게 된다. 청일교의 성장은 '반일적 색채를 지닌 동학별파'라는 요소가 중요하게 작용했으리라는 추정이 가능하다. 시천교가 친일행적을 통해 일본의 비호를 받으며 성장한 것에 비해, 청일교는 오히려 약간의 '반일적 색채'를 띠고 있었다. 이는 청일교 교주인 "그가 가장 강조하는 것은 일본이 망할 것이며, 그리하여 동방의 새로운 횃불이 조선 땅에서 높이 솟아오를 것"(8:292)이라는 설명을 통해 알 수 있다. 이 밖에도 "우리는 왜놈한테 대항하는 단체로 알고 있으며 또 장차 신도가

---

86) 남비산을 왜 하필이면 안깐(여자)이라 하느냐, 남비는 왜말로 나베요, 산은, 정확한 발음으로 상이지만 씨나 혹은 님, 그러니까 남비산은 남비님 왜말로 'お鍋さん', 아낙을 부엌데기로 낮추어 말한 속어다. 그러니까 이곳 말로 안깐이 되는 셈인데 그런 별명으로 불리어지는 남비산이 용정 주민들에게 미움과 경멸의 대상인 것만은 틀림이 없다.(6:206, 괄호는 필자가 임의로 부연한 것임.)

87) 이는 작품에서 홍서방의 비아냥을 통해 가장 잘 드러난다.
　"개화장이고 개뿔이고 다같은 막대긴데 그러니까 지팡이 그거 아니겠어? 안 그래? 내가 이상히 여기는 것은 사대육부 멀쩡한 놈이 먼길 가는 것도 아닌 터에 그걸 휘두르고 다닌다 그거야. 지팽이라는 것은, 본시 눈 어두운 사람, 늙어서 다리에 힘 빠진 사람들이 짚는 게야. 또 있지. 수백 리 먼 길 가는 사람, 험한 산길 가는 사람이 그걸 들고 다닌다 그 말씀이야. 그리고 동냥 얻으려 밤낮 쏘다녀야 하는 중놈이 드는 거구, 아이고대고, 빈 창자 움켜쥐며 곡을 해야 하는 상주, 그러니까 좋을 것이 하나도 없는 것인데 모자 쓰고 양복 입고, 구두 신은 놈들 엎어지면 코 닿는 곳엘 가도 개화장이라. 모자 쓰고 양복 입고 구두 신은 양놈들은, 그러면 모두 양기 부족이다 그런 얘기가 되지 않겠어?"(6:207)

수십만을 넘을 시, 왜놈을 치고 나갈 것인께"(8:299)라는 지삼만의 말에서도 청일교의 반일적 색채는 드러난다. 물론 작품에서 청일교가 반일적인 활동을 한 것은 전혀 없다. 오히려 항일운동을 하고 있는 김환의 하부 조직원들을 포섭해 자신의 수하로 만들었으며, 특히 김환을 일본 경찰에 밀고함으로써 그의 체포에 결정적 역할을 하는 등 이들은 지리산을 중심으로 하는 독립운동 세력의 기반을 흔든 친일적 존재다. 그럼에도 불구하고 지삼만이 '왜놈을 치고 나갈 것'이라고 한 것은 '청일교'의 포교 전략이 시천교와 달랐다는 점을 암시한다. 즉 시천교로 대표되는 당시 동학별파들의 지도부가 하나씩 둘씩 친일파로 변해가자, 여기에 실망하여 이탈한 신도들을 규합한 새로운 동학별파들이 생겨났는데, 작품에서 '청일교'는 그러한 세력 중 하나를 상징적으로 보여준 것이다.

이처럼 작품은 역사 속의 동학별파인 시천교와, 작품에서 창작된 청일교에 대한 에피소드들을 통해 갑오년의 투쟁 정신을 저버리고 변절한 당시 동학별파들의 부정성을 고발하고 있다. 이들이 갖는 공통점은 우선 자립적이지 못하다는 것이다. 시천교는 일본의 힘에 기대어 세력을 넓혔고, 청일교 역시 전주 부자의 재력에 의존하고 있기 때문이다. 그리고 이들은 교인들을 속여 그들의 노동력과 재산을 착취한다. 시천교는 '대부분이 종교적 신념보다 시세에 편승하는 무리들이요 또 한편으론 청인들 박해에서 일본을 방패 삼으려 했던 우매한 사람들'(4:64)을 일제의 철로 사업에 보내거나 또는 관제 집회에 동원하였다. 작품에서 청일교 역시 "백미 열 섬의 공덕을 쌓으면 그날이 왔을 적에 홍포도사(紅布道士)가 될 것이요, 백미 백 섬의 공덕을 쌓으면 청포(靑布)도사가 될 것이요, 백미 천 섬의 공덕을 쌓으면 황포(黃布)도사가 될 것"(8:292)이라는 황당한 언변으로 교인들의 재산 상납을 강요한다.

평사리의 실성한 여인 또출네가 수시로 읊는 사설은 '내 아들 감사(監司) 되어 금의환향할 시에는'(1:150)이다. 동학운동에 가담했던 아들이 죽자 슬픔을 이기지 못해 실성한 그녀가 '감사가 되어 금의환향할 아들'을 기다린 다는 에피소드는 평등한 세상을 꿈꾸었던 동학의 공식적 이념과는 정반대이 다. 하지만 또출네의 사설은 오히려 당대 민중들의 허황된 꿈을 사실적으로 보여주는 에피소드이며, 청일교는 이렇게 우매한 민중들의 욕망을 이용하 여 교세를 확장시킨 사교(邪敎) 집단이었던 것이다.

4. 동학별파(東學別派)의 새로운 계보, 지리산 모임

작품에서 '지리산 모임'은 시천교와 청일교의 대척점에 위치한다. '김개주 의 아들'이라는 상징성과 죽은 윤씨 부인이 남겨놓은 재산을 자금으로 삼아 김환은 흩어져 있던 동학의 무리들을 규합한다. 김환은 민란(民亂)의 전법(戰法)을 시대착오적으로 보고, 종교를 넘어선 연대의 필요성을 강조하 는데, 이는 이전의 동학이 갖고 있던 종교적 색채를 탈각하고 현실변혁을 추구한다는 점에서 남접의 이념적 지향을 더욱 분명히 한 것이다. 그리고 초기의 지리산 모임이 김환 개인의 지략과 인맥에 전적으로 의존했던 것에 비해, 김환의 죽음 이후 지리산 모임은 혜관과 송관수, 김길상 등의 주도적 활동으로 더욱 광범위한 동선(動線)과 인적 구성을 확보한다.

물론 다른 모티프들에 대한 작품의 일반적 서술특징처럼 지리산 모임의 구체적 활동 역시 거의 서사화되지 않는다. 산청장에서 일본 순사를 살해한 다든가, 진주에서 김두만과 이도영의 집을 습격하여 돈을 탈취하는 장면 정도를 제외하면 이들의 활동이 구체적으로 드러나는 경우는 찾기 어렵다.[88] 하지만 '지리산 모임'은 작품에서 가장 많은 인물들과 연결되어 있다. 작품에서 그 어떤 조직도 지리산 모임만큼 광범위하게 연결되어 있지 않다. 이들은 흩어진 동학 조직을 재건할 뿐 아니라, 다수의 새로운 인물들과도 관계를 맺는다. 송관수를 매개로 정석, 김한복 등이 조직에 들어오고, 이들은 만주에 가서 김길상이 활동하는 조직과 만난다. 특히 이용의 아들 홍이는 만주로 돌아가 자동차 정비공장을 차려 만주의 독립운 동세력과 긴밀한 관계를 갖는데, 이 역시 송관수의 매개로 이루어졌다. 남편 길상의 존재 때문에 최서희도 이들에게 자금을 지원하게 되는데, 작품의 후반부에는 이들을 연결하기 위해 통영에서 올라온 장연학의 활동이 중요하게 부각된다. 이처럼 '지리산 모임'에는 잠복했던 동학 세력은 물론이거니와 평사리와 통영 주민들, 서울의 지식인들, 해외의 사회주의 세력,

---

88) 하지만 이는 서사의 핍진성(逼眞性) 부족이라기보다는 『토지』 서술의 일반적 특징과 관련이 있다. 『토지』는 윤씨 부인에 대한 김개주의 애정, 동학농민운동의 전개와 실패 과정, 김환과 별당 아씨의 연애, 서희의 축재(蓄財) 등 작품에서 중요한 모티프를 이루며, 당연히 상술되었음직한 내용들이 거의 서사화되지 않았다. 이처럼 『토지』는 가장 핵심이 될 만한 내용들을 독자의 상상력에 맡긴 채 비워둠으로써, 구체적으로 서술된 언어가 갖는 표현력의 한계를 넘어서려는 서술특징을 갖는다. 이는 '언어를 통해서 언어로부터 해방되려는, 언어를 씀으로써 언어를 쓰지 않는 언어가 되려는 불가능하고 모순된'(박이문, 「시적 언어」, 정현종 외 편, 『시의 이해』, 민음사, 1989. 51쪽) 시적 언어표현의 특징을 소설 작품에 적용한 것이라 할 수 있다. '달'을 그리기 위해서는 달무리진 구름을 그리는 것만으로 충분하다는 홍운탁월(烘雲拓月)의 동양화 기법 역시 같은 설명이 가능하다.

지리산의 토착 세력 등이 모두 직간접적으로 깊은 관련을 맺는다. 조용하, 조찬하, 유인실, 오가다 지로, 길여옥, 강선혜 등 작품 전개에서 다소 이질적인 인물들 역시 임명희[89])를 매개로 지리산 세력과 연결된다. 임명희는 이상현을 연모했고, 상현과 봉순의 소생인 양현을 키우려 했다는 점에서 최서희와 동급의 위치에 있으며, 자진해서 오천원이라는 거금을 지리산의 독립 세력에게 건넴으로써 장연학의 주도로 마지못해 지리산에 곡식을 보낸 서희보다 독립 운동에 더 적극적으로 가담함으로써 4부 이후 인물들의 관계망에서 중요한 그물코를 형성한다. 이처럼 지리산 모임은 단순히 흩어진 동학세력을 규합하는 데에 머물지 않고, 일제에 맞서는 민족적 저항세력을 총망라하는 거대한 조직으로 성장하면서 작품의 후반부 서사를 이끌어나가는 핵심축을 이룬다.

한편 지리산 모임은 시간이 지나면서 점차 종교적 성격이 옅어지는데, 지리산 모임의 종교적 성격이 옅어질수록 모임은 불교 세력과 사회주의 세력 등 점점 더 많은 사람과 조직을 끌어들이며 민족적 단위의 세력을 결집시킨다. 특히 지리산 모임은 '동학'이라는 종교인들의 모임이면서도 '불교'와 매우 친밀한 관계를 갖는다. 별당 아씨의 죽음으로 괴로워하던 김환이 과거의 동학 장수 양재곤을 만나 동학 재건을 위해 첫 번째 모임을

---

89) 1, 2, 3부에서 숱한 인물과 사건들의 관계망을 끌고 나아갔던 존재가 최서희라면, 4부 이후에 그 몫의 상당 부분은 임명희에게 이전된다. 명희는 숱한 일본론을 펼치는 서울 지식인들 중에서 맏형 격인 임명빈의 누이동생이며, 작가의 일본론에 가장 근접한 일본론을 펼친 유인실, 조찬하, 제문식 등과 사제 및 가족 관계로 얽혀 있다. 작품에서 전면화 되지는 않았지만 작가의 기독교에 대한 비범한 관심을 보여주는 길여옥, 일제 시대 민족주의적 문화운동을 펼친 권오송과 재혼한 강선혜 등과도 절친한 관계를 맺음으로써 명희는 사실상 『토지』 후반부에 새롭게 등장하는 대부분의 인물들과 깊이 연결되어 있다.

가질 때부터 그곳에는 연곡사의 승려 혜관이 함께 했고, 후반부에 가서는 도솔암 주지로 있는 소지감이 이들 모임의 주요 인물로 등장한다. 혜관과 소지감은 윤씨가 김환에게 남긴 500섬지기의 전답 관리에도 관여했으며, 비밀 회합을 위한 장소 제공, 자금 이동, 인물 은닉 등의 중요한 활동에도 깊숙이 관여한다. 이들이 동학 잔당들과 연결되었던 것은 일차적으로, 혜관의 스승이라 할 수 있는 우관선사가 김개주의 친형이었다는 사실 때문이다. 하지만 작품에서 불교와 동학이 연결된 것은 동학을 창시한 최제우와 2대 교주 최시형 등이 모두 불교와 깊은 연관을 가졌고, 그들의 포교활동에 승려들이 직간접적 도움을 주었다는 역사적 사실과도 부합한다.[90)]

이처럼 작품이 진행되면서 '지리산 모임'은 애초에 갖고 있었던 '동학'이라는 종교적 색채를 점차 잃어가면서 엷어지고, 투명해진다. 작중 인물들의 사무친 한(恨)이 오랜 삭임의 시간을 통해 풀어지듯이, '동학'의 존재감은 이렇게 점차 역사의 무대에서 사라져 갔다. 이는 스스로 소멸한 것이 아니라, 고통에 반응하는 분노의 힘이 다른 길을 찾아 분출된 것으로 보아야 한다. 그리고 동학운동 세력에 대한 이러한 이해는 『토지』가 갑오년의 동학농민운동을 '동학'이라는 종교적 차원의 운동으로만 보지 않고, 시대적 억압에 저항하는 민족적 주체 세력의 저항으로 파악하고 있음을 알려준다.

---

90) 박맹수, 「동학의 교단조직과 지도체제의 변천」, 한국역사연구회, 『1894년 농민전쟁연구 3』, 역사비평사, 1997, 330쪽 참고

5. 마치며

1894년에 있었던 동학운동을 우리는 '동학란'에서부터 시작하여 동학혁명, 동학농민전쟁 등 다양하게 불러왔다. 이러한 용어들의 스펙트럼은 동학에 대한 양반들과 기득권층의 두려움, 그리고 이에 맞서는 민중적 소망의 대결 양상을 보여준다. '시천교'와 '청일교'는 양반과 기득권 계층들이 동학에 대해 갖고 있던 부정적 형상을 반영하고 있으며, 변혁을 지향한 '지리산 모임'은 억눌려서 드러나지 못했던 민중들을 소망을 반영하고 있다. 하지만 『토지』에서 서사화된 동학별파의 진정한 의미는, 근대화의 과정에서 부침(浮沈)을 거듭하며 억압되어 온 '동학'이라는 집단적 에너지가 저절로 자신의 존재감을 투명하게 비워나갔다는 데에 있다. 작품은 이들의 존재를 과장하거나 부정하지 않으면서도, 수많은 작중 인물과 사건의 중심에 동학별파의 존재를 설정함으로써 그들에게 합당한 역사적 활동과 지위를 부여하였다. 이런 점에서 볼 때에 『토지』에 나타난 동학별파의 활동은 우리 민족의 역사에서 불꽃처럼 타올랐다가 외세의 개입에 의해 미처 그 꿈을 펴지 못했던 동학농민운동에 대한 해한(解恨)의 서사라고 할 수 있다.

공식적으로 사라진 것처럼 보이지만, 그렇지 않은 집단적 에너지를 서사화하는 것은 『토지』의 중요한 주제이다. 갑오개혁 이후에도 전혀 사라지지 않은 완고한 신분의식이 그 좋은 예이다. 동학 역시 '지리산 모임'을 중심으로 하는 가상(假想)의 동학별파(東學別派)를 통해 소멸하지 않는 집단적 에너지로 서사화되었다. 완고한 신분의식이 민족의 부정적 에너지라면, 동학 운동은 긍정적 에너지이다. 동학은 불교, 기독교, 그 밖의 근대 정신 속에 흡수되었지만, 사라진 것은 아니다. 구한말부터 일제강점기에 걸친 우리 민족의 지난한 삶의 이력을 총체적으로 형상화한 『토지』는 '동학 운동'의 궤적을 서사의 중심에 배치함으로써 소멸하지 않는 민족 에너지의 복원을 꾀했던 것이다.

※ 참고문헌

〈자료〉
박경리, 『토지』 1-16권, 솔출판사, 1994.
_____, 『토지』 1-21권, 나남출판사, 2002.

〈단행본〉
권택영, 『프로이트의 성과 권력』, 문예출판사, 1998.
김상일, 『수운과 화이트헤드』, 지식산업사, 2001.
이경덕, 『신화로 보는 악과 악마』, 동연, 1999.
이부영, 『그림자』, 한길사, 1999.
한국문학연구학회, 『『토지』와 박경리 문학』, 솔출판사, 1996.
최유찬 , 『『토지』를 읽는다』, 솔출판사, 1996.
Freud, Sigmund, 「나르시시즘에 관한 서론」, 『무의식에 관하여』, 열린책들,
    1997.
_____, 「집단심리학과 자아분석」, 『문명 속의 불만』, 김석희 옮김,
    열린책들, 1997.
Safranski, Rüdiger, 『악 또는 자유의 드라마』, 곽정연 옮김, 문예출판사,
    2002.
Sanford, John A, 『융학파 정신분석가가 본 악』, 심상영 옮김, 심층목회연구원
    출판부, 2003

〈논문〉
김승종, 「동학혁명의 문학사적 의의」, 『동학학보』 14호, 동학학회, 2007.
김진석, 「소내하는 한의 문학 : 『토지』」, 『한·생명·대자대비 - 토지비평집
    2』, 솔출판사, 1995.

박맹수, 「동학의 교단조직과 지도체제의 변천」, 한국역사연구회, 『1894년 농민전쟁연구 3』, 역사비평사, 1997.

박이문, 「시적 언어」, 정현종 외 편, 『시의 이해』, 민음사, 1989.

윤석산, 「동학사상의 어제와 오늘」, 『동학학보』, 동학학회, 2006.

이우화, 「박경리『토지』에 나타난 전통적 가치관에 관한 연구」, 교원대 석사논문 2003.

이이화, 「1985년 농민전쟁 지도부 연구」, 한국역사연구회, 『1984년 농민전쟁 연구 5』, 역사비평사, 2003.

이찬구, 「수운의 天主와 과정 철학」, 『신종교연구』, 한국신종교학회, 2006.

임금희 「『土地』에 나타난 東學 연구」, 『문명연지』 1호, 한국문명학회, 2000.

정호웅, 「한국 현대소설과 동학」, 『우리말글』 31호, 우리말글학회, 2004. 8.

채길순, 「역사소설의 동학혁명 수용 양상 연구」, 『한국문예비평연구』 2호, 한국문예비평학회, 1998.

최유찬, 「『토지』판본 비교 연구」, 『현대문학의 연구』 21호, 2003. 8.

_____, 「『토지』와 일본」, 『해방 60년, 한국어문과 일본』, 목원대학교 편, 보고사, 2006.

최종성, 「동학의 신학과 인간학」, 『종교연구』, 한국종교학회, 2006.

한승옥, 「박경리『토지』에 나타난 동학의 의미」, 『숭실어문』 15집, 1999.

황현산, 「생명주의 소설의 미학」, 『토지 비평집 2 - 한 · 생명 · 대자대비』, 솔출판사, 1995.

1. 조선 후기 유교의 특징과 과제

이 글의 목적은 박경리 『토지』에 나타난 유교 담론의 의미와 특징을 연구하는 것이다. 이를 위해 이 글은 작품 속 유학자들의 현실 대응 양상을 분석할 것이다. 이는 조선 후기 유교의 역사적 과제를 봉건제의 균열과 외세의 위협에 대한 응전으로 보고, 작품 속에서 이러한 요소들이 어떻게 형상화되었는지를 살피는 것이다.

『토지』는 조선의 국호가 허울뿐인 대한제국으로 변경되기 직전인 1897년 가을부터 시작하여, 일제강점기를 거쳐 일본이 패망하는 순간까지를 시대적 배경으로 삼고 있다. 1897년은 조선의 봉건적 모순을 일소(一掃)하려는 자생적 동학운동이 실패하고, 조선 전체가 이른바 열강의 각축장이 되어가던 시절이다. 500년 동안 조선 사회를 지탱해온 유교가 전근대와 근대를 아우르는 역사적 변동기에 대해 응전하는 양상을 살펴보는 것은, 유교의 의미를 사회와 역사의 축에서 입체적으로 조망할 수 있게 할 것이다. 그리고 『토지』를 유교적 종교 서사로 읽는 것은 작품의 다초점적 주제에 대한 해석의 지평을 한 차원 더 심원(深遠)하게 넓혀줄 것이다.

---

91) 이 장은 「근대 사회와 유교적 이상의 균열」이라는 제목으로 『문학과 종교』 18권 3호 (2013)에 발표했던 논문을 수정 보완하였음.

금장태는 『한국유교와 타종교』에서 조선시대 유교의 가장 큰 특징을 "도학이념에 어긋나는 모든 다른 종교와 주자학에 어긋나는 다른 사상유파를 비판하고 배척하는 정통주의"(5-6)라고 규정하였다. 양명학을 비롯하여 주자학을 비판하는 일체의 유파를 이단시하였고, 불교와 무교(巫敎) 등의 타종교를 혹세무민의 종교, 또는 아녀자의 종교로 여기고 무시하거나 탄압했기 때문이다. 하지만 조선시대 유교가 다른 사상, 다른 종교에 대해 배타적이기만 한 것은 아니었다. 공식적으로는 양명학을 이단으로 규정했지만, 조선 후기로 갈수록 양명학을 연구하는 유학자들이 늘어났으며, 학식이 높은 양명학자를 존중하는 분위기도 분명 존재했기 때문이다. 특히 다른 종교와의 관계를 볼 때, 유교는 무교(巫敎)와 불교가 갖고 있는 비의(秘儀)적 요소나 사후세계(死後世界)에 대한 비전이 없었기 때문에 불교와 무속(巫俗)의 전통을 전적으로 배척하기보다는 일정 부분 포용하면서 우리의 민족 신앙으로 성장해 나갔다고 보는 것이 옳을 것이다.

유교는 개인의 인격 수련과 이를 통한 도덕적 사회 건설을 최우선 목표로 삼고 있다. '수신제가치국평천하'(修身齊家治國平天下)라는 『대학』(大學)의 핵심경구처럼 공자의 평생과업은 도(道)에 기반한 유교적 이상 국가 건설이었다. 이는 유교가 그 출발부터 구체적인 사회변혁을 종교적 믿음으로 삼고 있었음을 보여준다. 이러한 믿음이 인격적 신(神)의 의지와 명령을 따르려는 사명감과는 분명히 다르지만 조선의 유학자들이 공맹(孔孟)의 경전을 종교적으로 받아들였다는 것은 의심의 여지가 없다. 여기에서 '종교적'이라는 것은 초월적 존재에 대한 믿음이 아니라 '의식의 깊은 차원에서의 궁극적 관심'(이준학 123)을 의미한다. 폴 리쾨르나 자크 데리다

등의 유럽 학자들이 보여준 '종교 없는 종교성'(윤원준 38)이 기존의 어느 종교인들보다 더 심층적인 종교적 성찰을 보여주었듯이, 조선의 유학자들이 보여준 자아실현과 윤리적 소망 역시 다른 어떤 종교보다 더 진지하고 절실한 것이었다.

이렇게 볼 때 조선의 건국은 이성계 일파의 정치적 성취가 아니라 유교를 신봉했던 사대부들의 종교적 이상이 실현된 벅찬 감동의 사건이었다. 물론 역사를 통해 알고 있듯이 조선은 흠결 없는 이상 국가가 아니었다. 권력을 장악한 종교가 대개 그렇듯이 조선시대의 유교는 이전 왕조의 모순을 극복하는 데에는 일정하게 성공하였지만, 오랜 역사의 흐름 속에서 차츰 한계를 노정하면서 쇠락하였다.

> 19세기 조선 성리학이 당면한 가장 큰 시대적 환경은 두 가지를 들 수 있다. 하나는 안으로부터 조선사회 내부에서 주자학 – 도학을 통치이념으로 표방하는 사회체제가 시대변화에 적절하게 대응하지 못하면서 모순을 드러내자 사회내부의 저항과 동요가 여러 측면에서 일어났다는 사실이요, 다른 하나는 밖으로부터 밀려온 서양종교가 서민대중 속에 확산되었으며 뒤이어 서양과 일본의 제국주의적 무력위협이 가중되면서 조선사회에 위기의식이 심각하게 가중되었다는 사실이다. 따라서 19세기 조선 성리학의 기본 성격은 안과 밖에서 제기되는 이 두 가지 도전에 대응하는 이론체계와 사유방법으로 확인할 수 있을 것이다.(금장태 278)

인용문에 따르면 조선 후기 유교의 과제는 봉건적 신분사회의 균열과 서양 및 일본의 제국주의적 위협에 대응하는 것이었다. 이는 이른바 '반봉건

반외세'라 불리던 조선후기의 역사적 과제와 상응하는 것이기도 했다. 안팎으로 커져가는 변화의 요구에 따라 조선 후기의 유교 사상은 스스로의 정체성을 한층 더 선명하게 내세워야 했고, 더욱 강력한 대응논리를 개발해야만 했다. 당시의 위정척사운동이나 흥선대원군의 쇄국정책은 이러한 사회적 요구에 대한 조선 유학자들의 대응이었다. 하지만 정체성 강화를 통해 난국을 돌파하려던 보수적 움직임은 점증하는 외세의 위협 앞에서 차츰 힘을 잃어갔다. 을미사변과 한일합방으로 이어진 국치(國恥)의 순간들 앞에서 유학자들의 좌절은 더욱 깊어졌을 것이다.

화서학파의 두 동문인 유인석과 노정섭이 밝힌 '처변삼사(處變三事)'와 '소처삼책(所處三策)'은 당시의 조선 유생들이 선택할 수밖에 없었던 현실 대응의 다양한 스펙트럼을 잘 보여준다. 화서학파는 조선 후기 화서 이항로를 중심으로 형성된 재야학파로 대표적인 위정척사 세력이다. 이들은 구한말 개화 반대 상소운동을 주도했으며, 을미사변 이후 전국적인 의병운동에도 직간접적으로 영향력을 행사했다. 화서학파의 문하생이었던 이춘영과 안승우는 을미사변 이후 강원도 원주에서 의병을 일으키고, 경기도 지평에서 맹영재를 중심으로 하는 의병 세력을 포섭하여 충청도 단양에서 일본군을 격퇴하는 성과를 올린다. 충주의 유인석은 이들 제자 그룹들의 발의에 의해 연합 부대의 의병장을 맡게 된다.

위정척사와 존왕양이(尊王攘夷)[92]를 주장하는 화서학파의 사상을 이어

---

92) 존왕양이론(尊王攘夷論)는 존화양이론(尊華攘夷論)에서 나왔다. 존화양이(尊華攘夷)란 '중국을 존중하고 오랑캐를 물리친다'는 뜻으로 고려 말의 신진사대부들이 원나라를 배척하고 명나라와 친하게 지내야 한다는 배원친명(排元親明) 정책을 주장한 데에서 연유한다. 조선 건국 후 존화양이론(尊華攘夷論은 조선의 공식적인 외교정책이 되는데, 명나라가 사라진 흥선대원군 시절에는 존중의 대상이 '중국[華]'에서 '임금[王]'으로

받은 의암 유인석은 을미사변과 단발령 이후 거의소청(擧義掃淸: 의를 일으켜 외적을 쓸어냄), 거지수구(去之守舊: 은둔하여 옛 것을 지킴), 치명수지(致命遂志: 목숨을 끊어 지조를 지킴) 등 변란에 대처하는 세 가지 방법[처변삼사(處變三事)]을 내세우며 의병활동을 시작하였다. 외세에 맞서 싸우는 것이 당시의 유학자가 선택할 수 있는 최선의 길임을 보여준 것이다. 하지만 연곡 노정섭은 '소처삼책(所處三策)'을 통해 "포경입산(抱經入山: 경전을 품고 산에 들어감)이 상책(上策)이요, 거의치토(擧義致討: 의를 일으켜 토벌에 이름)가 중책(中策)이요, 종풍수속(從風隨俗: 풍속을 따름)이 하책(下策)"(금장태 290)이라고 하였다.

유인석의 '처변삼사(處變三事)'를 근거로 금장태는 19세기 후반 국가적 위기 상황에 처한 조선 유학자들의 행동양상을 은둔형, 순절형, 항전형으로 분류하였다. 하지만 이는 노정섭의 종풍수속(從風隨俗)을 포함하지 못한 분류이다. 상식적으로 생각해 보더라도, 조선 후기의 사회 변동 속에서 유학자들이 선택할 수 있는 가장 손쉬운 방법이 종풍수속(從風隨俗)이었을 것이다. 사람은 대개 자신이 속한 집단 구성원들의 일반적 행동 양식을 따라하는 경향이 있기 때문이다. '풍속(風俗)'의 구체적 내용은 보는 이의 시각에 따라 다양할 것이다. 하지만 이 글에서는 『토지』에 나타난 '풍속(風俗)'을 근거로 '시류에 편승하여 부당하게 사익(私益)을 챙기려는 경향'으로 한정하고 한다.

이상에서 살펴본 유인석의 '처변삼사(處變三事)'와 노정섭의 '소처삼책(所處三策)'을 바탕으로 본고에서는 『토지』에 나타난 유학자들의 현실

대체된 것이다.

대응 양상을 다음의 세 가지로 분류하고, 각각의 부류에 대한 작품 형상화의 특징과 의미를 살펴보고자 한다.

첫째, 외세의 부당한 개입에 맞서 물리적 대결을 시도하려는 경향이다. 유인석의 거의소청(擧義掃淸)과 노정섭의 거의치토(擧義致討)가 이에 해당한다. 이는 의병을 일으켜 군사적으로 대응하는 것을 의미한다. 사회주의 운동에 가담하거나 서양식 학교를 설립하여 계몽주의 운동을 하는 경우 등은 제외하였다. 물론 당시의 지식인 중에는 사회주의나 계몽주의자가 많이 있었지만, 이러한 응전은 더 이상 유교적 차원이 아니기 때문이다. 이 글에서 다루는 유학자들의 시대인식과 대응행위는 어디까지나 정주학 (程朱學)의 도(道)를 지켜나가려는 보수적 흐름만으로 한정한다.[93]

둘째, 현실의 부정성을 인식하면서도 이에 맞서기보다는 도피하거나 은둔하려는 경향이다. 유인석의 거지수구(去之守舊)과 노정섭의 포경입산 (抱經入山)이 이에 해당할 것이다. 이는 실제 조선 후기에 가장 많은 유학자들이 보인 행동 양식이라고 생각된다. 이들은 심정적으로는 외세와 대결하고 싶었지만, 현실적인 여건이 녹록하지 않았기에 자신의 목숨과 가문을 존속시키는 것 역시 도(道)를 지켜나가는 길이라 믿었을 것이다.

셋째, 시류에 편승하여 부당하게 사익(私益)을 챙기려는 경향이다. 노정섭의 종풍수속(從風隨俗)이 이에 해당할 것이다. 사회적 혼란을 틈타 사익을 챙기려는 시도는 어느 사회에나 있었다. 개인의 이익을 추구하는

---

93) 이 논문에서는 유인석의 치명수지(致命遂志), 즉 '자결'에 대해서는 따로 다루지 않겠다. 작품에서 자결을 서사화한 경우는 없기 때문이다. 하지만 굳이 분류하자면 이 역시 외세의 부당한 개입에 맞서는 행위라 할 수 있겠다. 전언(傳言)으로 나오는 몇 가지 자결 사례는 대부분 의병 운동의 도화선으로 작용했기 때문이다.

것 자체를 나쁜 것으로 볼 수는 없다. 하지만 사대부임에도 불구하고 불의한 현실을 외면하고, 오히려 양반의 지위를 이용하게 사익을 편취하려는 시도는 도덕적으로 비난받아 마땅하다. 『토지』의 서술자는 이러한 인물들의 부당함에 대해 특히 더 비판적 입장을 취하고 있다.

2. 외세와의 물리적 대결

2.1. 나약한 청백리 의병장의 의미와 한계

『토지』에서 평사리의 의병활동을 이끈 인물은 김 훈장이다. 손수 농사를 지어야 했지만 평생을 물욕 없이 살면서 양반으로서의 자존심을 잃지 않았던 김 훈장은 『토지』에서 가장 문제적인 유학자이다. 김 훈장을 통해 『토지』는 주자(朱子)의 도(道)를 실천하려던 당대 유학자들의 이상을 생생하게 형상화하면서, 동시에 시대적 변화에 적응할 수 없었던 당대 유학의 한계 역시 설득력 있게 증언하고 있기 때문이다.

평사리에서 비중 있게 등장하는 사대부는 최치수, 김 훈장, 이동진, 김평산 등이다. 이 중에서 김 훈장과 김평산은 모두 경제적으로 몰락하여 직접 농사를 짓지 않으면 끼니가 어려운 형편이다. 하지만 권위의식만 내세우며 술과 노름에 빠져 지내는 김평산이 양반으로서의 지위와 대접을 인정받지 못한 것과 달리, 궁핍함 속에서도 충효(忠孝)의 유교적 이상을 지키려고 노력하는 김 훈장은 어른 대접을 받으며, 마을의 대소사에 직접적인 영향력을 행사한다.

을사조약을 계기로 조준구에게 의지하려는 마음을 완전히 접은 김 훈장은 인근의 몇몇 유생들과 함께 마을을 떠난다. 이 사건으로 인해 마을에서 김 훈장의 지도자적 위상은 더욱 높아진다. 김 훈장의 부재 속에서 "김 훈장은 마을 사람들 이야기 속에서 의병장으로 등장하게 되었을 뿐만 아니라 차츰 전설적인 인물로 변모되어 가고 있었"(3:271)[94]다. 하지만 가을이 되어 김 훈장은 초췌한 몰골로 돌아왔고, 마을 사람들과의 왕래를 끊고 일체 입을 다물었다. 갖가지 억측과 함께 마을의 인심도 바뀌었다. "의병장이니 머니 해쌌더마는 그거 다 생판 거짓말이다. 식자가 있으니께 말만 번드르르했지 담뱃대 들고 마을길이나 얼쩡거리고 댕기든 사램이 멋을 할 기라고."(3:335)라며 노골적으로 조롱하는 사람들도 생겼다. 김 훈장이 의병을 도모하려고 여러 유생들을 만났던 것은 사실이었다. 하지만 대다수의 유생들은 세태를 한탄하고 비분강개했을 뿐 구체적인 행동을 도모하지 않았던 것이다. 김 훈장의 침묵은 이러한 동료 유생들에 대한 실망이고, 스스로의 나약함에 대한 한탄이었을 것이다.

거의소청(擧義掃淸), 거의치토(擧義致討)라는 김 훈장의 소망을 현실화 시킨 것은 동학교도 출신인 상민 윤보였다.[95] 동학교도 출신의 윤보와

---

94) 이 논문의 『토지』 본문 인용 면수는 1994년 솔출판사본으로 한다. 이 논문에서 인용한 『토지』는 솔출판사본이며, 괄호 안의 숫자는 권과 쪽수를 의미한다.

95) 종교 간의 역학관계에 대한 상술은 이 글의 연구 범위를 벗어나므로 생략하기로 한다. 『토지』에 서술된 '유교'를 주제로 선행 연구는 없으나, '동학'을 주제로 삼은 연구는 임금희의 「『土地』에 나타난 東學 연구」(『문명연지』 1.1. (2000): 139-219), 한승옥의 「박경리『토지』에 나타난 동학의 의미」(『숭실어문』 15.1. (1999): 321-330), 박상민의 「박경리『토지』에 나타난 동학(東學) - 소멸하지 않는 민족 에너지의 복원」(『문학과 종교』 14.1. (2009): 91-116) 등이 있다.

유학자 김 훈장이 함께 의병활동을 주도한다는 사실에서 동학과 유학과의 관계를 살펴볼 수 있다. 『토지』는 윤씨 부인이 남편의 극락왕생을 기원하기 위해 천은사에서 백일기도를 드리던 중에 천은사 주지 우관 스님의 동생인 김개주의 겁간으로 사생아 김환을 낳고, 장성한 김환이 이부형(異父兄) 최치수의 아내이자 형수인 별당 아씨와 눈이 맞아 야반도주를 하는 사건에서부터 이야기가 시작된다. 따라서 『토지』는 이야기의 발생부터 유교, 불교, 동학이라는 세 가지 종교의 영향이 최씨 가문에 동시적으로 작용하고 있다.(박상민 92-93)

갑오년에는 동학농민운동에 참가했고, 임오년에도 서울에서 목수 일을 하다가 임오군란의 현장에서 시가지 전투까지 참여했던 윤보는 평사리로 돌아와 마을 주민들과 은밀하게 소통하며, 구체적인 거사를 도모한다.

> 윤보가 돌아온 뒤 분명 마을은 술렁이고 있었다. 그럴싸 싶어 그랬는지 마을 사람들에게는 평소 말마다나 한다는 장정들의 눈이 희번덕이는 것 같았고 윗마을과의 내왕이 어쩐지 잦은 듯싶었고 술을 마시거나 낚시질로 소일하는 윤보 모습이 이따금 마을에서 없어지는 것 같기도 했고, 여느 때 같으면 그것은 다 심상한 일이련만 마을 사람들은 무엇인가를 마음속으로 기다리고 있는 것이다. 무엇인가를, 사태가 급변하는 피비린내 나는 것을. (3:375)

평사리에서 의병활동이 일어난 것은 김 훈장 때문이 아니다. 마을 사람들에게 이미 의거하려는 열망이 내재해 있었고, 이를 구체적으로 일깨우고 조직시켰던 것은 윤보이기 때문이다. 김 훈장이 마을을 떠났을 때, 그를 의병장으로 치켜세웠던 근거 없는 이야기들 역시 김 훈장의 실제 행동과는 무관하게 농민들의 열망이 투영된 것일 뿐이다. 마을 주민들은 김 훈장이 근방에서 가장 학식 높다고 알려진 장암 선생과 학문을 겨루었다는 믿고 있다. 하지만 이는 사실과 달랐다. 작중 화자는 김 훈장의 학문적 능력이 매우 취약하여 장암 선생과 견줄 형편이 아니었다고 폭로한다. 그럼에도 불구하고 농민들이 김 훈장에 대한 거짓 믿음을 갖게 된 것은, 마을에서 몇 안 되는 유학자이며 자신들의 자식을 가르치는 김 훈장이 그 정도로 뛰어난 인물이었기를 바라는 농민들의 소망이었을 뿐이다. 이처럼 『토지』는 마을에서 어른으로 추앙받던 김 훈장이 가식이나 탐욕과는 거리가 먼 청백리임을 부정하지 않으면서도, 그에 대한 주민들의 존경과 바람은 과장된 것임을 끊임없이 폭로하고 있다. 이는 당대의 유학이 나라 안팎의 사회적 현황을 합리적으로 해결하면서 동시에 미래를 견인할 수 없음을 은유적으로 보여주는 것이기도 하다.

도리를 중시하고, 나라와 백성의 안위를 그 어떤 가치보다 소중히 여기는 김 훈장의 유교적 이상은 여러 인물들과의 대화 속에서 수시로 한계와 모순을 드러낸다. 특히 동학에 대한 김 훈장의 태도는 시종일관 모순적이다.

　윤보는 망태를 길섶에 내려놓고 김 훈장 곁으로 바싹 다가선다.
　"그라믄 한 가지 물어볼 기이 있십니다. 의병은 어떻십니까? 그것도 나쁩니까?"
　소곤거렸다.
　"으, 으음, 가당치도 않은 말이로다아. 나쁘다니, 문자 그대로 이 강산의 의로운 장부들이요, 꽃일세."

"그렇다믄 말입니다, 지 생각 곁에서는 말입니다, 의병은 왜눔들 몰아내 자 카는 기고, 또 하나는 도적질 해묵고 나라 팔아묵을라 카는 벼슬아치들 을 치자 카는 긴데, 그기이 다 똑같은 긴데 와 동학은 나쁘다 카고 의병을 옳다 캅니까?"

"이노오옴! 충성하고 불충이 어찌 같단 말이냐!"

"그렇다믄 생원님, 똑같은 일이라 캐도 상놈이 하믄 불충이고 양반이 히믄 충성이라 그 밀심입니까?"

비로소 김 훈장은 윤보에게 놀림을 당하였다는 것을 깨달은 모양이다. (1:128)

반상의 구분을 거부한 동학은 분명히 혹세무민의 종교였지만, 탐관오리 를 숙청하고 일본 세력을 몰아내려고 한 그들의 활동은 의로운 것이라고 김 훈장은 생각했던 것 같다. 동학을 '불충(不忠)'이라고 하면서도 김 훈장은 과거의 동학교도였던 상민 윤보의 인간됨과 능력을 인정한다. 매번 윤보에 게 놀림을 받으면서도 "신분이 다르고 서로 늘 의견이 다르면서 이상하게 배짱이 맞는다고나 할까, 아니 서로 정이 통한다 해야 할 것 같다. 꾸짖는가 하면 놀림을 당하고 그러면서 이들 사이에는 미묘한 우애가 흐르"(1:129)는 사이였던 것이다.

의병을 일으키기 위해 여러 유생들을 만났으나 꿈을 이루지 못한 김 훈장은 그러나 윤보의 노력으로 조직된 의병에 합류하여 마침내 '의병장'이 된다. 하지만 김 훈장은 허울뿐인 의병장이었고, 실질적인 지도력은 윤보에 의해 행사된다. 일본군의 유탄에 맞아 윤보가 죽자 결국 의병부대 전체가 해산되고 만 것은 의병부대의 실질적 리더가 윤보였음을 여실히 보여주는 사례라 할 것이다.

2.2. 양심적 유학자의 고뇌와 방황

김 훈장이 국내에서 일본과의 무력투쟁을 통해 유교적 이상을 실현하려고
했다면, 이동진은 나라 밖에서 항일운동을 하며 유학자로서의 자존심과
양심을 지켜나갔다. 대대로 청백리로 이름을 떨쳤고, 재종(再從) 이소응이
강원도에서 의병을 일으키기도 했던 이동진의 항일 활동은 작품에서 구체적
으로 서사화되지 않았다. 하지만 평사리, 서울, 만주, 러시아를 오가며
작품 속의 허구적 인물뿐 아니라 역사 속의 실존 인물[96]에 이르기까지
다양한 사람들과 직간접적인 관련을 맺는다. 이처럼 이동진의 넓은 동선은
국내외 항일운동의 현황을 압축적으로 소개하는 데에 효과적으로 기능한
다. 그뿐 아니라 이동진의 양심적이면서도 지적인 시선을 통해 각 인물들의
감추어진 면모와 당시 항일운동의 한계도 심도 있게 드러난다. 이처럼
『토지』에 나타난 조선 후기 유학자들의 현실 대응을 논할 때에 이동진은
김 훈장보다 훨씬 더 중요한 인물이다. 하지만 항일운동에 대한 구체적
서사화가 부족해서 독자의 뇌리에 이동진은 구체적 인상을 남기지 못하는
아쉬움이 있다. 물론 이동진의 항일운동이 구체적으로 서사화되었다면,
그토록 다양한 노선의 인물들과 관계를 갖지 못했을 것이다. 따라서 이동진
의 항일운동이 작품 속에서 구체화되지 않은 것은 부득이한 측면이 있었다

---

96) 실존 인물들과의 만남이 직접 서사화 되지는 않고 주로 이동진의 회상이나, 다른 사람
　　들과의 대화 속에서 드러난다.

고 보인다.

이동진의 매력은 상대가 누구든지 존중할 부분은 존중하면서 동시에 비판할 부분은 날카롭게 비판하는 데에 있다. 그는 전국의 유생들에게 큰 영향력을 미친 유인석 부대가 충주(忠州)) 황강(黃岡)전투에서 패배한 원인을 유인석의 서재인(書齋人)적 한계 때문으로 보았다.

> 오늘같이 어지러운 세상에는 쓸모 없는 글자로써 꺼멓게 먹칠이 된 식자(識者)의 머리보다 천만 가지의 이치는 모르더라도 한 가지 이치에 눈을 뜬 상민들의 외곬으로 치닫는 행동이 필요하지 않을까 그 뜻이야. 내 예를 하나 들어서 말하지. 상민으로서 의병의 선봉장을 맡았던 김백선 말이야. 아까 자네가 말했듯이 유생출신 의병장의 십 인 몫을 한 김백선 그가 유생출신의 어떤 의병장들보다 잘 싸운 것은 한 가지 이치에 투철했던 때문이요, 안승우가 원군을 보내지 않았던 것은 심장보다 두뇌로 일처리를 하려 했던 때문이지. 원군을 보내주지 않아서 왜군한테 패하고 돌아온 김백선이 분을 못 참고 안승우에게 칼을 빼어 들이대었다 해서 엄한 군율로 다스린 의암 선생의 경우만 해도 그렇지 않은가? 강직한 성품 탓이라고만 할 수 있을까? 결국은 서재인(書齋人)이고 식견의 결과에 지나지 않아. 목구멍에서 손이 나올 만큼 의병의 수효가 탐이 나는 마당에서 유생출신 의병장 열 사람 몫은 넉넉할 인물을 개죽음을 시켰다는 것은. (2:155)

누구보다 성리학에 정통했고 청렴결백했지만, 싸움에 이길 수 있는 현실 감각이 부족했다는 것이다. 상민 출신의 김백선 장군에게 유독 엄한 규율을 적용한 것 역시 뿌리 깊은 반상(班常)의 차별 의식 때문으로 보았다.

탁월한 외교력을 바탕으로 한일합방 이후에도 계속 러시아 공사의 지위를 인정받았던 이범진에 대해서도 아관파천의 비주체성을 근거로 비판적 거리를 유지했다. 유인석과 이범진은 국내와 국외에서 각각 크게 인정받고 있던 거물급 애국지사였지만 이동진의 시각에서는 한계가 명확한 유학자들이었던 것이다.

작품 전체에서 간헐적으로 계속 등장하면서 소설뿐 아니라 소설 밖의 역사 속 인물들까지 두루 평가하는 이동진은 이 시기 유학자들에 대한 작가 박경리의 시각과 상당 부분 일치하는 것으로 보인다. 이 시기 유학자들 중에는 성리학적 도(道)를 실천하려는 양심적, 행동적 유학자들이 많이 있었지만, 대부분 유교라는 봉건적 이데올로기의 한계를 벗어나지 못하고 있었다는 것이 이동진의 일관된 시각이며, 이는 작품의 다른 층위에서도 지속적으로 서술되는 작품 전체의 일관된 주제 의식이기도 하기 때문이다. 작품의 곳곳에서 이동진은 포수 출신의 홍범도, 상민 출신의 최재형, 김백선 등에 대해서는 긍정적인 평가를 아끼지 않는다. 의병장들에 대한 이동진의 이러한 평가를 종합해 보면, 이동진은 당대 사회에 만연했던 반상(班常)의 차별 의식에 대해 반감을 갖고 있었던 것으로 보인다. 그뿐 아니라 위정척사의 대의를 버렸다고 김 훈장으로부터 오해를 받으면서도 아들 이상현에게 일본 유학을 권유한 것을 보면, 새로운 나라를 건설하기 위해 유교 자체를 버릴 수도 있다고 생각했던 것 같다.

물론 이동진이 당대 유교에 대한 작가의 비판 담론을 전달하는 꼭두각시 역할만을 한 것은 아니다. 그는 끊임없이 고뇌하고, 방황하면서 시대적 소명을 거부하지 않는 성리학자로서 유교적 한계를 넘어서려는 불가능한 시도를 계속해 나갔다.

　　그러나 근본에서 국가에 대한 충의심에 무비판이었다는 것, 유교를 바탕한 근왕(勤王) 정신이 굳어버린 관념으로 되어버린, 그것은 비단 이동진뿐만 아니라 전반적인 양반계급의 생활태도, 정신적 주축이기도 했었지만, 그 탓이었을 것이다. 그러나 간도에서 연해주방면으로 방황하는 동안 차츰 국가의 운명이 자기 개인의 문제와 밀착해서 이동진을 어지러운 수렁 속으로 밀어넣기 시작했다. 자기자신은 무엇이며 겨레란 또 무엇이며 국토란 무엇인가 하고 자신과 연대되는 대상을 향한 감정을 캐보기에 이르렀다. 그는 냉혹하게 국가와 황실을 새로운 각도에서 인식하려 했다. [⋯] 강토와 군주와 민족에 대한, 오백 년 세월 유교에서 연유된 윤리, 그 윤리감은 또 얼마나 끈덕진 것이었던가. 본시 이성에서 출발하여 오늘날 굳은 감정으로 화해버린 그 윤리 도덕을 이동진은 한번 거역해보고 싶었다. (3:12-13)

　　이동진이 유교의 윤리 도덕을 거역하는 구체적 이야기는 작품에 나오지 않는다. 심정적으로 반상(班常)의 차별에 반감을 보이거나, 새로운 세상을 위해서라면 왕에 대한 충성심을 버릴 수도 있어야겠다는 정도의 독백이 있을 뿐이다. 하지만 그러한 생각들을 공개하거나 공식화하지는 않는다. 그러한 생각들을 실행에 옮기는 순간 이동진은 더 이상 유학자가 아니게 된다. 그러므로 이동진은 유교적 사유 체계 안에서 상상할 수 있는 혁신의 최대치를 보여준 유학자로 남을 수 있었던 것이다.

3. 세태 비판과 도(道)의 보전

3.1. 냉소와 현실도피의 거리

외세와 물리적 대결을 시도한 유학자들이 "국가의 안위와 도(道)의 수호라는 두 과제에 양자가 분리될 수 없다는 입장"(금상태 290)이었다면, 냉소적이고 은둔적인 유학자들은 도(道)의 수호를 더욱 강조한 입장이라고 할 수 있다. 일반적으로 위정척사를 주장한 유학자들이 주리론적 세계관을 갖고 있는 것으로 알려져 있지만, 조선 후기 위정척사 운동을 주도했던 화서학파의 사상적 원류가 서인-노론이었고, 이들의 이론이 주기론에 기초하고 있었음을 생각해 보면, 한말 유학자들의 사상적 흐름은 주리론과 주기론의 당쟁적 대립을 넘어서는 좀 더 복잡한 양상이었음을 추정할 수 있다.

『토지』에서 학문적 깊이가 가장 심원(深遠)한 인물은 '장암'이다. 작품에서 장암은 직접적인 발화나 행위를 통해 형상화되지 않고, 서술자의 설명이나 그를 추종하는 최치수, 이동진, 김 훈장 등을 통해 회상되고 전언(傳言)될 뿐이다.

장암은 생원시에 응시한 일이 한번 있었으나 평생을 향리에 은둔하여서 책에 묻혀 세월을 보냈으며 현 권력구조에 대해서 철저한 저항정신으로 뻗어온 학자였다. 그럼에도 불구하고 민란이나 동학란과 같은 민중의 봉기를 긍정하려 하지 않았다. 아니 증오하기까지 했다. 그는 백성들을 우중(愚衆)으로 보았었고 배우기를 잘못한 권력자들이 배부른 돼지라면 우매한 백성들은 배고픈 이리라 하였다. 체모 잃은 욕심, 권력을 휘두르며 권태로운 삶을 즐기려는 수탈자에게 우중들은 쓰기 좋은 도구요, 우중이 만일 깨친다면 깨치는 순간 파괴의 독소가 될 것이라는 것이다. 어느 계기가 와서 이 상호간의 자리가 뒤바뀌었을 때 소위 그것을 혁명이라 일컫기는 하나 정신적 영역에는 아무런 변동이 없는 악순환의 되풀이가 있을 뿐이라는 것이다. (1:361)

인용문에서 알 수 있는 장암의 사상은 성악설에 기초한 염세주의이다. 실존하는 정치권력에 대해 철저한 저항정신을 보이면서도 백성을 우중(愚衆)으로 보고, 우중(愚衆)이 깨우치면 혁명을 일으키나, 이는 지배계급이 바뀌었을 뿐 사회의 본질적 변화는 아니라는 것이 장암 사상의 핵심이다.

인간을 멸시하고, 오만하고 냉소적인 장암의 개인주의는 죽는 순간까지 서민들에게 무한한 애정과 신뢰를 잃지 않았던 문 의원에게 신랄하게 비판받는다. 문 의원은 윤씨 부인과 최치수, 이동진 앞에서 "양반의 폐단이 골수까지 사무친 위인이요. 제 아무리 학식이 깊은들 무슨 소용이겠소. 사람을 금수로 보는 편협한 언행이 모범은 될 수 없지요. 학문은 자신의 길을 찾음과 함께 백성에게도 옳은 길을 이끌어주는 데 그 근본이 있거늘 청풍당석에 홀로 앉아 어느 누구를 논박한다 말씀이요?"(1:361)라고 격하게 반발하고, 이에 대해 최치수와 이동진은 침묵한다. 이후 이동진은 국외 활동을 통해 다시 문 의원의 비판이 옳다고 여기는 사상적 전회를 경험하지만, 최치수는 자신이 유일하게 존경하는 장암 선생을 비판하는 문 의원과 어머니 윤씨 부인이 같은 편이라는 생각에 더욱 마음의 문을 닫고 혼자만의 세계에 갇혀 지낸다.

어머니 윤씨 부인과 문의원, 우관선사 사이에서 조각난 퍼즐을 맞추듯 이부동생(異父同生) 김환의 존재를 추론해 냈던 최치수의 영민함은 장암의 염세주의 사상을 접하면서 더욱 신경질적이고 냉소적으로 변한다. 주자학과 양명학을 두루 공부한 최치수가 전하는 세상의 이치는 단순하지만 날카롭다. 그는 인간을 근본적으로 탐욕스러운 존재로 파악한다. 동학운동에 참여한 이들 중 상당수가 양반과 상민의 지위가 바뀌는 또 다른 차별을 꿈꾸고 있다는 지적은 스승 장암의 논리를 그대로 이어받았으나 좀더 명쾌하고 설득력이 있다.

흥미로운 점은 장암과 최치수의 이러한 주장이 『토지』의 곳곳에서 서로 다른 목소리를 통해 지속적으로 반복된다는 사실이다. 장암의 수제자인 최치수는 말할 것도 없고, 이상현, 서의돈, 길여옥 등 신세대 지식인들의 대화 속에서도 수시로 민중과 권력의 생리에 대해 엇비슷한 어조의 비판이 등장한다. 이는 단순하게 그러한 부류의 인물들을 생동감 있게 형상화하기 위해 서술되었다기보다는 작가가 전달하고 싶었던 중요한 주제 의식을 전달하기 위해 고안된 것으로 보인다. 예를 들어, 의병활동을 이끌었던 유학자들의 의의와 한계는 비교적 명확하기 때문에 반복될 필요가 없다. 하지만 동학운동에 나서는 아들을 바라보며 사모관대(紗帽冠帶)를 꽂고 금의환향(錦衣還鄉)할 것을 기대하는 노모(老母)의 무지함에 대해서 작가는 좀 더 다양한 관점에서 섬세하게 서술하고 싶었던 같다.

이것은 『토지』의 전체 주제가 성악설에 기초한 염세주의라는 것과는 전혀 다르다. 작중인물, 서술자, 작가의 목소리가 잘 분간되지 않는 상황하게 서로 충돌하는, 그러나 설득력 있고 진정성 있는 다양한 담론들이 혼재되어 있는 것은 『토지』의 가장 중요한 특징이며 창작방법이다. 『토지』는 민중들의 열망이 갖고 있는 단순함과 무지함에 대해 비판적 거리를 두면서도, 바로 그러한 이유 때문에 혁명이 가능하고, 인류가 진보할 수 있다는 낙관론을 동시에 펼친 것이다. 이처럼 장암과 최치수로 대변되는 냉소적 유학자들의 염세주의는 단순히 부정적으로 치부해서는 안 되는, 그러면서도 그 한계 또한 명확한 어떤 것이었다. 『토지』는 다양한 인물들의 시선과 담론을 교차시키면서 이들의 냉소주의를 비판하면서도 또한 부분적으로 수용하는 이중적 전략을 취했다.

장암의 사상 중에 또 한 가지 주목할 부분은 학문과 현실적 효용의 관계에 대한 부분이다. 장암은 학문이 진리를 추구하는 것이되, 이러한 진리는 현실적 이로움과 무관할 수 있다는 논리를 펼친다.

> 학문이 진리를 찾는 것이기는 하되 반드시 진리가 이롭고 보탬이 되는 것은 아니네. 학문하는 태도 역시 이롭고 보탬이 된다는 생각이 앞선다면 장이바치에 떨어지고 마는 법, 규격에 맞춰 틀에 끼울 것이 못 되지. 진리는 만인이 함께 가질 물건은 아니거든. 이 손 저 손 넘어가는 동안 쇠퇴되고 시체가 되고 썩어버리고 마른 허울만 남고 종국에는 얼토당토않게 본뜬 물건이 나타나서 만인을 호령하게 되는데 그것에 영합되면 학자는 학자가 아닌 동시 우중과 위정자들의 공범자가 될 수밖에 없지.(1:362)

이러한 장암의 비관론은 일견 학문의 독립성을 주장하는 듯이 보이나, 조선 후기 유학의 경향이라는 큰 흐름 속에서 보자면 국가의 안위보다는 도(道)의 수호가 중요하다는 전형적인 현실도피론이다.

3.2. 몰락 향반들의 도리(道理)

을사조약(1905)에 반대하여 전국적인 자결, 테러, 의병 활동 등이 이어지는 가운데 김 훈장도 의병 활동을 결심한다. 사실 김 훈장은 을미사변(1895) 이후 계속해서 의병의 당위성을 역설해 왔기 때문에 그의 결심은 다소 늦은 감이 있다. 10년을 망설였던 의병 활동을 결심할 수 있었던 것은 표면적으로 일제에 의해 강행된 굴욕적 의사늑약 때문이지만, 그 이면에는 한경을 양자로 들이고, 손자까지 보았기 때문이다.

'이제는 눈을 감겠다. 내 지하에 계신 선영을 무슨 낯으로 대할까 주야로 근심이더니.'
큰일을 치른 날 김 훈장은 밤하늘을 올려다보며 안도의 한숨을 내쉬었다.
'이제 남은 일이라고는 손자를 보는 일이야, 아들 삼형제만 낳는다면 … .'
아들을 하나 이상 낳아만 준다면 김 훈장은 날로 퇴락해가는 집만 남아 있는 김 진사댁의 대도 이어줄 생각이었다. 생각이라기보다 간절한 희망이었다. […] 양자 한경(漢經)이는 마을사람 말대로 반편이라면 반편이랄 수도 있었다. 정확히는 금년에 스물아홉인데 끼니 잇기도 어렵게 자란 그는 변변히 글도 배우지 못하였고 다만 김 훈장이 하라는 대로 꾸벅꾸벅 순종하는 이외에 아무 능이 없는 위인이었다. (3:127-8)

김 훈장은 수 년 동안 추수가 끝나면 양자가 되어줄 일가친척을 찾아다녔다. 경제적으로 몰락한 김 훈장에게 양자로 들어올 사람을 구하는 것은 쉽지 않았지만, 마침내 김 훈장은 십촌이 넘는 일가붙이 중에서 화전민으로 전락하여 살고 있는 한경을 양자로 들인다. 인근에서 역시 몰락한 양반네와 겹사돈 형식으로 한경을 성례시킨 김 훈장은 드디어 선영봉사의 꿈을 달성한 것이다. 을사조약 이후 김 훈장이 구체적인 행동에 나설 수 있었던 것은 이처럼 대를 이어야 한다는 전래의 규범을 완수했기 때문에 가능했다. 반대로 이야기하면, 대를 이을 수 없는 상황이었다면 김 훈장이 의병에 나서지 못했을 것이란 추측도 가능하다. "안면이 있는 유생들을 읍으로, 혹은 인근 마을로 찾아다니곤 했지만 용두사미로 흐지부지되고 말았"(3:270)던 것도 비슷한 이유였을 것이라고 생각할 수 있다. "그저 우왕좌왕 감정만 격노해 있었을 뿐 김 훈장이 접촉한 인물이란 대개가 자기 자신과 엇비슷한"(3:270) 사람들이었고 "결국 속수무책, 어떻게 할 바를 몰랐다"(3:270)는 구절에서 알 수 있듯이, 당대의 많은 향반들은 자신의 앞가림조차 버거운, 그럼에도 불구하고 선비로서의 기본적 도리는 지키며 살아야 했던 고달픈 존재였다.

경제적으로는 몰락했지만 사대부의 자부심까지는 버릴 수 없었던 전국의 수많은 유생들은 국가의 안위와 도(道)의 수호라는 당대 유학의 절대 과제 앞에서 비분강개하고 한탄만 했을 뿐 구체적인 행동을 할 만한 형편이 되지 못했다. 끼니를 이을 수 없는 경우, 대를 잇지 못한 경우, 늙은 부모를 봉양해야 하는 경우 등 자신과 가족에 대한 도리조차 지키기 힘들었던 몰락 향반들이 선택은 제한될 수밖에 없었을 것이다. 김 훈장처럼 보수적이고 고루했던 유학자에게 작품이 보여준 양가적 시선은 바로 여기에서 나왔던 것이다. 그것은 작가가 계급 차별이나 여성에 대한 부당한 억압을 용인한 것이 아니며, 유학이 당대 사회의 모순이 해결할 수 있는 미래적 전망을 갖고 있었다고 주장하는 것은 더 더욱 아니었다. 김 훈장이 보여준 고루한 생각과 무력한 행동들은 비판받아 마땅하고, 바로 그 때문에 유교는 더 이상 근대 사회를 이끌어 나갈 추동력을 상실했지만, 그럼에도 불구하고 의식과 제도의 한계 속에서 최대한 도덕적 삶을 영위하려고 하는 그들의 진정성 또한 결코 놓치고 싶지 않았던 것이다.

하지만 도리에 얽매이고 사변적 담론에만 치우쳐 사태를 호전시킬 수 있는 행동력이 부족하다는 것은 조선 후기 유학자들, 나아가 유교적 문화에서 파생된 조선 후기 우리 민족 전체에 대한 작품의 일관된 시각이다.

어째서 그들, 중국의 농민들은 번번이 정권을 때려엎을 수 있었느냐, 그게 중요한 것 같소. 우리 조선에 있어서 민란이 빈번하였건만 농민군이 정권을 엎은 일이 없었소. 수십만 동학군도 시초에는 왕가(王家)를 인정한 나머지의, 백성들 권리주장을 앞세우고 대항했던 거요. 그러나 동학군은 패망했고 지리멸렬, 친일파로 많이 넘어갔지요. 왜 그렇게 되었을까 그게 중요한 게요. 중국에서는 힘 있는 자를 위한 종교였었다고 도집 어른이 말씀하신 유교라는 것조차 사람 사는 법의 얘기며 영신 섬기는 얘기는 아니거든. 한데 조선에선 칼을 들고 싸운 동학조차 영신 섬기는 것이 본이오, 자아 이렇게 되면 뭔가 확실해지는 게 있질 않소? 중국이란 곳엔 기껏 있어야 귀신 정도, [⋯] 조선의 유교는 학문으로서만 높이 올라갔고 실생활에는 도통 쓸모가 없었어요. 그야 실학을 도외시하고

예학만을 숭상하였으니 일반 백성들에겐 조상의 묘 지키는 것과 선영봉사 하는 것 이외 가르친 것이 없구요. (6:135-6)

위 인용문은 지리산과 간도를 넘나들며 독립운동 세력들을 연결해준 혜관이 동학의 재건을 도모하려는 윤도집에게 말한 내용이다. 불교 사제가 동학 지도자에게 말하는 형식이지만, 혜관 역시 이동진과 유사하게 다양한 사건과 인물들에 대해 편집자적 해석을 하는 경우가 많았고, 문맥상으로도 윤도집의 선비의식을 비판하는 내용이므로 위 인용문은 사변만 많고 행동이 부족한 조선의 유교 문화에 대한 비판이라고도 할 수 있다.

4. 사리사욕과 친일의 궤변

이 글의 서두에서 밝힌 노정섭의 '종풍수속(從風隨俗)'은 구체적으로 어떤 것이었을까? 『토지』에 나오는 당시 사대부들의 풍속(風俗)에 대한 서술자의 설명은 이에 대한 해답의 실마리를 제공한다.

저 정주학의 선비들과 왕실에 밀착된 명문 거족들의 준령을 타고 뻗어내린 줄기에는 두 개의 지류가 있다. 그 하나는 실천에 청렴결백하고 인륜 도덕에 투철하나 학부족(學不足)하여 성현군자가 못 된 김 훈장, 군자도에는 신독(愼獨)에 치우친 나머지 불의나 위험에는 고슴도치처럼 제 한 몸을 사리며 안빈낙도(安貧樂道)의 명예를 고수하기 위해 남의 재물의 냄새가 행여 의관에 배어들까보아 분뇨(糞尿) 보듯 피하는 남원의 이 진사 같은 아류(亞流), 혹은 딸자식의 패륜을 가문의 씻지 못할 수치로 알고 사회생활에서 은둔한 서희의 외가를 들 수 있고, 다른 하나는 줄을 타고 얻은 지방 관직에 앉아 그 권위의식에 수반되는 수탈을 자행함으로써 입신양명이 효지종야(孝之終也)라 하는 탐관배, 허명(虛名)을 자손에게 물리기 위해 매관매직하는 무치한(無恥漢)을 들 수 있겠다. 전자는 무위하고 후자는 종양(腫瘍)으로써 왕실 붕괴, 국가 파탄의 촉진제가 될 것이지만 수구 사상에서는 정예한 근위병(近衛兵)이라 할 수 있겠다. (3:165)

위 인용문에 따르면, 노정섭이 가장 안 좋은 하책(下策)으로 본 종풍수속(從風隨俗)은 '입신양명이 효지종야(孝之終也)라 하는 탐관배, 허명(虛名)을 자손에게 물리기 위해 매관매직하는 무치한(無恥漢)'일 것이다. 작품에는 위 인용문에 뒤이어 조준구가 "송병준(宋秉畯)의 수하 두 사람과 병조판서를 지낸 바 있는 이 아무개 대감의 손자 이석영(李錫榮)을 불러다놓고 주연을"(3:169) 벌이는 장면이 나온다. 따라서 『토지』에 나타난 조선말 사대부의 가장 부정적 모습은 시류에 편승하여 부당하게 사익(私益)을 챙기는 조준구 같은 인물이다.

조준구에게 유교는 인간 존재와 세계의 근본 원리를 설명하는 종교도 철학도 아니었고, 절대적으로 따라야 할 개인의 행위 규범도 아니었다. 그에게 유교는 사회 전반적으로 만연해 있던 반상(班常)의 차별적 인식을 이용하여 사리사욕을 챙기고, 남보다 빨리 권력자의 줄에 서서 자신의 위세를 과시하기 위한 도구일 뿐이었다. 기득권을 이용하여 더 많은 이익을 편취하고, 이를 이용하여 끝없이 자기 영역을 확장해 가는 데에 유교를 이용한 것이다.

작품 1부에서 조준구는 김 훈장을 대상으로 기만적인 시국담론을 자주 벌인다. 최치수나 이동진에 비해 학문적 깊이가 부족한 김 훈장은 역시 학문적 기반이 취약했던 조준구가 유일하게 놀려먹을 수 있는 시골 노인이었다. 김 훈장은 서울에서 내려온 조준구를 통해 당시의 국내외 정세를 듣고자 했고, 조준구는 김 훈장이 모르는 시세(時世) 정보를 이용해 마을의 동향을 살피려 했기 때문에 작품 1부에서 이 둘은 자주 시국 담론을 펼친다.97)

오늘 사태의 근원을 찾아볼 것 같으면 상놈들이 쇠스랑 죽창 들고 일어선 동학란 바로 그것이니 기가 찰 노릇이지요. 남의 잘못만 들출 것이 아니라 바로 내 옆구리에 종기부터 생각해봐야 할 거란 그 말이외다. 그 종기 하나가 퍼져서 온 전신에 독이 돌고 나라가 이 지경에 이르렀다 할 것 같으면 김 생원께서는 잘 이해가 되지 않을지도 모르겠소. 이 조그마한 나라에서 그도 전라도 조그마한 고을에서 발단된 민란이 오늘날 일본과 아라사의 싸움 원인(遠因)이다, 한다면 역시 김 생원께서는 어리둥절하실 게요. 허나 그게 사실인 걸 어쩌겠소? (3:146)

인용문은 조준구가 러일전쟁의 원인을 '동학란'으로 규정하면서, 김 훈장

---

97) 김 훈장과 조준구의 시국담론은 『토지』 1부 4편 17장에서 특히 잘 형상화되었다. 이 장의 제목인 '어리석은 반골(反骨)과 사악한 이성(理性)'은 김 훈장과 조준구를 각각 가리킨다. 작품 속 주요 인물들과의 비교 속에서 김 훈장과 조준구에 대한 인물 분석은 이상진의 「박경리『토지』 연구」(연세대 박사논문, 1998)와 박혜원의 「박경리『토지』 의 인물 연구」(이화여대 박사논문, 2001) 등이 있다.

이 평사리 농민들의 입장을 동정하기보다는 자신과 연대하여 양반의 이익을 대변해야 한다고 압박하는 장면이다. 조준구에게는 동학운동의 본질이 무엇이든 중요하지 않으며, 그것을 알고자 하는 열정도 없다. 그에게 필요한 것은 자신에게 유리하도록 사태를 재해석하고 의미를 조작할 수 있는 능력일 뿐이었다.

하지만, 일방적인 정보의 열세 때문에 조준구에게 농락만 당하던 김 훈장은 어느 날, 해외에서 독립운동을 펼치고 있는 이동진을 러시아 첩자로 단정하는 조준구에게 자신의 입장을 분명하게 밝힌다.

　"생사람을 잡아도 유분수지. 그렇다면 내 한 말 하리다. 이댁을 왜놈
　헌병놈이 드나드는 것을 모를 사람이 없는즉, 그로 인하여 남이 조공더러
　왜국의 첩자라 한다면 어쩌시겠소!"
　수염을 부르르 떨고 눈을 부릅뜬다. 이날 김 훈장은 이놈의 집구석엔
　다시 발걸음을 아니하리라 마음속으로 굳게 맹세하며 최 참판댁을 떠났
　다. (3:159)

당시에 조준구는 최치수가 죽자 그의 빈자리를 채워가며 평사리에서 점차 영향력을 확대해 가고 있었다. 많은 주민들이 불만을 갖고 있었고, 이를 이용하려는 최서희의 묵인 아래 윤보를 비롯한 마을 청년들은 한밤중에 최참판가에 들이닥쳐 기민미(饑民米)를 강탈해 간 적이 있었다. 이 사건 이후 조준구는 더욱 노골적으로 일본의 세력을 등에 업으려 했고, 마을의 농민들과 김 훈장을 이간질하려 했다. 하지만 김훈장을 자신의 편으로 두어 마을의 인심을 조작하려던 조준구의 계획은 수포로 돌아가고

오히려 자신의 친일적 성격만 분명하게 드러낸 채 김훈장과 영원히 결별하게 된다. 시대의 흐름에 뒤처진 유학의 패러다임에 갇혀 조금은 모자란 듯했던 김 훈장이었지만 그 누구보다 정확하게 조준구의 친일적 궤변이 갖고 있는 모순을 알아차렸던 것이다.(박상민, 박경리『토지』에 나타난 악(惡)의 상징 연구 105-7)

조준구는『토지』에서 가장 부정적인 인물이다. 그에게는 악당 김두수에게서 보이는 터질 듯한 적의(敵意)나 위악적(僞惡的) 태도가 없다. 직접 타인을 해치면서 손에 피를 묻히지도 않는다. 하지만 조준구는 수많은 작중인물들에게 돌이킬 수 없는 고통을 안겨준 비극의 원흉이다. 주변의 모든 사람들을 괴롭히면서 자신의 이익을 편취해 나가는 조준구의 행동은 조선에 대한 일본의 제국주의적 침탈을 은유한다. 작품은 서술할 수 있는 모든 방식을 동원하여 조준구의 파렴치함과 악랄함, 부정직함을 비난하고 있다.

홀로 있어도 게으름 없이 선(善)을 닦고, 자신만의 구원에서 멈추지 않고 세상의 모든 사람을 바르게 이끌어야 한다고 생각했던 유교적 이상을 조준구는 철저하게 외면했다. 그는 헛된 야망을 지닌 김평산을 자극하여 최치수 살해를 부추기고, 혈통과 남성을 중요하게 여기는 유교 문화를 이용하여 최참판가의 재산을 편취하였다. 그는, 긍정성과 부정성이 혼재한 유교 문화와 정신을 이용하여 오로지 자신의 사리사욕만을 채우는 데에 사용한 철저한 반유교주의자였던 것이다.

5. 마치며

　구한말과 일제강점기를 배경으로 한 『토지』는 오백 년을 이어온 유교적 이데올로기와 질서가 모든 민족 구성원들의 삶에 얼마나 깊은 영향을 미치고 있는지에 대해 그 어떤 서사물보다 생동감 있게 잘 보여주고 있다. 공식적으로 신분제가 폐지되었음에도 불구하고, 사람들은 여전히 반상(班常)의 차별 의식을 극복하지 못했다. 사람의 도리를 지키기 위해 목숨도 내어놓을 수 있었던 김 훈장의 경우에도 양반은 상민(常民)과 다른 혈통을 갖고 있으며, 양반의 계급적 특권을 보장해 주는 것이 인간의 도리(道理)라고 믿으며 살았다. 나라와 백성을 구하겠다는 유교적 이상을 위해 만주와 연해주를 떠돌며 독립운동을 하던 이동진은 국가의 미래를 위해 왕정(王政)을 포기할 수 있겠다는 자각에 이르지만, 그의 자각이 새로운 행동으로 이어지지는 못했다. 중우정치(衆愚政治)를 비판하며 백성을 경멸했던 장암과 최치수는 그럼에도 불구하고 도도한 유학자의 품격을 끝까지 잃지 않았다.

　민족구성원들의 이러한 믿음을 계급적 착취를 위한 기만적 관념으로만 매도하기에는 너무도 많은 유학자들의 진심 어린 고뇌와 방황이 있었음을 작품은 강변하고 있다. 그것은 인간의 도리(道理)에 대한 유교적 구속력의 긍정적 힘이었다. 황순원이 『카인의 후예』를 통해 동족을 살상한 우리 민족을 카인의 후예에 빗대어 비판하였듯이 박경리 역시 『토지』를 통해 당대 사회의 모순과 유학자들의 한계를 날카롭게 비판하였다. 하지만 황순원이 카인에 대한 애정과 새로운 이해를 통해 민족 구원의 가능성을 포기하지 않았듯이(노승욱 123), 박경리 역시 당대 유학자들이 보여준 현실에 대한 치열한 응전의 스펙트럼을 통해 구한말과 일제강점기 '양반들의 삶'을 '우리 민족의 역사'로 끌어안은 것이다.

『토지』는 항전(抗戰)과 은둔(隱遁), 그리고 자결(自決)로 대변되는 조선 후기 유학자들의 응전에 대해 각각의 장단점을 구체적이고 설득력 있게 형상화하여 그들에 대한 이해와 해석의 폭을 넓혔다. 그러나 한편으로는, 조준구처럼 시류에 영합하여 자신의 사욕을 채우려는 유학자들에 대해서는 어떤 경우에도 이해하거나 용서할 수 없음을 분명히 하였다. 이처럼 『토지』는 유교의 봉건적 모순을 날카롭게 비판하면서도, 구한말 유학자들의 비분강개와 적극적 개혁 의지를 동시에 형상화하여 민족적 자긍심과 균형 감각을 잃지 않는 독특한 역사의식을 보여주었다.

근대 사회의 긍정적 측면에는 전근대 사회 유교의 부정적 측면을 극복한 성과들이 담겨 있다. 반상(班常)의 차별과 노비제도를 없애고 인간의 존엄성을 최고의 도덕 가치로 내세운 것이 그 좋은 사례일 것이다. 하지만 유교 문화에 대한 성급한 반발과 배척으로 인해 근대 사회의 부정적 측면이 강화된 것 또한 사실이다. 선영봉사를 위해 수 년 동안 객지를 떠돌며 양반 혈통의 양자를 구한 김 훈장은 분명히 변화하는 시대에 적응하지 못한 고루한 유학자이다. 하지만 나라의 운명을 염려하며 국권 침탈에 비분강개하고, 의병을 조직하기 위해 동분서주하는 김 훈장에게는 우리 시대의 지식인과 정치 지도자들에게서 찾기 어려운 매력적인 자존심과 책임의식을 발견할 수 있다. 진보적 의식을 지닌 청백리 유학자 이동진뿐만 아니라 엘리트주의에 사로잡혀 백성을 무시하는 최치수의 도도함에서도 우리는 눈앞의 이익에 급급해 하지 않고 대의(大義)를 소중히 여기는 낭만적 아름다움을 발견하게 된다. 그 시대로 돌아가는 것은 분명한 시대착오지만, 그러한 과거의 전통을 모조리 부정하는 것 역시 바람직한 근대의 모습이 아니었던 것이다.

1894년 동학농민운동에서 시작하여 1945년 일제의 패망까지 조선, 일본, 중국, 러시아를 배경으로 『토지』에는 수 백 명의 삶과 죽음이 명멸(明滅)한다. 『토지』는 굵고 긴 장강대하(長江大河)의 단일 서사가 아니라 수많은 다하(多河)의 복잡다단한 신경망적 중층 서사이다. 이를 통해 『토지』는 500년을 이어온 유교적 질서가 왜 무너질 수밖에 없었는지, 그리고 왜 새로운 패러다임으로 대체되어야만 하는지를 과장이나 편견 없이 담담하고 도도하게 형상화한 우리 민족의 독보적 유교 서사이다.

※ 참고문헌

〈자료〉

박경리, 『토지』 1-16권, 솔출판사, 1994.

_____, 『토지』 1-21권, 나남출판사, 2002.

〈단행본〉

금장태, 『한국유교와 타종교』. 서울: 박문사, 2010.

〈논문〉

박상민, 「박경리 『토지』에 나타난 동학(東學)」. 『문학과 종교』 14.1. (2009): 91-116.

_____, 「박경리 『토지』에 나타난 악(惡)의 상징 연구」. 연세대 박사논문, 2010.

이준학, 「문학과 종교 그리고 문화의 관계에 대한 학제적 연구-T. S. 엘리엇의 "종교문화론"을 중심으로」. 『문학과 종교』 11.2 (2006): 123-51.

노승욱, 「황순원의 카인의 후예에 나타난 중층적 상호텍스트성」. 『문학과 종교』 17.3. (2012): 105-27.

윤원준, 「아케다와 자크 데리다의 윤리적 종교성」. 『문학과 종교』 15.3. (2010): 21-40.

| 찾아보기 |